Joyce Carol Oates
Cardiff am Meer

Joyce Carol Oates

Cardiff am Meer

Vier Erzählungen

Aus dem Englischen von
Ilka Schlüchtermann

Osburg Verlag

Titel der Originalausgabe:
Cardiff, by the Sea
Copyright © 2020 by The Ontario Review
First published in the United States of America in 2020
by The Mysterious Press, an imprint of
Grove Atlantic Inc.

Die Arbeit der Übersetzerin am vorliegenden Text wurde
im Rahmen des Programms »NEUSTART KULTUR«
aus Mitteln der Beauftragten des Bundes für Kultur und Medien vom
Deutschen Übersetzerfonds gefördert.

 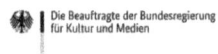

Die Beauftragte der Bundesregierung
für Kultur und Medien

Lektorat: Bernd Henninger, Heidelberg
Korrektorat: Mandy Kirchner, Weida
Umschlaggestaltung: Judith Hilgenstöhler, Hamburg
Satz: Hans-Jürgen Paasch, Oeste
Druck und Bindung: CPI books GmbH, Leck
Printed in Germany
ISBN 978-3-95510-242-5

Für Ernie Lepore

Inhalt

Cardiff am Meer

I.

1.

Am dunklen, stinkenden Ort unter dem Spülbecken. Hinter den Abflussrohren. Sie hat sich ganz klein gemacht, um in dieses Versteck hineinzupassen.

Spinnwebfäden kleben an ihrer Haut. Ihre Augen tränennass. Zusammengekauert wie ein kleines Äffchen. Die angezogenen Knie fest mit den Armen umschlossen, an die schmale, flache Brust gedrückt.

Ein kleines Mädchen, klein genug, um sich selbst zu retten. Klein genug, um in das Spinnennetz zu passen. Schlau genug, um zu wissen, dass sie nicht schreien darf.

Nicht atmen darf. Damit niemand sie hört.

Damit er sie nicht hört.

Die Tür zu ihrem Versteck wird geöffnet, sie sieht die Füße eines Mannes, seine Beine. Sie sieht, und sieht nicht, das dunkle, nasse Glänzen an den Hosenbeinen. Sie hört, und hört nicht, sein schnelles, heißes Keuchen. Mit einem juchzenden, wilden Lachen beugt er sich hinunter, um zu ihr hineinzuspähen. Er hat sie entdeckt. Sein Gesicht hinter einem Schleier von Tränen. Sein Mund bewegt sich und spricht zu ihr, aber sie hört nichts, kein einziges Wort. Und dann wird die Tür wieder geschlossen und sie ist allein.

Somit steht es fest. Im Spinnennetz darf sie weiterleben.

2.

Das Telefon klingelt. Unerwartet.

Nicht ihr Handy, an das Clare (wahrscheinlich) ohne zu überlegen sofort drangegangen wäre, nein, das andere Telefon, das Festnetz, das nur noch selten klingelt.

Sekunden, in denen man entscheiden muss: Drangehen?

Sieht, dass ihr die Rufnummer unbekannt ist. Vermutet, dass der Anruf wohl Telefonwerbung ist.

Doch an diesem regengepeitschten Morgen im April antwortet sie – sei es aus Neugier oder Einsamkeit oder Gedankenlosigkeit. »Ja? Hallo?«

Dann der Schock.

Anscheinend ist ein Fremder am anderen Ende, der sich ihr als Rechtsanwalt einer Kanzlei in Cardiff, im Bundesstaat Maine, vorstellt. Und sie darüber informiert, dass sie geerbt hat, von einer Person, deren Namen sie nie zuvor gehört hatte: »Maude Donegal aus Cardiff, Maine. Ihre Großmutter.«

»Bitte? Bitte, wer?«

»Maude Donegal – die Mutter Ihres Vaters. Sie ist im Alter von siebenundachtzig Jahren verstorben …«

Nicht sicher, ob sie versteht, was sie da hört. Denkt, dass ihr vielleicht, nein, ganz sicher, jemand einen Streich spielt. Unwillkürlich möchte sie lachen.

»Aber ich habe gar keine Großmutter mit diesem Namen. Ich kenne auch niemanden mit diesem Namen – wie sagten Sie, Douglas?«

»Donegal.«

Stille. Dann spricht die Stimme am anderen Ende weiter, körperlos und sachlich, wie die Stimme in einem Traum: »Donegal – das ist doch Ihr Geburtsname. Wussten Sie das nicht?«

»Geburtsname! Aber – wo?«

»Cardiff, Maine.«

Clare hat noch nie von Cardiff in Maine gehört. Da ist sie sich ganz sicher.

Hat den größten Teil ihres Lebens in Minnesota gelebt – zuerst in St. Paul, dann in Minneapolis. Sehr weit entfernt von Maine.

In den letzten Jahren hat Clare in Chicago, Brooklyn, Philadelphia gewohnt, gegenwärtig lebt sie in Bryn Mawr. Noch immer ziemlich weit entfernt von Maine.

»… noch Fragen?«

»N-nein …«

»Ich hoffe, ich habe Sie nicht beunruhigt, Miss Seidel.«

Natürlich nicht! Sie haben nur gerade mein Lebensgefüge auseinandergerissen.

Clare bedankt sich bei dem Rechtsanwalt. Das Gespräch ist beendet. Sie war zu verwirrt, um Lucius Fischer zu fragen, um was es sich bei dem *Nachlass* von Maude Donegal denn überhaupt handelte – Geld oder Eigentum oder was auch immer. Aber jetzt ist es ihr zu peinlich, deswegen noch einmal zurückzurufen.

Er hatte sie nach ihrer Adresse gefragt. Er wird ihr per UPS ein Dokument schicken, sollte am nächsten Morgen bei ihr ankommen.

Und er wird ihr auch, weil sie ihn darum gebeten hat, die Telefonnummern ihrer Donegal-Verwandtschaft aus Cardiff mitschicken. Wenn Clare nämlich einmal nach Cardiff käme, so hatten sie ihm gesagt, würde sie hoffentlich bei ihnen übernachten.

Verwandte! Aber es sind doch Fremde für sie, und Clare kann sich nicht vorstellen, bei Fremden zu übernachten.

Sie liebt ihr Alleinsein, ihre Privatsphäre. Ihre Distanziertheit mag als Menschenscheu aufgefasst werden, ihre Zurückhaltung als Geheimnistuerei. Sie ist nicht von Natur aus misstrauisch, aber sie ist (ganz sicher) auch kein zu

15

gutgläubiger Mensch, und deshalb macht sie sich Gedanken darüber, ob sie diesen »guten Neuigkeiten« einfach so trauen kann.

Wenn das alles ein fauler Trick sein sollte, dann wird es sich schnell aufklären: dann will jemand Geld von ihr.

Clare kennt sich nicht aus mit Testamenten, Nachlässen – dem »Nachlassgericht«.

Noch nie in ihrem Leben war sie *Empfängerin* irgendeiner Erbschaft; es ist ihr noch nicht einmal in den Sinn gekommen, dass ihre Adoptiveltern sie (möglicherweise, wahrscheinlich) in ihrem Testament bedacht haben, obwohl sie ja ihr einziges Kind und wohl auch einzige Erbin ist …

Da sie vom Anruf des Rechtsanwalts derart überrumpelt worden war, hatte sie ganz vergessen, ihr Bedauern über den Tod von Maude Donegal auszudrücken. Sie befürchtet, den Namen vergessen zu haben – doch nein, hier steht er ja: *Maude Donegal.*

Lucius Fischer muss sie für vollkommen herzlos halten, dass sie so ungerührt vom Tod ihrer Großmutter zu sein scheint.

Aber sie ist doch nicht – meine Großmutter! Ich habe keine Großmutter.

Clares (Adoptiv-)Großeltern leben nicht mehr. Und als sie lebten, da haben sie in ihrem Leben keine große Rolle gespielt.

Wie merkwürdig Clare das vorkommt, diese Syntax: *Großeltern leben nicht mehr.* So als ob *Nicht-leben* etwas wäre, was die Großeltern in der Gegenwart täten.

Clare hatte ihre Klassenkameraden beneidet, die immer mal wieder ganz beiläufig ihre Großeltern erwähnt hatten. Eine Selbstverständlichkeit – *Oma, Opa.* Was bedeuteten diese liebevollen Worte denn genau? Beide Großelternpaare, die Eltern ihrer Mutter und die ihres Vaters, waren zum Zeitpunkt der Adoption schon etwas älter gewesen und hatten sich nicht sehr für ihre Enkelin erwärmt, so schien es.

Clare erinnerte sich kaum an sie. Fremde, die das kleine, stumme, adoptierte Kind über einen tiefen Abgrund hinweg anstarrten.

(Doch war Clare wirklich ein *stummes* Wesen? Sicher nicht. Meistens nicht. Nur ganz schwach erinnert sie sich an – an etwas …)

(Eine Art Netz oder Geflecht von Fäden über ihrem Mund. Klebrig über ihre Lippen gespannt, verfangen in ihren Augenwimpern. Beim Einatmen, schauderndes Keuchen, wird das zerrissene Spinnennetz von ihren Nasenlöchern eingesogen, furchtbar.)

Clare erinnert sich kaum. Tatsache.

Zu jung damals, um zu erkennen, dass ihre Eltern sie wahrscheinlich – nein, ganz sicher – nicht adoptiert hätten, wenn sie eigene Kinder hätten bekommen können. Ihre Liebe für sie, ihr *Interesse an ihr* hätte es nie gegeben, wenn sie eigene Kinder gehabt hätten.

Im Biologieunterricht auf der Highschool hatte Clare gelernt, dass die DNA an allererster Stelle steht. Jedes Individuum sorgt sich um seine eigene Nachkommenschaft, da diese seine DNA trägt. Bei vielen Tierarten versuchen die männlichen Tiere, den Nachwuchs anderer Männchen zu töten, und paaren sich dann mit dem Weibchen, um ihre eigene DNA zu reproduzieren. Ein Weibchen versucht manchmal verzweifelt, ihre Jungen vor dem Räuber zu verbergen, doch sobald ihre Brunftzeit beginnt, ist sie gezwungen, sich mit dem Männchen zu paaren. Und das neue Männchen setzt alles daran, ihre anderen Jungen zu beseitigen, um Platz für seine eigenen Nachkommen zu schaffen.

Zum Paaren gezwungen. Warum?

Die Eltern ihrer Eltern hatten sich mit der (angenommenen) Enkelin vielleicht aus genau diesem Grunde nie erwärmt. Clare war nicht *eine von ihnen*.

Wie unnatürlich musste es dann allerdings für biologische Eltern sein, ihre eigenen Jungen zu verstoßen …

Das ist das große Geheimnis. Clare hat darüber nie nachdenken wollen.

Jetzt mit dreißig, denkt sie, sie sei zu alt – sprich, nicht mehr jung genug, unbefangen und hoffnungsvoll genug –, um sich über ihre biologischen Eltern Gedanken zu machen – über ihre Abstammung.

Warum das Risiko eingehen, (erneut) verletzt zu werden? Sie hat sich ja noch nicht einmal eingestanden, dass sie schon einmal verletzt worden ist.

Sie schlägt den Straßenatlas auf und sucht nach Cardiff in Maine. Ganz nah am Atlantik. Die Städte in der Nähe, Belfast und Fife, deuten darauf hin, dass dieser (östliche) Teil von Maine einst eine schottische Siedlung gewesen sein muss. Sie fragt sich, ob ihre Vorfahren (väterlicherseits) Schotten gewesen waren oder Iren. Bis zu jenem Morgen hat sie sich nur sehr wenige Gedanken über ihre Abstammung gemacht.

(Allerdings kann sie nicht leugnen, dass sie sich immer hingezogen fühlte zur keltischen Geschichte – Kunst, Musik. Wird zufällig im Autoradio eine irische Ballade gespielt, überkommt sie ein Gefühl von Verlust, Sehnsucht, drängt es sie, auf der Standspur des Highways anzuhalten … Vernimmt sie einen schottischen oder irischen Akzent, und sei er noch so schwach, ist sie augenblicklich gefesselt.)

Doch warum sollte die Abstammung für sie überhaupt irgendeine Bedeutung haben? Wer adoptiert ist, der weiß: Nur das Jetzt und Hier hat eine Bedeutung.

Auf der Karte sieht Clare, dass Cardiff nicht zu den größeren Städten im Bundesstaat Maine zählt. Nur neunzehntausend Einwohner. Knapp dreißig Kilometer nördlich von Eddington, an der gezackten Küste.

Seltsamer Gedanke, dass sie von dort herkommen könnte – von diesem Punkt auf der Landkarte.

Nun gut – wir müssen alle irgendwo herkommen.

Clare bremst sich, nicht zu große Hoffnungen machen. Keinen allzu großen Erwartungen erliegen. *Hoffnung ist das Federding*, hat die Dichterin[1] gewarnt. Leicht zu verletzen, weil schutzlos.

Sie hat nie an den genetischen Determinismus geglaubt – »Schicksal«. Als gebildete Person, als Kind von Pädagogen, weiß sie, dass die Umwelt das Ich formt, im Wesentlichen.

Menschen, Orte. Lebensqualität, Bildung. Die Luft, die wir atmen: Ist sie sauber oder ist sie verpestet? Unser unmittelbares Umfeld, das, was uns umgibt – das zählt.

In dieser Beziehung hat Clare Glück gehabt. Allgemein heißt es, adoptierte Kinder hätten Glück gehabt. Aus der Dunkelheit hervorgeholt, auserwählt, daher geschätzt und geliebt. Sie bekam eine gute Schulbildung, musste nie Hunger leiden, nie um ihr Leben fürchten. (Oder? Nicht, solange sie sich erinnern kann.) Und jetzt wohnt sie in einer kleinen, ruhigen Ein-Zimmer-Wohnung, nur einen kurzen Fußweg vom efeuberankten Humanities Research Institute entfernt, wo sie eine Postdoktorandenstelle im Bereich ›Fotografie des Neunzehnten Jahrhunderts‹ innehat.

In ihrem Job, der zum großen Teil im exzellenten Fotografie-Archiv des Philadelphia Museum of Art zu absolvieren ist, kann sie vollkommen selbstbestimmt arbeiten. Gemäß den Richtlinien des Instituts für Geisteswissenschaften dürfen die Stipendiaten und Wissenschaftler in vollkommener Ruhe und Abgeschiedenheit forschen, sie dürfen sich jahrelang in

---

1 »Hope« is the thing with feathers – / That perches in the soul – / And sings the tune without the words – / And never stops – at all – // (The Poems of Emily Dickinson Edited by R. W. Franklin. Harvard University Press, 1999). – Hoffnung ist das Federding, / das in der Seele wohnt, / das Lieder ohne Worte singt / und niemals müde wird.

ihre eigene kleine Welt zurückziehen, ohne darüber Rechenschaft ablegen zu müssen.

Wie befremdend, dachte Clare so manches Mal: Man könnte einfach sterben, und das Institut würde dies monatelang nicht bemerken. Spannend und reizvoll solch große Freiheit, ohne jede Kontrolle, aber auch beunruhigend. *Man könnte vor Einsamkeit sterben* – denkt sie.

Zu ruhelos heute, um zu arbeiten. Diapositive im hohen Lesesaal des Museumarchivs betrachten, Fußnoten auf dem Laptop bearbeiten – Clare ist zu abgelenkt. Stattdessen verbringt sie zu Hause ein paar Stunden damit, das Internet nach Informationen zum östlichen Teil von Maine und der felsigen Atlantikküste zu durchforsten. Historische Siedlung aus dem achtzehnten Jahrhundert: Cardiff.

Mit Maine verbindet man bedeutende (männliche) Künstler: Winslow Homer, Rockwell Kent, George Bellows, Frederic Church … Sicher aber auch talentierte Künstlerinnen, deren Werke jedoch oftmals ignoriert wurden, unterbewertet.

Der Ruf einer Künstlerin überlebt nur selten ihre Generation, unabhängig von ihrem Talent und der Originalität ihrer Werke. Unabhängig von den Preisen, die sie bekommt, unabhängig sogar von den Künstlern, mit denen sie verbunden ist. Sobald sie stirbt, beginnen auch ihre Werke zu verblassen und sterben. Clare hat diese Ungerechtigkeit immer gespürt und ist fest entschlossen, dagegen anzukämpfen.

In Maine wird sie ein neues Projekt zum Leben erwecken. Vielleicht.

Erbin. Anwesen. Großmutter – Donegal. Die tiefe Baritonstimme des Rechtsanwalts aus Cardiff hallt verlockend in ihren Ohren.

Clare wünschte, sie könnte diese guten Nachrichten mit jemandem teilen. Aber es gibt keinen richtig guten Freund hier in Bryn Mawr. Sie war immer sehr zurückhaltend in

Gesprächen über ihr Privatleben, selbst bei einem Liebhaber. Ganz besonders bei einem Liebhaber.

In der Vertrautheit gibt man viel von sich preis – zu viel. Nackt sind wir leicht verwundbar. Wenn ein Geheimnis einmal preisgegeben ist, kann es nie mehr zurückgerufen werden.

Und: Clare hat bisher niemandem verraten, dass sie adoptiert wurde. Das ist ihr Geheimnis. Und deshalb kann sie jetzt auch niemandem erzählen, wie glücklich sie darüber ist, Erbin zu sein.

Der Beweis dafür, dass sich jemand um sie gesorgt hat. Eine Großmutter.

Aber warum hat sie so lange damit gewartet, sich zu dir zu bekennen, Clare? – diese Großmutter, deine Großmutter …

Und was ist mit deinen (leiblichen) Eltern? Leben sie noch? Wirst du versuchen, Kontakt zu ihnen aufzunehmen?

Fragen, die Clare gar nicht hören möchte. Hat keine Antworten.

Versucht, sich auf den Bildschirm zu konzentrieren. Scrollt durch eine Website, die Winslow Homer aus Maine gewidmet ist. Immer wieder abgelenkt von wilden Gedankensprüngen …

In ein oder zwei Tagen triffst du sie vielleicht. Was wird dich in Cardiff erwarten?

Clare hat versucht, nicht an sie zu denken – Mutter, Vater. Nicht einmal als Kind hat sie das getan. Nahm an, dass keiner der beiden noch lebte, denn warum sonst wäre ihre Tochter im Alter von zwei Jahren und neun Monaten in fremde Hände gegeben worden?

Niemand hätte so etwas aus freien Stücken getan. Ein junges Mädchen oder eine unverheiratete Frau mag aus Verzweiflung einen Säugling abgeben, aber ein Kleinkind ist etwas vollkommen anderes.

Na ja, vielleicht bist du verkauft worden. Zum einen wollten sie dich nicht und zum anderen wollten sie auch noch Geld mit dir machen.

Unmöglich. Lächerlich! Niemals würde Clare so etwas glauben.

Vor allem jetzt nicht mehr, wo sie erfahren hat, dass die Mutter ihres Vaters ein Anwesen hinterlassen hat, dass die Donegals also keineswegs verarmt waren ...

Als Kind hat Clare andere Kinder kennengelernt, die adoptiert waren. In der Mittelstufe, Oberstufe. Erstaunt war sie darüber, dass man solch eine Privatangelegenheit, solch eine *beschämende* Tatsache anderen anvertraut. Eine ihrer Zimmernachbarinnen im College war besessen davon, am Rande der Verzweiflung, ihre biologische Mutter ausfindig zu machen. (Clare hatte sie nicht darin bestärkt, diese Suche auf sich zu nehmen, und sie auch nicht groß bemitleidet, als sich diese geheimnisvolle, leibliche Mutter als große Enttäuschung entpuppte.) Selbst diesen Mädchen hatte Clare sich nicht zu erkennen gegeben. Sie hatte nie die Mühe auf sich genommen, den Rechtsweg zu beschreiten, um ihre biologischen, ihre leiblichen Eltern aufzuspüren.

Wenn man adoptiert wurde, sollte man nie die Frage nach dem Warum stellen.

Die Erkenntnis, dass man adoptiert wurde, ist die Antwort auf jede Frage, die man sich über seine Adoption stellen mag.

Das Telefon klingelt! – dieses Mal checkt Clare die Rufnummer, bevor sie überhastet das Gespräch annimmt.

Sieht erschrocken, dass ein Freund anruft – ein guter Freund, (noch) kein Liebhaber, aber (ziemlich wahrscheinlich) eine Aussicht auf eine Romanze –, mit dem sie, wie ihr jetzt wieder einfällt, an diesem Abend in Philadelphia essen gehen wollte. Dieser Freund ist ein Postdoc-Kollege in ihrem Institut, den seine Forschungsstudien an die Free Library of Philadelphia verschlagen haben. Noch gestern hatte Clare sich sehr auf diesen Abend gefreut und wäre sehr enttäuscht gewesen, hätte er abgesagt; jetzt ist dies alles vergessen, und sie muss sich eine plausible Entschuldigung einfallen lassen, warum sie ihn nicht im Restaurant treffen kann.

Tut mir wirklich leid, Joshua! Ich hatte gehofft, ich könnte dich noch schnell anrufen – aber – es gab einen Notfall – in der Familie – ich bin jetzt wohl eine Zeit lang weg, nicht zu ändern.

3.

Ihr eigenes Ich konnte stets leicht beschrieben werden – *adoptiert.*

Ein unbeschriebenes Blatt. Reingewaschen. Keine Erinnerung.

Sehr jung, noch nicht mal drei, als sie von einem (kinderlosen,
älteren) Ehepaar mit Namen Seidel aus St. Paul adoptiert wurde.

Das war alles, was sie über diesen Lebensabschnitt wissen
musste: Sie war als kleines Kind adoptiert worden. Das war
alles, was sie wissen wollte.

Eine Tabula rasa ist das: die Adoption.

Ihre (Adoptiv-)Eltern hatten ihr gesagt, dass ihr Geburtsname Clare war – dass sie als Clare Ellen in ihr Leben kam,
mit diesem »so entzückenden« Namen, dass sie keinerlei
Grund gesehen hatten, ihr einen anderen zu geben, nur mussten sie (offiziell, natürlich) ihren Nachnamen ändern, wenn
sie jetzt ihr kleines Mädchen war.

Es geht um Eigentum, Besitz. Ein Kind wird einem Erwachsenen oder zwei Erwachsenen überlassen – überlassen durch
die Geburt, manchmal auch durch eine Agentur.

Vielleicht hat sie ja diesen Namen – Donegal – in ihrer
Geburtsurkunde gesehen. Vor langer, langer Zeit, hat aber
keinen großen Eindruck bei ihr hinterlassen, sie kann sich
(wirklich) nicht daran erinnern.

Jede Adoption ist ein großes Rätsel – *Warum?*

*Warum gab man mich auf, gab man mich weg? Warum war
ich unerwünscht?*

Von wem war ich unerwünscht?

Doch Clare Seidel war und ist die perfekte (Adoptiv-)Toch-
ter. Clare fragte und fragt nicht.

Ein dankbares Kind fragt nicht nach dem Warum.

Die Seidels waren schon älter. Hätten die Großeltern dieses adoptierten Kindes sein können. Beide waren Lehrer aus

24

Berufung – Pädagogen. Im Laufe ihrer siebzehnjährigen Ehe hatten sie keine Kinder bekommen, obwohl (wie Clare schlussfolgerte) sie es versucht hatten. Kurz bevor sie Clare adoptierten, war der geliebte Hund der Seidels gestorben. Clare hat Bilder von diesem ungestümen Airedaleterrier gesehen, Seite an Seite mit Herrchen und Frauchen, die ihn offensichtlich vergötterten. Das hatte ihr einen tiefen Stoß versetzt: Eifersucht, Angst. (Wenn der Airedale nicht mit zwölf Jahren gestorben wäre, so wie es eben damals geschehen war, würde diese Person, diese Clare Seidel, dann überhaupt existieren?) Die Seidels hatten es nicht akzeptieren wollen, dass das Leben sie betrogen hatte. Sie hatten doppeltes Einkommen, zwei Autos, ein Haus mit angemessener Hypothek. In jedem August mieteten sie für zwei Wochen ein Cottage am Lake Superior. Sie waren dankbar dafür, dieses Waisenkind – Clare – zu haben, denn Clare würde später auch dankbar dafür sein, sie zu haben.

Verletze Dads Gefühle nicht! Er darf nicht den Eindruck bekommen, er wäre nicht dein Dad, denn er ist es doch.

Es gibt keinen anderen Dad und keine andere Mom für dich. Es gibt – nur uns.

Instinktiv begriff Clare. Sie verstand. Sie war ihr (angenommenes) kleines Mädchen, das niemals nach dem Warum fragte.

Ein (angenommenes) Kind fragt niemals, *Warum wolltet ihr gerade mich?*

Konntet ihr keine eigenen Kinder haben, und darum habt ihr mich angenommen?

Keine Fragen bitte! Undenkbar.

Ein (angenommenes) Kind fragt niemals, *Wo komme ich denn her? Zu wem gehörte ich, bevor ich an euch abgegeben wurde?*

Später, in der Schule, fühlte Clare einen Anflug von Stolz, wenn der Lehrer mit einem Lächeln versuchte, diesen besonderen Namen auszusprechen, der ihr gehörte, *Sei-del.*

Großes Vergnügen bereitete es ihr, als sie schließlich selbst schreiben konnte:

Clare Seidel

Clare Seidel

Clare Seidel

Doch all dies, dieser Teil ihres Lebens, ihre allerersten Jahre, sie scheinen nun nicht mehr ihre zu sein.

4.

Am folgenden Tag kommt die Post von Lucius Fischer an. Clare erfährt, dass sie knapp fünf Hektar Land, ein Haus mit Nebengebäuden in der Post Road 2558, in Ashford County, Maine, geerbt hat.

Grundbesitz! Besser als bares Geld, das keinen bleibenden Wert hat; Grund und Boden, das ist etwas, das Clare besitzen kann.

Viele Male überfliegt sie den Begleitbrief des Rechtsanwalts, doch sie kann keine neuen Informationen entdecken. Keinen persönlichen, freundlichen Nachsatz – *Herzlichen Glückwunsch, Miss Seidel!*

Wirklich nur ein ordnungsgemäßer, formeller Brief auf steifem Papier mit dem Briefkopf

ABRAMS, FISCHER, MITTELMAN, & TROTTER.

Fischers Unterschrift ist nahezu unleserlich. Sie hatte einige Tage zuvor solch eine merkwürdige, innere Nähe zu ihm verspürt ...

So haben wir uns kennengelernt. Durchs Telefon.

Durch das Testament meiner Großmutter.

Lächelt bei dem Gedanken daran, wie diese Geschichte aus einem zukünftigen Blickwinkel heraus erzählt werden könnte. Wie sich ein Leben (zufällig) mit einem anderen Leben kreuzt, und sich beide Leben dadurch für immer verändern.

... es war purer Zufall! Das Telefon klingelte, ich ging dran, und Lucius war am anderen Ende und sagte: Hallo? Spreche ich mit Clare Seidel?

Hat mein Leben vollkommen auf den Kopf gestellt. Und seins.

Clare sieht den Sommer an der Atlantikküste. Glasfront mit Blick auf den Ozean. Große Hemlocktannen, eine kurvige Landstraße. Geröllstrände. Herandonnernde, graublaue

Atlantikwellen, selbst im Sommer zu kalt zum Schwimmen. Unablässiger Wind.

Sieht sich in weißen Kleidern, eine traumhafte Schönheit aus einem Aquarell von Winslow Homer. Schreitet die Steinstufen zum Strand hinunter. Hinter ihr eine geheimnisvolle Figur ...

Fast kann Clare das Gesicht des Mannes erkennen. Aber in dem Moment, in dem sie es anstarrt, löst es sich nach und nach auf. Verschwimmt hinter Tränen.

Nein: Sie wird das Anwesen verkaufen. Wenn sie kann.

Niemals wird sie draußen in Ashford County, Maine, leben. Ihr Job verlangt, dass sie in großen Städten zu Hause ist, immer in der Nähe von Forschungsinstituten.

Fischer hat Clare darüber informiert, dass sie dreißig Tage Zeit hat, um ihre Ansprüche im Nachlassgericht von Ashford County geltend zu machen. Sie fragt sich – wie viel ist das Anwesen wohl wert? Lohnt sich die ganze Mühe?

Clare könnte das Geld gut gebrauchen. Sie ist dreißig Jahre alt und hat immer nur als Aushilfe gearbeitet, Zeitverträge, an der Uni. Wenig Geld auf dem Sparbuch. Sie sah sich immer gerne als Mensch, der von materiellen Dingen unabhängig ist. Obwohl sie eine Schwäche für schöne Dinge hat, muss sie diese nicht besitzen.

Landschaften, Kunst. Musik. Darin kann man Vergnügen finden, ohne sie zu besitzen.

So wie man auch Vergnügen an Menschen finden kann, an Liebhabern – ohne dass sie einen besitzen.

Sie wollte nie heiraten, geschweige denn Kinder haben. Schreiende Babys erfüllen sie mit Schrecken. Kreischende Kinder erfüllen sie mit Panik. Ein (ehemaliger) Liebhaber beschwerte sich, dass Clare häufig »wegdriftete«, wenn er mit ihr zusammen war: Er wusste nie, wo zum Teufel ihre Gedanken waren, aber er konnte fühlen, dass sie nicht bei ihm waren.

Clare zuckt noch immer zusammen, wenn sie nur daran denkt. Sie bereut es, eine andere Person verletzt zu haben.

In deinem Netz. In deinem Kokon. Pass auf, wen du hereinlässt.

An jedem Ort, an dem sie lebte, nachdem sie das Haus ihrer Eltern verlassen hatte, hat sie sich einen kleinen Freundeskreis aufgebaut, in dem aber keiner den anderen kennt. Das ist Clare wichtig – dass ihre Freunde sich nicht gegenseitig kennen. Und jedes Mal, wenn sie in eine andere Stadt zieht, lässt sie die Beziehung zu diesen Freunden einschlafen.

Wenn allerdings einer ihrer Freunde den Kontakt zu ihr nicht pflegt, dann ist sie tief verletzt, beunruhigt.

Ihre Gefühle anderen gegenüber sind kurzlebig, aber kraftvoll. Wie ein Feuer, das heiß auflodert und dann schnell abkühlt.

Fühlen andere genauso? Es gab Männer – es gab Frauen –, die Clare mochten, von denen sie sich aber rasch zurückzog.

Seit sie erwachsen ist, hatte Clare eine ganze Reihe von Liebhabern. Genauso wie eine ganze Reihe von Freunden. Viel mehr Freunde als Liebhaber, aber viel mehr Liebhaber als Verwandte. Bis jetzt.

»Ach, verdammt. Was soll's?«

Spontan entscheidet sie, eine Flasche Wein zu öffnen. Chardonnay, den sie vor einigen Wochen gekauft hatte, um Freunde zum Essen einzuladen, doch es war etwas dazwischengekommen. Erst mal etwas feiern, denkt Clare.

Die Nerven beruhigen. Ausnahmsweise.

Noch nie hat Clare allein getrunken. Allein trinken ist eine sehr bewusste Entscheidung. Hat etwas Trauriges. Sie leert ihr Glas, wie aus Trotz.

Es ist Zeit, zu Hause in St. Paul anzurufen. Ihr Plan ist es, zu einer Zeit anzurufen, zu der ihr Vater höchstwahrscheinlich nicht zu Hause ist, ihre Mutter aber schon.

Nicht, dass Clare Walter nicht liebt. Aber Gespräche mit ihrem (Stief-)Vater sind manchmal etwas heikel. Clare konnte mit Hannah immer viel offener sprechen, herzlicher als mit Walter, und doch konnte sie auch mit Hannah (so scheint es Clare) nie reden ohne dieses Gefühl von – nennt man es Unbehagen …?

Clare hat Glück, Walter ist nicht zu Hause. Hannah nimmt schon nach dem ersten Klingeln den Hörer ab, sie scheint ungeduldig, einsam.

Clare spürt einen Hauch von Vorwurf in Hannahs Begrüßung. Clare versucht sich zu erinnern – ist sie ihrer Mutter einen Anruf schuldig? Hat sie vergessen zurückzurufen, nachdem Hannah eine Nachricht auf dem Anrufbeantworter zurückgelassen hat? Es passiert öfter, dass Clare versehentlich Hannahs Nachrichten in ihrer Sprachbox löscht.

Clare will Hannah anrufen, um ihr die guten Nachrichten mitzuteilen, aber irgendwie kommt es nicht dazu. *Stell dir vor, Mom, ich habe gute Nachrichten!* – diese fröhlichen Worte bleiben aus.

Clares Worte gleiten vielmehr einfach so dahin, dies und das aus ihrem eigenen (privaten) Leben. Sie ist dankbar, dass Hannah sie mit einem Haufen Klagen über einen Erzfeind bei der Arbeit überschüttet, ein Kollege, der – wie es Clare scheint – Hannah Seidel schon seit Jahrzehnten das Leben schwermacht. Es macht ihr nichts aus, so wie es ihr früher etwas ausgemacht hat, dass Hannah sich nicht daran erinnert, ihr das alles schon einmal erzählt zu haben. *In einer Familie sind alte Nachrichten gute Nachrichten,* denkt sie in einem Anflug von Witz.

Dann hört Clare sich selbst eine ungewöhnliche Frage stellen: Weiß Hannah, ob Clares biologische Eltern noch leben? – eine Frage, die ihr Gespräch zu einem abrupten Ende führt.

Biologische Eltern. Ein klinischer und liebloser Begriff, aber doch noch besser (denkt Clare schuldbewusst) als *leibliche Eltern.*

»Aber – warum fragst du das, Clare – jetzt?«

Hannahs angestrengte, forcierte Stimme schaltet einen Gang zurück. Clare kann fast sehen, wie sich im weit entfernten St. Paul, Minnesota, ihre Augen verengen, ihr Mund schmal wird, wie eine böse Wunde.

Clare sagt, ihr lag diese Frage schon lange auf den Lippen. Sehr lange ...

»Aber warum?«

Warum denn, du hast doch uns. Warum interessierst du dich für sie!

»Warum? Das ist doch wohl eine ganz natürliche Frage ... Ich bin dreißig Jahre alt.«

»Dreißig Jahre alt! Was hat das denn damit zu tun?« Hannah ist wirklich fassungslos, ungehalten.

»Das heißt – ich bin kein Kind mehr ...«

»Clare! Das haben wir dir doch alles erklärt. Vor vielen Jahren schon. Erinnerst du dich nicht?«

»Ich – ich – ich glaube nicht, dass ich mich erinnere ...«

Clare versucht sich zu erinnern – an was genau, weiß sie nicht.

»Wir haben selbst nur sehr spärliche Informationen bekommen, Clare. Und es ist so lange her. Länger als ein Vierteljahrhundert, seit du in unser Leben getreten bist, aus dem Unbekannten.« Hannahs Worte haben einen vorwurfsvollen Unterton, so als wäre das alles Clares Schuld.

Aus dem Unbekannten. Ein bohrender Stachel.

»Deinem Vater und mir wurde nur sehr wenig über dich mitgeteilt, und nichts an diesen Informationen hat sich in den vergangenen Jahren verändert. Alles, was wir wissen, haben wir dir vor vielen Jahren erzählt.«

Clare hört zu, nachdenklich. Sie bringt es nicht übers Herz, zu sagen: *Aber ich erinnere mich nicht. Ihr müsst es mir noch mal erzählen. Bitte!*

»Ich habe mich nur gefragt, ob ihr wisst – ob sie noch leben. Oder – ob ...«

31

Hannahs Stimme tönt jetzt laut in der Leitung, aber belegt: »Wir haben nie erfahren, ob es *sie* gab, oder nur *eine sie* – eine Mutter. Ein Autounfall – sagte man uns –, aber Einzelheiten darüber haben wir nie erfahren. Keine Ahnung, wie alt deine biologischen Eltern damals waren. Du musst verstehen, Clare, es ist so lange her, und man hat damals anders über diese Dinge gedacht. Ein Kind zur Adoption freizugeben, war wie eine Schmach, und ein Kind zu adoptieren war ebenfalls damit behaftet, man hatte sozusagen Mitschuld an der Schmach, man war so etwas wie ein Mittäter, wenn man seinen Nutzen aus dem Unglück anderer zog. Wir mussten mithilfe einer katholischen Vermittlungsagentur bei der Planned Parenthood Agency in Minneapolis vorsprechen. Diese Organisation bestand darauf, gegenseitige Anonymität zu sichern, wenn eine der beiden Seiten dies wünschte – die Adoptiveltern oder die – anderen ...«

Clare ist verblüfft über Hannahs Ausbruch. Niemals zuvor hat ihre Mutter so freiheraus mit ihr gesprochen. So langsam kommt ihre Erinnerung zurück.

Anonymität. Versiegelte Dokumente.

Frag nicht. Sinnlos.

»Mehr konnten wir nicht tun, Clare. Wir konnten nicht auf weitere Informationen drängen, auf die wir gar keinen Rechtsanspruch hatten. Wir hatten, ehrlich gesagt, gar keine Ahnung, was wir da taten – ein Baby zu adoptieren war vollkommen neu für uns. Das war eine sehr emotionale Zeit damals. Wir hatten erwartet, dass wir einen Säugling bekämen – natürlich – aber wir waren dann sehr dankbar dafür, dich zu bekommen ...«

Hannahs Stimme verstummt allmählich, so als ob sie erst im Nachhinein merkt, was sie gerade sagt.

»Clare? Wir wollten immer nur das Beste für dich.«

Was sollte denn wohl diese Bemerkung? Was war denn *das Beste* für – wen?

Ganz benommen versichert Clare ihrer Mutter: Ja, sie versteht das. Natürlich.

Jeder möchte doch das Beste für ein verwaistes Kind, das man nie zuvor gesehen hat.

Clare merkt, dass sie das Gespräch besser beenden sollte. Sie bringt Hannah gerade vollkommen aus der Fassung. Doch sie ist nicht in der Lage, das Gespräch zu beenden. Ihre Neugier ist wie ein Wahnsinnsdurst, der ihren Mund austrocknet.

»In welchem Teil der USA haben sie denn gelebt, weißt du das? Meine Eltern.«

Meine Eltern. Das war ein Fehler, Clare hat sich versprochen.

Hannah antwortet barsch, dass sie das nicht wisse. Und wenn sie es je gewusst haben sollte, dann kann sie sich nicht mehr daran erinnern.

Dann wird ihre Stimme wieder weicher: »Also, es könnte sein – ich habe so eine Ahnung, dass sie in New England gelebt haben.«

»Nicht im Mittleren Westen?«

»Warum ist es denn so wichtig, wo sie herkommen? Hat etwa jemand versucht, mit dir Kontakt aufzunehmen?«

»Nein!« Clare antwortet wie aus der Pistole geschossen. »Aber kannst du mir vielleicht eine Kopie meiner Geburtsurkunde schicken, Mom? – Das wäre sehr lieb.«

In Clares Alter klingt *Mom* als Kosename recht merkwürdig. Schon als kleines Mädchen hatte Clare Schwierigkeiten gehabt, *Mom* klar und deutlich auszusprechen.

Dad, wie sie ihren Vater nannte, war nicht so schwierig. Auch wenn sie von Kindesbeinen an, bestärkt durch (das Lächeln) ihrer (Stief-)Eltern diese Kosewörter benutzen sollte, waren sie ihr eher unangenehm.

Auch ihren Liebhabern hat sie niemals Kosenamen gegeben. *Darling, Liebling. Mein Liebes.*

»Du besitzt keine Kopie deiner Geburtsurkunde? Wie merkwürdig.«

Die offiziellen Dokumente bewahrt Clares Vater im Aktenschrank seines häuslichen Arbeitszimmers auf, gesammelt in fein säuberlich markierten Ordnern. Clare hat von ihrem (Stief-)Vater diesen gewissen Fanatismus in Sachen Ordnung, Klarheit, Eingrenzung geerbt. Im Zweifelsfall, abheften. Wegheften. Clare überkommt urplötzlich ein Schamgefühl. Sie hat ihr Elternhaus nie richtig verlassen und ihre persönlichen Dinge, Dokumente an sich genommen – nie ihr eigenes Heim errichtet, in ihrem unsteten Leben.

Ein Vagabundenleben im Kopf. Ein undefiniertes Leben, wie ein Polaroidabzug, der nur teilweise ausgefüllt ist.

»Vielen Dank, Mom! Die brauche ich für – die Krankenversicherung ...«

Keine offensichtliche Lüge, denkt sich Clare. Hannah wird niemals darauf kommen: dass Clare die Geburtsurkunde dem Nachlassgericht in Cardiff, Maine, vorlegen muss.

Direkt vor ihrer Fensterscheibe hat sie die ganze Zeit über ein monströses Spinnennetz betrachtet. Ein Meisterwerk aus minutiös verbundenen Fäden von unterschiedlicher Länge, feuchtnass, bebend auf Beute wartend. In seiner Mitte hockt eine fette schwarze Spinne, bewegungslos, als wäre ihr Körper vom prachtvollen Weben vollkommen erschöpft.

Dann endet die Konversation. Hannah wird abrupt auf Wiedersehen sagen, mit einem letzten Seufzer *Also gut! – liebe dich*, und Clare wird antworten, wie wenn jemand sie mit dem Zeigefinger an die Brust stupst: *liebe* dich.

Niemals bringen es Mutter und Tochter fertig, tatsächlich zu sagen *Ich liebe dich*.

Erschöpft legt Clare auf. Braucht dringend noch einen Drink.

Das Problem Adoptivkind zu sein, ist, sich wie auf Abruf zu fühlen. Egal, wie alt man ist, immer besteht das Risiko, dass man zurückgeschickt wird.

Clare macht sich bereit für die nächste Herausforderung: die »Verwandten« in Cardiff anrufen, deren Nummer Fischer ihr gegeben hat.

Elspeth, Morag – die beiden noch lebenden Schwestern von Maude Donegal, der geisterhaften Großmutter. Fischer hatte sie als die »jüngeren Schwestern« beschrieben, doch auch sie müssten jetzt älter sein, auf jeden Fall über achtzig.

Dafür braucht sie aber jetzt noch ein halbes Glas Wein.

Noch vor ein paar Tagen hatte Clare keinen einzigen Blutsverwandten gekannt. Und jetzt hat sie auf einmal zwei Großtanten.

Nach dem ersten Klingeln wird der Anruf schon entgegengenommen.

Als ob die wachsame Großtante atemlos diesen Anruf erwartet hätte. Clare denkt – *Mein neues Leben!*

Die (weibliche) Stimme am anderen Ende heißt – Elspeth? Zu Anfang kann Clare sie kaum verstehen: die Frau spricht mit einem starken Maine-Akzent und unterbricht ihre Worte mit eigentümlichen kleinen Silben – *ähm, hä?* Sie scheint Wert auf förmliche Umgangsformen zu legen und ist (anscheinend) etwas schwerhörig, aber für eine Einwohnerin vom Bundesstaat Maine erstaunlich freundlich, denkt sich Clare; die Großtante ist sehr neugierig auf Clare, hört aber anscheinend gar nicht zu, was Clare ihr erzählt, denn sie fragt Clare mehr als einmal, wann sie denn nach Cardiff komme und bricht dann ganz unvermittelt das Gespräch ab, so als ob sie jemand gerufen hätte. »Also gut dann! Ausgemacht. Du wohnst bei uns, Cla-re. So lange du willst.«

»Du wirst sehen, meine Liebe – es ist sehr viel Platz in dem wunderschönen alten Haus deiner Großmutter Donegal.«

5.

Drei Tage später kommt Clare in Cardiff, Maine, an.

Betätigt die Türklingel des schon etwas heruntergekommenen, ehrwürdigen alten Steinhauses in der Acton Avenue 59, aus dem nur spärliches Licht dringt.

Ein Haus wie aus dem Märchenbuch. Ein Relikt viktorianischer Zeiten, in einer Straße mit vielen ähnlich großen, massiven, mächtigen Wohnhäusern, zurückgesetzt von der Straße, zwischen hohen Hemlocktannen und wuchernden Ligusterhecken.

Die Donegals müssen sehr wohlhabend sein, denkt Clare. Oder waren in vergangenen Zeiten auf jeden Fall sehr wohlhabend.

Cardiff, Maine, ist eine verfallende Textilstadt aus dem neunzehnten Jahrhundert, die es noch nicht ganz geschafft hat, sich für den Tourismus zu öffnen, so wie andere Städte in diesem Teil des Staates. Noch immer ein malerisches Städtchen an der Küste, selbst im Verfall. Mühlen und Fabriken sind lang verlassen, bunt verstreut Outlets und »Antik«-Läden, Boutiquen, die Kunsthandwerk verkaufen.

Acton Avenue ist eindeutig eine der repräsentativsten Straßen Cardiffs, oder war es zumindest, auch wenn viele Häuser nahe dem Stadtkern nun für gewerbliche Zwecke genutzt werden. Teils Apartments, teils Büroräume. Eine würdevolle altrosa Backsteinvilla wurde ins Ashford County Historical Museum umgewandelt; ein anderes weitläufiges viktorianisches Anwesen trägt das bescheidene Schild CARDIFF COUNTY FAMILY PLANNING & SERVICES.

Clare klingelt ein zweites Mal. Erinnerung an die Halloweenabende in St. Paul, als sie inmitten einer Gruppe von Kindern in Masken und Kostümen aufgeregt und in ängstlicher Erwartung an Häusern wie diesem zu klingeln gewagt hatten, während ihre Eltern in den Autos am Straßenrand warteten; wie erleichtert sie waren, wenn niemand öffnete. Obwohl im Haus Licht brennt, fragt Clare sich, ob jemand zu Hause ist. Immergrüne Zweige wuchern an den Seiten des Hauses und verdunkeln die Fenster im Erdgeschoss. Das Schieferdach ist in großen Teilen mit Moos bewachsen und kleine Bäumchen schlagen in den verstopften Regenrinnen Wurzeln. Clare riecht verrottendes Laub, feuchte dunkle Erde, ein Hauch organischer Fäulnis steigt von der Veranda herauf, auf der sie steht. Dann plötzlich, so sanft wie eine vertraute Liebkosung, dieser Gedanke: *Ist dies zu Hause? Bin ich hier am richtigen Ort?*

Als Waisenkind ist man niemals am richtigen Ort. Obwohl man sich dies nicht gerne eingesteht. Clares Herz schlägt schneller vor Erwartung. Sie sollte es besser wissen, sagt sie sich selbst. Sie ist kein naives Kind mehr, sie hat Übung darin, große Hoffnungen nicht an sich ranzulassen, so wie man einen anhänglichen Hund nicht zu nah an sich ranlässt.

Nein! Dies ist auf keinen Fall dein Zuhause.

Nahezu 700 Kilometer von Bryn Mawr, Pennsylvania, bis Cardiff, Maine. Ungefähr sechs Stunden über die Interstate-Autobahn, zu weit für einen Tag, doch dann auch wieder zu nah, um die Fahrt in zwei Tage aufzuteilen. Wenn Clare einen Begleiter hätte ...

Clare hat keinen Begleiter. Es ist klüger, die Fahrt in zwei Tagen zu absolvieren, so wie sie es gemacht hat, und vorsichtig zu fahren. Mit dem Gefühl, von einer Erbschaft gesegnet zu sein, der ersten in ihrem Leben, reihte sich Clare in die Langsamfahrer auf der rechten Spur der Interstate-Autobahn ein, die die Fahrer auf der Überholspur regelmäßig zur Weißglut bringen.

Seit dem Anruf von Lucius Fischer hat sie an nichts anderes denken können – Großmutter, Testament. Erbe. Und jetzt ist sie da.

Stimmen, drinnen im alten Steinhaus. In die massive Eichentür ist ein rundes Fenster eingelassen, durch das Clare lediglich ein gedämpftes Aufblitzen sehen kann, als der Lichtschalter angeht. Schwungvoll öffnet sich die schwere Eichentür, und zwei ältere, eigentümlich gekleidete Damen begrüßen Clare überschwänglich wie zwei aufgeregte Papageien.

»Da bist du ja! Oh, du siehst aus wie –«

»– wie *er*. Dein Daddy –«

»– unser Conor –«

»Ohh – ja, das *tut* sie!«

Die Stimmen beben. Tränen schimmern in den Augen. Die größere der beiden Frauen presst ihre Hand gegen ihre flache Brust, keucht.

»Wie gut – Gott sei Dank! – du bist *hier* –«

»– sicher – *hier* –«

»Herzlich willkommen, Clare –«

»Komm rein, meine Liebe. Du musst ja so –«

»– erschöpft sein.«

»– ausgehungert! – wollte ich sagen, meine Liebe, als diese unverschämte Person mich unterbrach –«

»Sie unterbricht mich die ganze Zeit, Clare – niemand ist so unverschämt wie *sie*.«

»– ausgehungert nach dieser langen Fahrt –«

»– und erschöpft –«

»– komm herein, Liebes –«

»– du bist Clare, nicht wahr? –«

»– haben schon gewartet auf –«

»– auf dich. Seit –«

»– Jahren.«

Inmitten dieser aufgeregten Begrüßungsorgie ist Clare ganz benommen. Die Frauen zupfen ungeduldig an ihr herum. Sie wird umarmt und noch einmal umarmt. Dann noch einmal umarmt, von dünnen Armen, die überraschend kräftig zudrücken und ihr die Luft aus dem Brustkorb herauspressen.

»– wie *er!* Dein Daddy –«

»– dein armer, armer Daddy –«

Wischen sich die Augen. Wischen sich über die Wangen, auf denen Tränen glitzern. Die größere verströmt einen süßlichen Duft von abgestandenem Talkumpuder, die kleinere einen scharfen Arzneigeruch auf alter Haut.

»Mein Liebes, ich bin Elspeth –«

»Ich bin Morag –«

»– Maudes jüngere Schwester –«

»– Maudes *jüngere* jüngere Schwester –«

»Wir haben telefoniert, Liebes –«

»*Sie* hat mir den Hörer einfach weggeschnappt, und dann –«

»Soll ich deinen Koffer nehmen, Liebes –«

»– hat sie mich noch nicht einmal kurz Hallo sagen lassen.«

Morag, die kleinere der beiden, lässt nicht locker, vorwurfsvoll. »Nichts darf ich.«

Clare wird von ihren beiden Großtanten Elspeth und Morag ins Haus geführt, in ein Foyer mit fleckigem Marmorboden. Der Geruch von moderndem Laub und feuchter Erde vermischt sich nun mit dem strengen Duft der alten Damen und der stickigen Luft des Gemäuers. Wie weichgefiederte Vögel drücken sich die beiden Frauen – die Großtanten – nah an Clare heran. Sie hätte nicht sagen können, wer Elspeth war und wer Morag (beeindruckende schottische Namen!). Eine der beiden nimmt ihr den Koffer aus der Hand, doch der fällt sofort zu Boden und streift Clares Fuß – zu schwer der Koffer für die alte Dame.

»Oh – *du!* Was hast du getan!«

»Nichts! Ich habe nur versucht –«

»Immerzu mischst du dich ein und vermasselst alles. Das arme Mädchen ist noch keine fünf Minuten hier und du lässt den Koffer auf ihren *Fuß* fallen. Gib ihn mir, Clare – *ich* lasse ihn nicht fallen, versprochen.«

»Entschuldige mal! Ich bin sehr wohl in der Lage, ihren Koffer zu tragen –«

»Nein! Du hast gerade gezeigt, dass du das *nicht bist* –«

Clare stammelt, dass sie ihren Koffer selbst die Treppe hochtragen kann. Er ist nicht schwer, gar kein Problem …

»Aber nein, davon wollen wir gar nichts hören, liebe Clare –«

»Du bist so weit gereist, du bist unser Gast –«

»Wenn doch nur Maude hier wäre –«

»– allerdings, wenn Maude hier wäre, dann gäbe es ja kein – Testament … Und keine Clare.«

»Oh! Nicht gerade *gastfreundlich* deine Begrüßung. *Du solltest dich schämen.*«

»*Du* solltest dich schämen! – dass du *so etwas überhaupt denkst.*«

Clare lächelt verlegen. Sie hat nur wenig Erfahrung damit, dass »Verwandte« so viel Wirbel um sie machen, die (doch eigentlich) Fremde für sie sind, allerdings nicht den herkömmlichen Abstand wahren, so wie man es von Fremden kennt.

Versucht den Gedanken abzuwehren, es sei vielleicht ein Fehler, bei diesen Großtanten zu wohnen.

Sie fragt sich trotzdem, warum sie Ja zu dieser Einladung gesagt hat. Wie viel einfacher wäre es gewesen, in einem Hotel in der Nähe zu wohnen.

Verführt von dem Gedanken an eine Familie. Diese älteren Damen sind die einzigen Blutsverwandten, die Clare seit ihrer Adoption kennengelernt hat, und an die Adoption kann sie sich noch nicht einmal erinnern.

Wird sie von der größeren, lebhafteren der beiden Frauen, Elspeth, warmherzig empfangen? Oder ist das Morag?

Beide Großtanten starren sie gierig an. Hungrig.

Beide Frauen sind kleiner als Clare, die mit 1,70 m eine durchschnittliche Größe hat; die kleinere der beiden Schwestern ist um einiges kleiner und scheint eine deformierte Wirbelsäule zu haben. Die größere und wohl jüngere Schwester hat ein elfenbeinblasses Gesicht mit kaum sichtbaren Falten.

Dem Gesicht wurde eine »prachtvolle« Maske aus Rouge, Linien und Puder aufgesetzt – gewölbte Augenbrauen, errötete Wangen, eine Rosenknospe als Mund; ihr aufgebauschtes Haar hat eine unnatürlich orangerote Färbung und die luftige Struktur von Zuckerwatte. Die kleinere, wohl ältere Schwester mit der gekrümmten Wirbelsäule hat ein eingedrücktes Mopsgesicht, eine niedrige Stirn, ein käsig-bleiches Gesicht, spärliche Augenbrauen und so gut wie keine Wimpern. Ihr Mund ist schmallippig, aber breit.

Elspeth, die größere, ist festlich gekleidet, trägt ein stahlblaues Satinkleid, einen schwarzen Spitzenschal über ihren mageren Schultern; Morag, plump und schwerfällig wie ein Hydrant, trägt eine Art Männerkleidung – formlose dunkle Hosen aus weichem Stoff, so wie Jersey, nicht sehr sauber, und einen Pullover mit Zopfmuster und Rollkragen. Ihr Haar ist nicht gefärbt, wie das ihrer Schwester, sondern eine Mischung aus steingrau und kalkweiß, recht fest, aber auch schon so dünn, dass Clare den blassen, verwundbaren Schädel hindurchschimmern sieht. Die größere, modischer gekleidete Elspeth trägt ein silbernes Brillengestell; Morags Brille ist klobig, ein schwarzes Plastikgestell.

Clare hat das vage und unheimliche Gefühl, dass jemand aus dem Hintergrund oder vom äußersten Rand ihres Blickfeldes aus zuschaut. Noch eine Großtante?

Aber als sie sich umdreht, ist da niemand. Ein schwach beleuchteter Flur führt vom Foyer in das düstere Innere des Hauses.

Die Großtanten drängen sich dicht an Clare heran, so als ob sie sie bewachen wollten. Sie bestehen darauf, dass sie mit ihnen zu Abend isst. »Das wird dir deine Farbe wiedergeben. Du bist so bleich wie ein Gespenst.«

»Als ob sie je ein Gespenst gesehen hätte.« Die andere Schwester lacht verächtlich.

»Sagt man doch so. Davon hast *du* ja keine Ahnung.«

»Dafür weiß ich: du bist die einzige dumme Person, die jemals ein Gespenst gesehen hat und sich damit brüstet.«

»Ich doch nicht – *mich brüsten!*«

»Also, wenn Clare jetzt ein Gespenst sieht, dann weiß ich, dass es deine Schuld ist – du hast ihr das in den Kopf gesetzt.«

»*Du*, du weißt nicht immer alles.«

Clare ist sich unsicher, ob sie über das Gezanke der Schwestern lachen oder versuchen soll, es zu ignorieren. Sie versteht, dass der heftige Schlagabtausch ihretwegen geschieht und sie möchte nicht ins Fettnäpfchen treten und jemanden beleidigen, indem sie sich mit der einen Großtante auf Kosten der anderen amüsiert.

Elspeth ist die witzigere, aber auch gemeinere; Morag ist nicht so schlagfertig, hat aber eine ganz besondere Art, wie eine Bulldogge aufzubrausen, erzürnt. Auf den ersten Blick scheint Elspeth die stärkere der beiden, da ihr Körper besser in Form zu sein scheint, doch tatsächlich ist Morag die robustere, sie steht mit beiden Beinen fest auf dem Boden.

Beide sind sehr freundlich und zuvorkommend ihrem Gast gegenüber und scheinen aufrichtig besorgt um Clare.

»Bitte komm hier herein, Clare, setz dich bitte – du hast viel durchgemacht. Wir hatten das Abendessen schon länger fertig …«

»Nicht sehr nett, einem Gast so etwas zu sagen! ›Schon länger fertig‹ – das ist doch ungehörig.«

»Ich wollte doch nur –«

»– ignorier sie einfach, Clare; meine Schwester hat so selten Besuch, dass sie ihre guten Manieren verloren hat.«

» – wollte doch nur sagen, dass das Essen langsam *kalt* wird.«

»Na und – *wärmen* wir es einfach wieder auf …«

Wie kleine Kinder oder junge Hunde, die um Zuneigung betteln, so wetteifern auch die Großtanten um Clares Aufmerksamkeit, sehr unangenehm für sie. Wieder hat sie das vage Gefühl, dass noch eine weitere Person, vielleicht eine dritte Großtante, eine gespenstische Figur, irgendwo in der Nähe ist und gleich das Essen hereinbringen wird.

In einem mit schweren Antikmöbeln, Läufern und Wandteppichen überladenen Salon wird Clare gedrängt, sich auf einem Samtsofa niederzulassen, das heimtückisch unter ihrem Gewicht knarrt. Auch hier kann sie Moder und Schimmel deutlich riechen, dazu ein scharfer, erdig-sandiger Geruch, den sie als Ausscheidungen von Nagetieren definiert, weil sie Ähnliches an anderen, nicht sehr sauberen Orten schon gerochen hat.

»Wir wissen, dass du müde bist, liebe Clare, und jetzt gerne in deinem Zimmer ungestört sein möchtest, aber – wir haben noch so viel zu bereden!«

»Woher weißt du, dass das Kind *ungestört* sein möchte? Sie ist ausgehungert, sieh sie doch mal an! Sie möchte *Tee* und dann Abendbrot.«

»– Tee *zum* Abendbrot? –«

»– es sei denn, wir haben nur Pepperidge Farm Cookies und nicht diese warmen Scones mit Butter und Clotted Cream und diversen Marmeladen und Gelees, so wie sie im Ritz serviert werden, aber –«

»Oh, im Ritz! Sie möchte, dass du sie fragst ›Welches Ritz‹, damit sie antworten kann ›*das* Ritz am Piccadilly‹. Du weißt schon – London.«

Elspeths Worte klingen verächtlich. Als Morag protestiert, erwidert Elspeth, als ob es um ihr Herzensthema ginge: »Und damit meine ich nicht London, Connecticut –«

»*New* London, Connecticut –«

»Oh, *hör auf!* Kannst du denn damit keine Ruhe geben! Ein einziges Mal hat unser Vater uns Mädchen zum Abendessen mit ins Ritz genommen, und sie ist nie darüber hinweggekommen –«

»– *sie* ist nie darüber hinweggekommen –«

»– und weißt du was, Clare? – der Tee war English Breakfast Tea, und der hatte noch nicht einmal richtig in einer Teekanne gezogen, es waren *Teebeutel.*«

Clare lacht, unsicher, warum dies lustig sein und sie vielleicht lachen sollte. Es erscheint ihr gemein von der größeren, attraktiveren, jünger erscheinenden Elspeth, in solch spöttischem Unterton zu reden und damit ihre zwergenhafte, aufrichtig und ernsthaft sprechende Schwester noch kleiner zu machen; sie bemerkt auch, dass Morag irgendetwas fehlt am Körper, vielleicht eine Hand – Clare ist sich sicher, dass sie einen abgerundeten, weichen Stumpf gesehen hat … Aber als sie sich traut, genauer hinzusehen, merkt sie, dass Morag zwei Hände normaler Größe hat, oder sogar größer als normal, wie Männerhände, mit brüchigen Nägeln wie man sie von einem Hilfsarbeiter oder einem Gärtner kennt.

»– so viel zu erzählen, Liebes! – wir haben gewartet und *gewartet.* Seit unsere arme geliebte Schwester in der vergangenen Woche verstorben ist und dann dieser Schock mit dem Testament –«

»– nicht, dass es ein schlimmer Schock gewesen wäre, oh, nein –«

»– *nein.* Überhaupt kein *schlimmer Schock.* Wir wussten doch, dass –«

»– unsere geliebte Maude viele ›Interessen‹ hatte –«

»– Wohltätigkeitsorganisationen –«

»– St. Cuthbert's Church –«

»– Verwandte über ganz New England verstreut –«

»– ein ganz schöner Schock, aber kein *großer Schock* –«

»– die geliebte Maude hat uns dieses Haus überlassen –«

»– uns *zusammen,* ihren beiden Schwestern und ihrem Sohn – Gerard –«

»– ah ja: Gerard – dein Onkel, ein Junggeselle –«

»– sie hat sich um uns gesorgt – und um ein paar andere aus der Familie –«

»– unseren lieben Neffen Gerard, den du kennenlernen wirst –«

»– *wir* haben nicht geheiratet, so wie Maude; sie war sehr unerschrocken –«

»– sie war so betrübt über deinen Vater, sie konnte nicht –«

»– konnte es *nicht ertragen* –«

»– schon allein der Gedanke, dass –«

»– über viele Jahre, schon allein der Gedanke, dass es *dich* gab.«

»– Obwohl sie von dir wussten –«

»Ja! Wir alle wussten davon – nur –«

»– die Jahre flogen vorbei –«

»– flogen vorbei …«

Während dieses ermüdenden Hin und Her, wird ein kunstvoll verziertes, matt-silbriges Tablett in den Salon gebracht, feierlich auf dem Tischchen direkt vor Clare abgestellt. Tassen und Löffel klirren. An ein paar Stellen angeschlagenes, doch wunderschönes zartes Wedgwood Porzellan, stilvoll gemusterte Silberlöffel, nur leicht angelaufen. Wer auch immer das Tablett hereingebracht hat, ist nicht zu erkennen, denn ihr – sein? – Gesicht ist von der aus der Teekanne aufsteigenden Dampfwolke vollkommen eingehüllt.

»– ich gieße ein. Hier, Clare –«

»– deine Tasse, Clare –«

»– *deine* Tasse, extra für dich ausgewählt –«

»– Rosenknospen, geliebt von unserer lieben Maude –«

»– und dieser Löffel! – eigentlich ein Babylöffel –«

»– *dein* Löffel –«

Clare reibt sich die Augen, müde von der langen Fahrt, und sieht, dass die Großtante, die den Tee umrührt, Elspeth ist, wenn es nicht Morag ist … Und wer ist die andere Person im Raum? Clare schaut unruhig umher; ihre müden Augen können niemanden entdecken.

Dann folgt ein erneutes Intermezzo unerbittlichen Geplappers. Als ob Vögel mit ihren spitzen Schnäbeln an ihr pick-pick-picken. Natürlich, so denkt Clare, wollten die alten Großtanten ihr nichts Böses; sie meinen es gut mit ihr; sie sind einsam, suchen wohl Gesellschaft; sie sind aufgeregt, sie kennenzulernen, so wie auch sie selbst aufgeregt ist, ihre Tanten kennenzulernen.

Clare, die sonst sehr wählerisch ist, was Essen und Trinken angeht, chronisch untergewichtig, hat auf einmal mehr Appetit, als sie sich je vorstellen konnte: auf lauwarmen English Breakfast Tea mit ranzig riechender Milch. Und Pepperidge Farm Ingwerkekse, nicht mehr ganz frisch, die in ihren Fingern zerbröseln, ihr den Mund wässrig machen, so köstlich …

»– (Sie ist viel zu dünn!)«

»– (Dem werden wir schon abhelfen!)«

Wie seltsam, die Großtanten reden über Clare, als wäre sie gar nicht im Raum.

Ihre Augenlider werden schwer. Sie ist plötzlich so müde. Mit glitzernden Augen hinter blank polierten Bifokalgläsern beobachten die Großtanten sie ganz genau.

»– Schlafenszeit, Liebes? Dein Zimmer ist bereit –«

»– gut durchgelüftet und frisch hergerichtet für *dich* –«

»– (Achtung! Nimm ihr die Tasse ab, bevor sie herunterfällt –)«

»– (Nimm *du* sie, du bist näher dran!)«

Noch nicht einmal 21 Uhr, sehr früh noch, um schlafen zu gehen, denkt Clare. Doch es fühlt sich viel später an. Mitternacht.

Clare ist so müde, dass sie kaum noch die Augen offen halten kann. Wie unhöflich von ihr, im Beisein der Großtanten einzuschlafen … Schafft es kaum noch, vom Samtsofa aufzustehen. Schafft es kaum noch, ihre Wörter zu artikulieren, sich zu entschuldigen.

(Was ist mir ihr passiert? Clare denkt, *Sie haben mich vergiftet!* – doch dieser Gedanke gleitet hinein und wieder hinaus aus ihrem Kopf, wie ein kurzer Faden, den man durch ein Nadelöhr zieht.)

Es gibt einen kurzen Augenblick, einen entscheidenden Punkt (wie jener Augenblick damals, kurz bevor Clare den Anruf in Bryn Mawr entgegengenommen hatte, als sie hätte entscheiden können, nicht dranzugehen), in dem Clare den Großtanten hätte entkommen können, aus dem Salon ausbrechen, in das schwach erleuchtete Foyer hinausstolpern und raus auf die Veranda in die eiskalte, frische Luft, und von da aus in ihr Auto, das am Straßenrand parkt. Aber all das tut sie nicht, denn sie hat gar keine Chance, es zu tun. Sie ist einfach nur schrecklich schläfrig. Kindliche Geborgenheit in ihrer Schläfrigkeit und im Nichtstunkönnen der Schläfrigkeit. Bei diesen liebenswürdigen Großtanten.

Weiß nicht, was passiert, aber fügt sich: die Treppe hinauf! Ein Zimmer bereit für sie, seit Tagen. (Jahren?)

Wie schwach sie ist, doch Clare nimmt ihren Koffer in die Hand, um ihn die Treppe hinaufzutragen. Der Koffer (der vorher nicht schwer gewesen war) ist jetzt sehr schwer. (Sie hat nur ein paar Kleidungsstücke dabei, ein paar Bücher, ein zweites Paar Schuhe, Hygieneartikel in einem Kunststoffbeutel – nichts Schweres eigentlich.) Die kleine, plumpe, missgestalte Morag lacht liebevoll – oder ist es höhnisch? »Lass *mich*« – schafft es, mit ihrem Armstumpf den Koffer, auf ihrem Oberschenkel abgestützt, triumphierend die Treppe hinaufzutragen.

Clare reibt sich die Augen, starrt ihr hinterher. Fehlt Morag *wirklich* ein Teil ihres Arms?

Clare kann es nicht genau erkennen.

»– hier herein, liebe Clare! Dies –«

»– ist bereit für *dich*.«

Elspeth, die Großtante mit dem hellen, feuerfarbenen Haar, fliegt an Clare vorbei und führt sie ins Gästezimmer. Clare hat den Eindruck, die glamouröse Großtante schwenkt eine Fackel über ihrem Kopf – aber nein, natürlich keine Fackel.

Erstaunlich, dass ihr das Gästezimmer in diesem fremden Haus vertraut erscheint – einer der Orte, an dem Einzelheiten wie Wände, Decken, Fußböden nicht genau festgelegt sind, eher unbestimmt, im Nebel. *Ich bin zu früh gekommen, der Traum ist noch nicht bereit. Gibt es hier Sauerstoff zum Atmen?* Angst hat sie keine. Im Gegenteil, sie hat das Gefühl, an einen vertrauten Ort zu kommen, ein Ort, der *sie* lange schon erwartet hat.

»Raus! – aus den Schuhen –«

»Raus! – aus den Socken –«

»Dies auszieh'n –«

»Das auszieh'n –«

»Und das noch –«

Wie Äther steigt die Lethargie von der steifen, ausgebleichten Satindecke des Himmelbetts hinauf, um Clare in die Arme zu nehmen. Die Matratze ist sehr hart – Rosshaar. (Woher weiß Clare das? Clare weiß es.) Auf dem Gänsefederkissen rollt ihr Kopf hin und her, als ob er vom Körper abgetrennt wäre. All ihre Glieder sind schlaff, widerstandslos. Ihre Gedanken in Fetzen, zerrissen. Und dann Dunstschwaden, wie Wolken. Hoch oben fegen Atlantikwolken über sie hinweg.

Geschäftig, glücklich zupfen die Großtanten an ihrer Kleidung, beugen sich gurrend über sie, als wäre sie ein großes, hilfloses Baby. Aus der Distanz hört sie (sehr zu ihrer Bestürzung), dass sie »keine besondere Schönheit« sei, doch wenigstens »kommt sie nach *ihm*, nicht nach *ihr*. Diese Frau war *so gewöhnlich.*«

6.

Leise, erregte Stimmen wehen die Treppe hinauf.

Sie erinnert sich nicht.

Sie muss sich erinnern!

Nein. Ich glaube, sie tut es nicht ...

Sie tut so, als erinnere sie sich nicht.

Nein. Ich glaube, sie erinnert sich wirklich nicht.

Dann eine Pause. Man ist sich nicht sicher, ob man richtig wach ist oder noch gefangen in diesem fremden Bett mit seiner harten, unnachgiebigen Matratze unter einem dünnen, zerfransten Betttuch, zwischen Bettdecken, die nach Schimmel riechen, gefangen in einem Traum, der weitergeht, weiter und weiter, wie wenn man durch trübes Wasser watet, das an den Füßen saugt und man befürchten muss, hinuntergezogen zu werden, und man dann die Augen fest zulässt wie ein Kind, aus Furcht vor dem, was man als Nächstes hören könnte.

Sie erinnert sich nicht an uns – an die, die sie gefunden haben.

Unvermitteltes Gelächter. Übermütige Heiterkeit, wie klirrend zerspringendes Glas.

7.

»Clare, Liebes? – Frühstück.«

»– Zeit fürs Frühstück, liebe Clare!«

Wacht auf von den Stimmen unten an der Treppe.

Freudig erregte Stimmen, leicht vorwurfsvoll: Clare hat verschlafen, es ist nach neun.

Starrt ungläubig auf ihre Uhr. Viertel nach neun! Normalerweise wacht Clare vor Tagesanbruch auf, ist vor sieben aus dem Bett. Wundert sich, dass sie wie apathisch zwölf Stunden in diesem Himmelbett im Gästezimmer ihrer Großtanten geschlafen hat. Noch immer ist ihr Kopf schwer, ihr Blick verschwommen, so als ob sie, anstatt tief und fest zu schlafen, die ganze Nacht hindurch versucht hat, dicht vor ihren Augen einen Text zu lesen.

An der Tür Stimmen, gewagt vertraulich, erregt.

»Bist du hungrig, Liebes?«

»Wir haben dir ein ganz besonderes Frühstück zubereitet, Liebes ...«

Herausfordernd dreht sich der Türknopf. Aber – zum Glück! – die Tür wird nicht geöffnet.

Clare beobachtet, wie sich der Türknopf dreht. Die Haare in ihrem Nacken stellen sich auf wie bei einem erschreckten Kind.

Schnell ruft sie ihren Großtanten zu, dass sie so rasch wie möglich hinunterkommt. Es tut ihr so leid, dass sie verschlafen hat ...

»Keine Eile! Keine Eile –«

»– unsere kleine *Schlafmütze*.«

Lachen wie schepperndes Glas. Clare schaudert.

Orientierungslos, schlaftrunken und noch wackelig auf den Beinen, versucht sie sich im Gästezimmerbad zu waschen. Dort ist alles viel zu hell: grellweiße Kacheln an der Wand, auf dem Boden. Von der Decke blendendweißes Licht. Über ihr, in einer Ecke, die Reste eines zerstörten Spinnennetzes, leichte Erregung, kaum wahrnehmbar …

Clare schaudert. Das macht sie dann später weg, das Spinnennetz.

In einem antiquierten Spiegel über einem antiquierten Waschbecken, ein blasses Gesicht, verfilztes Haar. Nackte Schultern, Brüste, beschämt und verletzlich – Brustwarzen so hart wie kleine Kerne, aufmerksam und vorsichtig.

Unterarme! Clare schrubbt sie mit einem Waschlappen ab, kräftig.

Keine Ahnung, wie man die antiquierte Dusche in der riesigen weißen Badewanne benutzt. Wasserhähne, die sich nur widerwillig drehen und die alten Rohre ächzen lassen. Duschkopf wie eine lepröse Sonnenblume.

Sie muss die Großtanten fragen, wie diese verdammte Dusche funktioniert. Keine Zeit mehr, um ein Bad zu nehmen – um die Wanne mit heißem Wasser zu füllen, hineinzusteigen, hineinzurutschen wie in einen römischen Sarkophag.

(Außerdem ist die Wanne nicht sehr sauber. Reste von Spinngewebe, Haare.)

Eine Nacht voller strapaziöser Träume! Schüttelt den Kopf, um sie loszuwerden.

Warum ist sie hierhergekommen? Wo ist sie eigentlich genau?

Zurück im Schlafzimmer, zieht sich an in kindlicher Eile. Man fürchtet sich davor, überrascht zu werden, wenn man noch nicht vollständig angezogen ist. Nackte Füße! Unmöglich, mit nackten Füßen herumzulaufen …

Clares Finger bewegen sich wie benommen. Es gibt eine merkwürdige Abkopplung zwischen ihrem Gehirn und ihren Fingern, ihren Gliedmaßen. Genauso hat sie sich gefühlt, als sie früher einmal eine Tablette zum Einschlafen genommen hat – kein schweres Barbiturat, nur Benadryl – doch die Nachwirkungen am folgenden Morgen waren sehr unangenehm.

Natürlich – du weißt ja, dass man dir Gift gegeben hatte. Gestern Abend.

Sie atmet durch den Mund, versucht, nicht in Panik zu geraten. Aus ihrem Koffer (der aussieht, als sei er geschüttelt worden, sein Inhalt ist vollkommen durcheinandergewürfelt) kann sie saubere Unterwäsche, Kleidung herausziehen. *Die Großtanten! Sie wollen mich aus dem Testament ihrer Schwester löschen, bevor es zum Nachlassgericht geht, sie wollen mein Erbe.* Auf dem Weg nach Cardiff am Tag zuvor hatte Clare einen Pullover, Jeans und ihre normalen Laufschuhe getragen. Doch sie hat auch offiziellere Kleidung dabei für den Termin mit Lucius Fischer an diesem Morgen.

»Lucius. *Er* wird mein Freund sein.«

Clares Finger sind ganz betäubt; sie braucht viele Minuten, um sich ordentlich anzuziehen. Hat ihre Haare vergessen – starrt auf ihr Bild im Spiegel auf der Kommode – eine sprachlose Medusa.

Schande! – unter normalen Umständen hätte sie geduscht, ihre Haare gewaschen oder zumindest gut nassgemacht, um sie sorgfältig auszukämmen. Zu spät jetzt.

Haare wie wilde Kritzelei. Geweitete Augen, die große Verwirrung spiegeln.

Keine Fluchtmöglichkeit außer die Treppe hinunter. Von freundlich scheinenden Stimmen hinabgezogen. Clare betritt einen neuen Raum, den Frühstücksraum, schirmt ihre Augen gegen das aus einer riesigen Fensterfront hereinbrechende Sonnenlicht ab. Ihr Mund ist extrem trocken. Ihre Augen fühlen sich übergroß an, freigelegt. Die Großtanten wenden sich ihrem Gast zu, lächeln erwartungsvoll. Elspeths grotesk lodernde Haarpracht hebt sich grell von ihrem bleichgeschminkten Gesicht ab; Morags muskulöser hydrantengleicher Körper ist fest im Boden verwurzelt. Es scheint, als hätten sie gerade mit jemand anderem über Clare gesprochen, aber wer das ist, eine dritte Person am hinteren Ende des Frühstückstisches, das kann Clare nicht erkennen. In den Augen der betagten Schwestern ein glitzerndes Funkeln, das Clare unangenehm ist.

»Zum Frühstück gibt es Porridge –«

»– zubereitet in typisch schottischer Weise, mit Hafergrütze.«

»– einem Schuss Milch –«

»– braunem Zucker –«

»– Rosinen. Beeil dich!«

Clare soll vorne an dem langen, mit einer senfgelben Plastikdecke bedeckten Tisch Platz nehmen.

Porridge! Clare hat schon viele Jahre keinen Porridge mehr gegessen. Sie erinnert sich daran, dass sie diesen als Kind geliebt hat; danach dann nicht mehr so sehr. Die Großtanten haben einen ganz besonders dicken, zähen Haferbrei zubereitet, der an den Rändern von Clares Schüssel schon fest ist. Sie nimmt ihren Löffel in die Hand: es ist der leicht angelaufene silberne »Babylöffel« vom Abend zuvor.

Clare ist entschlossen, das Frühstück ihrer Großtanten anzunehmen, damit sie den alten Damen zeigen kann, wie dankbar sie für ihre Gastfreundschaft, für ihre Liebenswürdigkeit ist. Es ist nicht so, dass sie die beiden nicht mag, und sie hat auch keine Angst vor ihnen – das wäre ja absurd.

Doch dann bemerkt sie, wie sich die Rosinen in dem grauen, zähflüssigen Porridge in ihrer Schüssel hin und her bewegen.

»Sie mag deinen Porridge nicht, Morag!«, ruft die Großtante mit den orangefarbenen Haaren.

»Sie mag *deinen Porridge* nicht, Elspeth!«, ruft die Großtante mit der verbogenen Wirbelsäule.

Verwirrt verstärkt Clare den Griff um ihren Babylöffel. Natürlich bewegen sich die Rosinen in ihrer Schüssel nicht. Hafergrütze mit einem Schuss heißer Milch ist ihr Lieblingsfrühstück.

»Jetzt hast du unsere liebe Nichte in Verlegenheit gebracht – sie denkt, sie *muss das essen.*«

»Ah ja, natürlich muss sie essen. Sie ist ein junges Mädchen, das noch wächst – und junge Mädchen *müssen essen.*«

Während Clare sich bemüht, den angelaufenen silbernen Babylöffel zum Mund zu führen, zu kauen, einen zähen Brocken Porridge herunterzuschlucken und dabei die Rosinen zu vermeiden, schweben die Großtanten dicht über ihr, mit Geplapper und Geflatter. Steckt da irgendetwas Finsteres, Unheimliches dahinter oder sind sie einfach nur besorgt um Clare, fasziniert von ihr, so wie man (sehr wohl) von einem Fremden fasziniert ist, der in Gestalt eines Familienangehörigen plötzlich aufkreuzt? – ein direkter Erbe?

Clare hat sich eine entscheidende Frage überlegt, die sie den Großtanten stellen will: Warum wurde sie zur Adoption weggegeben, wenn doch die Familie Donegal so gut betucht ist? Hat keiner aus der Familie sie gewollt?

Nur – wie soll sie es wagen, solch eine Frage zu stellen? Ihre Stimme bricht, als sie beginnt. Im Hals ein dicker Kloß.

Dieser verdammte Porridge ist so zäh wie Karamellbonbons! Heiße Milch reinzuschütten macht die Sache kaum besser.

»Ist es zu heiß, Liebes? Oder –«

»Nicht heiß genug?«

Die Fürsorglichkeit der Schwestern scheint echt. Clare fragt sich, ob sie je zuvor in ihrem Leben einen Gast im Haus hatten.

Elspeth trägt einen graubraunen, seidenen Morgenmantel mit weiter Schärpe. Er erinnert an irgendeine antiquierte Art von Ballkleid oder Festtagstracht; das Oberteil des Mantels gleitet auf sonderliche Art und Weise auf, wenn sie sich gedankenlos bewegt und legt ein knochiges Dekolleté frei. Dazu hat Elspeth ihr Gesicht so großzügig gepudert, dass sie einem gespenstischen Clown gleicht; ihre bogenförmigen

Augenbrauen, die auf Clare am Abend zuvor noch prachtvoll gewirkt hatten, sind heute Morgen zittrig korrigiert, genauso wie der rotorange Lippenstift mit zittriger Hand geführt wurde. Morag, mit Mopsgesicht und plump-gedrungenem Körper und zerzaustem, ungekämmtem Haar, trägt, wie es scheint, einen bequemen Flanellpyjama unter einem Morgenmantel aus grobem Stoff, so wie Jeansstoff. Ihre Augen ruhen vergnügt, etwas schadenfroh, auf Clare.

»*Wir* mögen unseren Porridge nicht«, sagt Morag verschmitzt. »Ist wohl nicht von der Qualität, wie man ihn im Ritz serviert bekommt.«

»Na ja, er würde unserem Gast besser schmecken, wenn er wenigstens heiß genug wäre. Irgendjemand hat ihn kalt werden lassen, sodass er jetzt fest ist …«

»*Irgendjemand* hat die Flamme am Herd ausgeschaltet.«

»*Irgendjemand* muss ja wachsam sein, sonst kommt die Feuerwehr hier die Straße hochgebraust – wieder einmal.«

Clare lächelt unsicher. Sie hat den Haferbrei aufgegeben, hält aber weiterhin den zierlichen Löffel in der Hand, damit ihre betagten Verwandten nicht argwöhnen, sie möge ihr aufwändig zubereitetes Essen nicht.

Jetzt hat sie Zeit, die vierte Person im Raum zu betrachten: ein Mann – von unbestimmbarem Alter –, weder alt noch jung, weder lächelnd noch missbilligend, sowohl Clare als auch den plappernden Großtanten gegenüber gleichmütig, desinteressiert, die Ellbogen auf den Tisch gestützt und vornübergebeugt, einen Löffel in der linken Hand, während die rechte auf der Tischplatte ruht, Finger steif wie Klauen.

Verwunderlich. Diese Person, ein Fremder, kommt Clare irgendwie vertraut vor – seine Züge erinnern an ihre eigenen, indirekt: irgendetwas an der Stellung der Augen oder die Nase …

Er hat einen ausgeprägten spitzen Haaransatz, dunkles, mit grauen Strähnen durchsetztes Haar, ein scharfkantiges Gesicht. Nicht sehr freundlich. Doch beobachtet Clare durch seine halb geschlossenen Augen, heimlich. Neben seiner Porridge-Schüssel, eine längsgefaltete Zeitung.

Beunruhigend, denkt Clare, diese Person hat so viel Ähnlichkeit mit ihr, wie ein enger Verwandter, aber je länger sie ihn betrachtet, desto unsicherer wird sie, ob sie sich das nicht alles nur einbildet.

Er hat eine raue, narbige, gräuliche Haut. Sie hat eine sehr helle, sehr glatte Haut.

Er ist missmutig, kleinlich. Sie lächelt viel, schmeichelt gern.

Es scheint, als ob Essen für diesen Mann eine große Herausforderung darstellt, denn Clare hat bemerkt, dass er seinen Löffel sehr seltsam mit den Fingern der linken Hand hält, die Großtanten ihm allerdings, vor lauter Angst, ihn zu belästigen, gar keine Hilfe anbieten.

Nervenschäden, denkt Clare mit einem Anflug von Mitleid. Und vielleicht auch Gehirnschäden. Sie erkennt einen steinernen, ausdruckslosen Blick in seinen Augen.

»Gerard, mein Lieber! Dies ist eine Nichte von dir – Clare –«

»– eine Nichte, die du noch nicht kennst, mein Lieber. Die wir alle noch nicht kennen – eine große Überraschung …«

Gerard schaut Clare missbilligend an, ohne sie überhaupt richtig zur Kenntnis zu nehmen. Sie ist ein Eindringling, so scheint es; stört sein Frühstück und seine Zeitungslektüre. Er nickt ihr widerwillig zu, murmelt etwas, was *Hallo* heißen könnte. Oder auch nur ein dunkles Murren war – *mh*.

»Clare, Liebes, – das ist unser Neffe Gerard, der hier im Haus wohnt – mit uns zusammen –, seit seine Mutter verstorben ist –«

»Der jüngere Bruder deines Vaters, Clare –«

»Nein. Gerard war *älter* –«

»Nein, war er nicht. Er war *jünger* …«

»Jünger als Conor – zu jener Zeit. Aber jetzt ist Gerard älter.«

»Na ja, er ist älter geworden. Jedes Jahr, älter geworden.«

»Genau das habe ich doch gesagt! Jedes Jahr, *älter*.«

Gerard ist ein magerer Wolfshund, mit eingefallen Wangen, immer auf der Hut, jemand, dem unbehaglich wird, wenn man über ihn redet, als wäre er nicht anwesend. Sein Gesichtsausdruck erinnert an den in Kummer und Qual im siebzehnten Jahrhundert von Alessandro Casolani in Öl festgehaltenen Märtyrer St. Bartholomäus. Clare denkt sich, dass die betagten Großtanten mit ihrem Geplänkel – unter dem Vorwand, freundlich und beschützend sein zu wollen – absichtlich die Geduld ihres Neffen auf die Probe stellen wollen.

»– und trotzdem, du weißt es genauso gut wie ich – Gerard ist *nicht alt*. Gerard ist –«

»– für uns, immer noch ein Junge.«

Irgendetwas an Gerard scheint entstellt, denkt Clare. Sie ist irritiert davon, dass seine Augen so große Ähnlichkeit mit ihren eigenen haben, sie liegen aber tiefer in den Höhlen, von Schatten umrandet. An seinem Kinn sprießen dünne Haare, und seine Wangen zeigen winzige, matt glänzende Blutspuren, so als ob er sich in Eile oder sehr unvorsichtig rasiert hätte. Sein linkes Ohr sieht geschunden aus, beide Ohren sind gerötet. Er trägt zusammengewürfelte Kleidung, eine braune, lockere Tweedjacke, ein schwarzes T-Shirt, Cordhosen. Die Tweedjacke ist alt und an den Ellbogen durchgescheuert, doch ganz offensichtlich aus hochwertiger Wolle; das schwarze T-Shirt verleiht ihm ein salopp priesterliches Aussehen.

»Hallo! Ich freue mich sehr, dich kennenzulernen – Gerard.«

Eigentlich viel zu vertraulich – *Gerard*. Clare überlegt sich, ob er von ihr die Anrede Onkel Gerard erwartet hätte.

Obwohl sie sich unwohl fühlt in ihrer Haut, schafft Clare es doch, Optimismus und Freude auszustrahlen. Im Zweifelsfall ist es für eine attraktive jüngere Frau einfach klug, die Naive zu spielen. Sie möchte gemocht werden! – unbedingt. Ist

Clare denn nicht Gerards lang verloren geglaubte Verwandte, irrtümlicherweise als Waisenkind weggegeben? Sollte Gerard sie nicht eher anlächeln, mit einem Gesicht, das wundersames Erstaunen ausdrückt, ein herzliches Willkommen?

Sollte Gerard nicht von seinem Stuhl aufspringen, zu ihr hineilen, sie umarmen? – sodass seine starken Arme ihre Rippen zu zerquetschen drohen?

Sollte Gerard nicht ihre Wangen küssen, sie freudig anlachen, mit ihr lachen?

Doch der finstere Gerard bewegt nur leicht seine Schultern unter der Tweedjacke. Clare hört ihn etwas murmeln wie *ja* oder *ah*. Kein Zweifel, er ist verärgert, weil er beim Zeitunglesen gestört wird, die gefaltet neben seiner Porridgeschüssel liegt.

»Ich bin Clare. Ich glaube – deine Nichte? Ich meine – eine deiner Nichten …«

Wie absurd! Clare merkt, dass ihr Gesicht brennt, wie peinlich. Als Kind ist man Personen wie Gerard gegenüber leicht verletzlich, genauso wie gegenüber etwas älteren Kindern, die einen mit ihrem undurchschaubaren, scheinbar feindseligen Verhalten einschüchtern; man erkennt, dass sie einen verachten oder zumindest ablehnen, doch man hat keinen Schimmer, warum das so ist, weil man doch eigentlich nichts getan hat, was sie hätte verärgern können. Ohne zu wissen, warum, bemüht man sich unablässig weiter, lächelt bis das Gesicht schmerzt, in der Hoffnung, dem anderen wenigstens ein gleichgültiges Lächeln zu entlocken, wohlwissend, dass alle Bemühungen zum Scheitern verurteilt sind.

Doch Clare ist kein Kind mehr. Clare Seidel ist dreißig Jahre alt. Sie ist eine viel attraktivere Person als dieser wächserne Gerard Donegal, den sie unter anderen Umständen, in einer anderen Umgebung keines Blickes gewürdigt hätte. Clare sollte diesem tückischen Gelände längst entwachsen sein, von dem man doch nur als Kind seinen Peinigern nicht entkommen kann, weil das Klassenkameraden sind, mit denen einen die wohlmeinenden Erwachsenen zusammengestopft haben und mit denen man dann in einer Hölle feststeckt.

Die Großtanten werden jetzt ungeduldiger, tadeln provozierend: »Clare ist deine Nichte, Gerard. Wir haben dir gestern von ihr erzählt. Erinnerst du dich nicht? Sie ist die Tochter von –«

»– du erinnerst dich: Conor.«

Gerard blickt noch finsterer drein. Schüttelt den Kopf, *nein*.

Clare fragt sich, was sie davon halten soll. Gerard erinnert sich nicht an seinen verstorbenen Bruder Conor, oder möchte sich nicht erinnern? Oder er glaubt vielleicht nicht, dass die junge Frau, der er vorgestellt wurde und die ihn weiterhin hoffnungsvoll anlächelt, tatsächlich seine Nichte ist.

»Clare ist Conors jüngstes Kind, Gerard –«

»*Du* erinnerst dich – da bin ich mir sicher.«

Clare ist verwirrt, den Namen Conor so häufig zu hören, so beiläufig.

Zum ersten Mal hat sie »Conor« laut ausgesprochen gehört, denkt sie. Wenn nicht Lucius Fischer ihn am Telefon erwähnt hatte. – Sie kann sich nicht erinnern.

Eine unerklärliche Magie umgibt diesen Namen, der sie zum Weinen bringen möchte, doch ein Lächeln auf ihre Lippen zaubert. *Mein Vater.*

Genauso bei der Frau namens Kathryn, ihrer Mutter. *Meine Mutter.*

Überwältigend für Clare, dieses Rätsel, von dem sie nicht weiß, wie sie es lösen könnte, diese Erkenntnis, dass die drei Fremden in diesem Raum, hier direkt vor ihr, nicht nur Blutsverwandte sind, sondern dass sie ihren Vater gekannt haben, und dass sie, wann immer sie wollen, einfach so nebenbei über ihn sprechen können – *Conor.*

Seit sie denken kann, hat Clare ihre Situation akzeptiert – *Waisenkind*. Keine Verwandten. Und jetzt …

Clare hat die Geburtsurkunde, die ihre Mutter Hannah ihr per Eilpost geschickt hat, sorgfältig gelesen. Ein offizielles Dokument, das Clare sicher früher schon einmal gesehen, doch wegen geringen Interesses auch wieder vergessen hatte.

Warum sollte es mich kümmern, wer ich einmal gewesen bin? Sie haben mich weggegeben, sie haben sich einen Dreck um mich geschert.

Die Namen ihrer (leiblichen) Eltern schienen für Clare nichts mit realen Personen zu tun zu haben, so wie man die Namen weit entfernter Orte auch nicht mit realen Orten verknüpft. Sie hatte sich an den Gedanken gewöhnt, dass diese Fremden ab ihrer Geburt nicht mehr existierten, als ob ihre Geburt deren Tod herbeigeführt hatte; obwohl es doch gar keinen Grund für solch einen bizarren Gedanken gab. Sie hat immer gewusst, oder hätte wissen müssen, dass sie erst zur Adoption freigegeben wurde, als sie schon zwei Jahre alt war, fast drei. Nicht als Neugeborenes.

»Clare ist unser Gast, Gerard! Auch dein Gast.«

»Clare ist hierhergekommen, um Mr. Fischer zu treffen, Gerard – unseren Anwalt.«

»Auch deinen Anwalt!«

»Sie ist den ganzen Weg von Philadelphia hierhergefahren, ist das nicht beeindruckend? Ganz allein mit dem Auto.«

»Wegen des Testamentes – des Testamentes deiner lieben Mutter. Du erinnerst dich –«

»*Sie* hat auch geerbt. Deine Nichte Clare.«

»Die alte Farm in der Post Road, mein Lieber. Leider – ja …«

»Du könntest Clare ja vielleicht mal hinfahren, damit sie sieht, was sie geerbt hat –«

»– eine gute Gelegenheit, dass ihr euch kennenlernt, du und Clare –«

»– es sei denn –«

»– es sei denn, natürlich –«

»– du möchtest lieber nicht.«

Die Worte hängen wie eine Herausforderung in der Luft.
Lieber nicht.

Bei diesen Worten steht Gerard abrupt vom Tisch auf. Sein Stuhl rutscht hart über den Holzboden.

Er gibt ein Knurren von sich, verachtend, spöttisch. Entblößt gelbliche Zähne in einem erbosten Gesicht. Seine Augen schlingern in ihren Höhlen hin und her, doch er schaut Clare nicht an – er hat Clare nicht ein einziges Mal angeschaut.

Mit seiner linken, gesunden Hand greift er seine Mütze und die gefaltete Zeitung und verlässt polternd den Raum durch die hintere Tür.

Hinterlässt einen Geruch von Asche, ein ungewaschener männlicher Körper, ungewaschenes Haar. Nicht einmal ein kurzer Seitenblick.

Die Großtanten sind wie erstarrt, weit aufgerissene Augen, in Alarmbereitschaft wie ein Vogel Strauß. Aus ihren Mündern zischende Laute, tsss. Clare wundert sich, warum sie nicht dankbar sind, dass ihre Fragerei den mürrischen Mann aus ihrem Blickfeld getrieben hat.

»Oh je! Es tut uns so leid, Clare –«

»Normalerweise ist unser Neffe Gerard nicht so –«

»– grob –«

»– *schüchtern*. Er fühlt sich unter Fremden nicht sehr wohl –«

»– sogar dann nicht, wenn die Fremden Familienangehörige sind –«

»– zurückgeblieben, menschenscheu –«

»– dickköpfig, stur –«

»– schrecklicher Schock – Trauma –«

»– früher war er *gescheit* –«

»– so gescheit wie Conor –«

»– nein! – nicht annähernd –«

»– doch. Als er am Priesterseminar anfing –«

»– *aber nicht so gescheit wie Conor* – nein –«

»– fleißiger als Conor, auf jeden Fall. Und –«

»– gläubig. Gottesfürchtig.«

»Ja, und jetzt behütet Gott ihn –«

»– *Das sollte* er, ja! Nach all dem, was Gott getan hat –«

»– schhh! Glaubst du, Gott hört das nicht?«

Die Großtanten vertrauen Clare an, dass ihr »Junggesellen-Onkel«, Gerard Donegal, früher einmal Jesuit werden wollte. Er war im Priesterseminar Saint Joseph in Portland, Maine, bis er aus »persönlichen, familiären Gründen« aussteigen und nach Cardiff zurückkehren musste, um mit seinen Eltern zusammenzuwohnen.

Seit dem Tod seines Vaters übernahm er die Rolle des Chauffeurs für seine verwitwete Mutter, in den letzten Jahren musste er sie hauptsächlich zu Arztterminen und zum Gottesdienst in die St. Cuthbert's Church fahren. Allen rundherum war klar – Gerard war ein äußerst treusorgender Sohn. Er sorgte sich um die Instandhaltung des Anwesens und verdiente sein Geld mit Gelegenheitsarbeiten in der Nachbarschaft.

Doch stets verfolgte er seine persönliche Pilgerreise, bis heute.

Wirklich? – Clare konnte es nicht glauben. Der gequälte Gesichtsausdruck, die gelblichen Zähne und die abwehrenden Augen passten ihrer Meinung nach nicht zu einer religiösen Geisteshaltung ...

»Oh, doch – sehr wohl. Gerard ist zwar kein sehr geselliger Zeitgenosse – wie du sicher gemerkt hast! – aber er ist ein sehr verlässlicher Arbeiter. Er mäht Wiesen, schneidet Bäume, kehrt Laub mit einem richtigen Rechen zusammen, nicht mit solch einem fürchterlichen Laubbläser – nein, mit einem riesigen, *riesigen* Rechen, wie man ihn gar nicht mehr kaufen kann. Er wird graben, graben, graben, wo immer man es braucht. Er befreit die Zufahrten vom Schnee. Er arbeitet im Regen – im *Schnee*. Er kann Gebüsche lichten. Er kann Hausdächer reparieren, Kamine. Er kann kaputte Fenster austauschen. Er kann Malerarbeiten erledigen – so gut wie jeder Profi und viel preiswerter. Natürlich kann er auch eine Waffe benutzen – Gewehr, Schrotflinte. Man kann ihn anheuern, um Murmeltiere zu schießen, Waschbären – Schädlinge, die den Garten zerstören. (Gerard schießt aber keine Rehe – obwohl Cardiff überflutet ist von Weißwedelhirschen. Es ist gesetzlich verboten, Rehe innerhalb der Stadtgrenzen zu jagen, aber Gerard wird sie, wenn man ihn darum bittet, wegscheuchen.) Es gibt tatsächlich Damen entlang der Acton Avenue, die sehr von ihm abhängig sind – ›Was täten wir nur ohne Gerard Donegal!‹, sagen sie. Er hatte sich als Neunzehnjähriger im Priesterseminar eingeschrieben, wollte Gott als Priester dienen, und eine ganze Zeit lang war er auch glücklich dort. Seine Mutter war so stolz auf ihn – wir waren alle sehr stolz auf ihn – aber dann …«

»Also – neunzehn war einfach *jung* –«

»Neunzehn war *nicht jung*. Nicht für einen Seminaranfänger.«

»Neunzehn war jung, Gerard war einfach zu jung – blauäugig, sagten manche. Zu gottesfürchtig.«

»Was er alles auf sich genommen hat, diese harte Arbeit, Latein zu lernen, sich so sehr zu bemühen, des Priesteramtes würdig zu sein –«

»– *gut* zu sein –«

»– ein Gefäß, das mit Gott gefüllt werden will –«

»– mit *Jesus* –«

»– einfach zu viel für den armen Gerard – glauben wir –«

»Und dann – unsere Familientragödie …«

»Der arme Gerard! Alles endete so – abrupt …«

»Ah, was sagst du da? Du meinst, der arme *Conor*?«

»Conor, Gerard – unsere geliebten Neffen! – Gott sei uns allen gnädig.«

Clare hat aufmerksam zugehört. Sie fühlt sich wie ein Kind inmitten boshafter Erwachsener, die sich unverständlich schnell in einer Art Geheimcode unterhalten. Sie kann die Bedeutung der Worte nicht verstehen. Sie muss mit jeder Faser ihres Seins zuhören. Was wollen die Großtanten ihr sagen?

Clare hört sich selbst mit schwacher Stimme stammeln: »Das – heißt – dann – wohl – dass – sie – nicht mehr – *leben*? Also, meine Eltern?«

Bestürzte Stille. Elspeth und Morag tauschen schnell einen flüchtigen Blick, antworten aber nicht, so als ob ihre ahnungslose junge Verwandte etwas wirklich Obszönes von sich gegeben hätte.

Selbstverständlich sind deine Eltern tot. Niemand spricht mehr von ihnen.

Was hast du denn geglaubt – dass sie alle diese Jahre gelebt und nur auf dich gewartet haben?

Clare möchte ihre Großtanten gar nicht anschauen, möchte gar nicht sehen, wie sie sie anschauen – mitleidig? mitfühlend? entrüstet?

Sie bedankt sich für das Frühstück und bietet ihre Hilfe an, den senfgelben Tisch abzuräumen, doch mit einem Zischen gibt Elspeth ihr zu verstehen, still zu sein.

»Bitte, Clare! Das wollen wir gar nicht hören. Du bist doch Gast in Maude Donegals Haus.«

Morag stimmt ihr nachdrücklich zu. »So ist es. Ich räume den Tisch ab. Jetzt beginnt meine Schicht, glaube ich.« Sie hievt sich hoch auf ihre kurzen Beine und prustet los, wie nach einem fragwürdigen Witz.

Wie es aussieht, wechseln die Großtanten sich mit der Hausarbeit ab. Sie erklären Clare, dass sie bis zum Termin beim Nachlassgericht und bis alle Grundstücksangelegenheiten abgewickelt sind, gezwungenermaßen die Zahl der Hausangestellten verringern müssen.

»›Abwechseln‹ – hör sich einer das an! Ich tue hier die meiste Hausarbeit.«

Morag lacht lauthals auf.

»Tust du nicht! Das ist eine Verleumdung.«

»Was? Verleumdung?«

»*Ich* erledige alle finanziellen und geistigen Arbeiten, was viel anstrengender ist …«

Während das Gezänk der Schwestern hin- und hergeht, schweift Clares Blick durchs Fenster nach draußen. Wohin ist Gerard verschwunden? Sie kann nur eine Ligusterhecke sehen, die wild über einen Weg aus gebrochenen Steinplatten wächst, Regentropfen. Es scheint, als ob Gerard in diese Richtung verschwunden wäre, aber keine Spur von ihm.

»Gerard lebt mit euch in diesem Haus zusammen?«, fragt Clare.

»Gerard lebt in diesem Haus, wie wir auch«, sagt Elspeth.

»*Wir* sind keine Donegals, weißt du – Morag und ich. Unser Familienname ist Lacey.«

Elspeth spricht mit einem Anflug von Stolz, so als ob der Name Lacey Clare beeindrucken könnte. Morag korrigiert: »Unser Mädchenname ist das – Lacey.«

»Sei nicht albern! Lacey ist unser Familienname, nicht unser Mädchenname – *weil wir doch gar nicht verheiratet sind.*«

»Ja, natürlich sind wir nicht verheiratet! *Ich* auf jeden Fall nicht.« Morag lacht noch einmal von Herzen.

»Und deswegen können wir gar keinen ›Mädchen‹namen haben, wenn wir gar nicht verheiratet sind. Wir haben doch nur unseren eigenen Familiennamen. Manchmal habe ich wirklich das Gefühl, ich spreche mit einem dickköpfigen Idioten, der nicht die einfachsten Dinge versteht.«

Elspeth lacht verbittert, rollt ihre Augen in Clares Richtung.

Aber Morag ist fest entschlossen, Clares Aufmerksamkeit für sich zu gewinnen. »Maude war die einzige Lacey-Schwester, die sich getraut hat, zu heiraten. Sie hatte den Mut, der den anderen fehlte. Diese Herausforderung, ›die Spezies zu reproduzieren‹ –, eine Aufgabe, die für manch anderen zu groß ist.«

»Und sie hat sehr gut gewählt. Einen älteren Herrn –«

»– Le-land –«

»Sie hat uns aber nie im Stich gelassen – oder nicht sehr lange.«

»Was meinst du damit – nicht sehr lange? Maude war immer sehr großherzig zu ihrer Familie –«

»– fast immer –«

»– und als dann diese Tragödie über ihr Leben hereinbrach, brauchte sie ihre Schwestern nah bei sich.«

Tragödie? – das muss der Autounfall sein, denkt Clare. Aber sie traut sich nicht, die Großtanten auf dieses sensible Thema anzusprechen.

Die Großtanten erzählen Clare, dass Gerard kurz vor seiner Priesterweihe aus dem Seminar hatte aussteigen müssen. Eine furchtbare Tragödie für einen jungen Mann, wo er doch fünf, sechs Jahre so hart dafür gearbeitet hatte. »Wie lange es auch immer dauert, Jesuit zu werden. Es ist eine sehr lange Zeit. Er war tiefgläubig – spirituell – so ganz anders, als er jetzt ist. Und es war Gerard, der den Unfall – entdeckt hat.«

Clare steht stocksteif, hört zu. *Den Unfall?*

»Solch ein Anblick, das war eine traumatische Erfahrung für Gerard. Er hat sich nie wieder erholt. Er erlitt einen Nervenzusammenbruch, wie es so heißt – hat sich nie *davon* erholt.«

»Und welch Tragödie für die Kirche, solch einen tiefgläubigen Priester zu verlieren! Jeder, der ihn kannte, sagte, er sei dazu bestimmt, Priester zu werden – schon als er ein kleiner Junge war, konnte man die Gottergebenheit in seinem Gesicht sehen.«

»Er sang im Chor – ein glockenreiner Knabensopran …«

»Ganz anders als Conor – *der* war kein Typ, der alles in der Welt aufgegeben hätte für Gott, so wie Gerard …«

»Oh, Conor! Er hat auch einen hohen Preis bezahlt – weil er die Welt zu sehr geliebt hat.«

»Weil er *sie* zu sehr geliebt hat.«

»Ach ja! Gott hab ihn selig.«

»Gott hab sie alle selig.«

Clare hört gespannt zu, dankbar. *Sie?* War damit ihre Mutter gemeint, Kathryn? Sie glaubt, dass die Großtanten ihr in ihrer wahnsinnig verqueren Art wichtige Informationen mitteilen werden. »Der Unfall – meinst du den Unfall, in dem meine Eltern gestorben sind? Ein Autounfall?«

Elspeth fängt Morags Blick ab, so als ob sie sie warnen wollte – *Kein Wort.*

Doch jetzt sprechen alle so offen. Clare vermutet, dass man von ihr erwartet, alles mitzubekommen und nachzufragen.

»Du hast gesagt, Gerard habe den Unfall ›entdeckt‹? Heißt das – auf der Straße? Auf der Autobahn? Ist er rausgefahren, um zu schauen, wo sie geblieben sind? Willst du das damit sagen?« Clare fühlt sich wie ein strampelnder Schwimmer kurz vor dem Ertrinken. Doch die Großtanten blicken sie nur stumm an, als beobachteten sie sie von Land aus, neugierig abwartend, nicht sehr wohlwollend.

Elspeth seufzt wieder einmal, gereizt. Morags schmaler Mund verzieht sich, um ein Lachen zu unterdrücken.

»Wer hat denn gesagt, dass Gerard jemanden auf der Autobahn entdeckt hat? Niemand. Gerard war derjenige, der – (wir kennen überhaupt keine Einzelheiten darüber, sie wurden uns vorenthalten) – sie entdeckt hat –«

»– die Körper ...«

»– die *Überreste*, wollte ich sagen. *Überreste* heißt das doch, glaube ich.«

»*Überreste* ist ein schrecklicher Begriff! Hör auf damit.«

»Hör *du* auf. Mach dich nicht lächerlich.«

Clare fühlt sich benommen, orientierungslos. Es macht ihr Mühe, die beiden betagten Damen weiterhin freundlich anzulächeln, wenn die beiden ihrerseits nur sich gegenseitig anblicken und Clare ignorieren, so als ob das Gespräch sie gar nichts anginge.

Sie haben eine Salve kleiner Pfeile in ihr Herz geschossen. Und sie hat keine Ahnung, wie schwer sie jetzt schon verwundet ist.

»Entschuldigt mich! Es reicht«, sagt sie, bevor sie sich auf den Weg die Treppe hoch in ihr Zimmer macht. In dem antiquierten Bad neben ihrem Zimmer muss sie vor der altertümlichen Toilette hockend einem Würgeanfall nachgeben, sie schwitzt, fühlt sich hundeelend; sie schafft es lediglich, eine dünne, widerlich schmeckende Flüssigkeit auszuspucken. Doch das, was sie so krank fühlen lässt, ist ein harter und klebriger kleiner Ball in ihrem Magen, der sich nicht so leicht rauswürgen lässt.

Hassen sie mich, weil ich Erbin des Anwesens ihrer Schwester bin? Weil ich nicht eine von ihnen bin, kein Recht habe, hier zu sein? Haben sie mich etwa vergiftet – nochmals?

8.

Fest entschlossen hatte sie diese Gedanken ihr ganzes Leben lang verdrängt – die Gedanken an ihre (leiblichen) Eltern.

Jetzt ist sie besessen von den Gedanken an sie. Sie fressen sich wie Zecken tief in ihr Fleisch.

Winzige, verhasste Insekten, die man sich nicht traut mit einer Pinzette herauszuziehen, aus Angst, ihre schwarzen Körper in Stücke zu reißen, unwiederbringlich.

Will unbedingt wissen, ob ihre Eltern noch leben oder tot sind. Und falls gestorben, wie? Warum? Und warum wurde sie zur Adoption freigegeben, wenn die Donegals doch wohlhabend waren?

Clare wird nachfragen, wo ihre Eltern begraben sind. (Wenn sie überhaupt begraben sind. Egal, wo.) Ein Friedhofsbesuch hier in Cardiff. Wie auf einem traumgleichen Foto von Julia Margaret Cameron wird sie durch diesen grauen und gespenstischen Tag wandeln, unter schweren Wolken und prasselndem Regen.

Hartnäckig und trotzig wie ein Kind wird sie versuchen, sich ihre eigenen Gedanken zu verbieten. *Vielleicht ist ja einer von den beiden noch am Leben, wenigstens einer. Kann doch sein.*

Welch große Erleichterung, das bedrückende Steinhaus in der Acton Avenue verlassen zu können!

Draußen ist die Luft frischer. Sie kann tief durchatmen. Der verhangene Himmel scheint sich Schicht für Schicht in durchscheinende Wolken aufzulösen. Sie schaut herum, fragt sich, ob sie ihn sieht – wen? Eine hinkende Gestalt …

Aber nein. Niemand.

Fährt in die Innenstadt von Cardiff zu Lucius Fischers Kanzlei. Ihr Termin ist um elf Uhr morgens, und sie möchte auf keinen Fall zu spät kommen. Ihre Gedanken sind ein heilloses Durcheinander, zerfahren. Weiß nicht, was sie von ihren Großtanten halten soll – ob sie auf ihrer Seite sind.

Möchte sich nicht lächerlich machen. Natürlich meinen die betagten Großtanten es gut mit ihr. Sie sind nervtötend, zum Verzweifeln – aber im Grunde sind sie ihre Freundinnen.

Trotz allem – Clare hat das Gefühl, dass die beiden sich manchmal über sie lustig machen. Sie verhöhnen, gehässig.

Als sie versucht, sich zu erinnern, was sie ihr über ihre Eltern erzählt haben, fällt ihr nichts ein. Es fühlt sich an, als ob ein grober Stoff vor ihrem Gesicht hinge – durch den sie weder sehen noch hören kann.

Leben sie, oder – nicht? Bitte sagt es mir.

Noch immer ist sie wacklig auf den Beinen nach dem Würgeanfall. Die Übelkeit ist nahezu weg, doch der klebrige Brocken Haferbrei drückt weiterhin in ihrem Bauch.

Sie nimmt sich vor, noch am selben Nachmittag das Donegal-Haus zu verlassen. Direkt nach dem Termin mit Fischer. Kann es nicht erneut riskieren, dort eine Mahlzeit zu sich zu nehmen. Selbst wenn die Tanten nicht versuchen, sie zu vergiften, kann das Essen, was sie ihr geben, doch verdorben sein, vergammelt.

Je nachdem, was Lucius Fischer ihr mitteilt, wird sie möglicherweise schon am folgenden Morgen nach Bryn Mawr zurückkehren.

Ihr Erbe ausschlagen, wäre möglich. Ja.

Eine schnelle Entscheidung. Wie wenn man spontan nach einem Messer greift und sich die eigene Gurgel aufschlitzt.

So wie sie einmal einem Liebhaber mitgeteilt hat – aus heiterem Himmel – *Das war's. Es reicht. Ich glaube, wir sind am Ende.*

Ihr einziges Erbe. Ihre einzige Verbindung zu Blutsverwandten. Verbindung zu ihren (verstorbenen) Eltern.

Sie könnte es ausschlagen. Sie braucht die Donegals nicht in ihrem Leben. Sie hat den größten Teil ihres Lebens ohne sie gelebt, warum sollte sie ihnen jetzt ausgeliefert sein?

Die Art und Weise, in der Gerard Donegal hart seinen Stuhl zurückgeschoben hat, sich auf die Füße hochgewuchtet und ihr den Rücken zugewandt hat, und wie er dann rausspaziert ist. *Der Bruder meines Vaters. Nichts verbindet uns. Warum auch? Nichts.*

Obwohl Clare mehr Zeit als genug hatte, um vom Haus in der Acton Avenue die drei Kilometer bis zum Treffpunkt zu fahren, ist sie jetzt spät dran. Erstaunt bemerkt sie, dass es schon fast elf ist, als sie die State Street, die Hauptstraße in Cardiff, ausfindig macht. Plötzlich findet sie sich in einem Labyrinth von engen Einbahnstraßen wieder, durch die ein dichter Autostrom fließt, so langsam und bedächtig wie bei einem Beerdigungszug, anschließend in einer einzigen Spur durch eine nicht enden wollende Baustelle. Läuft zu Fuß weiter, nachdem das Auto geparkt ist, kann aber die Adresse, die sie bekommen hat, nicht ausfindig machen, sie läuft verzweifelt einen Bürgersteig entlang in ein Viertel hinein, das nur aus dem Schutt abgerissener Häuser besteht …

Zu spät! Jetzt wird sie doch noch zu spät kommen.

Verdammt. Warum hast du das gemacht? Einen Anruf angenommen, ohne den Anrufer zu kennen.

Das war der ursprüngliche Fehler.

9.

»Miss Seidel! Bitte nehmen Sie Platz.«

Lucius Fischer schüttelt kräftig Clares Hand. Und lässt sie nahezu im selben Moment wieder los. So nüchtern und sachlich, wie er sie anschaut, dann wieder tief in Gedanken versunken, begreift Clare augenblicklich, dass es keine engere Beziehung zwischen ihr und diesem Rechtsanwalt mittleren Alters geben kann, keine besondere Verbundenheit. Druck und Anspannung, die sich in ihrer Brust zusammengeschnürt hatten, lösen sich langsam auf, rieseln hinab, wie Sand auf einen Haufen.

Wie dumm sie doch ist! Am Telefon hatte Lucius Fischers tiefe Baritonstimme sie in einer Art Zauber gefangen genommen. Als ob sie die Hoffnung haben könnte, in diesem weit entfernten Cardiff, einem Ort, von dem sie bis vor Kurzem noch nie gehört hatte, eine Art (unwahrscheinlicher) Romanze, ein sexuelles Abenteuer zu finden.

Oder wenigstens einen Freund. Jemanden, der sich um sie sorgte.

Fischer hatte ihr im Telefongespräch das Gefühl gegeben, er habe Vertrauen zu ihr. Sie konnte sich das doch nicht eingebildet haben – oder?

Er schien ihr versprochen zu haben – *Ich lotse dich da durch, Clare. Du kannst mir vertrauen.*

Sorgsam erklärt Fischer ihr, dass er sowohl der Testamentsvollstrecker von Maude Donegal sei als auch ihren letzten Willen damals zusammen mit ihr aufgesetzt habe. Er erklärt, dass das Testament ungewöhnlich kompliziert sei, da es über einen Zeitraum von zwanzig Jahren hinweg einige Male neu geschrieben werden musste.

»Es gab ein Originaltestament, das ein früherer Kompagnon dieser Kanzlei aufgesetzt hat«, sagt Fischer und erwähnt einen Namen, der Clare nichts sagt und der auch keinen Eindruck auf sie macht, »doch dieses Original wurde natürlich verändert. Und nach Leland Donegals Tod noch einmal angepasst.«

Clare fragt sich, warum er ihr dies alles erzählt. Gibt es irgendein Geheimnis, das das Testament ihrer Großmutter umgibt? Eine Art legaler Unregelmäßigkeit? Sie hört fasziniert zu, als er von den Lacey-Schwestern, Elspeth und Morag – »Ihre respekteinflößenden Großtanten – die beiden ledig gebliebenen Schwestern einer längst vergangenen Ära« spricht. Beide Frauen, Elspeth und Morag, schlossen ihr Pädagogikstudium in den 1960er-Jahren in der Universität von Maine ab. Beide wurden Lehrerinnen. Morag unterrichtete Mathematik und leitete das Bogenschützen-Team der Schule. Beide Frauen waren aktive Mitglieder der Gemeinde St. Cuthbert. Ihr Neffe Gerard – Maude Donegals jüngerer Sohn – besuchte mit Anfang zwanzig das Jesuitenseminar in Portland.

»Man sagte damals, dass Gerard eine sehr vielversprechende Karriere vor sich habe. Zu jener Zeit kannte ich Gerard natürlich noch nicht – ich wurde erst anschließend auf ihn aufmerksam.«

Anschließend? Clare stutzt.

Fischer sagt Clare, dass er die Familie Donegal ursprünglich durch Leland Donegal kennengelernt hatte, der nach der Pensionierung eines älteren Teilhabers in Fischers Anwaltskanzlei sein Mandant wurde. Leland hatte das Holzunternehmen der Familie Donegal – »eine jener alten Familien in Maine, die durch das Abholzen von Wäldern ein Vermögen verdient haben« – geerbt und es nach Cardiff-Maßstäben zu großem Wohlstand gebracht.

Wie sich später herausstellte, hatte Leland sich nicht sehr gut um seine Geschäfte gekümmert. Sein Wunsch war es, als berühmter Wohltäter in die Geschichte einzugehen, wie die Carnegies und die Rockefellers. Es müssen Millionen von Dollar gewesen sein, mit denen er Stipendien für amerikanische Studenten finanziert hat, Museen und Colleges,

Krankenhäuser und die Kirche unterstützte – bis irgendwann sein Reichtum zur Neige ging.

»Offensichtlich passierte ihm dann etwas sehr ›Unangenehmes‹. Leland hatte dem Jesuitenseminar, in dem Gerard eingeschrieben war, eine Million Dollar zugesagt, aber dann – musste er diese Zusage zurücknehmen, eine Schmach für die ganze Familie. Und es gab noch eine Reihe ähnlicher Absagen.«

Clare möchte mehr über Gerard in jungen Jahren wissen: War er damals schon so menschenscheu, auf gewisse Art behindert, entstellt? Oder war ihm etwas passiert? Allerdings möchte sie bei Lucius Fischer auch nicht den Eindruck hinterlassen, sie sei eine neugierige Person.

»Und – meine Eltern? Sind sie …«

Clare zögert. Denn sie kennt die Antwort.

Falls Clares Frage Fischer verwirrt, so ist er doch zu sehr Gentleman und zu sehr Profi, als dass er seine Verwirrung durchblicken ließe.

»Ihre Eltern, Miss Seidel? Sie wissen doch sicher – leider sind sie nicht mehr am Leben.«

Nicht mehr am Leben. Eine eigenartige Formulierung.

»Sie sind gestorben, meine Liebe – verstarben – am 6. Januar 1989.«

»Ah. Ich verstehe.« Ein ausdrucksloses Lächeln. Clare wischt sich die Augen. Selbst jetzt ist sie sich nicht sicher, ob sie es richtig verstanden hat. »Sagten Sie – beide? Ich meine … *alle beide*?«

»Leider ja. Alle beide.«

»Am selben Tag? Beide – gleichzeitig?«

»Hat Sie niemand informiert, Miss Seidel?«

»Ich – ich – glaube schon, doch. Aber …«

Natürlich weiß Clare Bescheid. Hat es immer gewusst. Muss es gewusst haben. Die Seidels haben es ihr erzählt. (Oder?) Aber das ist viele Jahre her. Ganz sicher ist das viele Jahre her.

Was für ein bemitleidenswerter Gedanke, dass einer oder beide Elternteile möglicherweise noch am Leben seien und dass sie, Clare, hier in Cardiff mit ihnen »wiedervereinigt« würde. Sie hat auf einmal das Bedürfnis laut zu lachen, ein hartes Lachen.

Bitte hilf mir. Ich bin so einsam. Bitte.

Clare schüttelt den Kopf, um ihn freizubekommen. Was um Himmels willen hat sie nur für Gedanken! Blut schießt ihr ins Gesicht und sie hat Angst, der (verdutzte, verwirrte) Anwalt könne ihre Gedanken lesen.

Steife, entschuldigende Worte von Fischer: »Es tut mir leid, dass ich Sie so aus der Fassung gebracht habe, Miss Seidel. Wenn ich irgendwie …«

»Ja. Sagen Sie mir bitte: Wie sind meine Eltern gestorben?«

»Wie Ihre Eltern *starben*? Also, ich glaube – das wurde nie mit Sicherheit bestätigt. Ich bin nicht mit allen Einzelheiten des Falles vertraut, weil ich zu jener Zeit nicht in Cardiff gelebt habe …« Fischer wählt seine Worte sorgsam, er zögert. »Der beste Rat, den ich Ihnen geben kann, ist der, die Todesanzeigen zu lesen, Miss Seidel. Und andere öffentlich verfügbare Dokumente. Wahrscheinlich können Sie die Todesanzeigen nicht online abrufen, aber es ist auf jeden Fall möglich, sie im *Cardiff Journal* auf Mikrofilm in der Zentralbibliothek einzusehen. Das wäre eigentlich die beste Idee.«

»Sie sind bei einem Unfall gestorben? Bei einem Autounfall?«

»Kann sein, dass es eine Art Unfall war. Möglich. Aber ich glaube, Sie sollten das nachlesen. Ich rate Ihnen, das nachzulesen.«

»Was für eine Art Unfall war es denn?«

Clare hat ein flammendes Inferno auf der Autobahn vor Augen. Ein Sattelzug, ein zermalmter PKW. Sie fragt sich plötzlich, warum sie damals nicht mit ihren Eltern in diesem Auto war. Wo war sie denn in jenem Moment?

»Ich habe versucht, es Ihnen zu erklären, Miss Seidel – ich habe zu jener Zeit nicht in Cardiff gelebt und hatte auch beruflich damals nichts mit Ihrem Großvater Leland Donegal zu tun.«

Pause. Zu viele flüchtige Informationen, um sie alle zu verarbeiten. Clare fühlt sich wie gefangen in einem bergab rasenden Auto auf einer kurvenreichen Straße. Außerstande zu steuern, außerstande zu bremsen.

Mit der Absicht, das Thema zu wechseln, fragt Fischer Clare, ob sie Kaffee möchte. »Unsere Sekretärin bringt Ihnen gerne einen, wenn Sie möchten.«

Clare lehnt ab, bedankt sich aber herzlich. In ihrer derzeitigen, leicht verletzlichen Gemütsverfassung werden kleine Freundlichkeiten hochgeschätzt.

Noch immer ist Fischer bemüht, Clare vom Tod ihrer Eltern abzulenken. Deswegen fragt er sie, übertrieben höflich, wie ihr Cardiff gefällt. Und ihre Großtanten? Und wie gefiel ihr die Fahrt entlang der Küste von Bryn Mawr?

Clare hört sich selbst herumstottern, nach Antworten suchen. Ein Teil ihres Gehirns versucht eine Art Konversation zu führen.

»Wussten Sie, dass Cardiff ursprünglich Cardiff-by-the-Sea hieß? Aber niemand nennt es mehr so und die meisten der Bewohner haben es auch längst vergessen.«

Es folgen persönliche Fragen, freundlich und zuvorkommend. Fischer bereitet sie sorgfältig vor, denkt sie. Hütet sich, sie in den engen Grenzen seines Büros zu beunruhigen.

Clare erzählt Fischer, dass sie den B.A. an der Universität von Minnesota abgeschlossen hat und einen Ph.D. in Kunstgeschichte an der Universität von Chicago, doch dass sie noch nicht sehr häufig Kunstgeschichte unterrichtet hat. Vielmehr hat sie sich um Forschungsstipendien beworben, um ihre Projektarbeit ungehindert fortführen zu können: Zunächst bekam sie ein Guggenheim-Stipendium, durch das sie frei und selbständig ihre Monografie zu Leben und Werk von Gertrude Stanton Kasebier fertigstellen konnte. Diese Arbeit wurde anschließend von angesehenen Zeitschriften der Kunstgeschichte publiziert und in kleineren Fachmagazinen rezensiert; ihr zweites Stipendium erhielt sie vom Institut für Geisteswissenschaften von Bryn Mawr. Nach dieser Aufzählung gewinnt Clares Leben – ihr schien es bisher immer so spärlich, minimalistisch, teilweise sogar klösterlich – enorm an Bedeutung. Fischer lächelt sie an, offensichtlich beeindruckt. Es liegt eine Art Romantik darin, ein Leben, in kleinen Anspielungen zu beschreiben.

»Ehrlich, Miss Seidel, ich beneide Sie. Sich mit Schönheit zu umgeben, statt mit – Gesetzen.«

Clare nickt stumm. Ja.

»In der Kunst ist selbst das Hässliche wunderschön, irgendwie. Stimmt's?«

Clare nickt. Dasselbe hat sie auch schon häufig gedacht. Je kühner und geheimnisvoller die Hässlichkeit, desto größer die Schönheit. *Ja.*

»Ich glaube allerdings, dass der Grund Ihres Besuches heute eher die Modalitäten Ihrer Erbschaft sind – habe ich recht?«

Es scheint, als ob Clare nur eine von vielen ist, die Maude Donegal in ihrem Testament bedacht hat. Die Situation ist kniffliger als üblicherweise, gibt Lucius Fischer zu, denn Mrs. Donegal hatte mehrere Testamente zurückgelegt, zwei davon wurden nicht in Cardiff, sondern von einer Anwaltskanzlei in Portland aufgesetzt. Tatsächlich wurden die Begünstigten, auch Elspeth und Morag waren darunter, je nach Lust und Laune wohl raus- und wieder reingenommen, ihre Namen herausgestrichen und wieder eingefügt; wieder raus und wieder rein, häufig von Mrs. Donegal höchstpersönlich, in ihrer eigenen, spinnenhaft-krakeligen Handschrift. Häufig waren damals keine tauglichen Zeugen anwesend. Das letzte, von Fischer selbst im November 2017 verfasste Testament, das ihn als Nachlassverwalter benennt, nimmt selbstverständlich einen höheren Rang ein als alle vorherigen, doch von den in früheren Testamenten bedachten Personen sind jetzt Forderungen zu erwarten. Die früher Begünstigten werden wohl Entschädigungen bekommen, wenn ihre Forderungen nachvollziehbar sind.

Und es gebe noch eine weitere Komplikation, erklärt Fischer Clare, denn ihr Name tauche erstmals überhaupt erst im Testament von 2015 auf. Die Erbschaft wurde der »überlebenden Tochter von Conor Donegal« überschrieben. Lediglich im allerletzten Testament hatte Maude Donegal den Namen Clare Ellen Seidel notiert.

Wie merkwürdig, denkt Clare. *Überlebende Tochter von Conor Donegal* – so als ob Clare keine Mutter gehabt hätte …

Und *überlebende Tochter* hört sich so an, als ob es noch eine Tochter oder Töchter gegeben hatte, die nicht überlebten.

Trotz allem versichert Fischer Clare, dass es über ihr Erbe keinerlei Unklarheit gibt: knapp fünf Hektar Ackerland und Wald, ein Farmhaus und Nebengebäude im Norden von Ashford County, Post Road.

Tatsächlich: Eigentum. Clare fühlt eine Welle des Glücks bei diesem Gedanken.

»Schade, ich habe kein Foto von dem Anwesen für Sie. Ich habe es auch noch nie selbst gesehen. Der Norden von Ashford County ist, glaube ich, nur sehr spärlich besiedelt. Wunderschöne Landschaft, hügelig – entlang der Küste. Man erzählte mir, das Anwesen sei ziemlich heruntergekommen … Es gibt auch noch Steuerrückstände, die Sie begleichen müssen. Tut mir leid, aber so will es das Gesetz.«

Lucius Fischers *So will es das Gesetz!* hört sich fast vergnügt an.

Clare erfährt, dass sie frühestens in drei Monaten in den Besitz ihres Eigentums kommt. Weiß sie über die Feinheiten im Prozedere eines Nachlassgerichtes Bescheid …?

Clare schüttelt den Kopf, nein, sie weiß nur sehr wenig über das Nachlassgericht. Sehr wenig über Testamente. Sie fühlt sich schwindlig, orientierungslos.

Nicht mehr am Leben. Überlebende Tochter.

Fischer klärt sie darüber auf, dass sie laut Gesetz Geld leihen kann, um die Forderungen zu begleichen, wenn sie möchte.

»Machen die Leute das so? Einen Kredit aufnehmen auf ihr Erbe?« Clare ist verblüfft.

»Oh ja. Häufig.«

»Wirklich! Also ich würde das nicht tun.«

Jemand hat mich geliebt. Nach all diesen Jahren.

Hier ist der Beweis: Clares Großmutter hat die Anstrengung unternommen, ihren Namen in Erfahrung zu bringen und sie ausfindig zu machen. Nach so vielen Jahren, Clares Name in ihr Testament eingefügt.

»Die Menschen tun unerwartete Dinge«, sagt Fischer, als könne er Clares Gedanken lesen, »wenn sich ihr Leben dem Ende nähert. Manchmal spielt da das Gewissen eine Rolle – als ob ein halb begrabener Gott erwacht.«

Was für eine seltsame Bemerkung!, findet Clare. Es dämmert ihr, dass Lucius Fischer doch weniger durchschnittlich ist, als sie dachte.

»Mrs. Donegal war, soweit ich weiß, keine außergewöhnlich exzentrische Person, doch ihr Testament ist auf jeden Fall ein recht exzentrisches Dokument.«

Fischer hat Kopien jener Seiten gemacht, die Clares Erbe betreffen, damit sie zu Hause alles nachlesen kann. Das gesamte Testament umfasst mehr als dreißig Seiten komplizierter Juristensprache, das meiste davon hat gar nichts mit ihr zu tun.

»Vielen Dank! Das ist ja – wunderbar ...«

Clare ist freudig erregt, sie wünschte, sie könnte dieses Gefühl mit jemandem teilen.

In meinem Alter. Aus dem Nichts heraus. Jemand sorgte sich um mich.

Fischer ist aufgestanden. Zeit, zu gehen. Wenn sie keine weiteren Fragen hat …

Sie hat das Gefühl, dass sie etwas vergessen hat … Aber was hat sie vergessen?

An der Wand hinter Lucius Fischers Schreibtisch hängt ein glänzender Mahagoni-Rahmen mit einem Diplom: LUCIUS M. FISCHER, UNIVERSITY OF MAINE LAW SCHOOL.

Für einen kurzen, verwirrenden Augenblick fragt Clare sich, ob das Diplom echt ist. Ob überhaupt irgendetwas hier – *echt* ist.

Ein Gefühl, als ob ihre Persönlichkeit sich auflöst. Wie Tau, den unbarmherzig die Morgensonne trifft.

Möchte mit der weinerlichen Stimme eines Kindes fragen – *Sind meine Eltern noch am Leben oder tot?*

Und: Wie sind sie gestorben? Und warum wurde sie zur Adoption freigegeben? Gab es niemanden in der gesamten Familie Donegal, der sie haben wollte?

Sie könnte auch fragen, wo ihre Eltern begraben sind. Wenn sie überhaupt begraben sind.

In ihrem Berufsleben zeichnet sich Clare durch ihre Redegewandtheit aus, niemals fehlen ihr die Worte, niemals zeigt sie Hemmungen, doch hier, in Anwesenheit von Lucius Fischer, ist sie voller Furcht vor den Antworten, die sie auf ihre heiklen Fragen bekommen könnte.

Also gut, denkt Clare. Sie hatte ihr Chance, und sie hat sie vermasselt.

Beim Abschied fühlt sich der Handschlag des Anwalts weniger hart an als bei der Begrüßung. Er hat sich für Clare erwärmt, wenigstens ein bisschen; ein paar väterliche Gefühle.

Er erinnert sie daran, dass sie mehr über den Tod ihrer Eltern erfahren kann, wenn sie die Zeitung von Cardiff in der Bibliothek einsieht – »nur die Straße runter«. Er wird auf jeden Fall einen Freund dort anrufen, damit er den entsprechenden Mikrofilm für Clare vorbereitet.

»Sie sollten öffentlich zugänglichen Unterlagen immer den Vorzug vor dem geben, was Ihnen Ihre Mitmenschen erzählen. Vertrauen Sie nur den objektiven Fakten.«

10.

Starben. Nicht mehr am Leben. Sind verstorben. Am 6. Januar 1989.

Clare wappnet sich für das, was in der öffentlichen Bibliothek von Cardiff auf sie wartet.

Es tut ihr so gut, mit welcher Zuvorkommenheit einer der Bibliothekare sie begrüßt. »Sie müssen Miss Seidel sein, richtig? Mr. Fischer hat gerade angerufen.«

»Ja! Vielen Dank.«

Er begleitet Clare in einen kleinen Raum im hinteren Teil des Gebäudes. Dort stellt man ihr eine Mikrofilm-Rolle sowie einen Projektor mit Handkurbel zur Verfügung. Der freundliche Bibliothekar zeigt ihr, wie man die Handkurbel mit Vorsicht bedient. »Bitte vergessen Sie nicht, dass dieser Mikrofilm *schon älter* ist.« Clare Seidel, die als Kunstgeschichtlerin normalerweise mit noch viel älteren Mikrofilmen hantiert, ist trotzdem dankbar für diese höfliche Behandlung.

Kisten mit Mikrofilmen, die die Ereignisse des *Cardiff Journal* von 1989 archivieren. Sie fragt sich, ob die Original-Zeitungen noch existieren oder ob man sie einfach hat vermodern und zu Staub zerfallen lassen.

Obwohl sie eigentlich auf der Suche nach Todesanzeigen ist, sticht Clare sofort eine Schlagzeile auf der Titelseite des *Cardiff Journal* vom 8. Januar 1989 ins Auge:

VERDACHT AUF DREIFACHEN MORD UND
SELBSTMORD
ZWEI ERWACHSENE, ZWEI KINDER IN ASHFORD
COUNTY
FAMILIE ERSCHOSSEN

Clare erstarrt vor Schreck. Überfliegt schnell den Artikel. *Hat mein Vater seine Familie und sich selbst getötet?*

Ihre Augen füllen sich mit Tränen. Ihr wird heiß, es hämmert in ihrem Kopf.

Sie kann kaum glauben, was sie da aufspürt. Ein Buchstabenbeben vor ihren Augen. Ein Mann, der den Namen Donegal trägt, ein Mann, der angeblich ihr Vater ist, hat seine Frau, seine Tochter, seinen Sohn erschossen. In ihrem Haus im ländlichen Teil von Ashford County, in einer Straße namens Post Road.

Clare braucht einige Zeit, bis sie dies richtig lesen kann, noch einmal und dann noch einmal. Sie braucht Zeit, um das zu begreifen. Ihre Finger sind taub, sie kann kaum die Kurbel bedienen, blättert weiter, um den Rest des Artikels zu finden, verschwommene Rubriken: Nationales, Internationales, Maine, Lokales ... Nach und nach entfaltet sich eine entsetzliche Geschichte vor ihren Augen, doch im Kern bleibt eine einfache – unfassbare – Tatsache: dass am 6. Januar 1989, irgendwann im Laufe des Nachmittags, ein Mann namens Conor Donegal, 34, seine Frau Kathryn, 31, ihre Tochter Emma, 6, und ihren Sohn Laird, 9, in ihrem Haus in der Post Road erschossen hat und dann die Waffe, eine Handfeuerwaffe, gegen sich selbst richtete.

Clare zwingt sich dazu, dies alles langsamer und sorgfältiger zu lesen, noch einmal zu lesen. Wischt ihre Augen, um einen klaren Blick zu bekommen. Was fehlt? *Wer* fehlt?

Es dauert, aber dann merkt sie es. *Mein Vater hat seine Familie und sich selbst getötet? Aber mich nicht?*

Die Tatsache, dass sie am Leben ist, zeigt, dass sie verschont wurde. Dieses fürchterliche Blutbad, die Frau, zwei Kinder, der blutdürstige Ehemann – alle niedergestreckt, doch das jüngste Kind, ein Mädchen, zwei Jahre, neun Monate, wurde (wie durch ein Wunder) verschont.

Verschont. Aber warum?

Schließlich erfährt Clare, dass Clare Ellen Donegal, das jüngste der Donegal Kinder, unversehrt aufgefunden wurde,

und zwar nicht von den Polizeibeamten, die das Haus durchsucht hatten, sondern von Verwandten der Toten, die nach
Abholung der Leichen ins Haus gekommen waren, um nach
dem vermissten Kind zu suchen.

(»Unversehrt« – nur stark dehydriert, traumatisiert. Das
kleine Mädchen war in einen schmalen Spalt unter das Spülbecken in der Küche gekrochen, vermutlich, um vor den
Schüssen Schutz zu suchen.)

Clare blättert weiter, um im *Cardiff Journal* weitere Artikel
über den dreifachen Mord und Selbstmord von Donegal zu
finden. Schnellvorlauf durch einen Blizzard von Schlagzeilen,
Nachrichten, Fotos – internationale Krisen, Kriegsschau-
plätze in Nahost, schwere Schneefälle an der Atlantikküste,
politische Sackgasse im Kongress ... Wie trivial, die Ereignisse
in der großen weiten Welt! Denn was zählt schon außerhalb
des eigenen Ichs, wenn dieses Ich krank ist, attackiert wird?
Schließlich setzt Clare alle Einzelheiten in einem Zeitstrahl
für den 6. Januar 1989 zusammen.

Am späten Nachmittag, dem vermutlichen Zeitpunkt des
Massakers, hörten Nachbarn der Familie Donegal in der
Post Road Schüsse vom Nebengrundstück, dachten aber,
dies seien die Schüsse von Jägern, die regelmäßig in den
ländlichen Gebieten von Ashford County unterwegs sind.
Als die Familie am folgenden Tag nicht zu einem Treffen
im Haus der älteren Donegals in Cardiff erschien und auch
Telefonanrufe unbeantwortet blieben, fuhr Gerard Donegal, Conors jüngerer Bruder raus, um nachzuschauen und
fand die Leichname. Gerard rief die Polizei, die augenblicklich erschien. Im Chaos dieses mörderischen Verbrechens,
dessen Spuren in vielen Zimmern des unteren Stockwerks
zu finden waren, versäumten die Polizeibeamten es, die
vermisste Zweijährige ausfindig zu machen, die sich in der
Küche unterhalb des Spülbeckens in einem engen Spalt verborgen hatte, um der Schießerei zu entgehen, weniger als

zwei Meter von den Leichnamen ihrer Mutter und ihrer Geschwister entfernt.

Erst viel später, als die Leichname aus dem Haus heraus und in die Leichenhalle gebracht worden waren, war es den anderen Familienmitgliedern gestattet, nach der vermissten Clare Ellen zu suchen. Selbst zu diesem Zeitpunkt hielt sich das Kind weiterhin versteckt, zu schwach oder zu traumatisiert, um die Rufe der Angehörigen zu beantworten; kurz bevor die Suche aufgegeben wurde, hörte man das Kind wimmern »wie ein verletztes Tier« und sie fanden es eingerollt unter dem Spülbecken, hinter einem Mülleimer, in einem Spalt, wo »normalerweise noch nicht einmal eine Katze Platz gefunden hätte«.

Zu diesem Zeitpunkt hatte sich Clare Ellen ungefähr achtzehn Stunden versteckt gehalten.

Halb ohnmächtig, stark dehydriert, in einem besorgniserregenden Schock- und Erschöpfungszustand, wurde die Zweijährige mit dem Rettungswagen ins Krankenhaus von Cardiff gebracht, wo sie sich zur Zeit dieses Zeitungsberichts noch in kritischem Zustand befand ...

Aber ist das – bin ich das? Wie kann ich das gewesen sein? Ich kann mich an nichts davon erinnern.

Fassungslos, gefangen, kann Clare nicht aufhören zu lesen. Blättert durch alle Zeitungsrubriken. Gab es einen Abschiedsbrief? (Ja, es scheint einen gegeben zu haben: der Inhalt wurde von der Polizei allerdings unter Verschluss gehalten.) Wurde irgendein Grund für die Bluttat mitgeteilt? (Ja, es scheint einen Grund gegeben zu haben: aber auch diese Information war den Medien nicht zugänglich.) Beim Lesen dieses fürchterlichen und viele schrecklichen Nebensächlichkeiten aufzählenden Berichts, der in Schleifen immer wieder zu den grausamen Fakten zurückkehrt, fühlt sich Clare wie auf einer teuflischen Achterbahnfahrt, erdrückt von Verzweiflung scheint sie geradezu in sich zusammenzufallen. Was für ein Schock! Warum hat niemand sie gewarnt! Lucius Fischer hatte offensichtlich gewusst, dass ihr Vater die Familie ausgelöscht hatte, war aber zu feige gewesen, es ihr zu sagen.

In einer Trance des Schreckens betrachtet sie eingehend die Fotos ihrer Eltern, die das *Cardiff Journal* mehrmals abgedruckt hatte.

Conor Donegal. Kathryn Donegal. So jung! Clares Alter.

Beide sind sehr attraktiv, lächeln in die Kamera. Conor blinzelt beim Lächeln, in seiner linken Wange ein Grübchen, wie ein Augenzwinkern. Ein jungenhaftes Gesicht, selbstbewusst, ein schelmisches Glitzern in den Augen. Welliges dunkles, dichtes Haar, aus dem Gesicht gekämmt, spitzer Haaransatz. (Clare stiert erstaunt auf das Bild: auch sie hat diesen spitzen Haaransatz, wenn auch nicht genau in der Mitte der Stirn und nicht so hervorstechend wie bei Conor Donegal.) Kathryn ist nicht so demonstrativ hübsch, ihr Lächeln zurückhaltender. Ein beliebtes Mädchen aus der Highschool, möchte man meinen. Die Art von Mädchen, die Clare aus der Distanz betrachtet hätte, fasziniert von ihrer Gelassenheit und Eigenständigkeit.

(Clare fühlt sich im Namen ihrer Mutter erbost. Warum in aller Welt hatten die Großtanten Kathryn als ›*so gewöhnlich*‹ bezeichnet?)

Zumindest weiß Clare jetzt, wie sie aussehen. *Mein Vater, meine Mutter.*

Sie ist erleichtert, dass es kein Foto von ihren Geschwistern in der Zeitung gibt. Emma, Laird – nur Namen. Erschütternd. Denn Clare hat keinerlei Erinnerung an diese Kinder.

Keine Erinnerung an niemanden: die verlorene Familie.

Und in dieser Ausgabe des *Cardiff Journal* vom 10. Januar 1989, wird ganz beiläufig berichtet, dass die »Retter« der zunächst vermissten Clare Ellen Donegal ›Elspeth und Morag Lacey‹ hießen, die Tanten des verstorbenen Conor Donegal.

Clare liest diesen knappen, prägnanten Absatz mehrere Male.

Also verdanke ich ihnen mein Leben? – den Großtanten?

Sie wischt ihre Augen, schaudert.

Erinnert sich an den Morgen im Bett mit der Rosshaarmatratze, als sie das Gespräch ihrer Großtanten unten an der Treppe mitanhörte, wie Geister in einem Traum. Verwundert, hämisch – *Oh, sie erinnert sich nicht! Nicht einmal an uns – die wir sie doch gefunden haben.*

II.

11.

Im gleißenden Licht der Sonne ist sie vom Weg abgekommen. Hat ihr Gleichgewicht verloren. Und dann findet sie sich auf dem Boden wieder. Schwere in allen Gliedern, ein stechender Schmerz an ihrer Schläfe.

Jemand beugt sich über sie, besorgt. »*Miss? Sind Sie okay? Kann ich* ...«

Frische Luft erweckt sie zum Leben. Frische Luft ist das Einzige, was ihr fiebriges Gesicht verlangt.

»*... Ihnen helfen? Einen Krankenwagen rufen?*«

Nicht in der Lage zu antworten. Das Tosen in ihrem Kopf ist zurück, ohrenbetäubend.

Neunzig Minuten sind vergangen, seit Clare in der Bibliothek ankam. Neunzig Minuten (erinnert sie sich verblüfft) seit sie die Steinstufen hinaufgesprungen ist, begierig, das Schlimmste zu erfahren.

Erschöpft. Die Handkurbel drehen, auf den Mikrofilm starren. Schmerzen im Nacken, Schultern. Fühlt sich, als ob sie an den Haaren durch eine Gerölllandschaft gezogen worden wäre.

Unter ihren Füßen gleitet der Beton weg. Sie fällt wie ein Stein. Ein Gehweg, an der Seite wächst Gras. Geruch von feuchter Erde. Ein Fremder beugt sich über sie, zögert, sie anzufassen, ihr hochzuhelfen.

So schwer! Clare wiegt nur fünfzig Kilogramm, aber ihre Knie, ihre Beine haben keine Kraft, um sie aufrecht zu halten.

Dann setzt sie jemand hin, ein niedriger Vorsprung, sie versucht zu atmen. Ein Stahlband ist um ihre Brust gespannt.

Jemand spricht mit ihr, ein Fremder. Er ist besorgt um sie, fragt, ob er jemandem Bescheid sagen kann, aber Clare insistiert, nein – niemandem ...

»Nein! Wirklich nicht, mir geht's gut. Wirklich gut.«

»Sind Sie sicher, dass ich nicht den Krankenwagen rufen soll? Sie sehen sehr bleich aus …«

»Danke, aber nein! Nein.«

Clare schaut ihn nicht an. Wer immer es auch ist. Eine kluge Strategie: einem Fremden nicht in die Augen sehen, wenn man angreifbar ist, verwirrt. Ein Fremder würde dann merken, in welch großer Not man ist.

Nein, nein! – das Letzte, was Clare möchte, ist die Notaufnahme, in der Stadt, wo sie niemanden kennt. Ins Krankenhaus eingeliefert gegen ihren Willen – ein Albtraum. In dem wirren Augenblick eben hätte sie nicht einmal das Wort ›Cardiff‹ herausgebracht. Hätte nicht erklären können, woher sie kommt und wohin sie geht.

Kurz danach hat sie sich schon wieder erholt von der Ohnmacht. Sie zwingt sich, wieder aufzustehen. Geht weiter, festen Schrittes, damit der Fremde nicht weiterbohrt.

Aber warum gehst du weiter? Ist dies nicht der Kreuzungspunkt mit einer anderen Person? Ein anderes Leben, in dessen Netz du hineingestolpert bist.

Aber nein, keine Zeit. *Muss weiter.*

Schließlich findet sie ihr Auto, einen kompakten Sedan metallic-grau, sieht verbeulter aus, als sie es in Erinnerung hat. Und dann starrt sie auf das Nummernschild, als ob sie es noch nie gesehen hätte. Hat jemand die Zahlen geändert? Oder – ist dies vielleicht gar nicht ihr Auto?

(Doch, ist es. Sie schaut in den Innenraum, auf den Rücksitz, wo sie ein paar Kleidungsstücke zurückgelassen hat. Natürlich ist das ihr Auto.)

Nicht ganz sicher, ob sie wirklich fahren sollte, noch immer weiche Knie, etwas benommen im Kopf. Muss sich selbst zurechtweisen – *Lächerlich. Sie sind vor solch langer Zeit gestorben. Du hast so lange ohne sie gelebt. Und du hast gar keine Erinnerung an sie.*

Der Zauber ist gelüftet. Muss gelüftet sein, Blut ist zurück in Clares Gehirn, mit viel Sauerstoff, Klarheit.

Stark genug, um das Auto aufzuschließen, aus dem Parkplatz hinauszufahren.

Stark genug, um zurückzufahren – wohin?

Muss fliehen. Trinken, mich betrinken. Zu einer Kugel einrollen. Verschwinden.

So allein! Verwüstung.

Der Plan ist, zum Haus in der Acton Avenue 59 zurück, schnell die Koffer packen, gehen. Wenn die Großtanten ganz überrascht hinter dir herrufen, gekränkt dir Vorwürfe machen, dann sagst du ihnen, *Danke für eure Gastfreundschaft. Aber – auf Wiedersehen!* Du wirst nicht anhalten, nicht auf der untersten Treppenstufe sitzenbleiben wie ein eingeschnapptes Kind. Wenn du gezwungen wirst, dich zu erklären, brichst du nicht in Tränen aus. An der Eingangstür wirst du den Großtanten höflich sagen – *Ich möchte nichts davon haben. Es war ein Fehler, hierherzukommen. Nehmt ihr das »Erbe« – es ist eures.*

Wie entspannend das sein wird, nach Süden zu fahren! Raus aus dem felsigen Maine, wo dünne Nebelschwaden wie Geister über die Straße ziehen.

Du möchtest das Haus in der Post Road. *Dieses* Haus.

Auf dem Weg Richtung Norden nach Cardiff hat es dich gepackt. Wolltest dich nicht mit Hörbüchern oder Musik von der Aufbruchstimmung ablenken. Der Gedanke an eine Erbschaft – egal, welcher Art – hatte dich gefangen genommen. Der Gedanke an Verwandtschaft – lebende Verwandte – hatte dich gefangen genommen. Unablässig hast du daran gedacht, was das alles für dich bedeuten könnte.

In der Acton Avenue (nicht leicht zu finden: unbekannte Straßennamen, unbekannte Häuser, immer wieder ist dein Kopf leergefegt, keine Ahnung, wo du verdammt noch mal bist oder was dich denn so dringend nach vorne peitscht) parkt Clare ihr Auto direkt vor dem mächtigen alten Steinhaus. An diesem frostigen Apriltag erscheinen Haus und Grundstück völlig farblos, erinnern an ein verblichenes Foto. Clare kann fast die Knicke auf dem Foto sehen, den schmutzigen Fingerabdruck oben an der Ecke.

Sie fragt sich, ob die Großtanten sie wohl von den Fenstern im Obergeschoss belauern. Fette, knotige Spinnen lauern in ihrem Netz, warten auf ihre spindeldürre Beute.

Wie viel Zeit sie braucht, um aus ihrem Auto herauszuklettern, (vorsichtig) den Weg die Einfahrt hoch, (zittriger) Fuß auf die erste Stufe der Veranda. Sie fühlt sich kühn und mutig, kurz danach packt sie wieder die Angst. *Warum bin ich überhaupt hier? Warum bin ich zurückgekommen?* Ein Traum, in dem Clare einmal sie selbst und gleichzeitig verwirrte Beobachterin von außen ist.

Irgendwann zwischen dem ersten und zweiten Schritt die Stufen hoch schwinden ihr die Sinne.

Irgendwann zwischen zwei Atemzügen fühlt sie sich ausgelöscht.

… wacht aber wieder auf, benommen, verängstigt, liegt auf der harten Rosshaarmatratze, man hat sie nach oben getragen. Nur ganz schwach erinnert sie sich an den Moment, in dem jemand sie vom Boden hochnahm, an das dunkelrote Gesicht eines Mannes, mit abgewandtem Blick.

Knurrend trägt er sie. Versetzt der Tür einen Tritt, damit sie aufspringt.

Und die Großtanten schwirren um sie herum, summen und gurren wie aufgeschreckte Vögel. Wer auch immer Clare die Treppe hinaufgetragen, sie aufs Bett gelegt hat, er ist verschwunden. Nur ein aschiger Geruch bleibt zurück, und der dumpfe Schmerz, da, wo die Finger zugepackt haben.

12.

»Warum hat mir das niemand erzählt?« Scharf soll es sich anhören, doch Clares Stimme klingt wehleidig, verletzt.

Einige Stunden sind vergangen. Der Tag beginnt zu schwinden.

Unten im Salon der Großtanten. Weinrote Samt-Tapeten, abgenutzt, durchscheinend im warmen Licht der Lampe. Geruch von Staub, Spinnweben, Möbelpolitur. Auf der Marmorplatte des kleinen Kaffeetisches vor dem viktorianischen Sofa, auf dem Clare – noch immer etwas benommen – Platz nehmen sollte, hat jemand ein leicht angelaufenes Silbertablett mit angeschlagenen Wedgwood-Tellern abgestellt, auf den Tellern Weißbrot-Sandwiches ohne Krusten mit Gurken und Streichkäse, Pepperidge Farm Haferkekse und Radieschen, so groß und rot wie Rinderaugen. Ein beigefarbener Spitzenärmel, lange dünne Finger mit »polierten« Nägeln, die andächtig Tee in die drei Tassen aus feinstem Porzellan gießen, der aufsteigende Dampf umhüllt Elspeth Laceys Gesicht, verzerrt es.

Clare starrt auf die Sandwich-Häppchen. Unterdrückt ein Schaudern. Als ob sie jemals wieder irgendetwas von dem vergifteten Essen ihrer Großtanten anrühren würde!

»Aber liebe Clare, natürlich – *haben wir das getan.*«

»Ganz sicher – *haben wir es dir erzählt, Clare.*«

Clare protestiert, nein. Niemand hat ihr etwas erzählt; sie musste das alles ganz allein herausfinden. In der Bibliothek, per Mikrofilm.

»Aber nein, meine Liebe. Morag hat dir alles erzählt, ganz sicher –«

»– sagen wir, sie hat es *angedeutet.* Wir wollten dich ja nicht erschrecken.«

»– wollten nicht, dass du wegläufst, nachdem du gerade erst angekommen warst.«

»Nicht so direkt und unverblümt. Nicht grob. Würde ich nicht, natürlich nicht –«

»Als du angerufen hast, neulich –«

»Ein sehr überraschender Anruf –«

»Ein *willkommener Anruf.* Du hast dich vorgestellt als Enkeltochter von Maude Donegal –«

»*Die* Enkeltochter von Maude Donegal – hatte sich so angehört, als ob du wüsstest, dass du die alleinige, die einzige wärst –«

»Also ich bin mir sicher, dass ich dich darauf vorbereitet habe –«

»Auf das Schlimmste! Elspeth macht so etwas sehr gut.«

»Nicht *auf das Schlimmste.* Morag, hör auf damit! Du bringst dich doch damit selbst aus der Fassung und verwirrst unsere liebe Nichte, die unter großem Schock steht …«

»– Elspeth wählt ihre Worte mit großer Sorgfalt, so wie ein Scharfrichter sein schärfstes Werkzeug sorgfältig auswählt, man könnte – leicht –, wenn man nicht wüsste, worauf man genau hören sollte –«

»– Morag! Stopp! Das ist nicht lustig.«

»– man könnte so manches falsch verstehen.«

»Nein, so bin ich nicht. Überhaupt nicht. Aber was ist mit Luke Fischer? *Er* hat dem armen Kind den Fall sicher genau erklärt.«

»Und wenn er es nicht getan hat, dann sollte er sich schämen! Als Nachlassverwalter von Maudes Grund und Boden, bekommt Fischer Geld genug, um diese Verantwortung zu übernehmen.«

»Bekommen sowieso viel zu viel Geld, meiner Meinung nach, die Anwälte!« Elspeth schnaubt ungehalten, verbittert.

Clare kann dem schnellen Schlagabtausch von Worten, den Stimmen der Großtanten nicht mehr folgen. Wie Vogelschnäbel pick-pick-pick, an ihrem Kopf.

Trotzdem gelingt es ihr, zu protestieren: Niemand hatte sie vorbereitet. Niemand hatte sie gewarnt. Nicht einmal

Lucius Fischer an dem Morgen. Er war zu feige gewesen, ihr die Umstände, die zum Tod ihrer Eltern geführt hatten, nahzubringen und hatte sie einfach die Straße runter in die Bibliothek geschickt, wo sie dann erfuhr, dass ihre Familie ermordet worden war, dass ihr Vater derjenige war – gewesen war –, der die Familie ermordet hatte.

»Oh, meine *Liebe*. Musst du?«

»Ja, muss ich. Nach – einem Vierteljahrhundert ...«

»Aber es gibt Dinge, die muss man nicht *aussprechen*.«

Elspeth zuckt zusammen, ihre skelettartigen Finger flattern abwehrend vor ihr her. Morag grinst und zuckt mit den Schultern, von denen eine ein klein wenig krumm ist; sie beugt sich nach vorn, um Clare eine Teetasse zu reichen, doch die nimmt sie nur sehr zögerlich.

»Zucker, Liebes? Milch?« Morag beugt sich nah zu ihr hinüber, unbehaglich nah, lächelt so eindringlich, dass Clare die Furchen ihrer Wangenfältchen erkennen kann.

»Danke – nein.«

»Jag dem armen Kind doch nicht solche Angst ein, Morag. Du hast vielleicht eine Art, auf jemanden loszustürzen.«

»Du hast dafür eine Art, reinzu – stürzen.«

Elspeth lacht süffisant, die sichere Gewinnerin in diesem Schlagabtausch.

Clare möchte die Teetasse gerne unauffällig irgendwo abstellen. Sie fühlt sich benommen, unsicher. Merkt auf einmal, dass sie seit Stunden nichts gegessen hat, und nach dem Frühstück war ihr doch so schlecht geworden.

»Es ist nur – ich – ich wäre gern vorher gewarnt worden. Bevor ich – es in der Zeitung lesen musste ...«

»Ja, natürlich! *Was* für ein Schock.«

»– zu vermeiden gewesen, könnte man meinen.« Morag schüttelt kräftig den Kopf, wie eine knurrende Bulldogge.

Seltsam, wie Clare in der Anwesenheit der Tanten ihr *eigenes Selbst* verliert. So als ob die einzelnen Moleküle, die ihr

Nervengefüge bilden, zittern und beben, und kurz davor sind auseinanderzufallen.

Bin ich das? Was geschieht mit mir? Muss mich zusammen- reißen …

In einer Ecke des Salons schlägt feierlich die große Stand- uhr mit dem glänzenden Glas vor dem Ziffernblatt *eins, zwei, drei, vier, fünf …* die Zeit!, denkt Clare. Hatte sie nicht das Haus schon längst verlassen wollen? Obwohl sie auf das Schla- gen hört, kommt sie mit dem Zählen durcheinander und weiß überhaupt nicht mehr, wie spät es wirklich ist.

»Trink deinen Tee, Liebes! Bevor er kalt wird.«

»Bevor du ihn verschüttest, Liebes! Deine Hand zittert ja.«

Mit beiden Händen führt Clare die feine, leicht angeschla- gene Tasse an ihre Lippen. Wohlgeruch, eine Liebkosung.

Bitterer Tee! Clare fällt das Herunterschlucken schwer.

»Darjeeling. Kann sehr stark werden. Wahrscheinlich hat Morag ihn zu lange ziehen lassen.«

Ist es eine Beruhigung, dass die Großtanten auch diesen Tee trinken? Clare hofft es.

Es ist immer leichter, das zu tun, was anderen gefällt. Clare erinnert sich, wie sie als kleines Waisenmädchen immer dar- auf aus war, allen zu gefallen.

Und wirklich: die Großtanten sind zufrieden. Elspeth schlägt ganz leise und vorsichtig ihre beringten Hände zusammen, so als ob sie einen Applaus für ein sehr kleines Kind simulierte.

»Gut so, Liebes! Ich hoffe, du merkst jetzt, dass es dir nicht guttut, nur vor dich hin zu brüten. Vor fünfundzwanzig Jah- ren haben die Donegals viel zu viel Zeit damit verbracht, dar- über zu brüten – über diese Tragödie – und einige von ihnen haben sich nie davon erholt.«

»Doch sie standen es durch –«

»Oh Gott, ja! Sie standen es durch.«

»Ich glaube, du meinst *wir …*«

»Na ja, er war ja nicht *unser Sohn*. Er war Maudes Sohn.«

»Er war *unser Neffe*. Und seine Kinder waren –«

»Egal! Warum reitest du darauf herum! – Bitte, Morag, bitte *hör einfach auf damit*.«

»Ich erinnere doch bloß daran, dass –«

»Stopp! Hab doch bitte Anstand genug, alte Wunden nicht wieder aufzureißen, bitte! Tust du absichtlich so dumm, hast kein bisschen Taktgefühl, wo du doch weißt, dass unser lieber Gast, unsere liebe Clare, selbst eines dieser Kinder ist – war – *ist*?«

Morag starrt Clare an, erschrocken. Tatsächlich, das scheint sie vergessen zu haben. Clare war ja das Kind, das überlebt hatte.

Ein Familienmassaker, Mutter und zwei Kinder, Vater. Und das dritte Kind verborgen inmitten von Spinnennetzen unter dem Spülbecken in der Küche.

Clare war nicht dort, doch Clare erinnert sich.

Aber nein: Clare erinnert sich nicht. Doch Clare *war* dort.

Morag ist erregt: »Hör *du* damit auf, Elspeth! Du bist eine Tyrannin. Mein ganzes Leben lang hast du mich tyrannisiert, herumkommandiert. Ich lasse mich nicht ständig herumkommandieren, ich lasse mir nicht den Mund verbieten, so wie du es mein ganzes erbärmliches *Leben* lang gemacht hast, mich zurechtgestutzt, an mir rumgescheuert. Ich habe nur gesagt –«

»Und ich habe gesagt, *die Donegal-Tragödie ist jetzt Geschichte*. Längst vergangene *Geschichte*.«

Elspeths unnatürlich jugendliches, faltenloses Gesicht ist noch weißer gepudert als gewöhnlich. Ihre braunen Augenbrauen wurden offenbar mit kummervoller Hand nachgezeichnet, genauso (denkt Clare) wie fürs Schauspiel auf der Bühne; ihre Rosenblütenlippen sind ein Kussmund. Morag hingegen starrt auf den Boden, verzieht den breiten, dünnlippigen Mund zu einer Grimasse und scheint ebenso tief bewegt wie ihre Schwester.

Nach dem Frühstück hat Elspeth sich umgezogen: eine dunkle Seidenhose, eine Tunika aus beiger Spitze, hochhackige schwarze Lacklederschuhe. Ihre silbern eingefasste Brille sitzt am Ende einer schmalen, weißgepuderten Nase. Morag scheint ihre Kleider eher unachtsam übergeworfen zu haben: lockere graue Freizeithose mit sichtbarem Gummizug, ein Pullover mit Schottenmuster und V-Ausschnitt, durchgescheuerte Ellbogen, hohe Sneakers. Ihre klobige schwarze Plastikbrille hat sie auf der Knollennase hochgeschoben, die Gläser sind beschmiert.

Elspeths Haar ist luftig aufgebauscht, kräftig oranges Leuchten; Clare fragt sich, ob Elspeth als Direktorin einer Middle School auch schon so ausgesehen hat. Morags metallisch-graues, stumpf geschnittenes Haar schwingt heftig um ihr Kinn, als sie ungestüm den Kopf schüttelt.

»*Ich* sage dir – (bitte unterbrich mich nicht, Elspeth!) – dass die Vergangenheit niemals ganz vergangen ist. Wir können sie im Moment nur nicht sehen.«

»Oh, *hör auf* damit. Du bringst unsere liebe Nichte ganz durcheinander, du bist ganz und gar nicht lustig.«

»Hör *du* auf. Clare interessiert das, was ich sage, da bin ich mir ganz sicher.«

»Tut es nicht. Magst du ein Gurkensandwich, Liebes?« Elspeth hält Clare eine Häppchenplatte hin, doch die ist regungslos.

Schüttelt kurz und heftig mit dem Kopf, *nein, nein danke.*

Ein dumpfer Schmerz an ihrer linken Schläfe, da wo ihr Kopf auf den Beton aufgeschlagen sein muss.

»Du musst stark bleiben, Liebes! Du siehst ziemlich blass aus, stimmt's Morag?«

»Am besten ist, du kommandierst *sie* nicht so rum, Elspeth.«

»Ich kommandiere sie doch nicht herum, ich sorge mich um sie. *Du* kannst ja nicht mal über das Ende deiner eigenen – sehr kurzen – Nase hinausschauen.«

Elspeth lacht herausfordernd. Morag blickt finster drein.

Clare lacht, aufgeschreckt. Genau wie in einer *Familie!* Schonungslose Nähe.

Wäre sie in Cardiff aufgewachsen, dann wären die Großtanten Elspeth und Morag ihre Familie gewesen. Sie hätte ihre Großmutter Maude Donegal gekannt. Oft wäre sie in dieses Haus nach Cardiff gekommen.

Und noch andere hätte sie kennengelernt – ihre engere Familie ... Ihr Kopf ist ein Brummschädel, als ob sie einem surrenden Bienenstock zu nahe gekommen wäre.

Elspeth reicht noch einmal die Platte Sandwiches herum, und dieses Mal nimmt Clare eines, murmelt »Danke schön.«

Aus Höflichkeit. Verbindlichkeit. Möchte nicht unfreundlich erscheinen. Ihre Großtanten haben sich doch die Mühe gemacht, dieses Tablett für sie herzurichten.

Zögerlich beißt Clare hinein. Die Gurke ist überreif und weich, aber der Frischkäse hat zum Glück einen pfefferigen Geschmack. Das Weißbrot ist so alt, dass man es für einen Cracker halten könnte.

Clare staunt noch immer – *Dies sind die Frauen, die sie gefunden haben. Das kleine Mädchen unter dem Spülbecken.*

Und – *ohne diese Frauen wäre das kleine Mädchen gestorben.*

Aber wer war das kleine Mädchen? Und wann war das?

Eine bedeutsame Erkenntnis. Clare kann sie in ihren Fingern drehen wie einen kostbaren Edelstein.

Sie hat erfahren, dass die beiden Schwestern an jenem Nachmittag zum Haus an der Post Road gefahren sind, um nach dem vermissten Kind zu suchen. *Gott hat uns geleitet* – wurden die beiden zitiert.

Clare fühlt eine Welle der Dankbarkeit. So mächtig, dass sie darin ertrinken könnte.

»Tante Elspeth, Tante Morag – ich verdanke euch mein Leben, das weiß ich seit heute. Ihr beide ...«

Spontan bricht es aus Clare heraus:»Danke!« Sie will noch mehr sagen, aber ihr Gehirn scheint wie leergefegt.

Die Großtanten sind überrascht. Sichtlich verdutzt. Elspeth hält ihre beringte Hand vor ihre mit Spitze besetzte Brust; Morag blickt erstaunt und blinzelt. Voller Freude leuchten ihre Gesichter, wie eine schimmernde Folie. Ganz offensichtlich schmeicheln ihnen Clares unerwartete Worte. Elspeth streckt ihre Hand aus, um Clares Handgelenk sanft zu berühren.

»Ja! Das ist sehr nett von dir, Liebes. Aber –«

»– sicher hätte jemand anderes –«

»– *jemand* anderes hätte sicher –«

»– irgendwann –«

»– *ja ja,* wenn wir nicht vorbeigekommen wären –«

»Aber wir kamen vorbei! Ja, kamen wir! Denn das war Gottes Wille.«

»– wenn wir nicht vorbeigekommen wären, in dem Moment, als wir vorbeikamen, wäre vielleicht jemand anderes vorbeigekommen, aber –«

»*Aber aber aber!*«

»– zu spät.«

Clare schaudert. Was soll das heißen – *zu spät?*

Sie fragt sich, wie nah die kleine Clare Ellen dem Tod wohl gewesen sein mag. Erschöpfung, Dehydrierung, Todesangst. Wie heikel, das Überleben des Kindes: eine Kerzenflamme, die von einem Windhauch hätte ausgeblasen werden können.

Doch *Gottes Wille* hatte es anders bestimmt. Diese Frauen, die ihre Großtanten sind, von deren Existenz sie bis vor ein paar Tagen noch gar nichts wusste, sind für ebendieses Leben verantwortlich.

Ein Gedanke durchfährt Clare – *Vielleicht wollen sie mich gar nicht vergiften. Vielleicht lieben sie mich ja.*

Flüchtig erinnert sie sich daran, dass sie das Haus der Donegals zu dieser Zeit eigentlich schon weit hinter sich hatte lassen wollen. Wollte jetzt auf der Autobahn Richtung Süden sein.

Sie kann sich aber nicht erinnern, warum. Solch eine radikale Entscheidung. Der Nachmittag schwindet schnell dahin, schon bald wird die Dämmerung hereinbrechen. Obwohl es April ist, fühlt sich die Kälte in Cardiff noch nach Winter an; an schattigen Orten, an den Fundamenten der Gebäude Resthaufen von altem, schmutzigem Schnee. Die letzten Eiszapfen. Schmelzen nur widerwillig.

Zu spät jetzt, um noch loszufahren, aber vielleicht morgen?

Nur, warum eigentlich morgen? Ihre Großtanten haben doch klar und deutlich gesagt, dass Clare bei ihnen, in diesem Haus, bleiben kann, so lange sie möchte. Sie muss einen Antrag beim Nachlassgericht stellen, hat der Anwalt gesagt. Sie muss vielleicht noch einen zweiten Termin mit Fischer vereinbaren.

Sie möchte auf jeden Fall den Friedhof besuchen, auf dem ihre Familie begraben ist. Unbedingt will sie den Friedhof besuchen und Fotos machen.

Sie möchte auf jeden Fall Nachforschungen anstellen: Mutter (Kathryn), Vater (Conor), Schwester (Emma), Bruder (Laird). Sie möchte auf jeden Fall Fotos von der verlorenen Familie sehen; sie möchte auf jeden Fall Abzüge dieser Fotos machen. Sie möchte sich aber (noch) nicht unbedingt fragen, *Warum hat mein Vater so etwas Schreckliches getan?* – denn die Frage ist zu grell und blendend, so als ob man in die Sonne starrt.

Tatsächlich sind Clares Augen tränenverschleiert. Sie fühlt einen warmen, wohligen Schauer – Dankbarkeit.

Sie war auf dem Bürgersteig direkt vor dem Haus zusammengebrochen. Diese plötzliche Hilflosigkeit, Angst – wenn man *fällt*. Plötzlich geben deine Knie nach, die Beine können dein Gewicht nicht mehr tragen, du schlägst auf den Boden wie ein Baum, der gefällt wird.

Zum zweiten Mal innerhalb einer Stunde ist Clare ohnmächtig geworden. Und vor ihrer Fahrt nach Cardiff ist Clare Seidel noch niemals ohnmächtig geworden.

Diese Schreie, die Schreie der Großtanten, *Oh oh oh, alle herkommen! Hilfe!* Und jemand beugte sich über sie und sie wurde hochgehoben und die Verandatreppen hochgetragen und ins Haus hinein, als wäre sie ein Kind – ohne jeden Widerstand, in vollkommenem Vertrauen, voller Staunen.

Die kräftigen Arme eines Mannes, ein Geruch von Asche. Doch obwohl sie alles versucht, kann Clare das Gesicht des Mannes nicht sehen.

»War es – Gerard?« Clare zögert, den Namen ihres Onkels auszusprechen, es war das erste Mal, dass sie ihn aussprach.

Elspeth lacht, erschrocken; verschüttet Tee auf die beige Spitze vor ihrer Brust, versucht gereizt, ihn mit einer Serviette wegzuwischen. Morag starrt Clare verständnislos an.

»War Gerard – *was*?« Elspeth fixiert Clare mit skeptischem Blick.

Hat Clare den Namen des Mannes falsch ausgesprochen? Oder hat sie, durcheinander wie sie war, den falschen Namen genannt?

»– die Person, die mich die Treppe hochgetragen hat? Mich aufs Bett gelegt hat?«

Rasch sagt Elspeth Ja. Natürlich: Gerard.

»Wir haben Gerard gebeten, dass er es machen soll. Haben dich fallen gesehen –«

»– *richtig fallen* – wie aus großer Höhe –«

»– leblos –«

»– armes Mädchen! Solch eine Strapaze für dich –«

»– genau hier auf dem Bürgersteig vor unserem Haus – ein Schock –«

»– ich war es, die es gesehen hat, zum Glück –«

»– oh, ja, zum Glück! Morag hat Augen wie eine Eule –«

»– habe es gesehen und sofort Elspeth gerufen –«

»– und dann haben wir Gerard gerufen, aus seiner Junggesellenwohnung im dritten Stock –«

»– uns wurde zwar mitgeteilt, dass wir auf dem dritten Stock nicht willkommen sind, aber zu Gerard die Treppe hochrufen, das ist erlaubt –«

»– also, im Notfall.«

»Sehr zuverlässig im Notfall, unser Neffe. Denkt man gar nicht, wenn man ihn so sieht, aber –«

»Oh ja, das ist er! Das *ist* er.«

»Von Priestern erwartet man, dass sie in Krisenzeiten vortreten und anderen helfen; sie sind darin geschult, nicht an sich selbst zu denken, sondern an andere, so wie Jesus Christus es getan hat. Schon bemerkenswert, dieser Gerard, in Notfällen –«

»Im alltäglichen Leben allerdings – im Alltag –«

»– im alltäglichen Leben ist Gerard nicht so gut zu gebrauchen. Oder sagen wir, ist Gerard nicht so *engagiert*. Manchmal vergisst der arme Junge glatt, zu essen, er ist so – entrückt …«

»– und auch *schwermütig* –«

»Wir sind Gerard also sehr dankbar, wenn er uns aushilft, und das hat er schon mehr als einmal getan, wenn wir Hilfe brauchten. Und jahrelang hat er es auch für seine Mutter getan, wenn sie ihn brauchte. Und heute –«

»Gerard zeigt es nicht häufig, aber er ist sehr *empfindsam*.«

»Ja, das ist er! Ist nicht so wie andere Männer …«

»Schade, schade, Gerard ist so – schüchtern –«

» – asozial –«

»– nicht wirklich a-sozial, eher un-sozial – wie seine Mutter immer zu sagen pflegte.«

»Weißt du, Gerard hat Probleme, ein richtiges Gespräch zu führen. Es ist, als ob seine Zunge zu groß ist für seinen Mund. Er versucht zu reden, aber die Worte kommen einfach nicht raus. Und deswegen ist er so verunsichert. Er wird dann leicht reizbar. Er meidet sogar uns, seine engsten Blutsverwandten!«

»Oh mein Gott, man stelle sich das nur vor – unser eigener Neffe meidet uns.«

Wir wollten ihn dazu bewegen, heute Abend mit uns zu essen, aber er ist einfach weggelaufen – ja, verständlich. Er wollte ja vor allem dir aus dem Weg gehen, Clare.«

»– nicht so leicht für ihn mit Mädchen. War es nie.«

»– also, der wäre der ideale Priester gewesen, wenn man so darüber nachdenkt – Armutsgelübde, Keuschheitsgelübde, Gehorsamsgelübde, das wären für ihn doch alles die natürlichsten Sachen der Welt gewesen.«

»Oh ja, so selbstlos wie er war – wie er *ist*. Er hatte es nicht verdient, dass sein Vater ihn so grausam behandelte – ihn praktisch enterbte, indem er all sein Geld verschleuderte, bevor er es dem Priesterseminar übergeben konnte. Gerard hat sich nie darüber beklagt, aber – man konnte sehen, dass es sein Herz gebrochen hatte.«

»Ja, Leland muss eine Menge verantworten – im Schattenreich des Hades.«

Unvermittelt brechen die Großtanten in Gelächter aus. Wie junge Mädchen, die wissen, dass sie gerade unschickliche Dinge sagen.

Clare bemerkt, dass Morag während des Gesprächs Gurkensandwiches isst, hungrig; Elspeth nippt an ihrem Tee und knabbert an einem Haferkeks, schnelle, verstohlene Bisse, wie eine Maus.

Clares Kopfschmerzen lassen nach, der bittere schwarze Tee scheint den Schmerz betäubt zu haben. Sie hat mehrere Gurkensandwiches gegessen, ihr Hunger ist besänftigt, und sie ist nicht mehr so besorgt. Keine Ahnung, warum sie so viel Wert darauf gelegt hatte, das Donegal-Haus genau an diesem Tag zu verlassen …

»Wir fragen Gerard, ob er dich zum Haus in der Post Road fahren möchte«, sagt Elspeth, »falls du bereit bist, es zu sehen. Schwierig zu finden für jemanden, der den Norden von Ashford County nicht gut kennt.«

»Schwierig? – unmöglich!« Morag schnaubt.

»Wie ein Labyrinth – unwegsame Straßen, die im Winter weggeschwemmt werden, und für die sich niemand eine Umleitung ausgedacht hat. Brücken, die nicht mehr befahrbar sind. Ja, und Fremde brauchen auf jeden Fall einen Reiseführer.«

»Oh, ja! Fremde brauchen auf jeden Fall einen Reiseführer.« Morag wiederholt diese Worte mit unheilvoll drohender Stimme.

»Und wer wäre da besser geeignet als Gerard? Er kennt den Weg doch viel besser als wir.«

»Und – *wir* fahren ja gar kein Auto mehr. Du weißt doch, *ich* fahre nicht mehr.«

»Du warst so eine gute Fahrerin, Morag. Es war ungerecht, es war sexistisch von ihnen, dir den Führerschein wegzunehmen. Du warst noch nicht einmal fünfundsiebzig, du warst noch *jung*.«

»Ja. Aber Schnee von gestern.«

»Ich meine ja nur, dass du das letzte Mal – dorthin – gefahren bist. Aber – Schluss damit jetzt.«

Morag bebt leicht, kleine Wellen auf der Haut, wie man sie bei einem zitternden Hund sehen kann.

»Schluss jetzt, du hast recht. *Nie mehr.*«

Die Großtanten verfallen in einen Moment der Stille, hängen ihren Gedanken nach. Dann sagt Morag provozierend: »Vielleicht möchte Clare das Haus aber auch gar nicht sehen. Ihre Erbschaft. Besser wär's vielleicht.«

»Mmh, aber wenn sie möchte –«

»Du könntest das Anwesen auch verkaufen, ohne es angeschaut zu haben, Clare. Wenn du möchtest.«

»– ich meine, wenn sie es *sehen möchte*, könnte Gerard sie hinfahren.«

»– und ich meine, wenn sie sich das *ersparen möchte* …«

Stimmen schwirren um Clares Kopf herum. Surrender Bienenstock.

Schließe deine Augen, deinen Mund. Niemand sieht in deine Gedanken.

Emma, Laird. Diese Namen sind Clare schon recht vertraut. Kleine Stiche, immer wieder.

Mommy! Mommy! Mommy! – schreit ein Mädchen. Das muss Emma sein.

Sie hörte noch mehr Geschrei. Ihr eigenes hörte sie nicht. Wankte auf schwachen Beinen, fiel hin. Krabbelte auf Knien über klebriges Linoleum. Die Tür unter dem Spülbecken ist einen Spaltbreit geöffnet. Krallte sich daran fest, hinter ihr ohrenbetäubender Donner.

Doch an dem geheimnisvollen Ort unter dem Spülbecken ist es still. Hinter den schmierigen Abflussrohren, in den Spinnennetzen.

Laute Stimmen, schwere Schritte. Noch mehr Geschrei. Dann mehrere Schüsse, ohne Hast, sorgsam verteilt.

Doch Clare ist in Sicherheit, gleitet in den Schlaf hinein. Im Salon der Großtanten, auf dem sanft knarrenden Samtsofa. Nicht mehr so benommen, so hungrig. Nicht mehr so verängstigt.

Als sie sieht, dass Clare auf dem Sofa eingeschlafen ist, legt Elspeth einen Finger an ihre Lippen – *Schh!* Morag zieht einen Mohairschal über Clare, behutsam.

13.

Bitte erzählen Sie mir doch – alles, was Sie über sie wissen.
Alles, an das Sie sich erinnern ...

Am Ende der Woche hat Clare alle Namen derjenigen Bewohner Cardiffs herausgefunden, die ihre Eltern gekannt hatten. Als Erwachsene, als junge Erwachsene, selbst als Kinder. Sie hat eine Liste von Verwandten, Nachbarn, Freunden und Klassenkameraden von Conor Donegal und Kathryn Thrush; sie hat eine Liste von Lehrern, Namen von Polizeibeamten aus Cardiff, die zum Tatort gerufen worden waren. Viele Male hat sie die Bibliothek in Cardiff aufgesucht, um neue Informationen über den vermeintlichen Tathergang am Nachmittag des 6. Januar 1989 im Haus in der Post Road zu finden. Sie hat sich – fast! – mit der hilfsbereiten Bibliothekarin angefreundet, die Linda Peele heißt. (In einem anderen Leben, denkt Clare, wären sie und Linda Peele gute Freundinnen geworden; in diesem Leben wird das wohl nicht geschehen. Clare hat keine Zeit, um eine Freundschaft zu pflegen, und noch weniger hat sie Platz in ihrem Herzen für eine Freundschaft.) Mit derselben Leidenschaft und Gründlichkeit, die sie zu einer angesehenen jungen Kunsthistorikerin gemacht haben, verfolgt sie ihr Ziel, alles in ihrer Macht Stehende über Conor Donegal, Kathryn Donegal (geborene Thrush), Laird Donegal und Emma Donegal herauszufinden.

Mein Vater. Meine Mutter. Mein Bruder. Meine Schwester.

In diesen Momenten überkommt Clare ein Hochgefühl, überbordende Freude. Denn auch wenn diese Menschen heute nicht mehr leben, so haben sie doch einmal gelebt.

Wieder und wieder bewegen sich ihre Lippen, lautlos. Ein leichtes Beben beim Betonen der Worte *mein, meine.*

Mein Vater. Meine Mutter. Mein Bruder. Meine Schwester.

In dieser Familie war Clare Ellen das Baby. Ungefähr drei Jahre jünger als ihre Schwester und sechs Jahre jünger als ihr Bruder.

Ihre Schwester! *Ihr* Bruder!

Ihre Lippen formen die Namen: »Emma.« »Laird.«

Zwei wunderschöne Namen, denkt Clare. Und Conor. Und Kathryn. Wunderschön.

Aber sie kann sich überhaupt nicht an ihre verlorene Familie erinnern, an nichts. Eine Art Schleier überdeckt diesen Teil ihres Gehirns. Ein Flor, nahezu undurchdringlich.

Sie hat doch bestimmt mit ihrer Schwester gespielt (denkt Clare). Und als Mädchen von zwei Jahren und neun Monaten muss sie ehrfürchtig zu ihrem »großen« neunjährigen Bruder aufgeblickt haben.

Sechs Jahre älter als Clare Ellen, hatte Laird sie (vielleicht) gerade so geduldet. Obwohl er sie (möglicherweise) auch geliebt hatte … Emma hatte sie bestimmt geliebt, hatte sie häufig umarmt. Emma hatte ihrer kleinen Schwester erlaubt, mit ihren Puppen zu spielen und mit ihren Kuscheltieren zu schmusen.

Ja, so muss es gewesen sein. Ganz sicher.

Schwieriger, sich an ihre Mutter zu erinnern, ihren Vater.

Flirrend, tränenverschwommen. Mommy und Daddy waren da, Tränen.

Nur eines: Sie erinnert sich daran, *gehalten* zu werden.

Wenn sie es schafft, diesen hauchdünnen Schleier wegzuschieben, dann erkennt sie – fast – etwas …

Kann sein, sie erinnert sich daran, wie Mommy sie nah an Mommys klopfendes Herz gedrückt hat. Spürt fast Mommys weichen, warmen Leib. Verbirgt ihr Gesicht in diesem Leib. Vergräbt sich zwischen den weichen, warmen Brüsten.

Trinkt Milch. Milch fließt heraus. Süße Busenmilch, unverkennbarer Geruch.

Liegt in ihrer Wiege, große Augen, blinzelt zu den beiden großen Gestalten, die auf sie herabstarren. Ihre Gesichter sind verschwommen, unbestimmt.

Dann plötzlich sind die Gesichter klarer. Der Schleier ist verschwunden.

Mommys Lächeln, gilt nur *ihr*. Daddys Lächeln, das eine kleine Falte in Daddys Wange zeichnet.

Und so wird Clare auf einmal klar, voller Verwunderung – *ich erinnere mich doch. Ich wurde geliebt, ich wurde nicht verlassen.*

»Wer bin ich? – Teil der Familie Donegal.«

Clare ist nicht darauf erpicht, sich selbst als das überlebende Kind eines schändlichen Massakers in diesem Ort zu erkennen zu geben. Besser, etwas Distanz wahren, sich als Tochter eines Cousins von Conor Donegal ausgeben, die Conor nie kennengelernt hatte – (natürlich: Clare ist zu jung, um jemanden kennengelernt zu haben, der vor fünfundzwanzig Jahren gestorben ist) – eine junge Frau, die im Mittleren Westen geboren wurde, jetzt in der Nähe von Philadelphia lebt und niemals zuvor in Maine gewesen war.

»Ja, es ist wunderschön. Die Küste entlangzufahren – atemberaubend.«

Maine ist für Clare wirklich von überwältigender Schönheit. Blicke auf den Atlantik hinunter von der Küstenstraße, sich ständig verändernde Perspektiven, faszinierend. Dort, wo die halbe Welt aus Wasser besteht, scheint der Himmel übermächtig.

Nur Maine im Zwielicht, so wie es von Winslow Homer gemalt wurde, findet Clare bedrohlich – nebelverhüllt, wolkenverhangen, flüchtig. Verschwimmende Grenzen zwischen Küste und Meer, Meer und Horizont, Horizont und Himmel, wie auf einem Aquarell.

In Gesprächen mit Fremden ist Clare äußerst hoffnungsvoll. Sie möchte unbedingt einen guten Eindruck machen.

Keinen Argwohn wecken. Viele Menschen, mit denen sie spricht, fragen sie, ob sie Reporterin sei und immer wieder versichert sie, nein, ist sie nicht, ganz sicher nicht. »Ich bin eine entfernte Verwandte der Familie Donegal und bin an ihrer Familiengeschichte interessiert. Aber zuallererst bin ich Kunsthistorikerin und stelle Recherchen über Künstler des neunzehnten Jahrhunderts an, die in Maine gelebt haben …«

Kunst ist ein sehr gutes, neutrales Thema. Wenn einer ihrer Gesprächspartner in Erinnerung an jene wunderschöne junge Familie zu emotional wird, kann Clare geschickt und unauffällig zu den Künstlern Winslow Homer, George Bellows, Rockwell Kent und Andrew Wyeth überleiten. (Sie ist keine von diesen unerträglichen Kunstsnobs, die Andrew Wyeth belächeln.)

Clare hat aber schlecht geschlafen in Cardiff. Man sieht leichte Schatten unter ihren Augen, die sie kunstvoll mit Make-up übertüncht hat. Sie hat ihr dickes, dunkles Haar von der Stirn in einen straffen Dutt zurückgebunden, wie eine Ballerina; auf ihren Mund hat sie leuchtend roten Lippenstift aufgetragen – ein US-Girl, das gefallen möchte.

»Oh! Mein Gott, Sie sehen ja aus wie – *er*.«

Eine der Mütter, deren Söhne Conor Donegals »gute Freunde« in der Highschool waren, starrt Clare an, schlägt die Hand vor den Mund, wahrhaftig überrascht.

»Ich meine – Ihre Haare, an der Stirn. So wunderschön – und diese kleine Spitze dort.«

Eine etwas verlegene Pause. »Und auch die Augen …«

Ein Schauer durchfährt Clare, sie möchte ihr Gesicht vor dem prüfenden Blick der Frau verbergen. Doch sie schafft es zu lachen, leicht beklommen.

Sie sagt, dass sie Fotos von Conor Donegal gesehen hat, und sie ist sich sicher, dass sie ihm nicht gleicht.

»Die Leute sagen, dass ich nach meiner Mutter komme, und die stammt aus St. Paul.«

Doch die Frau ist noch nicht überzeugt. Clare sieht das.

Mit stockender Stimme sagt Mrs. Freeman: »Er war ein leicht reizbarer Junge, haben die Leute gesagt. Nicht, dass ich es selbst erlebt hätte. Nein, er war niemals grob zu *mir.* Aber Billy hat immer gesagt, Conor sei ein Hitzkopf gewesen, und er wäre nie einem Kampf ausgewichen … Er und Billy hingen mit ein paar Freunden häufig an der Kennicott Bridge rum, Alkohol war natürlich auch im Spiel, obwohl sie minderjährig waren. Einmal kam eine Gruppe Leute auf Rädern aus Lewisburg vorbei und Conor geriet mit einem von ihnen in Streit. Dann mischten sich alle Freunde ein und schließlich rief jemand die Polizei … Ich glaube nicht, dass sie verhaftet wurden oder so, aber einer von ihnen hat wohl Verletzungen davongetragen und musste genäht werden. Conor war viele Jahre lang Billys bester Freund, aber Billy sagte auch, dass man aufpassen musste bei ihm. Wenn Conor zu schnell trank, suchte er jedes Mal Streit, egal mit wem. Typisch Ire, sagte Billy, sie trinken ein Glas und dann noch eins und noch eins und können nicht mehr aufhören, bis sie sturzbetrunken sind … Die meisten Leute sagten, Conor leide an ›vorübergehender Unzurechnungsfähigkeit‹ und er hätte das alles nicht getan, wenn er nüchtern gewesen wäre.«

Clare überlegt, *Vorübergehende Unzurechnungsfähigkeit. Das war es.*

Das haben auch viele andere gedacht. Haben über Conor Donegals Motive spekuliert. Aber natürlich gibt es für solch eine Untat kein vernünftiges Motiv.

So nach und nach zeichnet sich ein Porträt Conor Donegals in Clares Kopf ab. Ihr Vater, so heißt es, sei ein »prima Typ, also, normalerweise« gewesen – »ein guter Freund, sehr verlässlich« – aber ein »Komasäufer« – »Hitzkopf« (wieder einmal!) – »wich niemals einem Streit aus.« Eine Reihe früherer Lehrer erinnern sich an ihn als »intelligent, aber leicht ablenkbar« – »von natürlicher Neugier« – »kein guter Leser, aber gut in Mathematik.« Er war ein »guter, aber kein hervorstechender« Sportler – ein »natürlicher Teamplayer«. Er hat Musik geliebt, auch irischen Folkrock. Er mochte Rick James, Lionel Richie, James Brown. Er hatte eine große Bandbreite von Seminaren an der University of Maine in Bangor belegt, doch in keinem Studienfach seinen Abschluss gemacht. Zunächst arbeitete er mit seinem Vater zusammen, hatte aber schon bald sein eigenes Unternehmen auf die Beine gestellt – »das nicht besonders gut lief«.

Ein Unternehmen gegründet auf hohen Krediten, dann der Bankrott.

Nichts Besonderes – anfangs erfolgreich, einige Jahre steigende Profite, dann Rückschläge.

Clare war darauf gefasst, zu hören, dass ihr (attraktiver, charismatischer) Vater ein gewalttätiger Ehemann und Vater gewesen sei, doch die allgemeine Meinung ist die, dass er »verrückt nach seiner Familie« war – »seine Frau und seine Kinder liebte« – »alles für sie getan hätte«.

Wie das geschehen konnte, dass Conor Donegal (angeblich) seine Frau und seine beiden ältesten Kinder getötet und dann die Waffe gegen sich selbst gerichtet hatte – »Das konnte niemand begreifen. Damals nicht und heute auch nicht.«

Eine Frau mittleren Alters, die sich selbst als Kathryn Thrushs »älteste, engste Freundin« bezeichnet, vertraut Clare an, dass Conor Donegal, schon seit er Anfang zwanzig war, ein »Problem mit dem Trinken« gehabt habe – dass Kathryn all die Jahre, die sie bei ihm geblieben war, geglaubt habe, ihn ändern zu können; er hatte öffentlich und stolz zugegeben, den Anonymen Alkoholikern beigetreten zu sein, erlitt aber immer wieder »Rückschläge«; er hatte ein halbes Dutzend Male versucht, das Trinken aufzugeben, doch er schaffte es nicht.

»Sie nahm Conor in Schutz, weil sie ihn liebte, und er zog aus dieser Bereitschaft, ihm zu vergeben, seinen Nutzen.

Ein Mann tut das, wenn man es zulässt – *jeder Mann* tut das, wenn man es zulässt.« Die Frau spricht mit energischer Stimme, aber wunden Augen, so als ob Clare versucht hätte, ihr zu widersprechen; aber Clare hütet sich, mit irgendjemandem über die Interpretation der Vergangenheit zu streiten.

Und sie denkt auch, *Vielleicht hat Conor sie ebenfalls verletzt. Vielleicht kann sie ihm das nicht vergeben.*

Eine andere Frau mittleren Alters, die sich als Nachbarin von Conor und Kathryn aus der Mott Street in Cardiff vorstellt, vertraut Clare an, dass Conors Behauptung, den Anonymen Alkoholikern anzugehören, reiner »Blödsinn« wäre: Conor hatte nur vorgegeben, die Versammlungen zu besuchen, oder er war hingegangen, um Kathryn und die Donegals zu beruhigen, die ihm das alles geglaubt hatten. Conor war ein Meister darin, »Herzen zu manipulieren« – *sie* wusste das.

Noch eine Frau mit wunden Augen! Clare wird vieles klar. *Mein Vater hat Frauenherzen gesammelt.*

Clare erfährt, dass ihre Eltern, noch jung und mit zwei kleinen Kindern, nach dem Bankrott entschieden, eine Farm im nördlichen Teil von Ashford County zu kaufen (die zwangsversteigert wurde). Sie waren beide sehr »eigensinnig« – »waghalsig« – »risikobereit«. Sie hatten »romantische Vorstellungen« über das Leben auf dem Lande und darüber, wie sie von der Landwirtschaft leben konnten – am liebsten von Obstgärten. Keine Rinder oder Milchwirtschaft, nichts, was mit Tieren zu tun hatte. Kathryn schüttelte sich schon bei dem Gedanken, »Nein, keine Tiere! Farmtiere müssen *sterben*.«

Eine merkwürdige Ansicht, denkt Clare. Sie fragt sich, was ihre Mutter damit gemeint haben könnte: dass Farmtiere (wie Schlachtvieh) zum Schlachten gehalten werden oder aber, dass das Leben von Farmtieren durch Krankheiten gefährdet ist und sie früh sterben.

Als es um ihre Mutter geht, hört Clare sehr genau zu, ist ganz still. Hält ihren Kopf gesenkt, ihre Augen halb geschlossen. In solchen Momenten wagt sie kaum zu atmen; es fühlt sich an, als ob sie Verbotenes erfährt.

»Oh, Kathryn Thrush! Sie war eine *wundervolle Frau.* Aber –«

Aber. Heißt – was?

Eine wundervolle Frau, doch zu leichtsinnig in der Liebe?

Clare zögert, sie versucht es zu vermeiden, Fragen zu stellen, die ihre Gesprächspartnerin provozieren oder verärgern. Sie möchte nicht zu neugierig erscheinen. Sie weiß, dass sie nur vorübergehend in den Häusern dieser fremden Menschen so freundlich aufgenommen wird, eine heikle Geschichte. Doch es gibt auch noch andere Gründe, aus denen sie so zurückhaltend ist. Schon der bloße Gedanke an die Fragen, die sie gerne stellen würde, versetzt ihrem Herzen einen schmerzhaften Stich. *Hat Conor Donegal Kathryn geliebt – seine Frau? Hat er seine Kinder geliebt?*

Egal, mit wem sie spricht, alle betonen es: *Ja,* das hat er.

Ganz sicher hat er das! Und genau deswegen lässt ja das, was er ihnen angetan hat, alle so ratlos zurück.

Hatte er jemals zuvor irgendjemandem Leid zugefügt? Hatte er jemals irgendjemanden bedroht?

Gab es keine Vorwarnung? Hätte niemand helfen können, dies alles zu verhindern?

Nein. Clare ist nicht in der Lage, diese Fragen zu stellen. Kann sich nicht dazu durchringen.

Tage vergehen, eine Woche. Wie in Trance kämpft sie sich durch die Namensliste. (Wenn er auch anfangs nicht sehr kooperativ schien, so scheint sich Lucius Fischer doch dazu entschlossen zu haben, ihr bei der ersten Kontaktaufnahme behilflich zu sein.) Clare führt Telefongespräche, klopft mal zaghaft, mal kühn an fremde Türen. In den meisten Häusern, die sie betritt, ist die Einsamkeit beinahe mit

Händen zu greifen – »Oh, hallo! Kommen Sie doch herein! Sind Sie – Clare? Ich habe schon mal auf dem Dachboden gestöbert und diese Jahrbücher gefunden …«

Für eine junge, unverheiratete Frau wie Clare ist es sehr lehrreich, aus nächster Nähe zu beobachten, wie Frauen, die um einiges älter sind als sie, verheiratete Frauen, Mütter von (häufig schon erwachsenen) Kindern, anscheinend nach Gesellschaft hungern. (Gesellschaft? Das kann Clare ihnen nicht anbieten, höchstens oberflächlich.) Sie verbringt viele Stunden in diesen Häusern in Cardiff, auf Sofas oder an Küchentischen, wo die Frauen sich mithilfe der Jahrbücher begeistert an ihre Schulzeit erinnern und niemals vergessen, Clare auf ihre eigenen Fotos sowie auf die Fotos des attraktiven Conor Donegal und der hübschen Kathryn Thrush hinzuweisen.

Ihre Eltern, so jung! Lange bevor sie ihre Eltern waren.

Eine Unterwelt, lange vor Clares Geburt. Eine Welt, die sehr eng mit der verbunden ist, in der sie jetzt lebt, doch eine Welt voller Rätsel.

Bildunterschrift von Conor Donegals Foto im Jahrbuch der Abschlussklasse: »*Ein tapferer starker Mann bin ich.*«

Bildunterschrift von Kathryn Thrushs Foto im Jahrbuch der Abschlussklasse: »*In ihrer Schönheit wandelt sie wie eine Sternennacht.*«

Clare erkennt das Zitat unter dem Bild ihrer Mutter wieder, es stammt aus Byrons romantischen Gedichten, aber das unter dem Foto ihres Vaters kennt sie nicht. Eine merkwürdige Tradition in den Jahrbüchern, diese Zitate. Als ob ein Mensch derart oberflächlich zusammenfassend charakterisiert werden könnte.

Conors Aktivitäten beschränkten sich hauptsächlich auf Mannschaftssport: Baseball, Fußball, Schwimmen. Kathryns Vorlieben waren Cheerleading, Chor, Theater, christliche Jugendarbeit.

Mehr als einmal sieht Clare dieselben Jahrbücher, betrachtet dieselben Fotos. Sie erkennt allmählich schon die Gesichter wieder und die Namen. Dankbar und aufmerksam hört sie sich alle Geschichten an. Denn sie empfindet große Dankbarkeit, wie ein Zeitreisender, der willkommen geheißen und nicht abgewiesen wird, in ihrer eigenen Vergangenheit zu stöbern, die für sie ebenso wertvoll wie unbekannt ist.

Sie bittet darum, die Gespräche auf ihrem iPhone aufnehmen zu dürfen. Niemand lehnt das ab. Sie wiederum begegnet den Menschen weder mit Zweifel noch mit Argwohn, auch wenn das, was man ihr erzählt, möglicherweise auf fehlerhaften Erinnerungen beruht oder ziemlich aufgebauscht ist.

Die Zeitzeugen der Vergangenheit, die Clare ihre Türen öffnen, hegen niemals Zweifel an ihren eigenen Erinnerungen. Alle sind fest von ihren Geschichten über Conor Donegal and Kathryn Thrush überzeugt und sie zu erzählen, ist für sie zu einem festen Ritual geworden. Clares Interesse schmeichelt ihnen, Clares Interesse lässt ihre Erinnerungen wieder aufleben und gibt ihnen neue Nahrung. Es ist nämlich mittlerweile ein Vierteljahrhundert her, dass die meisten von ihnen persönlich befragt wurden.

Clare überlegt, wie sie wohl reagierten, wenn sie sich gegenseitig beim Erzählen ihrer gemeinsamen Vergangenheit zuhören könnten – wer war denn nun tatsächlich Kathryns *allerbeste Freundin* in der Highschoolzeit? Wer war denn nun tatsächlich Conor Donegals erste Freundin in der Highschool?

Es schien, als ob Conor und Kathryn dieselbe Klasse in der Cardiff Highschool besucht hätten. Aber das stimmt nicht. Conor war einige Jahre weiter als Kathryn, und sie war ihm (so vermutet Clare) in jener Zeit wahrscheinlich kaum aufgefallen.

Die meisten Leute, zu denen Clare Kontakt aufgenommen hat, geben ihr bereitwillig Auskunft, einige allerdings lehnen sie von vornherein ab. Verwandte von Kathryn Thrush: eine ältere Schwester namens Irma, verstreute Cousins, die kranke Mutter, die im Betreuten Wohnen lebt – von diesen möchte niemand mit Clare sprechen, nicht telefonieren, geschweige denn, sie in ihr Haus hineinlassen.

Dass Clare sich als »entfernte Verwandte« von Conor Donegal vorgestellt hat, scheint dabei sehr kurzsichtig gewesen zu sein. Ganz offensichtlich herrscht noch immer Bitterkeit zwischen den beiden Familien, Feindseligkeit seitens der Thrush-Familie, aufgrund des Verbrechens an Kathryn und den Kindern.

Wer sind Sie? Oh, nein! Kein Kommentar.

Siebenundzwanzig Jahre! Könnte gestern gewesen sein.

Wie ungerecht, denkt Clare, *ihr* die Schuld zu geben. Als ob Schuld vererbt werden könnte, wie die Ursünde.

Und was ist mit den Donegal-Kindern, Laird und Emma? – Clare ringt sich dazu durch, auch die Kinder ins Gespräch zu bringen.

Nur wenige der Zeugen scheinen sich an die Kinder zu erinnern oder erklären sich irgendwann bereit, über sie zu sprechen. Über ermordete Kinder zu sprechen ist einfach zu schmerzhaft – so weit weg von romantischer Jugendzeit. In einem Versuch, die Tränen zurückzuhalten, vertraut eine Frau, die ungefähr Clares Alter hat, ihr an, dass sie »Emmas beste Freundin im Kindergarten« gewesen ist. Ein Mann Anfang vierzig erinnert sich daran, mit Laird Donegal in der siebten Klasse zusammen Softball gespielt zu haben. (Clare protestiert nicht – *Siebte Klasse? Mein Bruder war viel jünger, er hat so lange gar nicht gelebt.*)

»Emma? – ein sehr süßes Mädchen. Ruhig. Ihre Mutter hat ihr immer so hübsche Zöpfe geflochten. In der Schule waren wir alle entsetzt – fassungslos – als ...«

»Laird Donegal. Den Namen habe ich ja zwanzig Jahre nicht mehr gehört. Oh, mein Gott! Er war kein sehr enger Freund, aber – ich erinnere mich doch gut an ihn ...«

Stimmen verschwinden im Nebel. Düsteres Unbehagen, betretene Stille.

Clare begreift, dass ihre Schwester und ihr Bruder in der Zeit verlorengegangen sind, kurz vor dem Vergessenwerden.

Sie wird die beiden rehabilitieren. Wenn sie kann.

Von dem jüngsten Kind, das sich unter dem Spülbecken verborgen hatte, und das der wutentbrannte, wahnsinnige Vater nicht ermorden konnte, können nur sehr wenige Leute sicher etwas sagen. »Nicht sicher, was aus ihr geworden ist. Die Thrush-Familie hatte sich um das Sorgerecht bemüht, wollte das Kind zu sich zu nehmen, aber dann – irgendwann – hieß es, sie hätten sie zur Adoption freigegeben.«

Und: »Mrs. Thrush wurde krank. Kathryns Mutter. Konnte sich nicht um ein kleines Kind kümmern. Was mit ihrer Tochter und den anderen Enkelkindern geschehen ist, ließ sie den Mut verlieren – glaube ich. Alle Hoffnung verlieren.«

Und: »Eine Art Nervenzusammenbruch. Vivian ist niemals darüber hinweggekommen, bis heute nicht.«

Und: »Mrs. Thrush wollte einfach nicht, dass irgendjemand aus der Donegal-Familie das kleine Mädchen adoptierte. Sie hasste sie allesamt, gab ihnen die Schuld an dem, was Conor getan hatte. Das war in den Augen der Leute nicht fair – aber so sind die Menschen hier – niemals vergessen, niemals vergeben.«

Das ist also die Erklärung, denkt Clare. So einfach. Wie viele Jahre war sie gefangen in dem Geheimnis, warum und wie sie zur Adoption freigegeben wurde, und jetzt ist alles klar.

Niemals vergeben, niemals vergessen. Eine bittere Wahrheit.

Die Donegals, ihre wohlhabenden Verwandten, hatten sie nicht an eine Adoptionsagentur abgegeben; sie hatten nie das Sorgerecht für sie. Es war die trauernde Mutter ihrer Mutter, die sie an Fremde abgegeben hatte, aus reiner Boshaftigkeit, Gemeinheit. Purer Hass.

Auf diese Art und Weise wurde also Clare Ellens Lebensweg vorbestimmt. Und wurde ihr Leben nicht auf diese Weise gerettet? Dadurch, dass sie von Fremden aus einem anderen Teil des Landes adoptiert wurde, die nichts von ihrem familiären Hintergrund wussten, konnte sie doch an einem Ort aufwachsen, an dem sie niemals als eine Donegal identifiziert wurde.

Er war ein Hitzkopf. Er war ein toller Typ. Er war ein großartiger Freund. Er hätte alles für dich getan – wenn er dein Freund war. Er vergaß nie, und er vergab nie. Natürlich hatte er Feinde. Und er hatte Freunde. Er hatte einfach Pech zwischendurch. Sein Vater behandelte ihn wie ein Stück Scheiße – alle beide, ihn und seinen Bruder. Er war jemand, den man niemals mehr vergisst – er war ganz besonders.

Kann nicht sagen, warum, er war es eben. Du hättest ihn erleben müssen.

Was mit Conor passiert ist, das haben einige von uns nie geglaubt.

Er und seine Familie getötet? Frau und Kinder? Blödsinn. Jemand anderes hat das getan, und hat es wie Selbstmord aussehen lassen.

War möglich. Wenn man es gut geplant hatte. Die Polizeiwache in Cardiff war doch ein Witz. Vier, fünf Männer. Irgendein »höherer Kriminalbeamter« kam aus Portland herüber und dem war es doch scheißegal, was hier vor sich ging.

Keine Polizeibeamten wie die, die man im Fernsehen sieht. »Forensik« – dass ich nicht lache. Die Arschlöcher spazierten einfach so durchs ganze Haus, um nach Blutspuren zu suchen, und hinterließen dann überall ihre eigenen Fingerabdrücke.

Konnten sie mit Sicherheit sagen, wer die Waffe benutzt hatte? Dass es ganz sicher Conor war? Blödsinn.

Die Waffe, die sie am Tatort gefunden hatten, auf dem Boden neben Conors Hand – die hatte er nicht persönlich gekauft und er hatte auch gar keinen Waffenschein dafür. Irgendeine unbekannte Waffe von wer weiß woher – konnte gar nicht seine sein. Mein Gott!

Die meisten der Polizisten hier in der Gegend tun nichts, außer Strafzettel zu verteilen. Und am Wochenende die Betrunkenen aufgreifen. Betrunkene und Randalierer – öffentliche Ruhestörer – Jugendliche, die in Warenhäuser einbrechen und in Tankstellen – Streitigkeiten in der Highschool.

In Ashford County haben wir ein ziemlich großes Drogenproblem im Moment – Methamphetamine – aber zu jener Zeit damals, da gab es doch noch gar kein Meth. Auf jeden Fall nicht hier bei uns.

Dieses Arschloch von Leichenbeschauer – »Gerichtsmediziner« nennen sie ihn – hat bestimmt nach einem flüchtigen Blick auf den Tatort entschieden, dass es Mord war, Selbstmord. Und der Fall war erledigt.

Es gab einen Abschiedsbrief – so hieß es. Konnte aber auch gefälscht gewesen sein.

Wissen Sie, ich kannte Conor aus der Schule. Und wenn du als Kind mit jemandem befreundet bist, dann kennst du ihn ganz genau, der ist dann wie dein Bruder – so ist das. Wenn der eine Nummer abzieht, dann weißt du das.

Einmal, das muss in der Middle School gewesen sein, hat irgend so ein kleines Arschloch einen herumstreunenden Hund die Brücke runtergeschmissen. Sah so aus, als ob der Hund verletzt war, konnte nicht mehr richtig schwimmen. Das arme Viech jaulte und war fast am Ertrinken, und Conor watete ins Wasser, um ihn zu retten, in den Fluss rein, wo all diese verdammten Betonblöcke liegen und die rostigen Drähte, an denen man sich die Füße aufschneiden und Wundstarrkrampf – oder wie das heißt – kriegen kann.

So einer war er, der Conor Donegal. Blödsinn, dass der seine Familie getötet haben soll. Vielleicht war er psychisch so am Ende, dass er sich selbst getötet hat – was ich auch

bezweifle – aber seine Familie, seine eigenen Kinder ermor-
det? – niemals.

Dies zu hören erfüllt Clare mit einem starken Gefühl der Sicherheit, der Freude.

Ich liebe ihn. Er ist mein Vater, und ich liebe ihn.

14.

Letztes Interview. Clare ist erschöpft, aufgekratzt! Stimmengewirr in ihrem Kopf. Wie vor einem Geschworenengericht, bei einer Gerichtsverhandlung.

Die letzte Person, die Clare aufsucht, ist ein pensionierter Leutnant der Polizeistation in Cardiff. Hike Druitt ist Mitte siebzig, ein weicher, formloser Körper in einem Rollstuhl, kleine durchdringende, patronenfarbene Augen, die Clare misstrauisch anstieren.

»Wer sind Sie, haben Sie gesagt? Eine von den Donegals?« – Stirnrunzeln, zusammengekniffene Augen. Clare nickt höflich.

»Ja, Sir. Eine entfernte Cousine von – Conor Donegal.«

»Conor Donegal! Mein Gott!«

Aber das *Sir* hat Druitt gefallen, das sieht Clare sofort.

Der alte Ex-Bulle braucht die Anerkennung seiner Macht und Autorität, auch wenn er (natürlich) gar keine Autorität mehr hat, um seine vermeintlich Untergebenen zu schikanieren und zu bedrohen. Clare geht nicht so weit, ihn *Officer* zu nennen, aber *Sir* erscheint ihr geschickt und angemessen in Anbetracht seines Alters.

»*Das* war ein Gemetzel. Der grauenhafteste Tatort, den wir jemals betreten haben. Hab das nie vergessen, mein Gott! – diese *Kinder* ...«

Clare hatte nur widerwillig die Zustimmung bekommen, Hike Druitt zu treffen: Seine Schwiegertochter, die ihn betreut, hatte Clare davor gewarnt, ihn zu sehr aufzuregen, denn er leide unter Lungenproblemen, Herzproblemen, hohem Blutdruck, Arthritis, Asthma ... Er lebt mit seinem Sohn und dessen Familie zusammen, in einem beigen Ziegelbungalow am Rande der Stadt; sein Zimmer ist überheizt und riecht streng nach Medikamenten.

Druitts Stimme ist energisch und hart, so als ob er mit Clare ein Streitgespräch führe oder mit jemandem, dessen Meinung

Clare vertritt: »Stellen Sie sich das mal vor: Der Mann ist am Boden zerstört. Ein Mann ist kein *Mann*, wenn er nicht in der Lage ist, für seine Familie zu sorgen. Die Leute sagen ›vorübergehende Unzurechnungsfähigkeit‹ – jeder, der das tut, was er getan hat, muss als unzurechnungsfähig gelten. Niemand, der Conor Donegal kannte, wird dem widersprechen.« Clare hört gespannt zu. Die Augen gesenkt, nachdenklich. Doch ihre Gedanken wirbeln wild durcheinander. *Warum sagen Sie das? Was wissen Sie?*

Weitschweifig und mit betrübter Stimme rekapituliert Druitt die Ereignisse des »Donegal-Mordes« – der Clare mittlerweile so vertraut ist, dass sie ihm fast empfindungslos zuhört.

Und doch unterscheidet sich Druitts Blickwinkel von allen anderen, denn Druitt hatte persönlich den grausamen Schauplatz betreten, die Leichen gesehen – vier Leichen, in drei Zimmern.

Wenn Clare ihre Augen schließt, kann sie alles deutlich sehen: den Körper der ermordeten Ehefrau und Mutter, Kathryn, auf dem Küchenfußboden; ganz in ihrer Nähe, die Leiche der ermordeten, sechsjährigen Emma.

So viel Blut. Auf dem Küchen-(Linoleum?)-boden.

Im Wohnzimmer, die Leiche des Ehemannes und Vaters, Conor. In einem der Schlafzimmer an der hinteren Wand, so als wäre er in Panik vor seinem mordwütigen Angreifer dorthin geflüchtet und zusammengeduckt, der neunjährige Laird.

Clare wartet darauf, dass Druitt das dritte Kind erwähnt, das verborgen in einem Netz aus Spinnweben, unter dem Spülbecken in der Küche hockt, auch wenn sie eigentlich weiß, dass Druitt sich nicht an die kleine Clare Ellen erinnern wird, denn niemand erinnert sich an sie.

(*Warum ist das so?* Clare grübelt. Weil die kleine Clare Ellen an jenem Tag nicht gestorben ist, sondern überlebte? Und weil sie für immer aus Cardiff verschwand?)

Die Waffe, mit der die vier Opfer erschossen wurden, lag direkt neben der Leiche des Vaters. Ganz nah an der leblosen Hand des Vaters.

Und auch hier: Blut. Glitzernde Blutlachen. Auch im Schlafzimmer auf dem Boden, Blutspritzer an der hinteren Wand, dort, wo das schreiende Kind starb.

Jeder einzelne Zeitungsbericht des Massakers geht in einem gesonderten, kurzen und prägnanten Absatz auf das Mordwerkzeug ein: die Mordwaffe, ein .45-Kaliber-Revolver, direkt neben der leblosen Hand von Conor Donegal, dort, wo er ihm vermutlich aus den Fingern gefallen war.

Schüsse aus einer kurzen Distanz von eineinhalb bis zwei Metern – Brust, Hals, Kopf. Die Ehefrau und Mutter, zwei Schüsse. Jedes Kind, zwei Schüsse. Der Ehemann und Vater, ein einziger Schuss in den Kopf, aus weniger als fünfzehn Zentimeter Entfernung, nicht in die Schläfe, sondern in die Mitte des Kopfes, da wo die Kugel das Gehirn zerschmettert und damit augenblicklich zum Tode führt.

Aus den vielen verschiedenen Berichten, die Clare in den vergangenen Tagen gelesen hat, hat sie sich diese Geschichte zusammengereimt. Wie ein Polaroidfoto, das sich langsam vor ihren Augen füllt.

Druitt erwähnt diese Fakten nicht, wenn es überhaupt Fakten sind. Druitt, so scheint es, hat eine eher herablassende, unbekümmerte Haltung gegenüber einer Geschichte, die nicht seine eigene ist. Stattdessen spricht er über seine Erinnerung, wie er zum Haus in der Post Road gerufen wurde. Er und zwei andere Beamte nähern sich vorsichtig dem Haus. Gehen einmal ums Haus herum. Versuchen, durch die Fenster hineinzuspähen.

»Wenn man so etwas macht, kann es vorkommen, dass dir jemand deinen verdammten Kopf wegschießt. Schrotflinte. Wir hatten Glück.«

Schließlich, mit gezückten Waffen, zitternden Händen. Alle Beamten stehen an der Hintertür des Hauses, bereit, die Tür einzutreten, dann stellt sich heraus, dass die gar nicht abgeschlossen ist.

(In seiner dreißigjährigen Karriere im Strafvollzug, hat Hike Druitt nicht ein einziges Mal seine Waffe abgefeuert. Erstaunlich, was?)

Als Letztes ein tiefer Atemzug. Dann hinein in das »Höllenloch«.

Sie wussten durch den Mitarbeiter der Notrufzentrale, was sie zu erwarteten hatten, denn der war von dem Anrufer, der noch im Haus auf sie wartete, schon umfassend informiert worden. Und trotz dieser Ankündigung war es ein »fürchterlicher Schock« – »die vier Leichen« – »der schlimmste Tatort, den wir je betreten haben«.

Druitt hat jetzt Schwierigkeiten beim Atmen. Keucht wie ein korpulenter Mann, der eine Treppe hinaufsteigt.

Die Person, die den Notruf gewählt hatte, das musste Gerard Donegal gewesen sein. Denkt sich Clare.

Doch Clare fragt weiter. Sehr höflich, systematisch. Wie jemand, der sich bemüht, etwas ganz genau zu verstehen. Erinnert Druitt sich daran, wer das Massaker gemeldet hat?

»Irgendein Familienmitglied – ein Priester – hieß es ... Ich erinnere mich nicht mehr, wer es war. Vielleicht ein Nachbar.«

Druitt runzelt die Stirn, blinzelt in Clares Richtung. Plötzlicher Argwohn: »Sie sind Reporterin – oder?«

Clare antwortet ihm: Nein. Keine Reporterin.

Sie vermutet, dass Druitt schwerhörig ist und deswegen erklärt sie noch einmal, sehr vorsichtig, dass sie eine »entfernte Verwandte« von Conor Donegal ist. Sie habe Donegal niemals persönlich kennengelernt. Sie habe tatsächlich niemals irgendjemanden aus der Familie Donegal kennengelernt. Sie ist dreißig Jahre alt und war noch nie in ihrem Leben in Cardiff. Sie ist Historikerin. Sie beschäftigt sich mit historischen Fakten. Und jetzt wohnt sie im Haus der Donegals in der Acton Avenue, denn sie ist eine von Maude Donegals Erben.

(Warum erzählt Clare Druitt dies alles? Will sie sich hervortun? Schamgefühl plagt sie bei diesem Gedanken.)

Aber Druitt nimmt gar keine Notiz von diesen Erläuterungen. Er kennt Maude Donegal überhaupt nicht und hat auch gar kein Interesse an ihren Besitztümern. Wie jemand, der im Auto dem Fahrer ins Lenkrad greift, weil er dessen Kompetenz anzweifelt, kehrt er zu seiner eigenen, leidenschaftlich erzählten Geschichte zurück.

Clare überlegt, ob Druitt seine entsetzliche Geschichte auch seiner Familie erzählt hat und noch immer so erzählt. Jedem, der ihm zuhört. Der ihm damals zugehört hat. Aus der Polizeibehörde Cardiff in den Ruhestand versetzt, ohne weiteren Kontakt zu den Männern, mit denen er dieses traumatische Erlebnis geteilt hatte, ist er gezwungen, sich dieses grauenhafte Ereignis ganz allein in Erinnerung zu rufen. Und er ist noch immer verwirrt, ratlos und aufgebracht.

»… dieser junge Polizist damals, ganz frisch dabei, schaut nur einmal hin – oh, Mann – war nicht so hübsch anzusehen – er ist geradewegs reingelaufen – dann wird ihm übel. Mein Gott!« Druitt schüttelt den Kopf, erregt, grinsend.

Clare nimmt Druitts Geschichte mit ihrem iPhone auf. Sie macht sich Notizen, aus Respekt vor dem pensionierten Polizeibeamten. Mag sein, dass sie sich die Aufnahme nie anhören, die Notizen nie lesen wird. Muss sie auch nicht; sie hat alles im Gedächtnis.

Man muss mir davon nicht erzählen, ich war dort, ich erinnere mich. Selbst das, was ich nicht beobachtet habe, verborgen unter dem Spülbecken, wusste ich. Ich wusste alles.

Wie geschockt Druitt wäre, wenn Clare ihm ihre Identität preisgäbe. Wie er staunend den Mund aufsperren, nichts begreifen würde.

Sie wussten ja gar nicht, dass ich dort war! Sie haben ja gar nicht nach mir gesucht. Dachten, ich wäre tot und gingen. Ich starb und war tot, aber jetzt bin ich hier, ich lebe und ich kann Sie anlachen, wenn Sie möchten, Sie bedauernswerter alter Mann.

Warum überkommt Clare plötzlich solch eine Wut? Sie empfindet im Moment doch eher Mitleid mit diesem älteren, kränklichen Herrn. Die Art und Weise, wie er sie mit leicht geneigtem Kopf, mit diesen glanzlosen kleinen Augen anblinzelt, lässt Clare vermuten, dass er halb blind ist. Ein Hauch von Sympathie überkommt sie, Bedauern. Er ist alt, er ist krank, er wird nicht mehr lange leben. Über die vergangenen siebenundzwanzig Jahre hinweg wurde er von schrecklichen Erinnerungen verfolgt, war nicht in der Lage, sie abzuschütteln.

Wenn Conor noch lebte, dann wäre er jetzt erst sechzig, einundsechzig. Nicht alt.

Wenn Kathryn noch lebte, dann wäre sie jetzt Ende fünfzig. Wahrscheinich noch immer eine jugendlich wirkende Frau. Clare kennt eine ganze Reihe berufstätiger Frauen, Akademikerinnen, Wissenschaftlerinnen, die sich ihre jugendliche Ausstrahlung noch bis um die sechzig bewahrt haben, vor allem dann, wenn sie nie Mütter waren. Ihre eigene Mutter hat wohl dazugehört. Helles Haar, silbrig-braun, ein umwerfendes Lächeln.

»Haben Sie sie gekannt, Sir? Ich meine – die Familie, die getötet wurde …«

»Sie gekannt? Nein. Habe ich nicht.«

»Sie kannten Conor Donegal nicht?« Clare spricht den Namen sehr sorgsam aus. Er ist jetzt kostbar für sie.

»Warum sollte ich ihn kennen? Oder die Familie? Ich kannte die Donegals nicht, oder kaum.« Druitt lacht, betrübt. Clare überlegt, ob sie ihn unabsichtlich beleidigt hat.

»Hatten Sie Probleme, Sir, das Haus zu finden? Da draußen, im Dunkeln?«

»Ja, die hatten wir.« Druitt macht eine Pause, starrt vor sich hin ins Leere.

Versucht, sich zu erinnern. »Aber – es war nicht dunkel, glaube ich. Nein.«

»Es war nicht dunkel?«

»N-nein …, ich glaube nicht.«

Einen Moment lang ist Clare verwirrt. Ob sie etwas falsch in Erinnerung hat?

»Im Haus war kein Licht an, als Sie dort ankamen?«

»Ich glaube nicht.«

»Stand ein Auto in der Einfahrt?«

Druitt zuckt mit den Schultern, gereizt. Licht im Haus, Auto in der Einfahrt – Blödsinn. Was hat das mit ihm zu tun, mit seiner Geschichte?

Clare bohrt weiter: »Und als Sie dort eintrafen, an dem Haus, war da noch jemand dort? Wartete jemand auf Sie?«

»Noch jemand dort? N-nein …«

»Vielleicht die Person, die den Notruf gewählt hatte?«

»Nein. Ich weiß nicht …« Druitt schüttelt den Kopf wie ein verdatterter Hund, mit bebenden Wangen. Er wirkt jetzt gequält, fast feindselig, finster. »Miss – sind Sie Reporterin?«

»Das haben Sie mich schon einmal gefragt. Nein. Ich bin keine Reporterin.«

»Dafür, dass Sie keine Reporterin sind, haben Sie aber verdammt viele Fragen.«

Genau deswegen bin ich doch hier, Sir. Um Fragen zu stellen.

In der Polizeistation von Cardiff erfuhr Clare kurz und knapp, dass niemand, der zurzeit dort im Dienst ist, im Januar 1989 dabei war. Alle seien schon pensioniert oder weggezogen oder gestorben. Clare könne aber alles, was sie wissen wolle, »in den öffentlichen Unterlagen« einsehen. Sie könne alles eigenständig herausfinden, entweder online oder in der Bibliothek. Die Polizeiakten, so sagte der Polizeichef, gingen nicht so weit zurück, und selbst wenn sie es täten, wären die

Akten nicht für die Öffentlichkeit einsehbar. Man müsste eine gerichtliche Verfügung dafür beantragen – ob dies aber die Mühe wert wäre, bezweifle er.

Clare war erschüttert. Der Polizeichef schien sich über sie lustig zu machen. Nur, warum sollte er sich über *sie* lustig machen? Sie hatte sich ihm in der kleinen Polizeidienststelle von Cardiff (in einem öffentlichen Gebäude untergebracht, in dem auch die städtische Steuerbehörde ansässig war) als eine Verwandte der Donegals vorgestellt, die in einem anderen Bundesstaat lebte, sie war eine gepflegte Erscheinung, die ruhig und freundlich ihre Fragen stellte. Ihre Bitte hatte sie äußerst bescheiden vorgebracht. Doch in der unhöflichen Antwort des Beamten steckte eine diskriminierende Spitze, eine männliche Arroganz, die bei Männern aus städtischen, weltoffenen Landstrichen, vollkommen überzogen und lächerlich gewirkt hätte, ein Macho-Klischee aus einem Comic-Heft. Sie hatte auf gar keinen Fall den Fehler begangen, dem Mann zu nahe zu treten, dessen war sie sich sicher. Und trotzdem …

In dem Moment, in dem Clare das Revier verlassen wollte, lenkte der Polizeichef ein. Riet ihr, mit Druitt Kontakt aufzunehmen. »Er war damals mit dem Fall befasst. Er kann Ihnen einiges erzählen. Falls er seinen Verstand noch beisammen hat, natürlich.«

Clare hatte mitbekommen, dass die Einwohner Cardiffs nicht sehr viel von der Polizeibehörde in ihrer Stadt hielten. Eine kleinstädtische Wache in einem Teil von Maine, in dem nur wenige Verbrechen passieren und in dem eine Massenschießerei undenkbar ist. Im Jahre 1989 traf das »Blutbad« der Donegal-Familie die fünfköpfige Polizeibehörde deswegen vollkommen unvorbereitet.

Benommen vor Schreck und Entsetzen waren die unerfahrenen Beamten in diesen grausamen Tatort hineingestolpert. Dabei hatten sie eines der Opfer übersehen – ein traumatisiertes Kind, das unter dem Spülbecken in einem Spalt verborgen war, so eng, dass ein erwachsener Mann sich extrem zusammenkauern musste, um hineinzuspähen, und deswegen gar nicht erst daran dachte, dort hineinzuspähen. Hinweise wurden übersehen oder verloren. Der Abschiedsbrief wurde wohl gefunden, ging dann aber verloren, wurde später wiedergefunden und (möglicherweise) wieder verloren. Die Forensik-Experten kamen erst Tage später ins Haus. Niemandem war es gelungen, die Eigentümerschaft der Waffe, die neben Conor Donegals Leiche gefunden worden war, festzustellen. Sie war angeblich einem Einwohner aus Bangor in Maine gestohlen worden, der 1986 einen Waffenschein dafür bekommen hatte. (War es also überhaupt Conor Donegals Waffe? Hatte irgendjemand Conor jemals damit oder mit irgendeiner anderen Waffe gesehen? Nein. Nicht mal mit einer Schrotflinte. Nein.)

»Vorübergehende Unzurechnungsfähigkeit – das musste es gewesen sein. Er war eifersüchtig, vielleicht. Auf seine Ehefrau. So hörte man. Sie sah verdammt gut aus – so hörte man. Er hatte zu viel getrunken, der Schalter legte sich um, und dann – geschah, was geschah. Klarer Fall – so hörte man.«

»Dachten Sie das auch, Sir? Ein klarer Fall – dachten Sie genauso?«

»Ja, schon. Ich glaube, ja. Ein Mann rastet aus, erschießt seine Ehefrau, seine Kinder, sich selbst – passiert manchmal. Hier oben. Besonders im Winter. Im späten Winter.«

Druitt macht eine Pause, erinnert sich: »Er hatte ja auch Geldprobleme.«

Und weiter: »Außerdem hinterließ er einen Abschiedsbrief.«

»Einen Abschiedsbrief?«

»Ja, ließ einen Zettel auf dem Küchentisch zurück, sorgsam zusammengefaltet unter den Salz- und Pfeffer-Küken aus gelbem Glas. Irgendwie ging der Brief später verloren – nicht meine Schuld, aber ich weiß noch, wie er aussah.«

»Wie – wie sah er denn aus?«

»In diesen großen Druckbuchstaben, in denen ein Kind schreiben würde, alles groß: ›*Gott vergib mir. Ich werde mir selbst nicht vergeben.*‹«

Clare läuft ein kalter Schauer über den Rücken. War dies die verzweifelte Stimme ihres Vaters?

»War die Notiz unterschrieben?«

»Eine Unterschrift? Nein, keine. Nur der Buchstabe *C*.«

»Sie sagten – der Zettel ging verloren?«

»Der Zettel selbst ging verloren, ja, aber ich glaube, es gab ein Bild davon. Ich glaube – ja, es muss ein Bild davon gegeben haben. Ein Foto. Das gesamte Erdgeschoss des Hauses wurde fotografiert, alles, am nächsten Tag.«

»Am nächsten Tag? Nicht am selben Tag?«

»Äh – nein. Es gab niemanden in Cardiff, der Fotos machen konnte. Sie schickten später einige Beamte von Portland rüber. Kriminalbeamte.« Druitts Wort *Kriminalbeamte* hat einen spöttischen Unterton.

Clare beugt sich über ihr Notizbuch. Ihre Augen füllen sich mit Tränen, nicht aus Mitleid, sondern aus Wut. »Haben Sie denn den Rest des Hauses auch durchsucht, Sir? Das ganze Haus?«

»Was für eine Frage! Natürlich! 'türlich haben wir das gemacht. Auch den Keller. Die Garage.«

»Und in den Schränken? Unter den Betten?«

Druitt lässt ein Knurren hören, signalisiert Verdruss. Clare sieht sich vor, dass sie ihn nicht kränkt und damit das Interview zu einem abrupten Ende führt.

»Eine letzte Frage noch, Sir. Was hat denn der Gerichtsmediziner berichtet?«

»Gerichtsmediziner? Sie meinen, der amtliche Leichenbeschauer?«

»Der Pathologe der Stadt.«

Druitt denkt nach. Er atmet schwer, asthmatisch. Die Teile der Geschichte, die Leutnant Hike Druitt nicht persönlich betreffen, interessieren ihn nicht besonders, das ist ganz offensichtlich. Clare kann förmlich sehen, wie schemenhafte Objekte seitlich aus seinem Gehirn herauskippen.

Überraschend dann Druitts unvermitteltes Lachen.

»Dieses Arschloch! ›Klarer Fall‹ – zum Teufel damit.«

Clare hört ruhig zu, gebannt. Versucht, ihn nicht zu stören.

»... ist doch so, irgendjemand anderes kann einen Abschiedsbrief schreiben. Irgendjemand anderes kann eine Waffe neben die Hand der Leiche legen. Ein Verbrechen inszenieren. Sieht man doch im Fernsehen. Nur im wirklichen Leben, an einem Ort wie Cardiff, da kann man sich das nicht vorstellen. Keine finanziellen Möglichkeiten, da was herauszufinden. Und wenn es ein Selbstmord sein kann, dann muss man nicht mehr nach dem Täter suchen. Dann hat man den Täter, und der ist *tot*.«

Druitt macht eine Pause, zieht eine Grimasse. Für einen kurzen Moment leuchten die bleigrauen Augen in lustvollem Zorn.

»Das Arschloch von Leichenbeschauer war ein Junkie, tatsächlich. Morphium. Ein paar von uns wussten das damals, ein paar wussten es nicht. Ich, ich wusste es nicht – damals. Aber später kam es dann raus.«

»Der Gerichtsmediziner war ein Junkie? Morphiumabhängig?«

»Trotzdem wurde er nicht gefeuert. Trat zurück und stand noch auf der Gehaltsliste, bis er seine Pension bekam.«

»Die Ergebnisse des Gerichtsmediziners wurden nie infrage gestellt? Nachdem – nachdem das alles herausgekommen war?«

»Es *kam ja nie raus*. Kam nie in die Öffentlichkeit. In solch einer verdammten kleinen Stadt wie dieser, hält man meistens schön seinen Mund. Der Polizeichef hatte Angst vor seinem eigenen Schatten. Alles, was man unter der Decke halten konnte, wurde totgeschwiegen. Der Bürgermeister von

Cardiff stellte keine Fragen – Dienstaufsicht heißt das wohl. In unserer Truppe konnte jeder einfach gefeuert werden, zu jeder Zeit. Nicht so wie in großen Städten, wo die Gewerkschaft noch Mumm in den Knochen hat. Und trotz allem: Wenn man hier aufgewachsen war, wollte man auch hierbleiben, so war das. Man lernt früh, dem anderen nicht in die Quere zu kommen.«

»Niemand aus der Donegal-Familie zweifelte das Urteil an?«

»Urteil – Ich weiß es nicht. Kann sein, nein. Kann sein, sie taten es. *Ich* persönlich, ich musste mich krankschreiben lassen. Meine Eingeweide schienen sich irgendwie aufgelöst zu haben. So wie bei der Dysenterie, die man sich auf Reisen nach Mexiko einfängt. Und diese furchtbaren Kopfschmerzen. Was ich gesehen habe, als ich in dieses Höllenloch hineinkam. Mein Gott. Ich habe aufgehört, auch nur irgendetwas darüber zu lesen. Kam was im Fernsehen, bin ich rausgegangen. Darum auch vorzeitig aus dem Dienst raus.«

Druitt spricht mit energischer Stimme, scheint außer Atem. Er wirkt jetzt sehr aufgebracht. Clare fürchtet, er rege sich übermäßig auf.

Sie sieht die Qual in seinen Augen. Sie sieht die kurzen, harten Stachel auf der vom Alter gezeichneten Haut an Kiefer und Hals. Drahtige graue Haare in seinen Nasenlöchern, Augenbrauen. Seine Hände sind voller Leberflecke, genau wie sein kahler Kopf. Blaue Flecke. Die Fingernägel farblos. Schwer gezeichnet, das Wrack eines Menschen in diesem Moment. Doch Hike Druitt war einmal ein sehr attraktiver Mann, man konnte es noch ahnen – eine Frau hatte ihn geliebt, ganz sicher.

Clare spürt einen Anflug von Mitgefühl. Seine *Männlichkeit*, gebrochen, verletzlich, so sitzt er vor ihr.

Sie überrascht Druitt und sich selbst, als sie plötzlich ganz nah an ihn herangeht und seine Hände nimmt. Sie fühlen sich klamm an, sie spürt keine Knochen. »Leutnant Druitt, vielen Dank! Vielen Dank, dass Sie sich bereit erklärt haben, mit mir zu sprechen.« Sie beugt sich über den verblüfften Mann im Rollstuhl, nimmt seine fleischigen, mit Leberflecken übersäten Hände in ihre und drückt sie so warmherzig, wie eine Tochter es täte.

Druitt ist so überrascht, dass er gar nicht schnell genug reagieren kann, um Clares Hände in seinen festzuhalten, so wie er es gerne getan hätte, kann nicht verhindern, dass sie sich ihm schon im nächsten Moment sanft wieder entzieht.

Er protestiert, flehend: »Gehen Sie schon? Nein, Sie gehen noch nicht – stimmt's? Wie ist noch mal Ihr Name? Möchten Sie ein Bier? Herrgott, ich könnte ein Bier gebrauchen ...«

Druitts aufgeregte Stimme ruft die wachsame Schwiegertochter, seine Betreuerin, ins Zimmer; vermutlich hat sie draußen die ganze Zeit über an der Tür gelauscht. Der Blick, mit dem sie Clare anschaut, zeigt, dass sie sich persönlich angegriffen fühlt. »Entschuldigen Sie! Die Zeit ist um. Ich habe Ihnen doch gesagt, Sie sollen ihn nicht aufregen – es geht ihm nicht gut, Sie müssen jetzt gehen, *sofort*. Ich führe Sie hinaus.«

Druitt zieht sich keineswegs kleinmütig vor der aufgebrachten Frau zurück, sondern schaut ihr mit zornigem Blick direkt ins Gesicht. Protestiert *nein*. Herrgott, es geht ihm nicht schlecht, er möchte nicht, dass seine Besucherin schon geht, er hat ihr noch »verdammt viel« zu erzählen.

»Dad, sie geht jetzt. Hör auf damit!«

»Hör *du* auf. Kümmere dich um deine eigenen verdammten Sachen, hörst du?«

Hochrot überhört die Schwiegertochter Druitts Worte und schiebt Clare aus dem Zimmer hinaus. In einen engen Flur hinein, zu einer Tür, blendende, matt glänzende Luft – „Auf Wiedersehen! Wenn er jetzt einen Asthmaanfall bekommt, wenn er gleich schnauft und röchelt, dann ist das Ihre Schuld ...«

Clare entschuldigt sich, aufrichtig schuldbewusst, beschämt. Sie hat einen alten Mann für ihre Zwecke ausgenutzt, obwohl sie gewarnt worden war. Und doch fühlt sich ihr Erfolg gut an, sie ist fast außer sich vor Freude.

Zugleich ist sie aber auch sehr müde, benommen vor Müdigkeit. Wackelig auf den Beinen, als die frostigkalte Aprilluft ihr Mark in den Knochen durchbohrt wie eine Glasscherbe. Hinter ihr hört sie das Schimpfen und Fluchen der erbosten Frau, doch als Clare sich umdreht, um sich noch einmal zu entschuldigen, knallt die Tür ins Schloss.

Niemand da. Die Fenster des beigefarbenen Ziegelbungalows sind leer, blind im Tageslicht.

15.

Wer ist es? Was?

In jener Nacht ist es nicht leicht, zu schlafen, auf der harten Matratze in ihrem Zimmer im Haus der Donegals. Im Rausche der Erschöpfung, doch keine Chance, einzuschlafen. Denn jedes Mal, wenn Clare sich hinuntergleiten sieht, wie ein Tiefseetaucher in den tintenblauen, dunklen Schlaf, schreckt sie gleich wieder hoch.

Schließlich nähert sich Clare wagemutig einer zusammengesackten Gestalt im Rollstuhl. Sein Gesicht ist unscharf, möglicherweise schon verrottet, verwest. Und doch wird Clare von ihm angezogen. Greift nach seinen Händen. Sehnt sich danach, seine Hände zu greifen.

Er hebt seinen Kopf, zeigt sein böse zugerichtetes Gesicht. Clare sieht – *Vater. Bist du mein Vater?*

Aufgeschreckt, voller Angst. Zu durcheinander, um wieder einzuschlafen, bis kurz vor Morgengrauen. Kann auch sein, dass sie nicht schläft – gar nicht –, liegt auf dem Rücken auf der Rosshaarmatratze, hört die Kirchenglocken (von St. Cuthbert's?), die in der Ferne läuten wie Totenglocken.

Setzt sich auf. Allein im Bett. (Und wo ist der Mann im Rollstuhl, dessen kalte Hände sie ergriffen hatte? Sein Atem war widerlich, roch nach Grabesfäule. Trotzdem war Clare voller Ehrfurcht.)

Jetzt ist es also ans Tageslicht gekommen, denkt Clare. Ihr Vater, Conor Donegal, war nicht der Mörder. Jemand anderes war der Mörder.

Ist der Mörder. Denn ganz sicher lebt er noch, denkt Clare. Und warum hat das bislang niemand realisiert?

16.

»Aber er hat es nicht getan. Er war es nicht. Es macht keinen Sinn … Er *konnte* es nicht getan haben.«

Clare besteht darauf, Lucius Fischer zu treffen. Aber Lucius Fischer ist nicht so begeistert davon, Clare zu treffen.

In dem Moment, in dem er erfährt, dass das, was sie mit ihm besprechen will, weder mit dem Testament noch mit der Erbschaft zu tun hat, ist Fischer äußerst zugeknöpft, teilnahmslos. Er ist nicht unhöflich, denn Lucius Fischer ist ein Gentleman, aber er kommentiert ihre Worte nicht und stellt auch keine Fragen.

„Es ist doch offensichtlich – er wurde verleumdet. Wurde nicht nur beschuldigt, seine Familie getötet zu haben, sondern er selbst ist auch Opfer geworden, und der richtige Mörder wurde nie gefasst.«

Fischer erwidert Clares hingebungsvollen, versunkenen Blick nicht, wie er dies beim ersten Treffen getan hat, aber er hat Anstand genug, ihr zu zeigen: ja, ich höre zu.

»Die Polizei hat nie nach jemand anderem gesucht. Es schien ihnen vollkommen egal zu sein, ob die ›Tat‹ bewusst so inszeniert worden war oder nicht. Ich habe mit einem der Kriminalkommissare gesprochen – mit Leutnant Druitt. Und der hat es mir bestätigt. Er ist fest davon *überzeugt*.«

Lucius nickt, wenn auch nicht zustimmend. Zeigt damit nur – er hört zu.

Clare redet eine ganze Weile, versucht dabei, ihre Stimme nicht zittern zu lassen. Sie erzählt ihm, dass sie von Druitt wisse, der zuständige Gerichtsmediziner sei zu jener Zeit morphiumabhängig gewesen – nicht vertrauenswürdig also; das Polizeirevier von Cardiff habe mit solch einer Art Verbrechen überhaupt keine Erfahrung gehabt; es habe keinerlei »Aufsicht« durch die örtlichen Behörden gegeben.

Klarer Fall – Conor Donegal hat seine Familie getötet und dann sich selbst – das einfachste Urteil.

Mittlerweile ist das Massaker im Haus in der Post Road so klar und deutlich vor Clares Augen, dass sie allmählich denkt, sie habe alles mit eigenen Augen gesehen. Dann wird ihr klar, *natürlich, sie hat es ja mit eigenen Augen gesehen.*

Auf jeden Fall hat sie das Innere des Hauses gesehen, bevor es zum Tatort wurde. Sie hatte es als Kind gesehen, als kleines Kind, mit den Augen eines Kindes, die beides sind: sehend und »blind« – denn das kindliche Gehirn ist blind, ihm fehlen noch die erforderlichen Worte, um zu verstehen, was es sieht.

Alle dies versucht sie Lucius Fischer zu erklären. Es frustriert sie, macht sie verrückt, doch sie muss es ertragen, dass Fischer auf diese außergewöhnlichen Entdeckungen, die sie ihm erzählt, nicht reagiert, so wie sie es eigentlich erwartet hatte; sie sieht das finstere Stirnrunzeln, er hebt nicht einmal den Blick, um sie anzuschauen.

Sie sagt ihm mit betrübter Stimme, dass sie keinen Kontakt zur Familie Thrush herstellen konnte. Sie haben sich geweigert, mit ihr zu sprechen, denn sie betrachten sie als eine »Donegal«. Ihr war zu spät klar geworden, dass sie sich besser als Kathryn Thrushs Tochter vorgestellt hätte.

»Denken Sie, Sie könnten mir helfen, Mr. Fischer? Wenn Sie jemanden aus der Familie anriefen ... Die Situation erklären ...«

Clares Stimme verstummt nach und nach. Sie begreift jetzt, dass der Anwalt ihr nicht helfen wird. Obwohl er Mitgefühl zeigt, so wie jemand mit einem Kranken mitfühlt, aber über dessen Krankheit kein Wort verliert – sei es aus Anteilnahme heraus oder aus Feigheit.

Clare fühlt sich vollkommen alleingelassen.

Ihr wird bewusst, dass sie niemals ein Foto von sich gesehen hat, auf dem sie das Alter hat, in dem sie gestorben war – zwei Jahre, neun Monate.

Und, sie hat niemals ein Foto von sich gesehen, auf dem sie jünger ist als zwei Jahre, neun Monate. Sie hat Schnappschüsse von sich gesehen, die ihre (Adoptiv-)Eltern in St. Paul von ihr gemacht haben, nachdem sie sie zu sich geholt hatten, und die sie immer in Ehren gehalten haben, aber sie hat niemals Fotos von Clare Ellen Donegal gesehen. Sie fragt sich – gibt es überhaupt welche?

Ein Bild, auf dem sie in den Armen ihrer Mutter liegt, als Baby. Nur ein einziges!

Sie als Baby in Daddys Armen.

»Miss Seidel? Entschuldigen Sie? Stimmt irgendetwas nicht?« Lucius schaut sie nun doch an, besorgt.

Clare hat ihre Augen gerieben. Zuerst nur mit den Fingerspitzen, dann kräftiger mit den Fäusten. Sie weint nicht, nein – auch wenn ihre Augen feucht sind –, aber sie wurde überwältigt von einer großen Sehnsucht, versucht ihren Blick klar zu bekommen, damit sie sehen kann, was sie anscheinend nicht sehen kann, oder nicht erinnern kann.

Rasch versichert sie Fischer, dass sie okay ist. Wie immer ist dies ihr erster Impuls – anderen zu versichern, dass es ihr gut geht, damit die anderen nicht in Alarmbereitschaft oder in Verlegenheit gebracht werden. Besonders wenn es sich um Männer handelt, möchte sie auf keinen Fall deren Mitleid oder Missfallen oder etwa Ablehnung hervorrufen.

»Ich kann sehen, dass Sie sehr aufgebracht sind, Miss Seidel – Clare. Kann sein, dass das alles hier in Cardiff zu anstrengend ist für Sie. Egal, was die Leute Ihnen erzählt haben, Gerüchte und Geschwätz nach siebenundzwanzig Jahren wieder hervorgekramt, es ist nicht sehr wahrscheinlich nach solch einer langen Zeit, dass man irgendetwas tun könnte, um den Fall wieder aufzurollen – außer es gäbe aktuelle Fakten und Beweise, die verschlampt worden sind und jetzt wieder aufgefunden wurden. Ich kann Ihnen nur eines versichern: Es ist hoffnungslos.«

»Nein. Das glaube ich nicht. Wie kann es denn hoffnungslos sein – ist die Wahrheit *hoffnungslos?* Wie kann es denn zu spät sein, Conor Donegals Namen reinzuwaschen? Zu spät für Gerechtigkeit?« Clare spricht mit fester, tapferer Stimme, aber langsam beginnt sie zu beben.

Und was wirst du jetzt tun? Leichname ausgraben? Die Toten auferwecken? Clare hat das Gefühl, eine hämische Stimme zu hören, ganz nah bei ihr, hier in diesem Raum.

Lucius Fischer zeigt keine Häme. Aber er zeigt auch keine Zustimmung.

Vielmehr schaut Fischer sie leicht argwöhnisch an, ist auf der Hut. Als ob er fürchtet, seine verstörte Besucherin würde ihn im nächsten Moment um Rechtsbeistand für ihre Nachforschungen bitten.

»Oh! Sie sind auf deren Seite, das sehe ich. Sie hören mir noch nicht einmal zu.«

»Aber natürlich höre ich Ihnen zu, Clare. Nur – ich habe keine Ahnung, was Sie mit ›auf deren Seite‹ meinen. Wessen Seite denn?«

»Auf der Seite der Mörder! Auf der Seite der Leute, die sich keinen Dreck daran stören, dass ein unschuldiger Mensch eines Verbrechens beschuldigt wurde.«

Trotz seiner emotionalen Zurückhaltung und seiner Art, stets Gentleman zu sein, zuckt Fischer zusammen. Leugnet aber nicht, dass Clares Behauptungen stimmen könnten.

Clare ist wütend auf den Mann, ihren einzigen Freund in Cardiff. Obwohl sie weiß, dass sie eigentlich dankbar dafür sein sollte, dass er sich überhaupt mit ihr getroffen hatte. Er ist sehr offen und nett zu ihr gewesen, hatte große Geduld gezeigt. Hatte er nicht sogar seine Sekretärin gedrängt, sie an jenem Tag doch noch in seinen vollen Terminkalender hineinzuquetschen? So hatte die Sekretärin es ihr mitgeteilt. Jetzt ist es kurz vor 16 Uhr und draußen wartet schon ein (zahlender) Klient, der einen Termin um 16 Uhr hat.

»Nun gut. Es tut mir leid, dass Sie dies so empfinden, Clare. Sehr bedauerlich, das zu hören.«

Fischer begleitet Clare noch zur Tür hinaus und auf den Gang, dann zum Fahrstuhl, wo er den Knopf nach unten drückt. Clare fragt sich, ob er auf Nummer sicher gehen will, dass sie tatsächlich hinausgeht und nicht weiter auf dem Gang vor seinem Büro herumlungert; oder ob er aufrichtig besorgt ist um sie.

Zweifellos ist es beides. Clare kann durch ihre tränenverschleierten Augen sehen, dass Fischer noch etwas zu ihr sagen will, doch er zögert.

In diesem Moment hasst sie ihn, wie jemanden, der sie betrogen hat.

Als ob Lucius Fischer in einem anderen Leben dazu bestimmt gewesen wäre, Clares engster Freund zu sein – der sie in die verloren geglaubte Welt ihrer Kindheit hätte führen können. Als ob er dazu bestimmt gewesen wäre, sie zu lieben wie eine Tochter.

Der Fahrstuhl geht auf. Ein Lebensretter.

Seltsamerweise entscheidet sich Fischer, Clare die Hand zu geben.

»Also dann, auf Wiedersehen, Clare – Miss Seidel. Wenn es irgendetwas gibt, was ich …« Er beginnt mit dieser abgedroschenen Phrase, dazu eine geheuchelte Offenheit, doch plötzlich realisiert er, was er da sagt, und die Worte versinken in beschämter Stille.

Clare antwortet höflich: »Vielen Dank, Mr. Fischer. Aber ich glaube, nicht.«

17.

Die Großtanten starren Clare an, erstaunt und bestürzt. Sind so aufgebracht über das, was sie ihnen erzählt hat, dass sie nur noch stammeln können.

„Warum Clare – warum sagst du so was –«

»– *denkst du so was* –«

»– hat *er* dich dazu angestiftet –«

»– Luke Fischer? – wie kann er nur!«

Die Großtanten tauschen Blicke als Clare entschieden den Kopf schüttelt, *nein.*

»Dann – wer?«

»– könnte so grausam sein, nach –«

»– so vielen Jahren, sie wieder hervorzuholen –«

»– diese schreckliche, schaurige Tragödie –«

»Wir haben gelernt, mit ihr zu leben –«

»Wir haben gelernt, sie *auszuhalten* –«

»– Vorbei jetzt. *Alles vorbei.* Siebenundzwanzig Jahre –«

»– macht keinen Sinn, sie wieder auszugraben –«

»– diese schreckliche, schaurige Tragödie.«

Papageien gleich wiederholen die Großtanten ihr schrilles Gestammel. Klammern sich an den Händen des anderen fest wie ängstliche Kinder.

Clare ist überrascht von der Reaktion auf ihre Frage, die für sie doch vollkommen plausibel klingt: Warum hat jedermann einfach angenommen, dass ihr Vater seine Familie und sich selbst getötet hat? Warum hat niemand die Schießerei näher untersucht? *Klarer Fall* – warum dieses schnelle Urteil?

Fast bereut Clare ihre aufbrausenden Worte. Elspeth und Morag sehen böse aus.

»Es tut mir leid, Tante Elspeth – Tante Morag. Es ist einfach so, dass ich in den vergangenen Tagen mit Leuten gesprochen habe, die meine Eltern kannten, und die nicht geglaubt haben – glauben –, dass mein Vater diese schrecklichen Dinge getan hat, derer er beschuldigt wird. Wir müssen versuchen, den Fall noch einmal aufzurollen …«

Elspeth starrt Clare ungläubig an, presst ihre knochige Hand gegen ihre Brust; Morag schüttelt grimmig den Kopf.

»Nein, nein! Den Fall neu aufrollen –!«

»– nach siebenundzwanzig Jahren …«

»Die Medien werden darüber herfallen – so wie sie es zuletzt auch schon gemacht haben –«

»Bösartige, wilde Bestien –«

»Schande! Schande! Nicht zu ertragen –«

»– Unsere arme Schwester, unsere liebe Maude – hat sich nie davon erholt …«

»Armer Leland – hat sich nie davon erholt …«

»Er hat einen Brief hinterlassen – weißt du – dein Vater.«

»– also – ein Brief *wurde hinterlassen* …«

»Was um Himmels willen willst du damit sagen – ein Brief wurde *hinterlassen* –«

»– Ein Brief wurde *hinterlassen* – genau das, was ich gesagt habe.«

»– Was? Bist du auch schon geisteskrank? – *du* –«

»– *Du* hör damit auf. *Du* bist nicht Maude.«

»– Und *du* bist ganz sicher nicht Maude …«

»Was für ein fürchterlicher, fürchterlicher Vorschlag –«

»– die Presse würde uns mit Haut und Haar verschlingen –«

»– macht keinen Sinn, die wieder auszugraben –«

»– diese schreckliche, schaurige Tragödie.«

Clare lässt die Schwestern zetern wie aufgeregte Vögel, doch sie lässt sich nicht von ihnen ablenken. Wie ein Autofahrer, der das Steuer nicht aus der Hand gibt, ist sie fest entschlossen, nicht die Kontrolle zu verlieren.

Sie erzählt ihnen von Leutnant Druitt. Wurde zum Haus in der Post Road gerufen, einer der Beamten, die den Tatort zuerst betreten haben.

»Druitt glaubt nicht, dass es je richtig bewiesen wurde, dass Conor Donegal der Mörder war. Er sagte mir, dass man dem lokalen Gerichtsmediziner nicht über den Weg trauen konnte …«

Elspeth wischt sich mit einem mit Spitze umrandeten weißen Leinentaschentuch die Augen. Ganz vorsichtig, erst das eine ihrer listigen, tränenglitzernden Augen, dann das andere. Sie ist darauf bedacht, sich von ihrem Schock zu erholen und ihre unangefochtene Autorität wiederzuerlangen, ungeachtet der Tatsache, dass Morag nach wie vor ungläubig den Kopf schüttelt.

»Lass alles so, wie es ist! Wir haben genug gelitten.«

»Wir alle –«

»Er auch –«

»Er am allermeisten –«

»Der Bruder, der es gesehen hat – dessen ganzes Leben auf den Kopf gestellt wurde …«

»… haben den armen Jungen davor bewahrt, sich selbst umzubringen oben bei ihm …«

»Nach dem fürchterlichen Unfall auf dem Highway –«

»›Neurologische Schäden‹ – für immer und ewig.«

»So verstört, so *traurig*. Als ob er seine Seele verloren hätte.«

»Natürlich hat er seine Seele verloren! – hättest *du* auch!«

»Hat versucht, sich aufzuhängen. Wir haben ihn runtergeschnitten.«

»Wir? Was meinst du mit ›wir‹, Elspeth? Diese Hände hier.«

Grinsend reckt Morag stolz ihre Hände hoch, wie ein siegreicher Boxer.

So erfährt Clare in diesem Gespräch, dass der jüngere Bruder ihres Vaters, Gerard, einen Zusammenbruch erlitten hatte – »nicht nur einen ›Nerven‹zusammenbruch, sondern auch einen ›körperlichen‹«–, kurz nachdem er die Leichen im Haus in der Post Road entdeckt hatte. Er schmiss seine Priesterausbildung hin, hatte einen Unfall auf dem Highway – »geriet mit seinem Auto auf Blitzeis ins Schleudern, rauschte in eine Stützmauer hinein« – war monatelang im Krankenhaus lahmgelegt, verübte dann einen Selbstmordversuch, wollte sich aufhängen, als er wieder nach Hause kam. »Allerdings war der arme Gerard nicht stark genug dafür. Er hatte viel an Gewicht verloren, sah aus wie eine Vogelscheuche. Er konnte den Knoten einfach nicht fest genug knüpfen für die Schlinge – seine Hände waren zu schwach. Es gibt doch so einen Galgenknoten – knifflige Sache. Schaffte es nicht.«

18.

»*Er* ist der Mörder. Gerard. Die beiden wissen es, und sie bewahren dieses Familiengeheimnis für sich.«

So lange war Clare gelähmt vor Kummer und Leid, doch jetzt ist sie gelähmt vor Zorn. Wahnsinn.

Könnte aber auch sein, denkt sie, dass die Großtanten dies alles nicht wissen. Aber sie haben es damals vielleicht vermutet. So wie viele andere auch. Und doch –

»Niemand hat sich richtig gekümmert. ›Klarer Fall.‹ Solch einen grauenhaften Fall wird es nicht noch einmal geben. Gerard ist ein gebrochener Mann. Vielleicht wird er sich selbst umbringen – keine Gefahr. Denken sie.«

Im Zimmer, das direkt oben an der Treppe liegt, geht Clare auf und ab, Gefühle und Überzeugungen wirbeln wild durcheinander. Ihre Gedanken in lodernden Flammen! – sanft schlägt sie mit ihren Fäusten auf die Oberschenkel, doch nicht sanft genug (entdeckt sie Stunden später), denn sie hat viele blaue Flecke.

Den Fall wieder aufrollen. Conor Donegals Namen reinwaschen.

Die Toten wiedererwecken.

Clare ist klargeworden, warum sie nach Cardiff, Maine, gerufen wurde: nicht zufällig, sondern gezielt. Ihre Mission ist es, und nur ihre allein, den guten Namen ihres Vaters wiederherzustellen.

Dann wird ihr klar, *Meine Großmutter Maude Donegal war diejenige, die mich hierhergerufen hat. Als sie mich in ihrem Testament bedachte …*

Conor Donegals Mutter hatte wohl begriffen – oder es vermutet –, dass die Möglichkeit existierte, dass Conor nicht der Mörder seiner Familie war.

Und wenn Maude ihren jüngeren Sohn Gerard als Mörder in Verdacht gehabt hatte, dann wollte sie ihn in ihrer

Verzweiflung sicher schützen – das tun Familien in solchen Situationen.

Der Verlust eines Kindes ist eine Katastrophe. Der Verlust von zwei Kindern, unsäglich.

Das ist das Fazit der Großtanten, vermutet Clare. Nicht, dass sie Gerard als Mörder in Schutz nehmen wollen (denkt sich Clare), sondern sie wollen einfach nicht noch jemanden außer Conor zur Verantwortung ziehen müssen. Und Maude Donegal hat wohl genauso gefühlt. Verzweifelt durch den ungeheuren Verlust. Verstört, trauernd. Maude Donegal konnte damals, 1989, nicht mehr klar denken – niemand aus der Familie konnte mehr klar denken, nach solch einer Tragödie.

Wie plausibel sich das jetzt alles für Clare anhört, als sie in ihrem Zimmer auf und ab geht, allein, zitternd vor Erregung, Gedanken in lodernden Flammen.

19.

Seitdem sie Gerard Donegal zum ersten Male in der vorange-gangenen Woche vorgestellt worden war, hat Clare ihn immer nur ganz kurz im Haus zu sehen bekommen.

Der jüngere Bruder ihres Vaters. *Ihr* Onkel.

Wie seltsam das ist, leicht gruselig! – einen Blutsverwand-ten zu treffen, den Bruder ihres Vaters, den Clare nicht kennt, und der auch Clare nicht kennt.

Gerards Wohnbereich ist der dritte Stock, erfährt Clare. Viele Male schon hat sie unten an der Treppe zum drit-ten Stock gestanden, den Kopf nach vorn geneigt, versucht, etwas zu hören – irgendetwas … Ein Stimmengemurmel von oben? Eine einzelne, flehende Stimme? Gedämpftes Lachen, Schritte? Sie ist sich sicher, dass sie schwach Musik durch die Decke gehört hat: schnelle, helle Klänge, könnte Cembalomu-sik gewesen sein. Dann ganz andere, eher feierlich-tragende Töne: Gregorianischer Gesang? Unten an der Treppe stehend, mit dem Blick hinauf, malt Clare sich aus, wie ihr Onkel rasch die Treppe herunterkommt.

Hallo, Gerard! – ich bin's, Clare …

Gerard, hi! Erinnerst du dich, wir haben uns letzte Woche kennengelernt …

Lächerlich, so herumzuspinnen, als ob Gerard sich nicht an sie erinnern würde, und an ihren Namen. Natürlich haben die Großtanten ihm von ihr erzählt, haben ihn darauf vorberei-tet, sie zu treffen, und haben ihn genauso damit beunruhigt.

Gerard! – deine Nichte ist da. Conors Tochter.

Du weißt schon – Conor …

Mehr als einmal ist Clare im Haus Gerard unvermutet begegnet, wenn er hinkend durch die Hintertür hinaus-wollte. Sie fragt sich, ob er ihr schon (instinktiv) auswich, bevor sie etwas über seine Rolle bei den Morden herausge-funden hatte.

Sie war ihm entwischt, verborgen unter dem Spülbecken in der Küche. Allmählich kommt ihre Erinnerung zurück, so wie bei jemand anderem das Sehvermögen zurückkommt, wenn er es vorübergehend durch eine Krankheit oder ein Trauma verloren hatte. Bald wird sie *sehen können*, was sie siebenundzwanzig Jahre lang nicht gesehen hat.

Hallo, Gerard! Du erinnerst dich sicher an mich – Clare Ellen.

Aber er schaut sie nicht an. Kann nicht. Jetzt versteht Clare auch, warum er ganz steif geworden war und weggeguckt hatte, als sie Gerard beim ersten Treffen mit einem Lächeln begrüßt hatte.

Natürlich erinnerst du dich an mich, Onkel Gerard. An das Kind, das du übersehen hast – und nicht getötet.

Er hatte sich selbst umbringen wollen, so sah es aus. Schade, denkt Clare, dass er es nicht geschafft hat.

Seitdem Clare in Cardiff ist, hat sie Elspeth und Morag schon viele Male gefragt, ob es Familien-Fotoalben gibt, die sie sich anschauen könnte. Wie gern sie Fotos von ihren jungen Eltern sehen würde, von ihrem Bruder und ihrer Schwester, von sich selbst.

Ausweichend erklärten ihre Großtanten, ja, sie glaubten schon, dass es irgendwo im Haus solche Alben gäbe; ihre Schwester Maude müsste Fotoalben ihrer Kinder und Enkel aufbewahrt haben; möglicherweise waren diese nach dem tragischen Unglück auf dem Dachboden gelandet. Doch keine der beiden Großtanten schien je danach gesucht zu haben, und beide schienen auch wenig begeistert von Clares Angebot, dass sie selbst danach schauen könne.

»Oh! – oh, Liebes, *nein* –«

»– nicht auf diesem Dachboden! – oh, nein, da würdest du *verloren gehen*.«

»Der ist riesig. Ein Sargassomeer. Das ist –«

»– *nicht zu empfehlen*, Liebes. Wirklich nicht!«

»Wir werden die Alben für dich suchen –«

»– versprochen!«

Tauschen dann verstohlene Blicke aus, denn sie wollen ihre verunsicherte Nichte mit dem Versprechen – ja, bald – »morgen!« –, nach den Fotoalben zu suchen, bei guter Laune halten.

Clare vermutet, dass die Familie Thrush ebenfalls Fotos in ihrem Besitz hat. Möglich, dass sämtliche Kinderfotos in ihrem Besitz sind, da sie ja das Sorgerecht für Clare Ellen übernommen hatten nach dem Massaker. Doch es ist schwierig für Clare mit den Thrushs Kontakt aufzunehmen, da die Familie von ihr, der Donegal-Verwandten, nichts wissen will.

Vielleicht ist es aber noch nicht zu spät, denkt Clare. Sehr bald will sie es noch einmal versuchen.

Steht noch etwas unentschlossen am Fuß der Treppe zum dritten Stock. Der Dachboden ist sicher vom dritten Stock aus zu erreichen. Sie könnte dort oben nach den Alben schauen. Das wäre doch ein sehr plausibler Grund, sich im dritten Stock mal umzuschauen.

Die mysteriösen Geräusche scheinen abzuebben. Clare fällt ein, dass Gerard nicht zu Hause ist. Sie hatte ihn in seinem Pick-up an jenem Morgen wegfahren sehen. Gerard Donegal erledigt Hilfsarbeiten bei der Stadt, hilft die Rückstände des Winters zu beseitigen und die Rasen der Nachbarhäuser für das Mulchen im Frühling vorzubereiten. Früher im Priesterseminar hatte er den großen Wunsch gehegt, Gott zu dienen, jetzt ist Gerard nach dem Tod seines Bruders und dessen Familie ein Diener anderer Art geworden, einer der sich selbst erniedrigt, indem er durch den Schmutz kriecht.

Unvermittelt steigt Clare die Stufen zum dritten Stock hoch. Seitdem sie in Cardiff ist, hat sich ihr Verhalten nach und nach verändert, sie ist nicht mehr die typische Clare Seidel, die man als ausgesprochen aufmerksam, vorsichtig, wohlüberlegt, bedächtig kannte. Jetzt handelt Clare impulsiv, äußert sich spontan und stammelt sogar manchmal, von Emotionen überwältigt – wie geschehen bei ihrem Gefühlsausbruch vor

Lucius Fischer. Sie entdeckt Speichel auf ihren Lippen, sie lacht unvermittelt. Wenn sie die Großtanten länger beobachtet, hat sie schon mehr als einmal die kahlen Schädel der alten Damen vor sich gesehen: geisterhafte Skelette wie durch Röntgenstrahlen. Beim flüchtigen Blick auf den »Junggesellen-Onkel« Gerard ist ihr die dicke blaue Arterie im Nacken des Mannes aufgefallen – ist das die Halsschlagader?

Clare bemerkt, dass die Treppenstufen, die sie hochsteigt, nicht mit Teppich verkleidet sind, so wie alle anderen Treppen in dem großen alten Haus. Die Decke im Flur des dritten Stocks ist niedriger, die Wandbeleuchtung trüber, altmodischer. Ein Hauch von Schimmel, leichter Fäulnisgeruch um sie herum.

Wohnbereich der Angestellten, denkt Clare. Gerard zieht diese Zimmer allen anderen im Haus vor.

Warum hast du denn kein Messer dabei?

Ein Messer. Clare hätte leicht ein Messer aus der Küche unten mitnehmen können.

Sie sollte auf jeden Fall bewaffnet sein, wenn sie auf dem dritten Stock des Donegal-Hauses herumstreicht.

Aber jetzt ist keine Zeit mehr, noch einmal zwei Treppen hinabzusteigen. Möglich, dass Clare dann auf den stechend-scharfen Blick von Elspeth träfe oder den bissig-sarkastischen Kommentar von Morag, denn beide würden ihren Gast mit Argwohn in der Küche beobachten.

Beim nächsten Mal, denkt Clare, *wird sie eine Waffe mitnehmen.*

Kommt zu dem Schluss, dass sie im Moment keiner realen Gefahr ausgesetzt ist. Noch nicht.

Denn Gerard weiß nicht, was Clare weiß. Gerard weiß nicht, dass Clare etwas weiß.

Vorsichtig bewegt sie sich den Flur entlang. Versucht, Türen zu öffnen.

Die erste Tür ist unverschlossen, Clare steht vor einem leeren Raum – klein, beengt, mit einem einzigen, kleinen, quadratischen Fenster, kahlem Dielenfußboden. Auch die zweite Tür lässt sich öffnen – noch ein kleines Zimmer, ohne Möbel und mit einem Geruch von Staub, Spinnweben.

Eine dritte Tür, und eine vierte – noch mehr Staub, Spinnweben.

Wohnbereich der Dienerschaft aus einer anderen Ära. Clare stellt sich vor, dass in jedem dieser zellengroßen Räume eine Frau ihren Lebensabend verbracht hat.

Sie hat fast vergessen, was sie eigentlich sucht. Stufen zum Dachboden? Eine Fallklappe in der Decke, eine Leiter zum Herabziehen?

Ihre Hand dreht an dem nächsten Türknopf, doch diese Tür ist verschlossen.

Gerards Zimmer! Oder besser gesagt, sein Wohnbereich. Clare erinnert sich an Elspeths lakonische Bemerkung, dass Morag und sie im Wohnbereich ihres Neffen nicht willkommen seien.

Clare dreht ganz bewusst noch einmal am Türknopf, rüttelt daran.

»Hallo? Hal-lo?« Sie wagt es, lauter zu rufen, wie ein unbekümmertes Kind.

Natürlich keine Antwort. Gerard ist nicht in der Nähe – da ist sie sich sicher.

Trotzdem probiert sie noch einmal, den Türknopf zu drehen. Rüttelt jetzt mit Nachdruck, energischer.

»Ich bin's, Onkel Gerard. Erwartest du mich nicht?« Clare wagt ein Lachen.

Drückt ihr Ohr gegen die Tür. Sie erinnert sich daran, dass eines von Gerards Ohren verstümmelt ist – ganz bestimmt durch den Autounfall. Eine Vielzahl dünner, nahezu unsichtbarer Narben über seine Stirn verteilt, wie Glassplitter.

Jetzt hört Clare dort drinnen etwas. Ein schnell klopfendes Geräusch, fast unhörbar.

Tock tock tock – was ist das?

20.

»Oh nein, Clare – du kannst da nicht alleine hingehen! Du wirst dich verlaufen –«

»– zwischen all den Grabsteinen und Mausoleen brauchst du –«

»– Begleiter! – *uns*.«

Doch Clare gelingt es, die Großtanten mit der Entschuldigung zu beruhigen, dass sie immer sehr früh aufwacht, nicht länger als sechs Uhr morgens schlafen kann, allein zum St.-Cuthbert-Friedhof fahren kann, die beiden nicht belästigen möchte.

Am Friedhof angekommen entdeckt sie, dass ihre Familie dort in zwei verschiedene Bereiche aufgeteilt wurde: die Donegals liegen im ältesten Bereich direkt hinter der Kirche, wo die Grabinschriften bis 1779 zurückreichen und alte Ulmen alles überragen; die Trushs ruhen im neueren Bereich auf einem locker aufgeschichteten Hügel, wo die Bäume viel kleiner und spärlicher wachsen.

Viel mehr Donegals auf dem Friedhof als Thrushs, fällt Clare auf. Und größere Grabsteine, Steinengel, keltische Kreuze. Ein Mausoleum aus Sandstein, wie eine Nissenhütte mit halbrundem Dach, in dem die Überreste des Patriarchen Albert James Donegal (1801–1886), seiner Ehefrau Catherine und der neun Kinder aufbewahrt sind, von denen die meisten sehr jung starben.

Clare findet einen großen Marmorgrabstein auf dem gemeinsamen Grab von Leland Ellis Donegal und Maude Mary Donegal, mit kleineren Steinen an der Seite, von denen einer die Inschrift Conor Matthew Donegal, 2. August 1955 – 6. Januar 1989 trägt.

Ein Schock für Clare, diesen (kleinen) Grabstein zu sehen. Sollte Conor Donegals Stein nicht viel größer sein und auch die eingravierten Worte darauf nicht viel größer, da er doch in ihrer Vorstellung wie eine Totemfigur alles überragt? Sie spürt einen Anfall von Schwäche, Verzweiflung.

Dein Vater war doch schon immer tot. Was für ein Dummkopf du bist.

Erschreckend, wie viele Male sie jetzt schon überrascht, ja, entsetzt gemerkt hat, dass ihre Eltern nicht mehr am Leben sind. Und seit ihrer Kindheit dieses Hirngespinst, dass sie wieder zusammenkommen könnten ...

Seitdem Lucius Fischer sie in Bryn Mawr angerufen hat, ist dieser drängende Wunsch immer stärker geworden. Auch wenn er vollkommen irrational ist, vollkommen absurd. Clare weiß das.

Es ist, als ob das dickköpfige und trotzige Kind in ihr sich seinen eigenen Weg bahnen will, durch die disziplinierte, besonnene Erwachsenenmaskierung hindurch.

Und merkwürdig: Seit sie in Cardiff ist, hat Clare praktisch keinen Gedanken mehr an ihre Adoptiveltern verschwendet, so als ob diese für sie gar nicht mehr existierten, weit weg in St. Paul, Minnesota, in einem ganz anderen Leben. Als ob ihr Leben als Clare Seidel nun ein Ende gefunden hat.

Sie hat auch nicht ein einziges Mal an ihre Wohnung in Bryn Mawr gedacht. An die Forschungsarbeit in den Museumsarchiven, die sie jahrelang tagaus, tagein beschäftigt hat. Ihre vielen Freunde dort. Das bevorstehende private Treffen mit – Joshua Matthius? Ein Kollege der Geschichtsabteilung am Bryn Mawr Institut.

Du hättest dich in Joshua verlieben können. Er hätte sich in dich verlieben können. Was hast du nur getan, dein Leben einfach wegzuwerfen für eine Erbschaft in Maine!

Clare empfindet nur gelinde Reue, ihre verlorenen Lebensentwürfe hängen an ihr wie die losen Fäden eines zerstörten Spinnennetzes, für immer zerrissen.

Sie hat Fotos mit ihrem iPhone gemacht. Nahaufnahme, aus halber Distanz, weiter weg. Um sie in die gesamte Umgebung einzubetten, die Donegal-Gräber. Bilder vom Himmel. (Gähnende Wolkenberge, in die man hineinsinken könnte, tiefer und immer tiefer.) Es erscheint ihr schlicht falsch, dass das Grab ihres Vaters nicht frisch umgegraben ist, so wie sie es (irgendwie) erwartet hätte, sondern verwittert, bedeckt von plattgedrücktem, vom Winter ausgebleichtem Gras. Nicht zu unterscheiden von anderen Gräbern. Alle gleich, diese Gräber. Eine Einheit. Dieser bekannte, berühmt-berüchtigte Name – CONOR DONEGAL. Doch hier, an diesem Ort der Stille und Ruhe, an dem die einzigen Laute die Schreie der Vögel und das ächzende Rauschen des Windes in den Bäumen sind, ruft der Name Conor Donegal keine größere Entrüstung hervor als all die anderen Namen auf den Grabsteinen rundherum.

Tod, der große Gleichmacher.

Tod, der grausamste aller Witze.

Eine lange Zeit treibt sich Clare am Grab ihres Vaters herum. Wenn sie religiös wäre, würde sie jetzt vielleicht in dem niedergedrückten Gras knien, ihr Gesicht verbergen, beten ... Dieses Unglück ist so lange vorbei, siebenundzwanzig Jahre.

Bete jetzt für dich selbst. Du bist die Einzige, die noch lebt.

Clare stapft durch die aufgeweichten Friedhofswege, um die Thrush-Gräber zu suchen. Wie viel einfacher es gewesen wäre, die Großtanten mitzunehmen, doch zugleich schaudert ihr bei dem Gedanken, dass die beiden mit ihrem durchdringenden Geplapper die stille Einsamkeit vom St.-Cuthbert-Friedhof zunichtegemacht hätten.

Die alten Damen meinen es gut, denkt Clare. Trotzdem machen sie ihr – manchmal – Angst.

Wie Gerard. Der »Junggesellen-Onkel«.

Clares Herz tut einen Sprung, als sie das Grab ihrer Mutter Kathryn entdeckt; ihres Bruders Laird; ihrer Schwester Emma. Grabsteine aus wunderschönem Sandstein auf dem Thrush-Gelände, auch wenn ihre Nachnamen Donegal sind.

Offensichtlich hatten die Thrushs sich dagegen gewehrt, Kathryn und die Kinder in der Donegal-Grabstelle beizusetzen. In dem Glauben, dass Conor ihr Mörder war, wollte Kathryns Familie die drei natürlich bei sich behalten. Clare kann das verstehen. Wenn Conor allerdings unschuldig war ...
Im Tod, wie im Leben, Ungerechtigkeit.
Die ältesten Thrush-Begräbnisse fanden kurz nach 1900 statt, die jüngsten gerade vor ein paar Jahren. Wieder ist Clare sehr überrascht, dass die Grabstellen ihrer Familie so alt und verwittert aussehen.

KATHRYN THRUSH DONEGAL ·
8. FEBRUAR 1958 – 6. JANUAR 1989
LAIRD JOSEPH DONEGAL ·
12. SEPTEMBER 1980 – 6. JANUAR 1989
EMMA MARY DONEGAL ·
11. JULI 1985 – 6. JANUAR 1989

Tatsächlich wären ihr Bruder und ihre Schwester jetzt erwachsen! Älter als Clare.

Keine Kinder mehr. Und genauso wäre auch ihre Mutter, die wunderschöne junge Frau von den Fotos, nicht mehr jung; aber, so möchte Clare glauben, Kathryn wäre sicher noch immer wunderschön.

Wie lange sie dort an den Gräbern steht, wird sie nachher nicht mehr wissen. Sie schüttelt sich heftig, von Kummer überwältigt. Als ob sie bis jetzt – bis jetzt noch nicht *überzeugt* gewesen wäre.

Meine Mutter. Mein Bruder.

Meine Schwester ...

Über ihr ein rauer Himmel, aufgewühlt. Angesichts des klamm-kalten Geruchs der Erde hätte man denken können, es wäre später Winter, nicht beginnender Frühling. Aber es sind schon kleine grüne Keimlinge zu sehen, hier und dort,

im aufgeweichten Boden. Winzige weiße Blümchen, Schnee-
glöckchen. Vogelgezwitscher, fröhlich erregt in den Bäumen
rundherum, als ob es keinen Tod gäbe, kein Leid. Nur Hoffnung.

Hier, hier sind wir (wieder)
Zweifle nicht an uns, hab Vertrauen, wir sind bei dir

Clare steht stockstill, gebannt vom Ruf der Vögel. Und von
der Stille jenseits dieser Rufe. An diesem rätselhaften Ort,
dessen Name sie sich nur mit großer Anstrengung in Erinnerung rufen kann, *Cardiff, Maine,* ist es immer Gegenwart.
In solch einem Zustand kann man nicht nach vorn blicken,
man kann nur zurückblicken. Es wird etwas geschehen – aber
wann, und wo? Und wie? Clare steht bereit, erwartungsvoll.
Bereit, einen Fuß vor den anderen zu setzen, bereit, umzudrehen, zurückzugehen, etwas (wieder) zu entdecken – was?

Sieht, dass ihre Turnschuhe nass geworden sind in der
durchweichten Erde.

Sieht jemanden, oder etwas, einen flüchtigen Schatten am
äußeren Rand ihres Blickwinkels ...

Aber nein, Clare dreht sich um und sieht nichts. Niemanden.

Oder? – nein, doch nicht ...

Der Friedhof ist ein einsamer Ort zu dieser Morgenstunde.
Falls es irgendwo in der Nähe einen anderen Trauernden gibt,
möchte Clare ihn oder sie gar nicht sehen und auch gar nicht
gesehen werden. Rasch läuft sie denselben Weg zurück, den
sie gekommen ist, über den durchweichten Boden des Fried-
hofes.

Seht mich bitte nicht an. Sprecht mich bitte nicht an. Ich bin
niemand, den ihr kennt.

21.

»Deine Erbschaft, Clare! Du wirst das Haus doch sicher sehen wollen.« Elspeth drückt leicht aber bestimmt Clares Hand.

»Ich kann aber selbst hinfahren, denke ich. Ich kann die Adresse doch in das Navi eingeben …«

Nein, nein! Nicht möglich, dass Clare, eine Person, *die nicht aus Ashford County stammt*, den Weg allein finden wird.

Die Großtanten bestehen darauf. Ziehen den zögerlichen Gerard einfach in diese Diskussion hinein, damit er bekräftigt, dass das Navi in Clares Auto im nördlichen Ashford County unbrauchbar wäre: »Die Landstraßen schlängeln sich kreuz und quer, die Brücken wurden zum Teil jahrelang nicht mehr genutzt, du würdest dich einfach furchtbar verfahren.«

In Gerards Worten klingt grimmige Resignation, so als ob er gezwungen wäre, eine Wahrheit zu verkünden, die gar nicht in seinem eigenen Interesse liegt. Er scheint trotz seiner offensichtlichen Distanziertheit einen Hauch von Sympathie für Clare zu empfinden.

»Ja. Ich könnte sie fahren. Wenn ihr das möchtet.« Gerard spricht mit zusammengepressten Kiefern, wirkt seltsam verkrampft.

Schaut Clare gar nicht an dabei. So als ob dort, wo sie steht, ein greller Lichtkegel wäre, der ihn blendet. Er kann sein Sehvermögen nicht aufs Spiel setzen.

Was für ein hässlicher Mann Gerard Donegal ist! Wie sehr muss er seinen Bruder Conor gehasst haben. *Eine Schönheit im Alltagsleben, die mich hässlich macht.*

Eine ganze Weile hatte Clare den Junggesellen-Onkel nicht von Nahem gesehen. Er huschte immer nur wie ein Schatten durchs Haus, eine Figur am äußersten Rand von Clares Gesichtsfeld, die beides sein konnte, ein Geist oder Realität; er hat versucht, ihr aus dem Weg zu gehen, diskret, so wie er auch versucht, den Großtanten so weit wie möglich aus dem Weg zu gehen.

»Das ist sehr nett von dir, Gerard!«

»*Sehr* nett.«

Clare muss lächeln, genau wie die Schwestern. Gerard hingegen blickt finster, unsicher richtet er sich etwas auf, Stirnrunzeln.

Er sieht aus wie ein verunstalteter Priester, dieser Gerard, in seinem schwarzen T-Shirt, formlos herabhängend wie ein Chorhemd, dunkle Hose mit verschmutzten Aufschlägen. Er hat ein längliches, mageres, fast ausgemergeltes, asketisches Gesicht; seine Haut ist rau und narbig, aschgrau; sein Kinn nachlässig rasiert, so wie bei jemandem, der sich ohne Spiegel rasiert. Eines seiner Ohren zeigt Narbengewebe. Eine Schulter ist leicht bucklig.

Clare starrt den Junggesellen-Onkel mit fasziniertem Abscheu an. Sie bemerkt, dass er ihr immer mal wieder einen flüchtigen Blick zuwirft, mit seinen dunklen, feuchten Augen, aber sofort schnell wieder wegschaut.

Er weiß, dass ich sein Geheimnis kenne.

Doch nein – wie sollte er?

Warum erfüllt Gerard den Wunsch der Großtanten, Clare in den Norden von Ashford County zu fahren, wenn er es doch so offensichtlich gar nicht möchte? Warum bleibt er bei den Großtanten im Donegal-Haus wohnen, wenn er sie doch so offensichtlich überhaupt nicht mag? Als ob der Mann seine eigene Persönlichkeit aufgegeben hätte. Seine Seele. Wie in einem Akt von Selbstdisziplinierung, Selbstbestrafung. Buße. Clare vermutet, dass Gerards Leben aus einer Reihe solcher Bußmaßnahmen besteht. Er hasst die alten Tanten, folgt ihnen aber, wenn sie darauf bestehen; er hasst sein Leben, wird es allerdings weiter ertragen, wenn er muss.

Fest steht: Er ist in der Hölle!

Nein. Das wird nicht passieren.

Clare kann nicht glauben, dass sie der Bitte der Großtanten wirklich nachgegeben hat. Clare kann nicht glauben, dass sie mit dem Junggesellen-Onkel ganz allein sein wird. Nach siebenundzwanzig Jahren.

Wird nicht passieren. Nein!

Clare lacht, das ist so absurd.

Doch mitten in der Nacht macht sie sich heimlich auf den Weg die Treppe hinunter in die Küche, um sich ein Messer zu holen, nicht das längste oder schärfste, das sie in der Schublade findet, sondern das praktischste, stabilste, mit einer etwa fünfzehn Zentimeter langen Klinge und einem kurzen Griff. Das könnte sie jetzt in ein Stück Stoff wickeln und in die Jackentasche stecken, falls sie wirklich mit Gerard Donegal allein sein wird …

22.

»Erzähl mir davon. Alles, was du weißt.«

Clare bettelt nicht, aber Clare spricht mit dringlicher Stimme, so wie ein Kind, das Hilfe braucht, drängen würde. Hände ineinander verschränkt auf ihren Knien, so fest, dass sie schmerzen.

»Alles, woran du dich erinnerst. Bitte.«

Gerard hinter dem Steuer, kein Wort. Im Profil erscheint sein Gesichtsausdruck beklommen, sehr ernst.

Wir merkwürdig, denkt Clare, neben dem Junggesellen-Onkel im Auto zu sitzen nach alledem. Sie hatte es nicht für möglich gehalten, doch – da sitzt sie.

Wenn so etwas geschieht, dann ist es Schicksal.

In dem massigen, stahlgrauen Mercedes, den Gerard von seinen verstorbenen Eltern geerbt hat. Unterwegs durch das frühmorgendliche Cardiff, über eine Brücke, hinein in die Hügellandschaft auf der anderen Seite. Der Ausflug entfaltet sich vor ihr wie ein Traum, jedoch nicht wie ein Traum, den sie herbeigesehnt hat: zusammengeballte Wolkenberge über ihr, in den verschiedensten Farbnuancen von kieselgrau, metallicgrau, taubengrau, zerrissene Wolkenfetzen von den wilden atlantischen Winden viele Meilen gen Osten herübergeweht.

»Denn ich erinnere mich an nichts. Fast nichts …«

In Clares Jackentasche, verborgen an ihre Rippen geschmiegt, direkt unter ihrem schnell klopfenden Herzen, das in Stoff eingewickelte Küchenmesser.

* * *

Er fährt Clare mit dem Auto hin, weil es seine Pflicht ist. Ebenso wie eine Buße.

Und – sie tut ihm auch leid. Seine verwaiste Nichte. Deswegen kann er sich auch nur selten dazu durchringen, sie anzuschauen, sie zur Kenntnis zu nehmen.

Eine missgestalte Person, findet Clare. Mit ebenso missgestalter Seele darin.

Hatte Gerard Donegal nicht von Anfang an seine Gefühle Clare gegenüber unterdrückt? Sich geweigert, sie zu umarmen, wie ein Onkel es normalerweise getan hätte?

Er hatte sie damit verletzt. Jetzt hasst sie ihn wie einen Feind.

Trotzdem verhält er sich ihr gegenüber höflich. Jetzt, wo sie zu zweit im Auto zusammen sind, weit weg von den störenden Zwistigkeiten der Großtanten, kann man fast sagen, dass Gerard trotz seiner Zurückhaltung, die Teil seines schüchternen Wesens sein mag, sich Clare gegenüber äußerst liebenswürdig gibt.

Soll heißen, er steht ihr nicht feindselig gegenüber. Er ignoriert sie nicht.

Er ist ein vorsichtiger Autofahrer, man kann schon sagen, übervorsichtig. Wie jemand, der einen Autounfall überlebt hat, hält Gerard sich exakt und jederzeit an alle Geschwindigkeitsvorgaben. Genauso übervorsichtig ist er beim Gehen, wie Clare bemerkt hat: Sein Hinken, gerade eben wahrnehmbar, schützt ihn vor dem plötzlichen Schmerz, den er bei einem unbesonnenen falschen Tritt zu erwarten hätte.

Clare stellt ihm Fragen zu dem Jesuiten-Priesterseminar in Portland. Elspeth und Morag hatten doch erwähnt, dass er früher einmal im Priesterseminar eingeschrieben war ... Welche Kurse hat er denn besucht an dem Seminar? Wie viele Jahre braucht man, um Jesuit zu werden? Ist es wahr, dass die Jesuiten alle einen Doktortitel erlangen und die meisten von ihnen im Bildungssektor arbeiten? Warum hat er damals das Seminar abgebrochen?

Clare hat sich vorgenommen, solche Fragen zu stellen, die eine junge weibliche Verwandte, die Gerard noch nicht gut kennt und die ihn besser kennenlernen möchte, höchstwahrscheinlich stellen würde. Einfache Fragen, unbekümmert offensiv, scheinbar aus dem Gefühl heraus.

Eine arglose junge Frau, eingeschüchtert von dem ernsten Auftreten ihres Onkels, die hofft, dass sie durch sein ständiges missbilligendes Stirnrunzeln nicht all ihren Mut verliert.

Doch Gerard zuckt nur mit den Schultern, lässt sich überhaupt nicht in ein persönliches Gespräch hineinziehen.

Clare fühlt sich zwar zurückgewiesen, will sich dies aber nicht eingestehen und fährt (nicht ganz wahrheitsgemäß) fort, dass sie als junges Mädchen ebenfalls einmal solche religiösen Vorlieben hatte, aber niemals einen Eintritt ins Kloster in Erwägung gezogen hätte.

Lächelt aber sogleich über die Nichtigkeit dieses Satzes – *ins Kloster gehen.*

Oder – *Nonne werden.*

Sie ist nie besonders religiös gewesen. Glaubt sie jedenfalls. Das fehlt ihr in ihrem Leben, die natürliche Zuversicht durch den Glauben.

Mag sein, seit sie zur Adoption freigegeben wurde. Oder früher, seit sie sich in den Spinnwebspalt unter dem Spülbecken zwängte, um ihr Leben zu retten.

Unbeirrt setzt Gerard seine vorsichtige Fahrt auf der zweispurigen Stadtautobahn, die aus Cardiff hinausführt, fort.

Als Nächstes wagt Clare es, ihm Fragen zu seinem Autounfall zu stellen, von dem die Tanten in ihrer Anwesenheit mehr als einmal gesprochen haben. War an dem Unfall nur Gerard selbst beteiligt gewesen oder noch ein anderes Auto? War noch jemand bei ihm im Auto? Gab es andere Verletzte? Und wann genau war der Unfall?

Bei der letzten Frage schaut Gerard tatsächlich einmal in Clares Richtung, so als ob er leicht erschüttert sei über ihre Unverfrorenheit.

»Tut mir leid. Ich kann verstehen, wenn du nicht darüber sprechen möchtest ... Ich bin selbst auch schon bei Unfällen nur knapp davongekommen. Ich hatte großes Glück, glaube ich.«

Als ob das Gespräch vollkommen normal verliefe, erzählt Clare dem nicht reagierenden Gerard anschließend, dass sie einmal bei einem Freund in Chicago im Auto saß, als das Auto auf dem Lake Shore Drive plötzlich auf Blitzeis ins Schleudern geriet ... Clare schaudert sichtlich bei dieser Erinnerung.

Eine echte Erinnerung diesmal, lang verdrängt, aber nun wiederaufgetaucht, als der glitzernd graue Mercedes auf der hohen Brücke einen reißenden Fluss überquert, der die beiden aus der Stadt hinausleitet. Was für ein abrupter Wechsel – auf der anderen Seite des Flusses ist die Stadt urplötzlich vom Erdboden verschluckt.

Beim Gedanken an das Schleuder-Erlebnis, das hinterhältige Blitzeis, fühlt Clare eine schmerzliche Sehnsucht nach der Vergangenheit, nach einer verlorenen Zeit. Sie war damals Mitte zwanzig. Sie hatte sich mit einem jungen Mann verabredet (einem Arzt aus Chicago), den sie hätte lieben können, so wie er anscheinend sie liebte, oder auf jeden Fall sehr gern mochte. Dann geschah der Unfall, das Schleudern auf Blitzeis, ein gewaltiger Zusammenstoß mit der Leitplanke, die auf rätselhafte Weise nicht zerbrach, auflodernde Panik, dass sie jetzt gemeinsam sterben würden. Clare Seidel und der junge Mann, an dessen Namen Clare sich einige Jahre später kaum noch erinnert.

Doch nun, in der Anwesenheit Gerard Donegals, der stocksteif neben ihr sitzt, ist es nicht das Gefühl von Panik, das Clare in Erinnerung hat, sondern eher ein Gefühl des Triumphes, davongekommen zu sein. *Denn sie war nicht gestorben.*

Nicht zu jener Zeit. Und zu keiner anderen.

Clare fühlt sich schwindlig; sie hatte in der Nacht zuvor nicht gut geschlafen. Hatte an die Autofahrt mit Gerard Donegal gedacht. Allein im Auto mit Gerard. Kilometerlange Fahrt weit ins Land von Ashford County hinein.

In einem tranceähnlichen Zustand voller Erregung, Besorgnis. Sieht noch einmal, wie ihre Finger das Messer mit der 15-Zentimeter Klinge und dem kurzen Griff herausnehmen.

Sieht, wie ihre Finger das Messer sorgsam in ein Stück Stoff wickeln, damit sie vor der scharfen Klinge in ihrer Jackentasche geschützt sind.

Natürlich wird Clare das Messer nicht benutzen. Lächerlich!

Niemals in ihrem Leben hat sie irgendein Lebewesen getötet, außer (vielleicht) Insekten. Fliegen, Ameisen, Käfer. Weniger häufig, Spinnen.

Einmal hatte sie eine Motte zerquetscht, die an einem Lampenschirm flatterte. Dann hatte sie aber entdeckt, dass diese Motte eine wunderschöne Kreatur mit kunstvoll gemusterten Flügeln war. Wie schlecht sie sich fühlte, weil sie aus sorgloser Wut so etwas getan hatte …

Das kannst du nicht tun, natürlich nicht. Wie könntest du.

Das Messer in ihrer Jackentasche ist ihr Schutz, denkt Clare. Es ist keine Waffe, die aus ihrem Versteck herausspringt, und auf Rache aus ist.

Minuten sind vergangen. Gerard setzt seine vorsichtige Fahrt nun auf einer fast leeren Autobahn Richtung Norden fort. Steile Abhänge, Geröllschluchten, hohe Fichten, Laubbäume (Eschen, Birken, Kastanien), die die ersten Knospen zeigen. Die Wolkenberge über ihr brechen langsam auf wie zerberstendes Eis.

Sie fahren durch eine wunderschöne raue Landschaft. Doch hier und da entdeckt Clare verwüstetes Terrain, das an ein Erdbeben erinnert und wo Bäume auf riesigen Haufen übereinanderliegen.

Clare fragt Gerard, was da passiert ist. Und als ob es ihr versehentlich herausrutscht, nennt sie ihn Gerard.

Gerard. Clare hat sich getraut, den Namen auszusprechen. »Winter. Stürme«, antwortet er kurz und bündig.

Wenn sie ihm eine unpersönliche Frage stellt, denkt Clare, dann wird Gerard ihr antworten.

»Wenn ich hier in Cardiff am Meer leben müsste, dann würde ein anderes Ich in mir empordringen, glaube ich. Meine Seele.«

Clare fragt sich, ob sie das Wort *Seele* tatsächlich in diesem Zusammenhang laut ausgesprochen hat. Sie ist eigentlich nicht die Person, die bei solchen Themen ihren Gefühlen freien Lauf lässt.

Sie bemerkt, dass sich Gerards Schultern noch mehr anspannen, was ihr zeigt, dass er ihr zuhört.

»Du glaubst, dass es eine Seele gibt – oder?«, sagt sie. »Wenn du doch Priester werden wolltest …« Dann verstummt sie; ist sich nicht mehr sicher, was sie eigentlich sagen will.

Möchte sie ihren Onkel provozieren oder möchte sie ihn in ein spannendes Gespräch verwickeln? Oder erhofft sie sich beides?

»Es ist egal, ob wir an die Seele ›glauben‹«, sagt er. »Wenn wir an Gott glauben. Die Seele, die in Gott ist, ist einfach *da*. Wie der Ozean da ist, egal, ob irgendein Dummkopf daran glaubt oder nicht.«

Clare ist erstaunt über Gerards deutliche Worte. Sie hat ihn niemals zuvor so lang am Stück reden hören. Seine Stimme klingt nach Spott, Verachtung. Doch sie empfindet es nicht so, dass dieser Spott und diese Verachtung an sie persönlich gerichtet sind.

Mit zögerlicher Stimme sagt sie, dass sie noch nicht viel über solche Sachen nachgedacht hat. Sie ist Kunsthistorikerin, sie glaubt an das, was sie sehen kann.

»Meine Eltern – meine Adoptiveltern – sind nicht religiös. Niemand meiner guten Freunde ist religiös. Aber wenn man so darüber nachdenkt, dann ist doch das Einzige, das in uns über alle Zeiten hinweg Bestand hat, das, was man Seele nennen könnte. Die Zellen unseres Körpers werden alle sieben Jahre durch neue Zellen ersetzt. Doch die Seele bleibt.«

Die Seele bleibt. Clare ist vollkommen verblüfft, solch einen Satz von sich selbst zu hören.

Will nicht glauben, dass sie versucht, Gerard Donegal zu beeindrucken. Den Mörder!

Wenn Clare den Mann allerdings jetzt so von Nahem anschaut, ist sie sich nicht mehr so sicher. Sie ist sich überhaupt nicht mehr sicher, dass Gerard der Mörder war oder überhaupt einer sein könnte ...

Sie vertraut ihm an, dass einige Leute ihr geraten haben, das Anwesen in der Post Road zu verkaufen – »Mein Erbe.«

Gerard scheint diesen Rat zu überdenken. Aber er sagt kein Wort.

»Der Anwalt hat mir gesagt, ich müsse es nicht sehen. Ich könnte das Haus einem Immobilienmakler in der Stadt übergeben und mir alles andere ersparen. Sobald das Nachlassgericht mir das Eigentumsrecht übertragen hat.« Clare lacht ganz unerwartet. »Aber ich bin doch jetzt nicht so weit gefahren, um es *mir zu ersparen.*«

Dies scheint Gerard wirklich zu beeindrucken, denkt sie.

Nach vierzig Minuten verlassen sie die Autobahn und setzen den Weg auf einer einspurigen asphaltierten Straße fort. Die nächsten zwei oder drei Kilometer sind mit Schlaglöchern übersät und die Straße führt sie hin und her in Serpentinen weiter Richtung Atlantik.

Dann sichtet Clare Straßenschilder: Ashford County Road, Hiram Road, Post Road.

Ihr Herz macht einen Sprung – *Post Road.*

Sie sieht Weideflächen, Ackerland. Grasende Kühe. Pferde. Ein Farmhaus, Nebengebäude. In den ländlichen Gebieten von Maine sind die meisten Farmhäuser weiß gestrichen, strahlend weiß. Clare fragt sich, warum das so ist, denn Weiß ist schließlich die anfälligste Farbe. Vielleicht als Herausforderung. Prahlerei.

Sie wird langsam nervös. Denn sie nähern sich dem Haus, Clares Erbe.

Dann, ganz unvermittelt, als ob sie gerade erst darüber gesprochen hätten und Clare ihre kühne Frage nicht schon viele Kilometer früher gestellt hätte, erzählt Gerard ihr, dass er das Priesterseminar nach dem Autounfall und den damit einhergehenden schweren Verletzungen abgebrochen habe. Er hatte viele Wochen im Krankenhaus verbracht; er musste in die Reha nach Portland, musste wieder neu gehen lernen, seine Muskeln zu koordinieren, neu denken lernen.

Clare denkt, *Ja, ich weiß.*

Ich weiß eine Menge über dich.

Ganz nebenbei erzählt er ihr, dass seine Kniescheibe zerschmettert war, einige Rippen gebrochen, sein Gesicht entstellt. Man stellte neurologische Defizite bei ihm fest, Hirnschäden. Weiß Clare, was *Propriozeption* ist?

Clare hat die vage Vorstellung, dass Propriozeption eine Funktion des Gehirns ist, die damit zu tun hat, dass man ganz in seinem Körper verankert ist, sich mit seinem Körper identifiziert. »Wenn man im Gleichgewicht ist? Nicht hinfällt …«

»Ja, so ungefähr. Wissen, dass du *du* bist. Wenn das Gehirn Schaden erleidet, dann verliert man dieses Gefühl manchmal. Propriozeption – die Seele im Körper verankern.«

In Gerards Stimme klingt eine seltsame Art von Befriedigung, wie bei jemandem, der denkt, *Das, was ich verdient habe.*

Während der Mercedes über Schlaglöcher rumpelt, macht sich in ihr Unruhe breit. Sie begreift, dass sie jetzt gleich zu jenem Haus kommt, in dem ihre Familie am 6. Januar 1989 ermordet wurde. Sie fühlt aber auch eine ungeheure Anziehungskraft, einen unwiderstehlichen Drang.

Gerard sagt: »Das Haus ist direkt vor uns. Bist du sicher, dass du es sehen möchtest?«

»J-ja. Ich bin jetzt so weit gekommen. Ich kann nicht mehr zurück.«

»Doch, du könntest. Du – wir – könnten jetzt direkt wieder umkehren, Clare.«

»Nein.«

Clare sieht verwilderte Wiesen, einen halb verfallenen Heuschober einen Betonsilo. Ein zweistöckiges Farmhaus mit einer schiefen Veranda vorne, grau-verwitterte Schindeln, Klappläden. Knorrige Weinranken überziehen wie knochige Finger einen Teil des Hauses, die Autoauffahrt ist teilweise weggeschwemmt, unbefahrbar.

Gerard stoppt den Mercedes direkt vor dem Haus. Clare sitzt einen Moment stockstill, starrt ins Leere, so als ob sie vergessen hätte, wo sie ist und warum sie unbedingt hierherkommen wollte.

Höllenloch. Bin nie darüber hinweggekommen. Mein Gott! – diese Kinder ...

Leise stellt Gerard den Motor aus. Geht um das Auto herum auf Clares Seite, doch sie ist rasch ausgestiegen, bevor er ihr behilflich sein kann.

Schreckt vor seiner Berührung zurück. Schon vor der Möglichkeit, dass er sie berühren könnte.

Das Haus sei verschlossen, sagt Gerard. Aber er hat den Schlüssel. Hat ihn schon in der Hand, damit Clare ihn sehen kann.

Wie ein Magier, der augenscheinlich nichts im Ärmel hat.

Clare folgt ihm zur Haustür, ihre Füße sinken in die nasse, vom Regen aufgeweichte Erde. Verrottete Holzdielen auf der Veranda, Gerard rät ihr, vorsichtig zu sein, nicht draufzutreten.

Eine Außentür mit zerbrochener, rostiger Scheibe. Eine Innentür, Gerard schließt sie auf.

»Niemand hat hier gewohnt, oder? Seit –«

»– seit damals. Nein.«

Clare lächelt mit leerem Blick. Bemerkt die verwitterte weiße Schindelverkleidung und hinter einem Fensterladen ein vermodertes Vogelnest. Gerard konnte die Tür aufschließen und sie dann aufstoßen. Er ist um einige Zentimeter größer als Clare, doch seine Schultern scheinen immer mal wieder herunterzusacken. Er scheint irgendwie in sich zusammenzufallen, vor Entsetzen.

Höllenloch. Kann nicht mehr zurück.

Diese Worte hallen so lebhaft in Clare wider, dass es ihr scheint, einer von ihnen beiden, Gerard oder sie selbst, hätten sie gerade laut ausgesprochen.

»Du warst hier, stimmt's? An jenem Tag. Denn du hast die Leichen gefunden – du hast Hilfe gerufen.«

Ist dies eine Anschuldigung? Clare stammelt leicht; sie möchte doch nur eine Tatsache aussprechen.

Ausweichend murmelt Gerard etwas, was sich anhört wie *ja*.

»Du bist ins Haus hineingegangen und hast sie – gefunden. Ich habe die Berichte gelesen. Das muss ein – ein fürchterlicher Anblick gewesen sein …«

Fürchterlicher Anblick. Leere, platte, unangemessene Worte, derer Clare sich schämen sollte.

Hohle Worthülsen, Gerard bemüht sich gar nicht, darauf zu antworten.

Drinnen im Haus hat Clare das Gefühl, sie könne jederzeit ohnmächtig werden, dieser starke Geruch – Schimmel, Fäulnis, Verwesung. Und dazu ein besonderer Geruch von regendurchtränkten Vorhängen, Möbeln, Teppichen.

Über den Boden verstreut, Skelette kleiner Tiere, sie knacken unter Clares Füßen.

Nichts kommt ihr bekannt vor. Alles kommt ihr bekannt vor.

Clare bewegt sich blind vorwärts. Gerard fasst ihren Arm, um sie zu stützen – die Bodendielen unter ihren Füßen scheinen nachzugeben.

Als sie die Berührung seiner Finger durch den Ärmel ihrer Jacke spürt, fährt Clare zusammen.

Sie zittert heftig. Ihre Stimme bebt beim Sprechen. Sie betritt jetzt verbotenes Gelände.

»Was war der Grund dafür, dass du herkamst – an jenem Tag?«

Spricht zu Gerards Rücken, denn er geht direkt vor ihr ins Haus hinein.

»An jenem Tag – warum bist du hier rausgefahren? Warum warst du *hier*?«

Obwohl Clare es weiß oder wissen sollte. Viele Male hat sie über dieses Donegal-Familientreffen nachgelesen: die Taufe in der St.-Cuthbert's-Kirche, das Mittagessen im Haus in der Acton Avenue, und das Warten auf Conor und Kathryn, die mit ihren drei kleinen Kindern in Cardiff erwartet wurden, aber nicht kamen.

Und niemand war im Haus in der Post Road ans Telefon gegangen, obwohl man immer wieder dort angerufen hatte.

»Ich bin rausgefahren zum Haus, weil niemand anderes fahren wollte. Wie wussten – wir dachten –, dass etwas passiert sein könnte. Denn Conor war nicht – glücklich … Ich habe mich bereit erklärt, rauszufahren und deswegen war ich eben diese Person.«

Gerard spricht ausdruckslos, einfach und schlicht. Clare läuft es kalt den Rücken hinunter: Wie kann er mit dieser Gleichmütigkeit über den Vorfall sprechen?

Spinnweben, Spinnengekrabbel. Als Clare das zweite Zimmer betritt, spürt sie etwas über ihr Haar streichen und stößt es hektisch von sich.

»Warum hat Gott zugelassen, dass das, was in diesem Haus passiert ist, passierte? Wenn dein Gott doch ein liebender Gott ist.«

Dein Gott ist der Vorwurf. Clare möchte, dass Gerard sie versteht.

»Gott ist kein liebender Gott. Der Gott aus der Bibel hat mit Liebe nichts am Hut. Gehorsam, blinde Unterwürfigkeit – das ist es, was Gott fordert, nicht Liebe. Jesus Christus war ein Hasardeur, ein *Provokateur*. Gott hat Jesus bestraft, indem Er seinen Platz einnahm.«

Clare ist sehr erstaunt, dass jemand so darüber redet, wie Gerard es tut, mit solch einer Gewissheit. »Und welcher Platz ist das?«

»Dass Jesus in seinem menschlichen Körper gelitten hat, dass Jesus auf das Menschsein reduziert wurde. *Das* war die Strafe.«

Die beiden stehen im Türrahmen zum nächsten Raum. Clare fühlt, wie sich ihr Herz vor Entsetzen zusammenkrampft – *die Küche*.

Sie kommt ihr nicht bekannt vor, aber dann wieder doch. Ihre Augen schauen herum, sehen nichts, woran sie sich erinnert, aber wenn sie die Augen schließt, erinnert sie sich doch an genau diesen Raum – in dem sie voller Angst und Schrecken über den Boden krabbelt, sich in das Versteck unter dem Spülbecken zwängt.

Clare weiß sich zu helfen. Um lautes Zähneklappern zu vermeiden, presst sie beide Kiefer fest aufeinander. Sie zwingt sich dazu, (äußerlich) ruhig nachzufragen: »Wollte der Mörder eigentlich das kleine Mädchen auch töten oder wurde er weich und ließ sie leben? Oder hatte er ganz vergessen, dass es sie gab?«

Gerard zuckt bei der Frage zusammen. Clare spürt, dass ihr Herz auf dieser Jagd nach der Wahrheit vor Erregung und Furcht laut pocht.

Mit dem Rücken zu Clare stellt Gerard einen Stuhl aufrecht hin, der umgedreht auf dem Boden lag. Wie jemand, der inmitten eines großen Chaos mithilfe unsinniger, übertriebener Gewissenhaftigkeit darauf bedacht ist, wieder Ordnung herzustellen, stellt er den Stuhl an den Tisch, gegenüber den drei anderen Stühlen. Die Stuhlkissen sind verdreckt und zerfleddert, der resopalbeschichtete Tisch ist von einer solch dicken Schmutzschicht überzogen, dass seine ursprüngliche Farbe nicht zu erkennen ist. Dahinter ein Fenster mit zerbrochener Scheibe, ein verblichenes Spülbecken, getüpfelt mit Insektenresten.

»Wusstest du, dass ich mich unter dem Spülbecken versteckt habe? Oder – hattest du ganz vergessen, dass es mich gab?«

Diese einfache Frage war genau die, die Clare am meisten unter den Nägeln brannte.

»Was meinst du damit?«, fragt Gerard. »Als ich am Haus ankam, um nachzusehen – was los war?«

»Ja. Als du am Haus ankamst.«

»Es war, als ob man die Tür eines Hochofens öffnet – ins Haus hinein, als niemand aufmachte, ›Hallo‹ rufen – dann sehen – was meine Augen gesehen haben ...«

Sein Gehirn hatte aufgehört zu funktionieren, denkt Clare. Er hatte es nicht vergessen. Er hatte überhaupt nichts mehr gedacht. *Sie selbst,* unter dem Spülbecken, hatte auch aufgehört zu denken.

Er hatte das Telefon gefunden, fährt Gerard fort. Wie ein Roboter hatte er den Notruf gewählt.

Wie ein Roboter hatte er auch die folgenden Jahre gelebt.

In einem Zustand von Benommenheit. In einer Art Null-Zustand. Kopf vollkommen leer – leergepustet. Er würde sich nie mehr daran erinnern, was er gesagt hatte, getan hatte. Er hatte nicht gewusst, hatte nicht realisiert – oder nicht gesehen –, dass der kleine Junge, sein Neffe Laird, ebenfalls tot war, so wie das kleine Mädchen Emma und die beiden Erwachsenen – Conor, Kathryn. Er hatte vergessen, nach Laird zu schauen. So wie er vergessen hatte, nach Clare zu schauen.

Obwohl er sich nicht daran erinnert (so behauptet er), hatte er den Notruf gewählt, muss er gewählt haben. Stolperte aus dem Haus heraus und wartete auf die Sirenen, draußen in der Auffahrt.

»Ich erinnere mich auf jeden Fall daran, dass ich nicht gebetet habe. Ich habe mich nicht Gott zugewandt. Ich begriff – es gab keinen Gott *dort*. Wie wenn man eine Tür aufstößt – und da ist nichts.«

In Gerards Gesicht, die Kreuzigung. Nur sehr schwer kann er sich dazu überwinden, Clares prüfenden Blick zu erwidern.

Clare hört zu, gebannt. Sie begreift, dass ihr Onkel die Wahrheit sagt, so wie sich ihm die Wahrheit gezeigt hat.

Wie heißt noch mal der medizinische Ausdruck – *vorübergehende Unzurechnungsfähigkeit.*

»Wir sollten jetzt gehen, Clare. Du hast genug vom Haus gesehen.«

Clare. Sie fragt sich, ab wann er sie bei ihrem Vornamen genannt hat.

»Nein. Ich muss noch mehr sehen.«

»Ich denke, nicht.«

»Ich bin jetzt so weit gekommen, ich kann jetzt nicht mehr zurück.«

»Sei nicht albern. Du *kannst* zurück. Wir können zurück.«

Möchte ihn anschreien – *Du warst es! Nicht mein Vater.*

Gerard steht ruhig da, so als ob er von Clare erwartet, dass sie auf ihn hört und das Haus verlässt.

Du! Du warst es doch, du mit deinem hasserfüllten Gott.

Clare bückt sich, um die kleine Tür unter dem Spülbecken zu öffnen. Der verbotene Ort, doch hier ist er – überhaupt nicht verboten. Siebenundzwanzig Jahre sind vergangen, nur das Wetter ist in das (verlassene) (verfluchte) Haus eingedrungen.

Solch ein kleiner, beengter Raum! Solch ein verdreckter Raum! Auf dem Boden stark verblichenes, verrottetes Papier. Uralte Topfreiniger, nur noch ein Stück Rost. Um die Abflussrohre herum, Spinnennetze so dick wie Mullverband. Niemand würde glauben, dass ein Kind in diesen Spalt passt.

Selbst einem verängstigten Kind, einem Kind mit dem Instinkt einer in Panik versetzten Ratte, dem würde man nicht glauben, dass es in diesen schmalen Spalt passt, so wie man auch nicht glauben würde, dass eine erwachsene Frau auf Knien über den verdreckten Boden rutschend, ihren Kopf und ihre Schultern in diesen dunklen Raum hineinzwängen könnte, Spinnweben im Haar und in den Augenwimpern, würgend …

»Clare! Was zum Teufel machst du da!« Gerard zieht sie an den Schultern zurück, entsetzt.

Doch Clare möchte Gerard widerlegen. Möchte Gerard verunsichern. Diese für ihr weiteres Leben alles entscheidende Tatsache, *so weit gekommen zu sein.* Aus reinem Eigennutz zwängt sie sich halbwegs unter das Spülbecken, bringt es fertig, sich ganz klein zu machen, immer kleiner und kleiner, die Arme vor dem Gesicht verschränkt, und das Gesicht dahinter verborgen, hört ihr Herz wie ein Pendel schwingen.

Hineingeschlängelt und eingekringelt an diesem verdreckten Ort, wie ein Kind, das noch nicht geboren ist. Als ob sie wegtriebe, nicht in diesen beengten Raum unter dem Spülbecken, sondern in einen interstellaren Raum.

Wenn es einen Gott gibt, dann wird Er vielleicht Mitleid mit ihr haben.

Wie aus weiter Ferne hört sie einen Mann ihren Namen rufen, entsetzt und ungläubig – »*Clare! Clare Ellen!*«

* * *

Am dunklen, stinkenden Ort unter dem Spülbecken. Hinter den Abflussrohren. Sie hat sich ganz klein gemacht, um in dieses Versteck hineinzupassen.

Spinnwebfäden kleben an ihrer Haut. Ihre Augen tränennass. Zusammengekauert wie ein kleines Äffchen. Die angezogenen Knie fest mit den Armen umschlossen, an die schmale, flache Brust gedrückt.

Ein kleines Mädchen, klein genug, um sich selbst zu retten. Klein genug, um in das Spinnennetz zu passen. Schlau genug, um zu wissen, dass sie nicht schreien darf.

Nicht atmen darf. Damit niemand sie hört.

Damit er sie nicht hört.

Doch die Tür zu ihrem Versteck wird geöffnet, sie sieht die Füße eines Mannes, seine Beine. Sie hört, wie er ihren Namen ruft – Clare! Sie hat das stumpfe, kompakte Messer aus der Tasche herausgenommen, sie zieht die rasierklingenscharfe Klinge leicht an der entblößten Kehle entlang. Sie schützt sich doch nur – dieses eine Mal in ihrem Leben. Sofort spritzt Blut, spritzt munter hervor wie die Farbe bei einer Tuschezeichnung, schlängelt sich, vergnügt, während der in Panik verfallene Mann vor Schmerz und Schreck aufschreit, und wegtorkelt, seinen Hals fest umklammernd.

Viel später, als sie wieder Kraft gesammelt hat, erhebt sie sich aus der totenähnlichen Starre. Und als sie aus dem Versteck herauskrabbelt und es schafft, wieder aufrecht zu stehen, da sieht sie die Blutspur, wie sie über den dreckigen Linoleumboden torkelt, in das Nachbarzimmer hinein und weiter. Sie folgt der Spur, aus dem Haus heraus. Und in einem Rausch von Faszination und Horror, folgt sie der Blutspur durch schlammige Erde, auf der die Pfützen im Sonnenschein glitzern wie scharfe Messerklingen. Dahinter der wilde Obstgarten, dort endet die Spur.

23.

Sieht den Mann in dem wilden Obstgarten.

Lange hat sie davon geträumt, den Mann in dem wilden Obstgarten zu sehen. Sein Rücken ihr zugekehrt, sein Gesicht verborgen.

Er geht von ihr weg. Sie wird hinter ihm herlaufen, hinter ihm herrufen – *Warte! Warte auf mich.*

Der Birnengarten wurden siebenundzwanzig Jahre lang vernachlässigt, aber nicht alle Bäume sind tot – das ist überraschend. Und selbst diejenigen Bäume, die tot scheinen, stehen teilweise noch in Blüte, knorrige Zweige, getüpfelt mit kleinen weißen Blüten, wie nasse Schneeklumpen.

Trotzig, unerbittlich, mitleiderregend in ihrer Schönheit. Aber eine Schönheit.

»Atme. So tief du kannst.«

Er hat sie aus dem Haus gedrängt, gezwungen. Er wird dafür sorgen, dass sie sich an der frischen Luft erholt.

Er hatte sich in der Küche hingekniet und sie aus dem engen Spalt unter dem Spülbecken herausgezerrt. Hatte sie halb hochgehoben, ihre Proteste ignoriert, ihre Fäuste und Flüche pariert.

Hinter dem Haus tut Clare alles, um auf den Füßen zu bleiben, doch die Kraft in ihren Beinen schmilzt wie Eis. Von oben starrt der weiße Himmel auf sie nieder, erdrückend.

Ihr Kopf, ihr Gehirn, ein Gefühlschaos – sie kann nichts tun, sie braucht alle Kraft, um bei Besinnung zu bleiben.

Gerard steht etwas abseits, berührt sie nicht.

»Weiter so. Tiefer atmen. Sauerstoff ins Gehirn.«

Clare gehorcht. Versucht, zu gehorchen. Sie ist fest entschlossen, aufrecht stehen zu bleiben. Es ist demütigend für sie, dass Gerard sie halten muss.

Die Luft strömt beim tiefen Einatmen frisch und kalt und prickelnd in ihre Lungen.

Um sie herum, glitzernde Schlammpfützen, Sonnenkleckse.

Gerard schimpft mit ihr, so wie ein Familienmitglied schimpfen würde: »Ich hab's dir doch gesagt. Das war nicht notwendig. Diese alten Frauen haben uns dazu angestiftet. Du kannst das Anwesen verkaufen, ohne es zu begutachten. Egal, was du dafür kriegen kannst – verkauf es. Es ist verflucht – das weißt du.«

Verflucht. Ein lächerliches Wort!

Sie glaubt nicht an solche antiquierten Wörter.

Oder *Gott*: das antiquierteste und absurdeste Wort von allen.

»Du! Du mit deinem hasserfüllten Gott.«

Aus dem Nichts schießen diese Worte aus ihr heraus. Doch Gerard scheint überhaupt nicht überrascht.

»Clare, Gott ist so wenig Hass wie er Liebe ist. Gott ist das, was Hass und Liebe vorausgeht.«

»Du hast sie getötet – stimmt's?«

Gerard schüttelt brüsk den Kopf – nein.

»Aber – wer dann?«

»Du weißt, wer.«

»Nein. Das weiß ich nicht.«

Clare schreit auf wie ein Kind. Tobend, machtlos. Im Wahn sieht sie sich auf den Mann zurennen, sticht auf seinen Kopf ein, sein Gesicht, eine 15-cm-Klinge in sein Herz …

Sie hört ein seltsames, pfeifendes Geräusch direkt an ihrem Kopf. Zunächst denkt sie, es wäre ein großes Insekt, eine Motte, wildes Geflatter. Dann denkt sie, es wäre der Wind in den Bäumen, aber die Birnbäume im Garten sind doch verkrüppelt und haben kaum Blätter so früh im Jahr.

»Das bist du selbst. Dein Atmen. Hyperventilation. Versuche, ruhig zu werden.«

Clare versucht es. Füllt ihre Lungen langsam mit Luft. Vorsichtig, mit Bedacht.

Sie steht am Rande eines Abgrunds – oder? Wahnsinn.

(Das Messer in ihrer Tasche, sie fühlt es noch. Eingewickelt in ein Stück Stoff. Sie hatte es ganz vergessen, oder wenigstens fast. Doch das Messer schmiegt sich eng an ihren Brustkorb, unter ihrem Herzen.)

Ganz langsam kommt ihre Kraft zurück. Sie kann spüren, wie frische Kräfte durch ihren Körper strömen, wie unbekannte Energie aus der durchweichten Erde emporsteigt. Erstaunlich, ein Wunder, wie fest ihre Füße wieder auf dem Boden stehen.

Der Mann, den sie fürchtet und verachtet, hat ihr geholfen, das Gleichgewicht wiederzufinden.

Propriozeption.

Mit einer Portion Vorsicht und Missfallen beobachtet Gerard Clare, so wie man einen buntgefiederten Vogel mit einem gefährlichen, unberechenbaren Schnabel beobachten würde. Sie möchte gern spöttisch lachen: ihr Verhalten im Haus war ein großer Schock für ihren Onkel. Ihre Bemerkungen, ihre Anschuldigungen – zutiefst verletzend, unbegreiflich für einen früheren Priesterschüler.

Er hat mich berührt. Meinen Körper, seine Hände. Versuch, es zu vergessen!

»Du bist ja vollkommen durcheinander, Clare. Du weißt gar nicht, was du gesagt hast. Es war eine sehr schlechte Idee, hierherzukommen. Nie wäre ich selbst auf diese Idee gekommen. Ich rate dir, mach deinen Anspruch am Nachlassgericht geltend, organisiere ein Treffen mit dem Immobilienmakler in Cardiff und fahr nach Hause. Ich kann dir bei der Abwicklung behilflich sein. Du brauchst deswegen nicht in Cardiff zu bleiben. Du gehörst nicht hierher.«

Clare möchte wütend protestieren, *Doch, ich gehöre hierher. Ich möchte hier leben.*

»Es sei denn, du möchtest wirklich hierherziehen. Hier leben. Das verlassene Haus wiederherrichten. Willst du das?«

»N-nein. Auf gar keinen Fall.«

»Das Haus ist nicht mehr zu retten. Wer möchte schon hier leben, in einem Haus, in dem Menschen getötet wurden? Ich habe meiner Mutter gesagt, sie solle sich von dem Haus verabschieden – es verkaufen oder verschenken. Es auf gar keinen Fall aber dir vererben.«

Doch dann wäre ich jetzt nicht hier. Ich würde all das, was ich jetzt weiß, nicht wissen.

Beim Blick in Clares Gesicht wird Gerard milde.

»Stimmt schon, es ist wunderschön hier. Die Landschaft. Deine Eltern wurden nur zum falschen Zeitpunkt ihres Lebens von diesem Ort angezogen. Und du musst das jetzt nicht wiederholen. Lass dich von meinen Tanten nicht beschwatzen, bei *ihnen* zu wohnen. Sie würden dich bei lebendigem Leibe verschlingen.«

»Aber warum lebst du dann bei ihnen?«

»Weil sie mich brauchen. So wie meine Mutter mich gebraucht hat.«

»Und das reicht, um dein eigenes Leben aufzugeben, nur für sie?«

»Da gibt es nicht viel Leben aufzugeben. Ehrlich.«

Clare ist erstaunt, dass sie derart offen mit ihrem sonst so griesgrämigen Onkel reden kann. Die beiden sind während ihrer Unterhaltung bis zur Rückseite des Hauses gelangt, ohne bewusst von der Umgebung Notiz zu nehmen, gehen in Richtung der wilden Obstgärten.

Zwei Hektar Birnbäume, so hat man Clare gesagt. Haben nie reich getragen und sind jetzt schrecklich verwildert.

Verflucht. Doch es ist Clares Erbe.

Sie wird das Anwesen nicht verkaufen, denkt Clare. Aber sie wird auch hier nicht leben. Nicht allein. Nicht *hier.*

Und auch nicht bei den Großtanten. Doch es kann sein, dass sie in Cardiff bleibt. Eine Zeit lang.

Sie sieht, dass Gerard hinkt. Eine große Welle des Mitleids überkommt sie, für diesen armen, unglücklichen Mann, und sie bereut es auf einmal, dass sie ihn gehasst und ihn tot gewünscht hat.

Sie denkt, *Er ist es. Mit seinem hasserfüllten Gott wird er Trost brauchen.*

24.

Ein regengepeitschter Aprilmorgen nach einer Nacht voller regengepeitschter Träume.

Das Telefon klingelt: Wer kann das sein?

Das Telefon, nicht Clares Handy, sondern das Festnetz, das Clare nur noch selten nutzt und mittlerweile verachtet, weil es ein Vehikel für Telefonwerbung geworden ist.

Wenn es ihr Handy wäre, würde sie sofort antworten. So vertraut wie ein Stent im Gehirn, Clares Handy.

Aber es ist das andere Telefon. Das alte Telefon. Inventar der Wohnung in der (gemieteten) Doppelhaushälfte in der Abington Street in Bryn Mawr. Sei es aus Neugier oder Einsamkeit oder Gedankenlosigkeit – sie will gerade den Hörer abnehmen, als sie im Display sieht, dass ihr die Rufnummer unbekannt ist.

An jenem Abend wird sie noch einen Freund in Philadelphia treffen. Einen Mann, den sie noch nicht so gut kennt, der auf sie aber eine große sexuelle Anziehungskraft ausübt, ein Gefühl, das sie zum Teil mit Besorgnis erfüllt, fast schon mit Furcht. Sie ist sich nicht sicher, ob sie eine Freundschaft zu Gunsten einer Liebesbeziehung aufgeben sollte. Eine Einbahnstraße möglicherweise, die sie in der Vergangenheit schon einmal bereut hat.

Doch dieser Mann ist es nicht, das sieht sie. *Diese Nummer* – niemand, den sie kennt.

Sie überlegt: Soll sie drangehen?

Regen prasselt gegen die Scheibe, wo immer sie auch gerade ist. Clare Seidel lebt in diesem flüchtigen Augenblick, in der verrinnenden Gegenwart. Ein Regentropfenrausch, wie Fäden von Spinnennetzen, die Fensterscheibe hinabgleitend.

Soll sie drangehen?

Clare überkommt eine Woge der Wonne, ein Schuss Heroin direkt ins Herz, der einen (sie denkt: das hat sie bisher noch nicht erlebt) entweder ins Paradies bringt oder zu Boden reißt, tot.

Miao Dao

1.

Wie eine wildgewordene Fledermaus, die an ihrem Gesicht vorbeischwirrt. Keine Möglichkeit, sich wegzuducken.

Behutsam, die Worte ihrer Mutter: »Es hat nichts mit dir zu tun, Mia.«

Stille. Zittriges Luftholen. Denn Mommy hatte sich die meiste Zeit des Tages heute im Schlafzimmer eingeschlossen, während Mia in der Schule war, den ganzen verregneten Nachmittag eingeschlossen, hatte dunklen Wein getrunken, der Flecken auf ihren Zähnen hinterlässt und den Atem süßlich macht, und jetzt waren ihre Worte verwaschen. Mia musste sich nach vorn beugen, um sie zu verstehen, wobei sie sich bemühte – sehr bemühte –, nicht Mommys Atem riechen zu müssen.

Die wiederholte: »Hat überhaupt nichts mit dir zu tun.«

Also gut, dachte Mia – *Nichts. Mit mir.*

Die Neuigkeiten brachten sie vollkommen aus dem Gleichgewicht. Als schwanke der Boden unter ihren Füßen und brächte sie ins Schlingern.

Ihr Vater (der gerade zwölf Tage lang unterwegs gewesen war, dienstlich, hatte man ihr gesagt) würde jetzt für immer ausziehen, weg von der Familie. *Aber warum?*

Die ausweichende Antwort der Mutter: »Dein Vater muss gerade mit sich allein sein. Er wird dir das selbst erklären …«

Aber Daddy war nicht da, um das zu erklären.

Mia hatte Daddy fast zwei Wochen lang nicht gesehen, und als er am Tag vor dem Auszug noch da war, war er so spät von der Arbeit heimgekommen, dass er das gemeinsame Abendessen verpasst hatte. Und er schien auch gar nicht zuzuhören, als Mia ihm von ihrem Schulprojekt in Sozialwissenschaften über »Eingeborenenstämme« im Allegheny Valley erzählt hatte. *Solltest du nicht schon im Bett sein, Süße? Wie spät ist es denn eigentlich, verdammt?*

Eindeutig schuldbewusster Blick, Ungeduld. Der Blick eines Mannes, der dringend wünschte, ganz woanders zu sein.

Bist ja viel zu lange auf, hast du denn morgen keine Schule? Doch, sicher hast du morgen Schule!

Wollte widersprechen, dass sie kein *dummes kleines Mädchen war*. Sie war zwölf und schon sehr reif für ihr Alter. (Alle sagten das.)

Noch dazu ein sehr cleveres Mädchen – eines der cleversten in der siebten Klasse, mit besonders schneller Auffassungsgabe, obwohl es Mia (merkwürdigerweise) nicht mitbekommen hatte, oder aber absichtlich nicht mitbekommen wollte, dass Daddy seine persönlichen Sachen aus dem großen Schlafzimmer im oberen Stock runter ins »Gästezimmer« im hinteren Teil des Hauses gebracht hatte, wo es eine eigene Tür nach draußen gab.

Wann ist Daddy eigentlich ins Gästezimmer gezogen? – tatsächlich kann Mia es gar nicht genau sagen.

So wie sie auch gar nicht bemerkt hatte, dass Daddys Mäntel und Jacken nach und nach aus dem Flurschrank verschwunden waren. Mag sein, dass Mias Augen bemerkt hatten, dass allmählich mehr Platz im Schrank war, aber ihr Verstand, nein. Nicht wirklich.

»Zu früh geheiratet. Ein Fehler.«

Die Mutter konnte es nicht verhindern, dass ihr diese Worte über die Lippen flatterten wie verwirrte Fledermäuse. So wie auch ihre Hände um Mia herumflatterten, als ob sie sie beschirmen wollten. Festhalten.

Eine ruhige, versteinerte Stimme, die sie häufig hörte: *Du bist der Grund, warum sie zu früh geheiratet haben. Du bist der Fehler.*

Du bist der Grund dafür, dass Daddy weggeht.

»Denk nicht an *ihn*. Denk an *uns*.«

Die Stimme von Mias Mutter war freundlich, wenn auch energisch. Denn da waren ja noch die jüngeren Kinder, die es zu trösten galt – Mias kleine Brüder.

Weder Randy noch Kevin schienen zu verstehen, dass Daddy *weg* war. Waren wütend darüber, dass Daddy nicht mehr zurückkam, obwohl man es ihnen erklärt hatte und sogar Daddy versucht hatte, es ihnen zu verständlich zu machen.

Bestürzt, benommen blinzelnd. Schluchzten und schnieften. Sie tobten und traten vors Sofa. Stampften die Stufen hoch.

Oh, Mia hatte großes Mitleid mit den Jungs! – wich ihnen aber aus.

Sie war zwölf, fast schon erwachsen. (Glaubte sie.) Kleine Ungeheuer mit Rotznase von vier und sechs waren weit unter ihrem Radar.

Zum Glück hatte Mia ihr eigenes Zimmer und konnte die Tür zumachen (sogar abschließen). Randy und Kevin hatten ein Zimmer zusammen. Durch die Wand konnte sie die beiden plappern und kabbeln hören, nonstop, wie kleine Nagetiere.

»Versuch, lieb zu deinen Brüdern zu sein, Mia. Dass Daddy uns verlassen hat, ist sehr schwer für sie.«

Mia erstarrte, tief verletzt. Sagte aber nichts dazu. *Schwer für – sie? Und was ist mit mir?*

Beschloss, dass sie ihrer Mutter niemals mehr Vertrauen schenken würde. Denn ihre Mutter sorgte sich nicht um *sie*.

Noch immer aber kochten Mia und ihre Mutter zusammen in der Küche, die von warmem Licht durchflutet war. Auch die kürbisfarbenen Arbeitsplatten strahlten Wärme aus, genauso wie die rostroten mexikanischen Bodenfliesen. Warme Lichter an der Decke. Glänzende Kupferpfannen, die kostbare Messersammlung ihres Vaters aus Japan. Leuchtend bunte Teller aus Italien, Gläser glänzten in der Vitrine.

»Zu früh geheiratet. Du kamst zu früh.«

Die Mutter sprach häufig mit benommener Stimme. So als ob sie allein wäre und die Tochter nicht direkt neben ihr.

Wenn sie dann aber die verstörten und verletzten Augen ihrer Tochter sah, fügte sie rasch hinzu: »Natürlich nicht *deine Schuld*.«

»Hat irgendjemand mit meinen Messern herumgespielt?« Diese Frage durchfuhr die Kinder jedes Mal mit großem Schrecken. Ganz sicher hatte keines der Kinder die kostbaren japanischen Messer angefasst. (Und Mommy? Wenn Mommy es gewesen wäre, dann hätte sie sie sofort wieder an ihren richtigen Platz auf der Magnetleiste zurückgehängt.)

Im zurückliegenden Jahr war Mia immer mal wieder aufgefallen, dass ihr Vater häufig unaufmerksam war, ruhelos. Kaum war er zu Hause angekommen, musste er schon wieder ein »dringendes« Telefongespräch führen – konnte nicht mit allen zusammen Abendbrot essen. Er beklagte sich über das »Durcheinander« im Haus, nahm aber auch Anstoß daran, wenn Mias Mutter »meine Sachen in Unordnung bringt«, die er einfach irgendwo hingeschmissen hatte. Vor allem störte es ihn, wenn in der Küche nicht alles an Ort und Stelle war: Wenn eines seiner japanischen Messer ein klein wenig schief hing, bedeutete dies, dass irgendjemand es heruntergenommen hatte, der sicherlich nicht wusste, wie man die rasierklingenscharfe Klinge benutzte und schützte.

Mia schaute sich die grellen Messer nicht gerne an; der rasierklingenscharfe Glanz schien ihren Augen wehzutun. Wohlbehagen fanden ihre Augen allerdings beim Anblick der wunderschön geschnitzten Griffe aus Ebenholz.

Und wenn kein Zeuge in der Nähe war, traute sie sich, ihre Hand um einen dieser Griffe zu legen, ohne das Messer von der Magnetleiste zu entfernen. Was für ein Gefühl! – das geschnitzte Ebenholz fühlte sich warm an, so als ob es eine andere Person gerade eben in der Hand gehalten hätte.

Als Mias Vater einmal zurück ins Haus kam, um seine restlichen Sachen zu holen, entdeckte er voller Wut, dass eines seiner kostbaren Messer fehlte. Er beschuldigte Mias Mutter, es verlegt zu haben, und Mias Mutter protestierte, er habe es sicher selbst verlegt. So verließ Mias Vater das Haus nach seinem letzten Besuch mit einem Gefühl von Bitterkeit und Feindseligkeit.

Als Mia an jenem Tag aus der Schule kam, fiel es ihr sofort auf: die glänzenden japanischen Messer waren weg; der Platz in der Küche, an dem sie gehangen hatten – erschreckte sie mit gähnender Leere.

Mia konnte sich gar nicht daran erinnern, wann sie zum ersten Mal von den »wilden Kätzchen« auf den unbebauten Grundstücken neben ihrem Haus erfahren hatte. Möglich, dass sie ein Gespräch darüber mitangehört hatte – »wilde Kätzchen, die kein Zuhause haben«.

Später hörte Mia dann, wie diese Kätzchen richtig hießen – *verwilderte Katzen.*

Eine ganze Kolonie dieser verwilderten Katzen lebte im dichten Unterholz auf einem Stück Land, das niemandem zu gehören schien, und das alle nur Sackgasse nannten.

Zu Anfang hatten nur einzelne verwilderte Katzen in der Sackgasse gelebt. Doch nach und nach wuchs ihre Zahl.

Es musste Mias Geheimnis bleiben, dass sie auf ihrem Heimweg von der Schule die verwilderten Katzen besuchte. Denn ihr Vater hielt nichts von den Katzen und regte sich ganz besonders darüber auf, dass Leute in der Nachbarschaft sie regelmäßig fütterten. Für ihn waren sie alle *dreckige Streuner, voller Krankheiten. Tollwutgefährdet. Man sollte den Tierfängern Bescheid geben, damit sie sie einfangen und einschläfern.*

Das Wort einschläfern faszinierte Mia. Als sie es zum ersten Mal hörte, wusste sie nicht, was es bedeutete und fragte ihre Mutter. Doch sie sprach das Wort falsch aus – *einschäfern*.

»Oh, Mia. Ich glaube, du meinst – *einschläfern*.« Ihre Mutter lachte, nicht gemein, aber doch in einer Art und Weise, dass Mia ganz rot wurde und am liebsten aus dem Zimmer gerannt wäre. Noch Jahre später musste sie es ertragen, dass ihre Eltern ihren Freunden erzählten, wie Mia als kleines Mädchen statt *einschläfern einschäfern* gesagt hatte, war das nicht köstlich?

Nein, dachte Mia. *Überhaupt nicht lustig.*

Und jetzt, in dem Jahr, als ihr Vater die Familie verlassen hatte, war Mia sicherlich alt genug, um zu verstehen, was *einschläfern* bedeutete.

Schicker Begriff für ermorden. Was sie wohl gerne mit mir gemacht hätten.

Ihr Vater war sehr ungehalten über die »Streuner«, die über sein Grundstück liefen, selbst wenn es (wie Mia sie sah) wunderschöne Katzen waren. Seidiges, schwarzglänzendes Fell, karamellfarben, weiß und vielfältig gezeichnet. Scheckige Katzen, gestreifte Katzen, stahlgraue Katzen. Ein orangefarbener Tiger mit dickem Pelz und wundervoll gebogenem buschigen Schwanz.

Nur wenn man die Katzen von Nahem sah, dann waren sie nicht mehr so hübsch – die Augen häufig mit Schleim verklebt, das Fell stumpf und räudig, die Körper so mager, dass die Rippen aus dem Fell hervorstachen. Als Mia den orangefarbenen Tiger, der aus ihrem Kinderzimmerfenster solch einen grimmigen Eindruck auf sie gemacht hatte, aus der Nähe betrachtete, sah sie seine zerbissenen Ohren und sein blindes Auge.

»Oh! Armes Miezekätzchen.«

Ganz geheim stellte Mia den Katzen Futter an die Hintertür. Doch häufig wurde es von den Eichhörnchen entdeckt und weggefressen.

Die verwilderten Katzen waren einsame Jäger. Manchmal erhaschte Mia aber hinter dem Haus einen kurzen Blick auf die Tiere, die nahezu eins mit dem Schmutz und Staub waren. Wie langsam sie schlichen, geduckt, alle Muskeln und Sehnen gespannt, bereit loszuspringen. Mia traute sich kaum zu atmen, wenn sie sie beobachtete.

Wenn sie selbst eine Jägerin wäre, dachte sie, dann würde sie sich genauso durch das hohe Gras pirschen.

Im nächsten Augenblick nahmen die Katzen aber wieder Reißaus und verschwanden, so schien es Mia, ohne Grund.

Auch wenn sie ganz liebevoll *Miez Miez Miez!* rief, hatte sie keinen Erfolg. Die verwilderten Katzen trauten den Menschen nicht und deswegen trauten sie auch Mia nicht.

Im Laufe des vergangenen Jahres hatte ihr Vater bei der Gemeindeverwaltung Beschwerde eingelegt: Wie konnte es sein, dass Hauseigentümer übermäßige Steuern zu entrichten hatten und es herumstreunenden Tieren gestattet war, sich dreißig Meter von einem Haus entfernt, von seinem Haus, unkontrolliert zu vermehren? Und ihm war es nicht gestattet, auf die verwilderten Katzen zu schießen, um sein Eigentum zu schützen?

Laut Baugesetz war es verboten, innerhalb der Stadtgrenzen zu jagen. Eine Waffe abfeuern – das war eine Straftat.

Ihr Garten hinter dem Haus grenzte an ein unbebautes Grundstück, sodass die verwilderten Katzen häufig den Weg durch ihren Garten suchten, um zu ihrem Unterschlupf zu kommen. Mia hörte dann ihren Vater schreien – *Dreckiges Ungeziefer! Raus hier, verdammt noch mal!*

Dass ihr Vater sich so leicht und heftig aufregte, war nicht normal. Irgendetwas hatte sich schrecklich in ihm verändert.

Eines Abends fuhren sie die Einfahrt zu ihrem Haus hoch. Mias Vater fuhr, Mias Mutter saß auf dem Beifahrersitz, Mia, Randy und Kevin auf der Rückbank. Als sie ein nebelhaft weißes Etwas direkt vor dem Auto vorbeischleichen sahen, drückte ihr Vater urplötzlich aufs Gaspedal. Alle – außer Daddy – schrien laut auf: »Nein! Nicht!«

Man hörte einen dumpfen Schlag – ein Maunzen, das durch Mark und Bein ging –, doch als Mia und ihre Mutter nach dem Tier suchten, fanden sie nichts. Auch keine Blutflecke in der Einfahrt oder im Gras.

Im Gebüsch neben dem Haus, im Garten hinterm Haus, im angrenzenden Wäldchen – nichts.

Mias Vater behauptete steif und fest, dass er das gottverdammte Ding lediglich erschrecken wollte und es auf keinen Fall getroffen hatte, doch Mia glaubte ihm das nicht und verschwand heulend.

Hat sich verkrochen, um zu sterben. Ganz allein.

Es brachte Mias Vater ganz besonders auf die Palme, dass einige »wichtigtuerische Gutmenschen« in der Nachbarschaft die verwilderten Katzen mit Fressen und Wasser versorgten, wodurch die sich seiner Ansicht nach nur noch schneller vermehrten und anderes Ungeziefer, wie zum Beispiel Ratten, anzogen.

Er stellte seine eigenen Nachforschungen an. Er sah keine Katzen. Aber er fand Aluminiumnäpfe und Plastikschüsselchen, die er ins Unterholz kickte.

Mag sein, er erhaschte einen flüchtigen Blick auf eine Katze. Unter einem Haufen von Baumabfällen, die den Tieren ein natürliches Versteck boten.

Eine Nachbarin, Mrs. Hansen, kam in dem Moment mit einer Tüte Trockenfutter für die Katzen herbei, um die Näpfe aufzufüllen, Mias Vater und sie trafen aufeinander, und es gab einen heftigen Wortwechsel.

Mias Vater war nicht daran gewöhnt, dass andere Personen, vor allem Frauen, ihm widersprachen oder nicht seiner Meinung waren. Mrs. Hansen gab aber nicht klein bei, als Mias Vater sie beschimpfte, sie würde einem öffentlichen Ärgernis »Vorschub leisten«; als seine Stimme lauter wurde,

wurde auch Mrs. Hansen lauter. Mia und ihre Mutter hörten vom Haus aus zu, wie sich die erbosten Stimmen gegenseitig hochschaukelten.

Mias Mutter lachte nervös: »Gott sei Dank hat dein Vater kein Gewehr in der Hand!«

Als Mias Vater zurück ins Haus kam, wütend vor sich hin brummend, versteckte Mia sich in ihrem Zimmer. Sie wollte ihren Vater nicht so hart und bedrohlich über die wunderschönen heimatlosen Katzen sprechen hören; sie wollte nicht sehen, wie sein Gesicht immer röter und röter wurde. Und vor allem wollte sie nicht die beschwichtigenden Worte ihre Mutter hören, wenn sie versuchte, gegen den Vater zu argumentieren. Und auch nicht Randys und Kevins aufgeregten Vorschlag, Daddy könne ihnen doch eine Luftpistole besorgen, und dann würden sie die Katzen schon verscheuchen.

»Danke, Jungs. Vielleicht nehm ich euch eines Tages beim Wort.«

Doch Daddy enttäuschte die beiden Jungen. Ging weg, ohne einen Gedanken mehr an die verwilderten Katzen zu verschwenden, und wenn er samstags (jeden zweiten Samstag) die Kinder für einen Tag von zu Hause abholte, stellte er nicht eine Frage nach den Katzen und auch nach nichts anderem, was die Familie betraf, die er zurückgelassen hatte.

* * *

Auch vor ihrer Mutter hütete Mia ihr Geheimnis – ihre Besuche in der Katzenkolonie. Denn auch Mommy hätte das nicht befürwortet.

Sehr häufig war Mommy in letzter Zeit gereizter Stimmung. Am Telefon schluchzte sie. Oder sie war aus heiterem Himmel zornig und knallte den Hörer hin. Schimpfte mit Mias Brüdern, wenn sie herumzankten, ihr Spielzeug herumliegen ließen, das Fernsehen zu laut aufdrehten. Funkelte Mia an, wenn sie verdächtig spät aus der Schule kam.

»Wo verdammt *warst* du die ganze Zeit? Hast rumgehangen, was? Mit – mit wem?«

Mia behielt immer mehr Geheimnisse für sich, wurde sehr geschickt darin. Sie brachte den Katzen Wasser und Essen aus dem Kühlschrank – Dinge, die ihre Mutter nicht vermissen würde. Einmal traute sie sich sogar, Lammkoteletts aus der Tiefkühltruhe zu entwenden – ursprünglich für ihren Vater gekauft und in der unteren Schublade vergessen –, ließ sie auf dem Boden draußen hinter dem Haus liegen, damit sie auftauten. Als sie einige Stunden später aus der Schule kam, war das Fleisch ganz weg – nicht einmal ein Knochen war zurückgeblieben.

Eine Gruppe Katzen lugte argwöhnisch. Mia blickte herum und sah immer mehr Katzen, alle auf dem Sprung, ins Unterholz zu verschwinden, sollte Mia eine abrupte Bewegung machen. »Miez-Miez? Keine Angst, ich bin eure Freundin …«

Verborgen hinter einem herabgefallenen Ast, getarnt von vertrockneten Blättern, entdeckte sie die Tigerkatze mit dem blinden Auge und den zerbissenen Ohren. Ihr sandfarbenes Fell war stumpf und verfilzt.

Warum sollten wir dir trauen? Wir trauen dir nicht.

Plötzlich sah sie, nur wenige Meter entfernt, zusammengekauert im Gras, eine magere schwarze Katze. Bernsteinaugen von faszinierender Schönheit schauten Mia mit einem Blick voller Hoffnung an (so schien es ihr) – bis Mia eine kleine Bewegung machte, so als ob sie das Kätzchen streicheln wollte und die schwarze Katze augenblicklich mit gebleckten Zähnen zurückwich.

»Oh, entschuldige! Ich wollte dir nichts tun …«

Doch die magere schwarze Katze war verschwunden. Und im Nu waren auch alle anderen verschwunden.

Die Sackgasse wurde mit der Zeit immer mehr zu einem Müllabladeplatz. Im Gestrüpp und Schutt lagen alte vermoderte Zeitungen, Pappkartons mit Müll, Bruchstücke von Styropor und Plastik. Mia tat es sehr leid, dass die Katzen ihr Heim in solch einer Müllgrube einrichten mussten, zudem noch ungeschützt vor Kälte, Regen und Schnee.

»Könnte ich euch doch mit zu mir nach Hause nehmen. Euch alle …«

Immerhin waren die Katzen jetzt, wo Mias Vater nicht mehr da war, in größerer Sicherheit. Mia versuchte, sich mit diesem Gedanken zu trösten.

2.

»Hallo! Mmmm.«

Wie Hyänen lachten sie. Kurz nach ihrem dreizehnten Geburtstag rempelten sie sie im Schulflur einfach an, auf den Treppen und in der Cafeteria, sobald sie hereinkam.

Zunächst dachte Mia noch, es wäre Zufall. Zufälle.

Nicht die Jungen aus ihrer Stufe (achte Klasse), sondern ältere Jungen. Größere Jungen. Jungen, deren Namen sie nicht kannte, deren Gesichter ihr nicht vertraut waren.

»Hallo, Mmmm. Wie geht's?«

Ganz verwirrt und verlegen wie sie war, hatte Mia keine Ahnung, wovon diese Jungen redeten. Sie war zunächst viel zu überrascht, um zu begreifen, dass sie sie absichtlich anrempelten, mit ihr zusammenstießen. Und dann dieses kindische Hyänenlachen, albern und atemlos.

»Schaut sie euch an – Mmmm! Wohin so eilig?«

Wenn sie sich dann mit erstauntem Gesicht umdrehte, waren ihre Peiniger hocherfreut. Wenn sie nur einen Funken Schmerz, Furcht, Verlegenheit, Demütigung zeigte, kreischten sie nur umso lauter.

Einer von ihnen, der älteste und größte, wagte es sogar, Mia mit seinem Ellbogen in den weichsten Teil ihrer Brust zu stoßen, sodass sie vor Schmerz laut aufschrie – »Tschuldige, Mmmm!«

Jungen aus der neunten Klasse, deren Namen Mia nicht kannte. Rannten durch den Achtklässler-Flur, rempelten die anderen Schüler an und machten sich dann laut brüllend aus dem Staub.

Mia stand an eine Reihe Schließfächer gelehnt, fassungslos. Ihr Herz schlug rasend schnell; sie konnte nicht begreifen, was da passiert war, so unerwartet. Ihr Brustkorb, ihre kleinen, zarten Brüste taten weh, da, wo der Ellbogen sie getroffen hatte.

Warum hatten die Jungen es auf sie abgesehen? Konnten sie etwa in ihrem Gesicht sehen, dass ihr Vater aufgehört hatte, sie zu lieben?

Ging weg, geduckt, Augen auf den Boden gerichtet. Sie weinte nicht – nicht beim ersten Mal. Zu verunsichert, um die Jungen zu melden. Zu beschämt. Mia dachte sich, *Danach werden sie mich nur umso mehr hassen.*

Denn Mia sah auch einen gewissen Zorn in ihren Gesichtern. Sie mussten auf der Lauer gelegen haben, mussten gewusst haben, wo Mia sich aufhielt. Gelächter, Verhöhnung. Aber dann eben noch etwas, was Mia nicht begreifen konnte – Groll, Zorn. Aber warum, warum Zorn auf *sie*?

Immer geschah es so überraschend und schnell. Einmal, zweimal, dreimal – in einer einzigen Woche. Die Jungen kamen aus dem Nichts, johlendes Gelächter, rempelten sie an und verschwanden.

Andere Mitschüler, mit denen sie auf ihrer überstürzten Flucht zusammenstießen, riefen ihnen etwas nach. Ein Lehrer wurde schließlich auf sie aufmerksam, griff aber nicht ein.

Mia ging jedes Mal benommen und verwirrt weg. Sie hatte erfahren, wie einer von ihnen hieß – den Nachnamen –, der Lauteste von ihnen: Dempster. Sie erinnerte sich daran, wie andere Mädchen in der Vergangenheit von Jungen wie Dempster drangsaliert worden waren und sie damals versucht hatte, die Augen davor zu verschließen. Mädchen, die verunsichert davonschlichen, wenn eine kleine Gruppe von Jungen sie ärgerten, verspotteten, auslachten, es wagten, sie anzurempeln oder wegzustoßen, während die jüngeren Mädchen, wie Mia, es vermieden, sie auch nur anzuschauen und hofften, sie würden verschont. Und sie *wurden* verschont, zu jener Zeit.

Dieser brennende Seitenblick, den die Jungen bestimmten Mädchen zuwarfen – den »reiferen« Mädchen. Langsam dämmerte es Mia, dass genau das jetzt auch mit ihr geschah.

Sie merkte, dass die anderen Mädchen sie mieden. Nicht ihre engsten Freundinnen, aber alle anderen. Selbst ihrer Freundin Janey schien die ganze Sache sehr unangenehm, aber nichtsdestotrotz achtete sie darauf, dass sie Mia zwischen den Klassenräumen und in die Cafeteria hineinbegleitete, so wie man ein kleines, zu gutgläubiges Kind auf seinen Wegen beschützen würde.

Nicht dass Janey Mia wirklich hätte beschützen können, wenn die Jungen hinter ihr her waren. Auch Janey wurde rau herumgestoßen und verspottet.

Als Mia wieder einmal von den Jungen wie aus heiterem Himmel attackiert, angerempelt und ausgelacht worden war und diese mit einem glucksenden *Mmmm!* wegrannten, schluchzte Mia: »Oh, ich hasse sie so, Janey! Was meinen sie denn damit? – *Mmmm ...*«

Zögerlich flüsterte Janey Mia ins Ohr, »Mmmm-öpse«.

Natürlich. Sie wusste es. Hätte es wissen müssen.

Kein beschämenderes Wort als dieses, Möpse. Mia spürte, wie ihr Gesicht vor lauter Scham beim bloßen Gedanken daran heiß wurde.

Jungen fluchten, sagten hässliche Dinge. *Fuck, Scheiße,* sehr häufig. *Arschloch,* sehr häufig. Aber *Möpse,* das war eine andere Art von Wort, kein Kraftausdruck, kein obszönes Wort, eher ein ulkiges Wort, das Leute zum Lachen bringen sollte.

Hey – Möpse! Ja – du da.

Sie wollte Janey schreiben. War so einsam!

Ihr nur sagen – sie wäre so unsicher.

Hasste die andern. Wünschte, sie wären tot.

Wo warst du nach der Schule ...

Mia wusste allerdings schon seit der sechsten Klasse, dass sie sich bei Janey nicht unbedingt immer darauf verlassen konnte, dass die ihre Nachrichten oder E-Mails nicht mit ihren Freundinnen teilte. Und kürzlich hatte sie erst bemerkt, dass diese Freundinnen über sie redeten, sie bemitleideten, und (vielleicht) hinter ihrem Rücken auch über sie lachten.

Möpse.

»Mia? Lass mich dich ansehen, Süße. Steh doch mal *still*.«

Dieses besorgte Lächeln. Der abschätzende Blick.

Mias Mutter würde sich unterstehen, sie anzufassen – oder? Würde ihre flache Hand nicht – auch nicht ganz leicht – auf Mias Brust legen?

Nein. Würde sie nicht. Mia wappnete sich dennoch. *Fass. Mich. Nicht. An.*

Ihre Mutter war überrascht, so schien es. Als ob sie Mia über diese letzten Monate, oder eigentlich das ganze letzte Jahr, gar nicht richtig wahrgenommen hätte. Zu viel anderes jetzt in ihrem Leben (als alleinerziehende, geschiedene Mutter), das sie beschäftigt, das ihr Kummer bereitet hatte. (Partnerbörse? Ihre Mutter, wirklich? Mia zuckte bei diesem Gedanken zusammen.) Ihre Gedanken waren voller Zorn und scharf wie ein Laserschwert. *Dieser Hurensohn. Dieser Mistkerl. Ich habe ihm vertraut! Und er log, log – wenn's ums Geld ging, ums Haus, um dieses »Mädchen«, das er mal »getroffen« hatte …*

Dann sagte sie, ohne zu bemerken, wie steif und starr Mia vor ihr stand, ganz nüchtern und sachlich: »Also, du musst auf jeden Fall bald einen BH tragen. Ja, wirklich. Du bist schließlich dreizehn.«

Wie ein Fluch hörte sich das an. *Dreizehn.*

»Warum um alles in der Welt schaust du mich so an? Was –«

Mia wand sich aus den Händen ihrer Mutter heraus. Schwache Hände, die sie nicht halten konnten.

Sie hatte sich den ganzen Tag vorgenommen, ihrer Mutter von den Jungen in der Schule zu erzählen. Sie kannte den Begriff – Mobbing. Aber jetzt, nein.

Dachte daran, wie Daddy – als sie ein kleines Mädchen war, und ihr Körper so klein und weich wie der einer Puppe und die »Brustwarzen« an ihrer Brust so winzig, dass man sie kaum bemerkte – sie geliebt hatte. Daddy hatte sie sehr geliebt. Und Mommy hatte sie auch viel mehr geliebt als Mommy sie jetzt liebte.

Jetzt war Daddy weg. Und Mommys Leben hatte sich verändert.

Mias kleine Brüder hatten Angst, Mommy schrie sie an, das hatte sie früher nie getan, *Raus mit euch, ihr macht mir Kopfweh.* Mia hingegen wusste die Distanz zu ihrer wütenden Mutter zu wahren.

Hörte Mommys Gespräche am Telefon mit – *So benommen und erschöpft von den Schwindeleien dieses Mistkerls, kann nicht ohne Schlaftabletten schlafen und den Tag nicht ohne Antidepressiva schaffen, manchmal denke ich einfach – ich – möchte – STERBEN …*

Ja. Sie hätte es wissen müssen. Starrte sich an im Badezimmerspiegel, nackt (ein Wort, das sie hasste: *nackt*), starrte mit zusammengekniffenen Augen auf ihre *Brüste* (noch ein Wort, das sie hasste, allerdings nicht so sehr, wie sie das Wort *Möpse* hasste), die aus eigenen Stücken feste Gestalt annahmen, gegen Mias Willen. Fleischig, zarte Haut, blass. Mit großer Abscheu starrte Mia auf die rosigen Brustwarzen, an denen einmal ein Baby saugen sollte – eine Erkenntnis, die sie mit Schrecken erfüllte, Abscheu.

Noch vor Kurzem war ihre Brust dünn gewesen und so flach wie bei den Jungen. Ihr Schlüsselbein stand immer noch hervor, ihre Haut war so weiß wie Kerzenwachs, doch es war unverkennbar, dass sie an Gewicht zunahm, am Bauch und an den Hüften, Oberschenkeln – und dass sie größer wurde.

Größer werden war nicht so schlimm. Größer werden würde sie vor den Jungen schützen. Aber zunehmen, davor graute ihr.

Das Schlimmste, was man über ein Mädchen sagen konnte, war, dass sie fett sei. Schlimmer als das Wort *Möpse* war das verächtliche – *Fettarsch*.

Alle Mädchen mieden dick machendes Essen, oder versuchten es wenigstens. Alle Mädchen, die Mia kannte, hatten einen Horror davor, zuzunehmen. Und doch waren einige Mädchen überhaupt nicht dünn, und einige hatten bestimmt auch Übergewicht. Mia war nach den Online-Tabellen, die sie sich ansah, immer noch leicht untergewichtig, doch sie war nicht mehr so dünn wie früher, und es schien ihr, als könne sie gar nichts dagegen tun.

Genauso wenig wie sie etwas dagegen tun konnte, dass unter ihren Achseln Haare sprossen und an ihren Beinen und zwischen ihren Beinen …

Versuchte, dick machende Nahrungsmittel zu meiden. Versuchte, den Teller nicht ganz leer zu essen und sich auch keine zweite Portion geben zu lassen. Kein Zucker mehr auf dem Müsli! – kein gesüßtes Müsli mehr. Keine Vollmilch, nur fettarme Milch und fettarmes Jogurt.

Das einzig Gute daran, dass ihr Vater die Familie verlassen, und ihre Mutter so viel zu tun hatte, war, dass Mia ganze Mahlzeiten auslassen konnte, ohne dass ihre Mutter es richtig mitbekam. Sie konnte also einen ganzen Schultag lang ohne Essen durchhalten, nur mit Diät-Cola – dann aber war sie so hungrig, wenn sie nach Hause kam, dass sie nicht mehr aufhören konnte zu essen.

Sie wünschte, sie würde urplötzlich in ihrem alten Körper aufwachen. Flache Brust, flache Hüften. Mit zarter und haarloser Haut, wie sie eine Puppe hat.

Der schreckliche Daddy wusste es. Alles wusste er.

Wusste ganz genau, wie die Jungen sie piesackten. Sie quälten. Ernie Dempster – so hieß er. Aber es gab noch andere.

Schon die Art und Weise, wie sie Mia manchmal anschauten – sogar die netteren Jungen. Mag sein, das war Mias verdiente Strafe. War sich nicht sicher, was sie getan hatte, aber irgendetwas musste es ja gewesen sein.

So ahnungslos war sie, dass sie nicht merkte, wie ihre Körperformen durch die Kleidung hindurch sichtbar wurden. Daran hatte sie vorher noch nie gedacht.

Mia erschien das einfach unfair: ihre Brüste waren nicht wirklich groß, noch nicht. Die Größe von (mittelgroßen) Äpfeln. Mag ja sein, dass die Jungen sie für gutaussehend hielten – »sexy«.

Wenn es so war, dann konnte Mia nichts dazu. Konnte nichts für ihr Gesicht, ihr Haar.

In der achten Klasse war sie vielleicht »reif« für ihr Alter. Und darum blieben die Augen der Jungen an ihr hängen.

Schrecklich der Gedanke, dass ihre Brüste immer weiterwuchsen, bis sie (vielleicht) so groß waren, wie die ihrer Mutter – groß, schwer und schwammig wie Schaumgummi. *Nein! Da würde ich lieber sterben.*

»Mia, hörst du mir überhaupt zu? Hallo?« Mias Mutter schnippte gereizt mit den Fingern vor ihrem Gesicht.

Was hatte Mom gerade gesagt? Mia hatte keine Ahnung.

»Ich habe dich gefragt –«

»Ach, lass mich doch in Ruhe!«

Nur weg hier, im eigenen Zimmer verstecken. Konnte es plötzlich nicht mehr ertragen, ihre Mutter um sich zu haben.

Warten auf Mom, dass sie hinterherkam und an die Tür klopfte. *Oh Liebling, es tut mir leid. Ich wollte dich nicht ...*

(Dies schien in letzter Zeit häufig zu passieren: Mias Mutter sprach in scharfem Ton mit ihr, Mia rannte die Treppe hoch, eine Art Entschuldigung folgte.)

Aber jetzt klingelte das Telefon. Mia konnte nicht hören, ob ihre Mutter den Anruf entgegennahm, doch das Klingeln verstummte und Mia blieb allein.

Hasse dich. Niemals möchte ich so werden wie du.
Weinte nicht, was hätte das denn auch gebracht?
Fertig machen fürs Bett, nicht in den Spiegel schauen.
Lockeres Nachthemd, wie ein Sack. Und im Bett auf der rechten Seite liegen, sodass ihre zarten, fleischigen Brüste von ihren Armen geschützt wurden, ihre Arme wie zusammengefaltete Flügel. In der Hoffnung, sie würde von jener anderen, jener verlorenen Zeit träumen.

Im Unterholz, eine dunkle, pelzige Gestalt. Bewegt sich so flink, dass sie kaum sichtbar ist.
Aber wenn man ganz still steht und lange genug hinstarrt, dann sieht man die verwilderten Katzen hervorkommen.
Achtsame, wachsame, glänzende Augen. Ohren aufgestellt, Alarmbereitschaft.
Lernen, sich zu verbergen. Tarnung.
Sich unsichtbar machen.

Schon bald hatte Mia ihre Vorgehensweise perfektioniert.
Sich unsichtbar machen!
In der Schule, die Schultern hängen lassen. Die Schultern rund machen, dann wölbt sich der Brustkasten nach innen. Ihre Brüste mit den Oberarmen schützen. Die Bücher vor der Brust halten, wenn es ging, wenn es nicht komisch aussah, in den Fluren in den Unterrichtspausen, die gefährliche Zeit, wenn die Typen sie anstoßen, sie anrempeln konnten. Anstatt den Rucksack auf dem Rücken zu tragen, ihn im Arm vor der Brust halten. Wie ein Schild.
Keine Pullover mehr. Keine T-Shirts. Nur lockere Hemden, wie die Jungen sie tragen, und auch nicht in die lockeren Jeans hineingesteckt. Noch besser, ein lockeres T-Shirt und darüber ein lockeres Hemd. Und darüber vielleicht noch eine lockere Jacke.
Mia lächelte. Mehrere Lagen übereinander. Wie clever!

Sie hatte weder den Mut noch die Nerven, dem stieren Blick der Jungen standzuhalten. Von den verwilderten Katzen hatte sie gelernt: *Besser fliehen statt kämpfen.*

Mit der Zeit wurden auch andere Mädchen der achten Klasse »reifer«. Von einem Tag auf den anderen hatte die Hälfte deiner Freundinnen *Möpse.*

Die Reife zeigte sich nicht nur körperlich, sondern auch im Verhalten. Die Art und Weise, wie (manche) Mädchen sich gaben, gesehen werden, bewundert werden wollten.

Lippenstift, sogar Augen-Make-up. Auffällige Kleidung.

Mia hatte kein Interesse daran, aufzufallen. Kein Lippenstift. Ihre Kleidung saß nicht nur locker, die Farben waren zudem düster, trist – khaki, schlammbraun. Keine hell leuchtenden Sneakers mit schreienden Schuhbändern, sondern ganz gewöhnliche Turnschuhe.

Mia war total überrascht, wie begierig andere Mädchen, vor allem die älteren Highschool Girls, um die Aufmerksamkeit der Jungen buhlten. Und einige dieser Jungen waren genau jene, die Mia so lange gequält hatten. Warum sollte jemand Interesse daran haben, gerade *die* anzulocken?

Piercings an den Ohren, Piercings an den Augenbrauen, an der Oberlippe. Über Nacht, so schien es, hatten viele Mitschülerinnen auf einmal Tattoos. Neonfarbene Strähnchen im Haar. Sehr kurze Röcke! Neckholder Crop Tops, die auch BHs hätten sein können.

Zum Beispiel Jacky, Dana, Thalia in der achten Klasse: Mädchen, die quiekten, wenn Jungen mit ihnen zusammenstießen, wie aus Versehen, aber natürlich mit Absicht. Neckereien in der Cafeteria, auf dem Parkplatz hinter der Schule. Mädchen, die den Jungen hinterherliefen, aufgebracht, schimpfend, sie mit ihren Rucksäcken herumstoßend. Mädchen, die sogar mit den Jungen herumbalgten, mit den Händen schlugen und den Fäusten trommelten. Mia machte sich auf und davon, wollte solch albernem Verhalten noch nicht einmal zusehen.

Und dann geriet gerade Janey eines Nachmittags in einen dummen Streit mit Rocco, einem Jungen aus der neunten Klasse. Janey rannte zu ihren Freundinnen, hochrot, ihre Augen funkelten voller Empörung. »Was für ein Arschloch! Ich hasse ihn.«

Auf der anderen Seite aber war Janey so erregt und fasziniert, dass sie von nichts anderem mehr sprach als von Rocco.

Wie erbärmlich, dachte Mia.

Wie einsam sie war.

... danke, dass du fragst, ja, nicht besonders, ehrlich gesagt, schrecklich, aber ich werde mich nicht umbringen oder irgendetwas Verrücktes tun, ganz sicher nicht, möchte dem Mistkerl ja keine Genugtuung geben, egal, die Kinder sind okay, ich hoffe, sie durchschauen den ganzen Scheiß, den ihr Vater angerichtet hat, und wenigstens geht meine Tochter nicht wie eine Nutte angezogen zur Schule. Wenigstens das!

3.

»Mieze! Miez-Miez-*Miez*!«

Mias glücklichste Zeit des Tages. Wenn sie die Kolonie der verwilderten Katzen auf dem leeren Grundstück direkt nebenan besuchte. Es gab wenig in Mias Leben, auf das sie sich so verlassen konnte wie auf die verwilderten Katzen. Auch, wenn sie sich vor ihr im Unterholz verbargen, so wusste sie doch, dass sie da waren.

Und wenn sie nur lang genug wartete, wenn sie geduldig und leise war, dann kam die eine oder andere hervor.

Wie ihre Nachbarn, stellte auch Mia den Katzen manchmal Fressen hin. Doch egal, wie viel sie bereitstellte, es war anscheinend immer zu wenig. Die Aluminiumschälchen, die Wassernäpfe – immer leer. Mia nahm an, dass noch andere Tiere sich daran bedienten: Waschbären, Eichhörnchen, Nagetiere.

Sie kaufte auch einige Pakete Trockenfutter für die Katzen, doch die waren teuer. Um Geld zu sparen, hätte man das Futter in großen Mengen, in riesigen Tüten, kaufen können, doch die konnte Mia sich nicht leisten. Und wenn sie zu viele Reste aus dem Kühlschrank herausnahm, konnte ihre Mutter misstrauisch werden.

Schlüpfte aus dem Haus, wenn niemand sie sehen würde. Nach der Schule, kurz vor der Abenddämmerung, das war die beste Zeit. Sie wollte es vor ihrer Mutter verbergen, dass sie die Katzen besuchte, und sie wollte auch nicht, dass ihre kleinen Brüder ihr folgten.

Mia erinnerte sich daran, wie sehr ihr Vater die verwilderten Katzen gehasst hatte. Wie er halb im Spaß gesagt hatte, wenn er nur genug Zeit hätte, würde er Fallen aufstellen oder Gift auslegen. *Nur eine tote Katze ist eine gute Katze.* Mia hätte sich gewünscht, dass er es nicht wirklich ernst meinte.

Für Mia waren die wilden Katzen ein wahrer Trost. Sie hielten Abstand, achtsam und wachsam, brachen aber auch nicht gleich in Panik aus, wenn Mia mit ihnen sprach.

Ihr leiser Ruf *Miez-Miez-Miez!* zeigte den Katzen, dass sie an ihrem Platz war. Anders als Hauskatzen erschienen die verwilderten Katzen nicht, wenn sie gerufen wurden, aber wenn man lang genug wartete, sah man die eine oder andere hervorlugen. Oder man spähte so lange ins Unterholz hinein, bis man sie tief drinnen entdeckte. Die Tiere beobachteten alles mit wachsamen Augen, und plötzlich merkte man dann, dass sie schon die ganze Zeit dort kauerten.

Wenn es Mia gelang, einige Zeit mucksmäuschenstill geduldig auszuharren, dann wagten sich die abenteuerlustigsten jungen Katzen hervor und machten sich hungrig über den Futternapf her, den sie ihnen hingestellt hatte.

Wie glücklich Mia dann war! Wenn sie diese wunderschönen kleinen Wesen betrachtete, vergaß sie die Schule und vergaß ihren Vater. Vergaß die *Möpse*.

Einmal, als sie nach einem Schultag, an dem sie allen Freundinnen ausgewichen war oder auch die Freundinnen ihr, am gewohnten Platz auf die verwilderten Katzen wartete, überkam sie eine große Müdigkeit, sie legte sich einfach auf die Erde, den Kopf auf ihren Rucksack gebettet und fiel in einen leichten Schlaf.

Es waren an diesem Herbsttag ungefähr acht Monate vergangen, seit Mias Vater die Familie verlassen hatte. Und genau drei Wochen, nachdem er Mia und ihre Brüder mit der Nachricht geschockt hatte, dass er nach Seattle gezogen war und sie dementsprechend nicht mehr so häufig sehen konnte, wie er gerne wollte ...

Die Besuche waren aber auch bisher nicht wirklich häufig gewesen. Jedes dritte Wochenende nur, oder noch seltener. Sie vermisste ihn nicht besonders. Glaubte sie jedenfalls. Schwieriger war es für die Jungen. Sie vermissten ihren Vater.

Durch ihre geschlossenen Lider hindurch (so schien es Mia), konnte sie sehen, wie die wilden Katzen sie aus ihrem Versteck heraus beobachteten. Eine geschmeidige, glänzend schwarze Katze hob ihren Kopf und schnupperte, eine Tigerkatze mit dickem Pelz blinzelte sie mit ihrem gesunden Auge an. Eine räudige Katze mit Schildpattzeichnung und gebogenem Schwanz. Ein jüngeres Kätzchen mit weißem Fell und leuchtend grünen Augen.

Mia lag ganz ruhig auf dem feuchten Boden, die Augen geschlossen. Sie wagte kaum zu atmen, fragte sich, ob die Katzen begriffen, dass sie ihre Freundin war und sie ihr vertrauen konnten.

Fragte sich, ob die Katzen miteinander über sie kommunizierten, ohne dass sie es hören konnte. Die Stille war unheimlich, aber auch abschirmend und schützend wie Mull.

Die leuchtenden Augen strichen über Mia hinweg, achtsam, wachsam. Sie hielt ganz still – keine abrupte Bewegung.

Ganz langsam näherte sich ihr die erste Katze. Es war die Tigerkatze mit dem dicken Pelz, mit einem sehenden und einem blinden Auge. Obwohl sie ihre Augen fest zugekniffen hielt, konnte Mia sehen, oder glaubte sehen zu können, wie das gesunde Auge der Katze, dunkelgelb schimmernd wie Bernstein, auf ihr ruhte.

Die Katze kam näher und näher. Schleichend, alle Muskeln angespannt, als ob sie auf der Jagd wäre.

Dann war sie so nah, dass Mia ihren borstigen weißen Schnurrbart sehen konnte. Den hochgestellten Schwanz, der aussah, als sei er verletzt.

Ich werde dir nicht wehtun. Ich liebe dich.

Bitte, lass mich dich streicheln …

Plötzlich konnte Mia es nicht mehr verhindern, dass sich ihre Augen gegen ihren Willen öffneten, und sie sah die stattliche Tigerkatze nur Zentimeter von ihrem Gesicht entfernt, tief geduckt, die Ohren zurückgelegt und die Zähne in einem lautlosen Fletschen – *Stopp! Nicht anfassen.*

Mia setzte sich auf, verwirrt. Im selben Augenblick war die wilde Katze zurückgekrochen, verschwunden im Unterholz.

Alle Katzen waren in diesem Augenblick wieder verschwunden. Und Mia war allein.

Nicht sicher zunächst, wo sie war. Zitternd vor Kälte, die Kleider durchweicht von den feuchten, verrottenden Blättern, auf denen sie gelegen hatte …

Sie sah ihren Rucksack auf dem Boden. Flüchtig erinnerte sie sich daran, dass sie dem starken Wunsch einzuschlafen, nicht hatte widerstehen können. Wie seltsam das gewesen war! Nie zuvor war ihr so etwas passiert.

Ihr Geheimnis, von dem niemand erfahren durfte. Ihre Freundinnen würden sie damit aufziehen oder sie furchtbar bemitleiden. Sie schienen sie in letzter Zeit nicht mehr so zu mögen. Selbst Janey nicht.

Ihre Mutter würde sehr wütend werden – solch ein *dummes Verhalten.* Ihr Vater wäre entrüstet und würde sie wohl niemals mehr wiedersehen wollen, und wer könnte ihm das verübeln?

Mia nahm den Rucksack hoch. Strich sich ihre feuchten Kleider zurecht. Es schien, als ob sie ganz allein war auf diesem leeren Grundstück, doch sie fühlte sich von den glitzernden Augen beobachtet, unsichtbare Augen rundherum.

»Bitte vertraut mir! Ich bin eure Freundin.«

Es war Zeit zu gehen. Am Himmel zogen finstere Gewitterwolken auf, und sie vernahm ein fernes Grollen, das aus dem Erdinnern zu kommen schien.

In jener Nacht lag sie ganz still in ihrem Bett, so wie sie zuvor in ihrem Versteck im Wäldchen gelegen hatte. Und dann träumte sie sich einfach klein, so klein und dünn und getarnt wie eine Katze, und kroch weit ins dichte Unterholz hinein, um unter den wilden Katzen zu sein, eine von ihnen, ihren wahren Freunden und Gefährten. Die Kolonie der verwilderten Katzen war ein Labyrinth, wie es das Innere einer Burg ist, eine Zuflucht, ein Gewirr von kleinen Räumen, die durch kleine Türen verbunden waren, ein warmer Ort, so warm wie das Innere eines schlagenden Herzens. Hier konnte Mia gut schlafen, viel besser als in ihrem eigenen Bett. Denn hier konnte sie sich zu einer Kugel zusammenrollen wie alle anderen auch, sich an die Felle rundherum anschmiegen, behaglich zusammenkuscheln, an diesem geheimen Ort, an dem es Trost und Geborgenheit und Schutz gab, während der Donner hoch oben über ihr grollte.

4.

»Und, Kinder, was sagt ihr? Gefällt's euch?«

Mias Mutter hatte einen neuen Haarschnitt, sehr modisch, eine hellere Farbe, messinggold, blitzend und leuchtend wie eine Machete. Mia war entsetzt, ihre Mutter sah auf einmal so jung aus.

Auch Randy und Kevin wussten nicht, was sie davon halten sollten. Starrten ihre Mutter nur an. War diese glamouröse, grinsende Frau wirklich ihre *Mommy*?

Zehn Monate waren vergangen, seit ihr Vater sie verlassen hatte. Mia nahm das Wort *Daddy* gar nicht mehr in den Mund. Die Scheidung, so hieß es, sei *abgeschlossen*. Der Vater war an die Westküste gezogen; der Kontakt zwischen ihm und Mia, Randy und Kevin war spärlich und unzuverlässig. Mias Mutter hatte einen neuen Job (Immobilien) und ein neues Auto (Toyota Prius). Sie trug Designerjeans, enge Wildlederhosen mit passender Jacke, hochhackige Stiefel. Eine Fleecejacke, einen prachtvollen Kunstpelzmantel (Fuchs). Sie trug viel mehr Make-up als früher und sah aus wie die Frauen, die von der Plakatwerbung herablächeln. Ihre Fingernägel waren nicht mehr abgebrochen und vernachlässigt, sondern sorgfältig gepflegt und manikürt. Sie hatte sich das Geld für das Auto und die Kleidung und was sie sonst noch so zur, wie sie es nannte, »Instandsetzung« (Haare, Gesicht, Nägel) brauchte, von einem neuen Freund geliehen, zu sehr niedrigen Zinskonditionen.

Sie war seit einiger Zeit auch wieder mit Männern ausgegangen. Und Mia konnte sich wirklich nichts Peinlicheres vorstellen, als dass ihre Mutter (die mittlerweile Ende dreißig sein musste) sich mittels einer *Partnerbörse im Internet* mit Männern verabredete.

Und dann: »Kinder, kommt mal bitte! Mia, komm runter! Ich möchte euch jemanden vorstellen ...«

Der Name war seltsam, Mia hatte ihn zuerst gar nicht verstanden. Später dann erfuhr sie, dass er Pharis hieß.

Sie erfuhr auch, dass Pharis Locke ein selbsternannter *Unternehmer* und *Berater* war. Er hatte sein eigenes Start-up-Unternehmen, das in irgendeiner Form mit hochentwickelter Computertechnologie zu tun hatte.

Wie die beiden zusammengekommen waren – oh, war das eine lustige Geschichte! –, Mias Mutter brach in Gelächter aus, als sie von Match.com und dem Missverständnis über eine Verabredung zum Abendessen erzählte, und Pharis Locke grinste, nahm ihre Hand und küsste sie. Mia starrte finster und stillschweigend vor sich hin.

»Es gibt Dinge, die scheinen vorherbestimmt. Schicksal.«

Mias Mutter war ganz plötzlich ernst und sachlich. Wischte ihre Augen.

»Stimmt, einige Dinge sind Schicksal. Das Universum ist vorgezeichnet. In unserer Gegenwart können wir das nicht erkennen, aber wenn wir zurückschauen auf unser Leben, dann schon. Bei mir persönlich …«

Pharis Locke sprach mit einer tiefen Baritonstimme. Wie ein Sprecher im Fernsehen. Gerne wollte man solch einer Stimme vertrauen.

Pharis Lockes Kopf war groß und derb und fast kahl, außer einem krausen, rötlich-grauen Haarkranz. Seine Augen waren ungewöhnlich klein, lagen in dem breitflächigen Gesicht weit auseinander und erinnerten an die Augen eines Pitbulls. Er trug einen Schnauzer und einen dünnen Bart, der flott aussah, aber in seltsamem Widerspruch zu seinem stämmigen Körper stand. Musste älter sein als Mias Vater und sah bei Weitem nicht so gut aus, doch er besaß ein freundliches Lächeln.

Mia bemühte sich sehr, Pharis Locke zu mögen. Natürlich wollte sie ihrer Mutter zuliebe glücklich sein, doch ihr Gesicht fühlte sich starr und steif an, ihr Mund weigerte sich einfach zu lächeln.

Pharis Locke beugte sich über sie, und lächelte so angespannt und erwartungsvoll, dass Mia Teile seines Zahnfleisches sehen konnte. Er fragte Mia, in welche Klasse sie ging, die banalste und langweiligste Frage, die man einem Mädchen ihres Alters stellen konnte, aber Mia verdrehte trotzdem nicht die Augen, kicherte nicht und guckte auch nicht mürrisch, sondern versuchte freundlich zu antworten, allerdings so leise, dass Pharis es nicht verstehen konnte und Mias Mutter laut wiederholen musste: »Achte.«

»Ah, achte Klasse! Gut.«

Jetzt aber verdrehte Mia die Augen, oder wenigstens fast. (Nein! Mia war fest entschlossen, sehr nett zu sein, ihre Mutter nicht in Verlegenheit zu bringen.)

»Ja, geht so schnell. Die Zeit. Für Eltern …« Mias Mutter stockte, wollte dies gar nicht so sagen, wusste aber auch nicht, wie sie schnell das Thema wechseln konnte. »… man hat das Gefühl, die Kinder werden größer, während man selbst gleich bleibt – gleich alt.«

»Oh ja, das versteh ich gut! Stimmt tatsächlich.«

Mia setzte alles daran, den Erwachsenen nicht lauthals ins Gesicht zu lachen. Wie sie versuchten, einander zu beeindrucken. Warum stakste ihre Mutter in diesen lächerlichen, offenen High Heels herum und warum trug dieser Soundso ein lilagestreiftes Hemd aus Hochglanzseide mit funkelnagelneuen, schlecht sitzenden Designerjeans? Jedes Wort der beiden war unaufrichtig, verlogen.

Später erinnerte Mia sich daran, wie Pharis Lockes kleine Knopfaugen, während ihre Mutter redete, lächelnd ihr Gesicht fixierten – *es hatte fast den Anschein, als höre er ihrer Mutter überhaupt nicht zu.* Und dann glitten die kleinen Knopfaugen an ihr hinunter, am (formlosen) T-Shirt hinunter zu ihren Beinen (in Jeans) und den schmuddeligen Turnschuhen, so als ob Pharis die Nachricht überrascht hatte, dass Mia in der achten Klasse war und nicht darunter; dass sie mindestens zwölf oder dreizehn war und nicht jünger. Denn Mia zog sich nicht an wie die Mädchen ihrer Altersstufe oder wie ein Mädchen im Allgemeinen.

Verdutzt sah er aus, dieser Pharis Locke. Etwas verwirrt.

Aber wenigstens hörte er auf, dumme Fragen zu stellen. Er schien Mias Steifheit, ihre Zurückhaltung zu respektieren.

Randy und Kevin waren auch schüchtern, aber noch mehr geschmeichelt von dem Interesse, das ein erwachsener Mann an ihnen hatte. Es war lange her, dass ihr Vater ihnen solche Aufmerksamkeit entgegengebracht hatte. Pharis Locke schien offen und ehrlich, fragte, welche Schule sie besuchten und ob sie Schule mochten. In welche Klassenstufe gingen sie? Was wollten sie einmal werden, wenn sie groß waren? Und er schien ihren aufgeregten Erzählungen auch ganz genau zuzuhören.

Mia dachte nur, *Fallt nicht darauf herein. Er ist ein Wichtigtuer. Tut doch nur so, als würde er sich für uns interessieren.*

Und doch musste sie zugeben, dass es anrührend war, wie sehr die Jungen sich darum bemühten, die Aufmerksamkeit eines Fremden auf sich zu ziehen, dessen Blick wie ein warmer, heller Schein ihre Gesichter zum Leuchten brachte.

Wie Mias Mutter zuschaute! Mit Tränen in den Augen. *Wie erbärmlich* – dachte Mia, auch wenn sie es nicht wollte.

Wie ihr Vater den *neuen, guten Freund* ihrer Mutter belächeln würde. Er würde nichts davon halten, dass ihre Mutter einen anderen Mann trifft, einen Mann mit nach Hause bringt, und diesen Mann ihren Kindern vorstellt, so kurz nachdem er, der Vater, sie verlassen hatte.

Ungerecht, aber so waren die Männer eben. Mia wurde einiges klar.

Halb bewusst, halb unbewusst, hatte sie gelernt, wie sie sich verhalten musste, damit ihr Vater zufrieden und besänftigt war, damit er sie anlächelte und sie liebte und sie nicht (nie) verspottete. Denn es gab nichts Schlimmeres als diesen

Gesichtsausdruck ihres Vaters, wenn er die Oberlippe ein wenig hochzog, und seine kalten, spöttischen Augen Verachtung und Missbilligung ausdrückten.

Sie hatte gelernt, die spottenden Blicke der Jungen zu fürchten. Schnell wegschauen, ihnen auf gar keinen Fall in die Augen sehen.

Alles, was irgendwie mit Sex zu tun hatte, führte unter den Jungen zu einem Hyänen-Gelächter. Als ob Sex eine Bedrohung für sie darstellte. Und ebenso alles, was sanft und zart war. *Möpse.*

Mias Brüder schienen mittlerweile sehr gut mit Pharis Locke auszukommen. Ihre Gesichter leuchteten, wenn sie seinen Geschichten von Wildwasserabenteuern in Wyoming, Drachenfliegen und Bungee-Jumping in Australien, Bergtouren in Peru, Elchjagden in Montana oder der Hai-Fischerei in den Gewässern der Florida-Keys-Korallenbänke zuhörten. Mia hätte verzweifeln können, als sie merkte, dass die Jungen all diese Märchen glaubten und Mias Mutter anstandslos bereit war, über die Protzerei des Mannes hinwegzusehen.

Mias Mutter, die sich damit gerühmt hatte, bei Mias Vater *all diesen Schwachsinn zu durchschauen,* fiel jetzt auf genau denselben Schwachsinn bei einem Mann namens Pharis Locke herein.

»Kann ja sein –, dass wir alle zusammen mal auf eine Abenteuertour gehen, wie wär das?«

Pharis' Stimme klang fast sehnsüchtig. Strich sich durch seinen krausen, gräulich-roten Bart.

Aber Mia war schon aus dem Zimmer geschlüpft, die Treppe hoch, Hausaufgaben machen, und es schien überflüssig, dass sie im Flüsterton murmelte, *Ohne mich.*

Dann die Überraschung: Pharis Locke ging nicht mehr weg.

Nun, eigentlich keine richtige Überraschung: Mias Mutter schien Pharis so sehr zu mögen, dass sie ihn mehrmals in der Woche traf. Einerlei, ob Mia ihm misstraute, Mias Mutter traute ihm.

Er ist so nett. Er ist ein Gentleman!

Er ist netter, viel netter als jeder andere Mann, den ich je kennengelernt habe. (Und das gilt auch für Du-weißt-schon-wen.)

Er findet euch Kinder ganz »großartig« – ist das nicht wundervoll? Er sagt, er hat immer Kinder gewollt. Und jetzt kann er sie sich leisten.

Mia folgerte aus alledem, dass ihre Mutter auch mit anderen Männern ausgegangen war, die sie online kennengelernt hatte, und dass diese Treffen kein gutes Ende fanden. Aber Pharis Locke war anders, irgendwie.

Widerlich der Gedanke, dass ihre Mutter Sex mit einem Mann hatte, und dann noch mit diesem Mann, aber Mia fragte sich trotz allem, ob sie Pharis Locke vielleicht doch etwas zu schnell verurteilt hatte. Ganz offensichtlich war ihre Mutter glücklicher, seit sie Pharis getroffen hatte, und wenn sie glücklicher war, war sie auch netter zu Mia und ihren Brüdern, so einfach war das. Und vielleicht verdiente Mias Mutter es ja auch, glücklich zu sein, selbst wenn Mia irgendetwas in Pharis Lockes Verhalten, ihre Mutter glücklich zu machen, absolut erbärmlich fand.

Mia erinnerte sich daran, dass ihr Vater häufig ihre Mutter unterbrochen oder sie übertönt hatte, als ob er sie gar nicht wahrnahm. Die meiste Zeit hatte er ihr kaum zugehört. Pharis Locke hingegen hörte ihr sehr genau zu, und er schien auch sehr interessiert an allem, was sie sagte.

Er sagt, dass wir solch eine wunderbare Familie sind. Seine eigenen Worte – »wunderbar«.

Wenn man die Worte der beiden nicht auf die Goldwaage legte, dachte Mia, dann war das alles – vielleicht – doch nicht so schlimm. Zwei Erwachsene, die einsam waren, auf jeden Fall nicht verheiratet und nicht mehr jung, und versuchten – ja, was auch immer.

Die Chance auf eine neue Liebe ergreifen. Ein Mal noch!
Pharis Locke führte nicht nur Mias Mutter aus; häufig führte er die ganze Familie aus: zum Essen, ins Kino, in den Treasure Island Park. Immer, wenn Mia allein zu Hause blieb, überkam sie ein Anfall von Eifersucht, Neid. Überlegte, ob sie sie vermissten. Hoffte, dass ihre Mutter sie auf dem Handy anrufen würde, einfach nur, um zu fragen, wie es ihr ginge, doch ihre Mutter rief nicht an, und Mia war zu stolz, um ihrerseits *sie* anzurufen.

Pharis Locke brachte ihnen auch Geschenke mit.

Für die Jungen ein Videospiel mit Raumschiffen, geeignet für jüngere Kinder – Junior Astronaut.

Für Mia, einen edlen kleinen Anhänger an einer Silberkette – »Echt Perlmutt«.

Widerstrebend bedankte Mia sich bei Pharis. Widerstrebend lächelte Mia.

Nicht, dass sie mit dem Freund ihrer Mutter einverstanden gewesen wäre. Sie war nicht einverstanden. Wenn ihre Mutter allerdings unbedingt einen neuen Freund haben musste, dann war Pharis Locke sicher nicht der schlechteste.

»Bete für mich, Mia. Ich wünschte mir so sehr, dass das hier gut geht.« Derart flehend kamen diese Worte aus dem Mund ihrer Mutter heraus, dass Mia auf gar keinen Fall ein böses Gesicht machen oder sich verlegen umdrehen konnte.

Und im Grunde genommen war es doch auch genau das, was Mia sich wünschte: dass ihre Mutter glücklich war. Dass ihre Brüder glücklich waren. Oder wenigstens nicht so unglücklich, wie sie gewesen waren.

5.

Und Mia hatte ja noch ihr eigenes (geheimes) Glück. Bis …

An einem Nachmittag im Spätwinter lief Mia nach der Schule schnell zur wilden Katzenkolonie und sah mit großem Schrecken, dass dort etwas passiert sein musste – alles war anders …

Sah mit großem Schrecken, dass das Unterholz aus dem Weg geräumt worden war. In der schon halb aufgetauten Erde Spuren von schweren Rädern.

Die Aluminiumschälchen und Plastikschüsseln zerdrückt, zerfetzt.

»Oh nein. Oh – *nein*.«

Mia stand bewegungslos da. Unfähig zu verstehen. Die verwilderten Katzen waren – weg?

Sie hatte das Gefühl, jemand habe ihr einen Schlag gegen die Brust verpasst. Im Herzbereich. Sie hörte ihren schnellen Atem, heiseren Atem.

Konnte es nicht glauben. Ein Gefühl der Ohnmacht erfüllte ihren Körper. Sie hatte Angst, den Tränen nachzugeben. Wenn sie jetzt zu weinen begann, konnte es sein, dass sie nicht mehr aufhörte …

Das war ihr schon ein paar Mal passiert. Seit der Sache mit Daddy. Nicht oft. Einige Zeit schon nicht mehr. Weinen, aufgeben. Mia hatte das unter Kontrolle. Meistens.

Aber jetzt. *Nein.*

Jemand aus der Nachbarschaft musste das Ordnungsamt auf den Plan gerufen haben. Jemand wie Mias Vater, der die verwilderten Katzen hasste und sie vernichten wollte …

Wie in Trance stand Mia da, starrte geradeaus. Sie konnte zunächst gar nicht atmen. Wartete auf – was? Dass sich irgendetwas bewegte auf diesem Trümmerfeld, ein orangefarbener Schein, der vorbeihuschte, oder ein schwarzer, oder weißer – ein gedämpftes Maunzen …

Außer den Rufen der Vögel war alles still. Weit weg, hoch oben, das Dröhnen eines Flugzeugs. Wenn man genau hinhörte, das Rauschen des Windes in den Bäumen.

»Mieze? Miez-Miez …«

Das unbebaute Grundstück umfasste eine Fläche größer als ein Fußballfeld. Ein großer Teil des Geländes war kaum zugänglich, dichte Bäume, Dickicht. Mia hatte sich nie sehr weit in das Wäldchen hineingetraut. Sie überlegte, ob die Katzen vielleicht in Angst und Schrecken geflüchtet waren und sich versteckten.

Die kluge Tigerkatze mit dem dicken Pelz und einem guten Auge, die sich Mia genähert hatte, als sie dort draußen eingeschlafen war, die geschmeidige, glänzend schwarze Katze, die immer sehr wachsam auf Distanz blieb, die magere weiße Katze mit der marmorähnlichen Zeichnung und den blitzend grünen Augen: sicher hatte eine von ihnen entwischen können? Wenigstens eine? Wie sehr Mia sich das wünschte. Sie zitterte jetzt erwartungsvoll.

Welch ein Horror, zu sehen, dass schweres Gerät, eine Planierraupe, von der Straße aus in das unbebaute Land hineingefahren war, alles plattgewalzt und die jungen Bäume, Büsche, Brombeeren und Disteln herausgerissen hatte. Eine tiefe Fahrspur hatte sich in die Erde eingegraben. Dieser brachliegende Boden hatte für Mia eine ganz besondere Schönheit gehabt; jetzt war alles kaputt, so hässlich. Mia durchfuhr ein stechender Schmerz, voller Wut auf die Erwachsenen, die solch eine Grausamkeit begangen hatten.

Es war so ungerecht, dachte Mia. So grausam. Diese Katzen waren wunderschöne Wesen, abgeurteilt, nur weil sie kein Heim hatten. Es war doch nicht ihr Fehler, dass sie in der Wildnis lebten. Dass sie kein »Heim« hatten – keine »Besitzer«.

Sie hatten ihr Territorium nur selten verlassen, im Grunde nur nachts. Sie hatten niemandem etwas getan. Nur wenige Menschen wussten überhaupt, dass es sie gab. Und trotzdem …

Mia dachte daran, wie in der Schule voller Spott und Hohn solch ein Ereignis, solch ein Verlust lächerlich gemacht würde. Und auch sie selbst würde lächerlich gemacht werden. Immer hatte sie große Angst davor gehabt, dass die Rüpel in ihrer Schule, ihre Peiniger, das leere Grundstück mit der wilden Katzenkolonie entdeckt und den Tieren das Leben schwer gemacht hätten. Zum Glück war das nicht passiert.

Und zum Glück hatten die Jungen es auch nicht mehr auf sie abgesehen. Jetzt hatten andere Mädchen ihr Interesse geweckt, attraktivere Mädchen. »Reifere« Mädchen. Mia hatte gelernt, ihren Körper von den Blicken der Verfolger zu verbergen, so wie auch die wilden Katzen gelernt hatten, sich zu verbergen. Verkleiden, tarnen. *Sich unsichtbar machen.*

Wie sie diese rohen, grausamen Jungen hasste! Wenn sie an sie dachte, fühlte sie ihr Herz wild schlagen. Das Gefühl, gefangen zu sein, verspottet zu werden. Sie wäre so gern eine magere junge Katze gewesen, um ihren Peinigern zu entkommen …

»Mieze? Miez-Miez …«

Mit verlorener, verzweifelter Stimme, wie ein Kind rufen würde. Sie war müde, hatte keinerlei Hoffnung mehr.

Ihre Füße waren nass. Sie hatte ihre Handschuhe verloren. Ihre Hände waren zerstochen und blutig von den Dornen. Ihr Atem dampfte.

Es war später Nachmittag. Sie hatte keine Wahl, sie musste ihre Suche aufgeben. Verlustangst überkam sie, ein Gefühl wütender Verzweiflung.

Und dann sah sie – was war das? – einen kleinen, dunklen Körper, bewegungslos im hohen Gras …

Entsetzlich, eine Katze: ein Kadaver.

Kein Tier aus der Katzenkolonie, das sah sie. Oder glaubte es jedenfalls. Die Katze lag auf der Seite, mit offenen Augen, leerer Blick. Eine Katze mittlerer Größe, mit räudigem grauem Fell, Stummelschwanz. Sie war ins Unterholz gekrochen, um zu sterben, dachte Mia sich. Mag sein, die Planierraupe hatte sie verletzt.

Tränen stiegen Mia in die Augen, ergossen sich dann über ihr Gesicht, und sie begann heftig zu schluchzen.

Hass Hass Hass Hass Hass – wer auch immer das getan hatte.

Als sie den verwüsteten Ort verließ, kam Mia eine ältere Frau in Kapuzenjacke, Hose und Stiefeln entgegen. Sie habe an jenem Morgen miterlebt, wie das städtische Ordnungsamt die Katzenkolonie dem Boden gleichgemacht hatte, so erzählte sie; sie war dann alle paar Stunden zurückgekommen, um nachzusehen, ob Katzen zurückgeblieben waren, die sie noch retten konnte.

Das musste Gladys Hansen sein, eine der Nachbarinnen, die die verwilderten Katzen jahrelang gefüttert hatte und mit der Mias Vater in Streit geraten war.

Verbittert erzählte Mrs. Hansen Mia, dass wirklich einer der Nachbarn das Ordnungsamt gerufen hatte, damit sie die Kolonie vernichteten. Sie selbst war auch hinübergelaufen, um das Schlimmste zu verhindern, kam aber zu spät, und der Trupp wäre ihr zahlenmäßig sowieso überlegen gewesen.

»Das Einzige, was ich noch tun konnte, war, sie anzuschreien.«

Sie umzingelten die Katzen und fingen sie in Netzen, erzählte Mrs. Hansen. Dann machten sie das Gehölz dem Erdboden gleich. Es wäre ja viel humaner gewesen, die Tiere in Fallen einzufangen, aber das hätte eben viel mehr Zeit in Anspruch genommen. Um all die Katzen, die aus den Netzen entwichen und sich im Dickicht versteckten, kümmerten sie sich einen Dreck, auch wenn die schwere Planierraupe sie verletzte oder tötete.

»Und all das im Namen der ›öffentlichen Sicherheit‹! Der Vorwand für die Aktion war, dass die Stadt sich um das Wohlergehen der Katzen sorgt, da wild lebende Tiere manchmal an Katzenleukämie oder Ähnlichem erkrankten. Aber natürlich ist alles, was sie tun, die Katzen einzuschläfern – sie helfen ihnen doch nicht. Nicht einmal den Kätzchen. Es ist einfacher, sie alle zu töten, als sich um sie kümmern zu müssen. Verwilderte Katzen kann man normalerweise nicht adoptieren, aber ganz junge Kätzchen ...« Mrs. Hansen machte eine Pause, atmete schwer. Tränen traten ihr in die Augen. Mia graute es davor, eine ältere Frau weinen zu sehen. »Diese wunderschönen Wesen haben dasselbe Recht, zu leben wie jedes andere Wesen auch. Dasselbe Recht zu leben wie wir auch.«

Mit höflichen Worten entschuldigte Mia sich. Das Letzte, was sie in diesem Moment tun wollte, war, einen anderen Menschen zu bemitleiden.

Zu Hause angekommen, gelang es ihr, unbemerkt an ihrer Mutter vorbeizuschleichen, die sich am Telefon sehr angeregt unterhielt. (Mit Pharis Locke? Oder mit einer Freundin über ihn?) Später klopfte Mias Mutter jedoch noch einmal an ihre Tür, um herauszufinden, was um Himmels willen denn passiert sei. »Du hast deinen Brüdern einen gehörigen Schrecken eingejagt, Mia. Sie haben gesagt, du sahst aus, als ob du geweint hättest.«

»Ach, ich *weine doch nicht*. Ich mache Hausaufgaben.«

Das war die Wahrheit. Mia lag ausgestreckt auf ihrem Bett, Mathebuch und Arbeitsheft um sich herum verteilt. Ihr Mund war trocken, ihr Herz schlug wild vor Rage. Sie konnte die auf sie einstürzenden Gedanken noch nicht beruhigen. Wer hatte sich wohl die Zeit genommen, um sich über die Katzen zu beschweren? Und warum? – aus reiner Boshaftigkeit? Ihr Vater wäre jetzt sehr zufrieden, wenn er davon wüsste.

Mia stand am Fenster und schaute hinaus in die hereinbrechende Dunkelheit. In der Vergangenheit hatte sie so manches Mal kleine, flüchtige Gestalten im Gras entdeckt – verwilderte Katzen? –, die so schnell auftauchten und wieder verschwanden, dass sie sich nicht sicher sein konnte, was sie da gesehen hatte. Doch jetzt, nichts.

Kurz danach kam Pharis Locke die Treppe herunter. Die heitere, dröhnende Stimme begrüßte Mias Mutter und Randy und Kevin, während Mia ein Gefühl von Unbehagen überkam – alles wurde so vertraut.

Wird er hier bei uns einziehen, Mom? Er ist ja jetzt ständig da.

Nein! Pharis wird nicht einziehen – nicht hier.

Irgendetwas am Tonfall ihrer Mutter gefiel Mia nicht. Sie hatte Angst, weiter zuzuhören. Nein nein *nein.*

Über dem gemeinsamen Abendessen hing für Mia ein Schleier von Leid und Kummer. Sie musste immerzu an die verwilderten Katzen denken, die in die Netze geraten waren. Sie konnte nachempfinden, welchen Schrecken sie ausgesetzt waren. Und dann, diese schreckliche Planierraupe. Zerfleischte Tierkörper, so leblos wie Abfälle. Mia nahm Pharis Locke seine überschwängliche Ausgelassenheit während des Essens, die ihrer eigenen Stimmung so diametral entgegenstand, extrem übel. Auch die Art der Unterhaltung war für sie ein Graus. Pharis sprach, Mias Mutter hörte bewundernd zu. Randy und Kevin hörten bewundernd zu.

Mia fragte sich, was mit *ihr* nicht stimmte. Es tat ihr weh, zu hören, dass ihre Brüder Angst vor ihr gehabt hatten.

Sie bemerkte, dass Pharis sie etwas fragte. Flüchtig gab sie Antwort – Mathearbeit am nächsten Morgen, war durch die Gedanken daran abgelenkt.

Der freundliche Blick schweifte zu Mia hinüber. Verweilte auf Mia. Der Mund lächelte.

Sie konnte nicht antworten. Ihr Herz war erschüttert.

»Mia? Alles okay mit dir?« – Pharis' sanfte Stimme.

Mia zuckte mit den Schultern. *Nein.*

»Launisch, die ganze Zeit. Sie ist nicht absichtlich so unhöflich. Nur eine Phase, da muss sie durch – kennt man ja.« Mias Mutter lachte dabei, um zu zeigen, dass sie dies nicht weiter ernst nahm.

»Ah ja, klar! Diese Phasen. Ich erinnere mich gut an die Zeit, als ich so alt war wie Mia.«

Du warst nie so alt wie ich. Verschwinde.

Nach dem Essen schaute Pharis mit den Jungen ein Video, das er mitgebracht hatte, Mia half ihrer Mutter in der Küche. Die Magnetleiste, an der die kunstvoll verzierten japanischen Messer von Mias Vater gehangen hatten, war leer, Mias Blick blieb daran hängen.

Sie rechnete mit einer Standpauke ihrer Mutter, weil sie so frech zu ihrem Gast gewesen war, aber ihre Mutter sagte nur mit gedämpfter Stimme: »Bitte, Mia, versuch es doch wenigstens! Mir zuliebe. Du musst ihn ja nicht lieben.«

»Ihn lieben? Warum sollte ich ihn lieben?« – Mia war empört.

»Falls – falls Pharis in unser Leben tritt. Dauerhafter.«

»*Dauerhafter*? Was soll das heißen?«

Mias Mutter drehte sich weg. Um nicht zu weinen? Um nicht zu lächeln?

Sobald sie in der Küche fertig waren, rannte Mia die Treppe hoch. Gelächter wurde zu ihr hinaufgetragen. Familiengelächter. Sie gehörte nicht in diese Familie.

Es verstand sich von selbst, dass Pharis Locke an den Abenden, an denen er zum Abendessen kam, auch über Nacht blieb. Das überraschte niemanden mehr. Mia beobachtete, dass Randy und Kevin überhaupt nicht bestürzt darüber waren, sondern vielmehr erleichtert. Der nette, rotgesichtige Freund ihrer Mutter würde sie an jenem Abend nicht allein lassen.

Miteinander schlafen. Ekelhaft!

In jener Zeit hatte Mia große Schwierigkeiten, sich auf die Schule zu konzentrieren. Große Schwierigkeiten, einzuschlafen. Wenn das Haus ganz still und dunkel war und es auf ein Uhr zuging, warf Mia sich ihre Kleider über, suchte sich eine Taschenlampe und machte sich auf den Weg nach draußen, hinaus zum verwilderten Grundstück.

Man brauchte Mut, um nachts rauszugehen. Wie sehr sich ihre Mutter darüber wundern würde, und sich aufregen! Und wie beschämt sie wäre, wenn Pharis Locke davon wüsste.

Frische, feuchtkalte Luft. Über ihr ein fahler Mond, wie ein halb geschlossenes Auge. Prickelnde Erregung. Mia folgte dem Strahl der Taschenlampe. Erleuchtete die hässlichen, tiefen Furchen der Räder. Abgebrochene und zermalmte Bäume. Ganz in ihrer Nähe rief ein Käuzchen, gespenstisches Heulen um sie herum, dass sich ihr die Nackenhaare sträubten. Ein scharfer, strenger Geruch aus der auftauenden Erde, verrottende Blätter und Zweige. Vorsichtiges Vortasten mit starrem Blick auf das, was das Licht der Taschenlampe offenbarte. Alles sah so anders aus als bei Tageslicht: die Farben ausgewaschen. Sie war in einer Schattenwelt von entwurzelten Bäumen, knorrigem Wurzelgeflecht.

Ihr Atem dampfte leicht; es musste unter null Grad sein, Mia hatte sich nur schnell ihre Jeans und eine dünne Jacke übergeworfen.

Stille. Der Ruf des Kauzes war verstummt. Mia befand sich ziemlich weit weg von der Straße, auf einem Stück Land, das noch hinter dem verwüsteten Grundstück lag.

Auf einmal ein schwaches Miauen nur ein paar Meter entfernt, fast nicht zu hören. Sofort war sie hellwach, voller Hoffnung. Sie beugte sich hinunter, versuchte etwas zu erkennen. »Mieze? Wo bist du?«

Auf Händen und Knien kroch Mia ins Unterholz, wild sauste der Lichtstrahl hin und her. Beim Anheben der Baumreste und Abfälle sah sie im Licht der Lampe ein einzelnes kleines Kätzchen, geisterhaft weiß, verklebte Augen, riesengroß in dem kleinen Gesicht. Eine erwachsene wilde Katze hätte nun einen Buckel gemacht, ihre Zähne gebleckt, gefaucht und wäre vor dem Eindringling geflohen, aber das kleine weiße Kätzchen starrte Mia nur an und miaute kläglich. Sein Klagen hörte sich an wie *Miao*.

»Wie mein Name. Mia.«

Es gelang ihr, das Kätzchen zu fassen. Es fauchte leise und mit einer schwachen Gebärde schien es Mia mit seinen Miniklauen kratzen zu wollen, doch Mia trug Handschuhe und lange Ärmel, sodass die winzigen Klauen des Kätzchens ihr nichts anhaben konnten. Mia lachte entzückt. Das Kätzchen in ihren Händen wog praktisch nichts – ein sich windendes Etwas aus weißem Flaum, ein zuckender Schwanz, Augen, die vollkommen schwarz waren, eine einzige große Pupille.

Nur dieses eine lebendige Wesen in all der schrecklichen Verwüstung. Und Mia hatte es gerettet!

Sie würde das geschwächte Kätzchen mit nach Hause nehmen, gar keine Frage. Sie würde sein Leben retten, denn es verhungerte sonst, ganz allein, ohne Mutter.

Sobald Mia das Kätzchen hoch an ihre Brust genommen hatte, hörte es auf, sich zu wehren, doch sein leises, klägliches Jammern begleitet Mia den ganzen Weg bis nach Hause – *Miao, Miao, Miao …*

»Arme Mieze! Aber jetzt bist du in Sicherheit.«

6.

In jener Nacht erfuhr Mia im Traum den wahren Namen des weißen Kätzchens: *Miao Dao* – sie kannte den Namen von einem der Messer aus der kostbaren Sammlung ihres Vaters. In diesem Traum erfuhr sie auch, dass es kein Zufall war, dass Miao Dao in ihr Haus kam und neben ihr auf dem Bett schlafen sollte.

Es war die Versprechung, dass Mia niemals mehr allein sein würde. Selbst wenn sie nicht im Haus war und getrennt von dem weißen Kätzchen, war der Geist Miao Daos bei ihr und auch die Erinnerung an Miao Daos federweißes Fell und ihr tiefes, inniges Schnurren und die wie schwarzer Marmor glitzernden Augen.

Wenn Mia sich in der Schule unwohl oder einsam oder unsicher fühlte, musste sie nur daran denken, wie Miao Dao sich nachts an sie kuschelte, wie sie an ihrem Arm oder an ihrer Seite schlief, manchmal auch auf ihrem Kissen, und augenblicklich fühlte sie sich wieder sicher, geborgen, geliebt.

Ganz naiv hatte Mia gehofft, dass sie das wilde Kätzchen vor ihrer Mutter geheim halten konnte, doch nach ein, zwei Tagen entdeckte Mias Mutter das Tier in ihrem Zimmer, denn Mia hatte dort Futter- und Wasserschälchen, sowie in einem Schrank ein behelfsmäßiges Katzenklo mit Sand und Erde hergerichtet. Mia hatte auch versucht, die Augen des Kätzchens von dem klebrigen Schleim zu befreien.

»Mia! Das hier ist eine dieser verwilderten Katzen, stimmt's? Du hast sie hier zu uns ins Haus geholt?« – Mias Mutter schien eher verzweifelt als verärgert.

Sie sagte, sie habe von dem Angriff auf die Katzenkolonie gehört. Sie habe die Leute von der Behörde frühmorgens kommen hören, bevor irgendjemand überhaupt merkte, was los war und so hatten sie das Unterholz säubern und die Katzen ohne Einmischung der Nachbarn wegbringen können.

»Hast du sie gerufen, Mom?« – Mia konnte den Sarkasmus in ihrer Stimme nicht verbergen. Sie hatte das kleine weiße Kätzchen hochgenommen, um es in ihren Armen vor ihrer Mutter zu verbergen.

»Nein, habe ich nicht. Ich habe erst danach von dem Einsatz erfahren.«

Mia glaubte es ihr. Ihre Mutter gehörte nicht zu den Leuten, die sich bei der Stadtverwaltung über irgendetwas beklagten.

»Aber ich glaube schon, dass diese Razzia notwendig war. Die wilde Katzenpopulation ist ständig größer geworden. Verwilderte Katzen tragen alle möglichen Krankheiten in sich, die sie auf Haustiere übertragen können, und sie haben auch nur ein sehr kurzes Leben.«

»Diese hier nicht. Ich werde mich persönlich um Miao Dao kümmern.«

Mias Mutter hatte nicht richtig verstanden. »*Miao* – was?«

»Miao Dao. Das ist ihr Name. Du kannst sie mir nicht wegnehmen, sie gehört hierher.« Mia hob ihre Stimme, die sehr entschlossen klang, erregt. Sie hatte entschieden, dass Miao Dao weiblich war.

»Das sehe ich nicht so, Mia. Im Moment ist unser Leben so ungewiss …«

»Aber genau deswegen gehört sie ja hierher.«

»Wenn dein Vater das erführe …«

»Aber der muss es ja nicht erfahren. Der ist *weg*.« Bitterkeit klang in ihrer Stimme, doch auch einen Hauch von Befriedigung.

»… und dann ist da noch Pharis …«

»Was hat Pharis denn damit zu tun? Er lebt nicht hier in unserem Haus. Er ist nicht für mich zuständig. Das ist doch lächerlich.«

Tapfer bot Mia ihrer Mutter weiterhin die Stirn. Mit der instinktiven Cleverness eines dreizehnjährigen Mädchens begriff sie, dass ihre Mutter schwankte, aus einem Schuldbewusstsein heraus; sie selbst durfte jetzt nicht auch schwanken.

Schließlich gab Mias Mutter nach. Mia durfte das Kätzchen behalten – vorerst. Solange sie sich darum kümmerte und Verantwortung trug.

»Natürlich werde ich mich um Miao Dao kümmern. Ich liebe sie ja jetzt schon.«

Liebe, dies war solch ein herausforderndes Wort. Mia sah mit Genugtuung, dass ihre Mutter zusammenzuckte, wenn auch kaum wahrnehmbar.

»Also gut, aber wir müssen sie aber erst dem Tierarzt vorstellen. Sie braucht Impfungen. Ihre Augen sind entzündet. Wenn es ein Weibchen ist, wie du anscheinend glaubst, dann muss sie sterilisiert werden.« Die Stimme klang zweifelnd, so als ob sie jeden Moment ihre Zustimmung wieder zurückziehen könnte. »Und ich denke, sie sollte im Keller wohnen statt in deinem Zimmer. Oder wenigstens nicht nur in deinem Zimmer. Das wäre nicht gesund, für euch beide.«

Mia murmelte ihre Zustimmung. Dachte dabei, *Miao Dao wird jede verdammte Nacht bei mir schlafen. Sieh zu, wie du das verhinderst.*

»Gut. Das Tier – sie – ist wunderschön, trotz der tränenden Augen. So *winzig.*«

Das weiße Kätzchen fürchtete sich anfangs vor der erhobenen Stimme von Mias Mutter, doch nach und nach entspannte sie sich in Mias Armen, drückte ihre winzigen Klauen in den Stoff von Mias Pullover und war kurz davor, behaglich zu schnurren. Als die Mutter jedoch ihre Hand ausstreckte, um das federweiche Fell am Kopf des Kätzchens zu streicheln, fauchte Miao Dao sie an und schlug nach ihrer Hand.

»Ah! – was?« Mias Mutter zog schnell ihre Hand weg.

Mia lachte. Der Anblick des winzigen Kätzchens, das ihr um einiges größere Gegenüber anfauchte und mit der Tatze danach schlug, war zu komisch. Der aufgeschreckte Gesichtsausdruck von Mias Mutter war zu komisch.

Die Klauen des Kätzchens waren noch viel zu klein, um die Haut von Mias Mutter wirklich anzuritzen, doch Mia beeilte sich zu erklären, dass Miao Dao es nicht böse gemeint hatte – »Sie ist nur nervös, wenn jemand außer mir in der Nähe ist.«

Mias Mutter schaute verärgert, verletzt.

»Okay! Jetzt sag Miao – oder wie sie heißt –, dass sie auf Probe hier in diesem Haus ist. Sag ihr das.«

7.

Nur wenige Wochen später waren Mias Mutter und Pharis Locke verheiratet.

Eine kleine private Hochzeitsfeier. Nicht in der Kirche, sondern im örtlichen Gerichtsgebäude, im Amtszimmer des Friedensrichters. Halb geheim, sozusagen, so wie Mias Mutter es gerne wollte.

»So, Kinder, jetzt habt ihr einen neuen Dad. Einen, der sich wirklich um euch kümmern wird.«

War das so? Mia hasste diesen Gedanken, *ja*, scheint so. Denn der richtige Dad – Daddy – war in ihrem Leben ganz verblasst, wie jene Sonnenuntergänge, die ganz zart beginnen, den Himmel mit einem glühenden Feuerrot schmücken, doch dann abrupt enden, ein letztes Glimmen – und *vorbei*.

Mias Vater hatte immer versprochen, vom Westen herzufliegen, um Zeit mit seinen Kindern zu verbringen, die er, wie er sagte, »wahnsinnig« vermisse. Er machte auch den Vorschlag, dass die Kinder nach Seattle kommen sollten, um dort Zeit mit ihm und seiner (neuen) Frau zu verbringen. Es war nur so, dass es nie eine Zeit gab, *die allen passte*.

(Eine Weile lang hatte Mia den Facebook-Account der [neuen] Frau verfolgt, gebannt davon, dass die [neue] Ehefrau ihres Vaters mit dem dummen Namen [»DeeDee«] Mias Mutter auf den Fotos von vor zwanzig Jahren sehr ähnelte. Doch schnell verlor Mia das Interesse daran. DeeDee postete einfach nur gähnend langweilige Geschichten von ihrer Schwangerschaft.)

(Mia überlegte, wenn DeeDee nun wirklich ein Baby bekam, war dieses Baby dann Mias Halbschwester oder -bruder? Mias Lippen kräuselten sich verächtlich.)

So peinlich wie Halbgeschwister auch sein mochten, noch peinlicher war es, dass Mias Mutter (noch einmal) heiratete – Mia brachte es nicht übers Herz, dies ihren Freundinnen in der Schule zu erzählen. Ein weiterer Grund dafür, dass sie von ihren Freundinnen Abstand suchte. Oder ihre Freundinnen von ihr.

Wofür brauchst du sie denn auch? Du brauchst sie nicht. Du hast doch mich.

Der warme Körper an Mias Bein geschmiegt oder an ihren Arm, manchmal eingerollt auf dem Kissen neben ihrem Kopf, so schlief das weiße Kätzchen jede Nacht in Mias Bett. Sie wäre sonst sehr einsam gewesen, als ihre Mutter in die Flitterwochen fuhr – eine Woche nach Sarasota in Florida, am Golf von Mexiko –, wenn nicht Miao Dao bei ihr gewesen wäre und selbst im Schlaf geschnurrt hatte, um Mia zu trösten.

Wofür brauchst du sie denn auch? Du brauchst sie nicht. Du hast doch mich.

In dieser ersten Zeit wuchs Miao Dao sehr schnell.

Zweimal am Tag, manchmal auch öfter, sah Mia zu, dass Miao Dao Fressen bekam. Das Katzenfutter wurde von Mias Unterhaltsgeld bezahlt. Schon bald war Miao Dao kein kleines Kätzchen mehr, sondern eine schmale, glatte, geschmeidige junge Katzendame mit wachen Augen, aufmerksam aufgestellten Ohren, schlagendem Schwanz. Ihr Fell war schneeweiß, ohne jede Zeichnung – nicht ein einziger Streifen oder Punkt auf dem gesamten Katzenkörper. Wie das Innere ihres Mauls, waren auch ihre Fußballen hellrosa. Ihre Schnurrbarthaare waren ungewöhnlich lang und steif, genauso wie die Haare in ihren Ohren.

Schon nach kurzer Zeit wollte Miao Dao nicht mehr auf ihr Katzenklo in Mias Schrank gehen und miaute laut, um nach draußen gelassen zu werden.

Mia war äußerst betrübt: Sie hatte gehofft, dass Miao Dao eine Hauskatze werden würde. Der Tierarzt, von dem Miao Dao untersucht worden war, hatte Mia dies sehr ans Herz gelegt, doch schon bald war es für Mia unmöglich, die ruhelose junge Katze drinnen zu behalten.

Der Kompromiss, den sie einging, hieß, Miao Dao ein Halsband mit Kennnummer und einem kleinen Glöckchen umzubinden, um ihren Jagdinstinkt zu bremsen. Doch Miao Dao gelang es immer wieder, ihren Kopf aus dem Halsband herauszuziehen, und dann brachte sie Mia kleine Geschenke ins Haus – zerfleischte Mäuse und Vögel, Frösche, einmal sogar eine verwundete Ringelnatter.

Von da an war Miao Dao häufig draußen verschwunden, manchmal für viele Stunden, und jedes Mal hatte Mia Angst, dass sie nicht zurückkäme. Aber Miao Dao kam zurück.

Schlief in Mias Armbeuge. Kuschelte sich an sie. Das leise Schnurren tief unten in Miao Daos Hals war so beruhigend wie ein Schlaflied. Manchmal allerdings wachte Mia ganz plötzlich auf und merkte, dass das warme, plüschige Geschöpf verschwunden war.

An der Hintertür rief sie dann *Miez-Miez-Miez!* Hielt den Atem an, bis die weiße Katze erschien, auf sie zutrottete.

Sich an Mias Beinen rieb. Mit ihrem Kopf Mias Beine anstupste. Schnurrte!

Mia verehrte die geschmeidige junge weiße Katze, die *ihr allein* gehörte. Sie hatte nie zuvor ein Haustier gehabt, obwohl sie sich jahrelang eines gewünscht hatte. Ihr Vater hatte gewitzelt, er hätte lieber einen Hund als eine Katze, aber noch lieber hätte er gar kein Tier, weder Hund noch Katze. Randy und Kevin hatten um einen Welpen gebettelt, aber nein. *Wer müsste die ganze Arbeit machen? Wir wissen ja, wer die Arbeit machen würde: M-O-M.* Mias Mutter hatte dabei gelacht, um ihre scharfen Worte abzumildern.

Mia bemerkte schnell, dass Miao Dao zu keinem anderen Familienmitglied Zutrauen fand. Wenn ihre kleinen Brüder Miao Dao entdeckten, liefen sie erwartungsvoll auf sie zu, doch Miao Dao tat gleichgültig und konnte ihnen immer wieder entschlüpfen. Was immer sie auch taten, wie sehr sie sich auch um sie bemühten, sie schien die beiden kaum wahrzunehmen. Wenn die Jungen versuchten, sie in die Enge zu treiben, bleckte sie ihre Zähne und fauchte sie an.

»Kratz sie nicht, Miao Dao! Das sind doch nur Kinder; die wollen dir nichts Böses.«

Miao Dao erlaubte Mias Mutter, sie zu füttern, manchmal sogar, sie zu streicheln, doch niemals rieb sich Miao Dao an ihren Beinen und niemals schnurrte sie in ihrer Anwesenheit. Ganz demonstrativ wich Miao Dao Pharis Locke aus, wenn er sich über sie beugen und sie unter dem Kinn »kitzeln« wollte. »Süße Mieze! Wie heißt du noch mal – Meow Dowie –«, lachte Pharis, so als ob der Name einfach nur lächerlich wäre, ein unaussprechlicher fremdländischer Name.

Mia machte eine Beobachtung: Sobald Pharis das Haus betrat, schlich sich Miao Dao heimlich davon. Wenn sie sich gerade schnurrend an Mias Hand geschmiegt hatte, wurde sie beim Klang seiner vergnügten Stimme – »Hall-o-o! Ich bin's! Wo seid ihr alle?« – augenblicklich still – und verschwand dann.

Zufällig sah Mia einmal oder meinte, gesehen zu haben, dass der Mann, der jetzt ihr Stiefvater war, Miao Dao einen kleinen Fußtritt gab, als sie an ihm vorbei durch die Tür flüchtete. Mia hatte gerade den Mund zum Protest geöffnet, als Pharis schnell einwarf: »Hey, wir spielen doch nur miteinander – Meow Dowie und ich.«

Kurz nach diesem Vorfall blieb Miao Dao über Nacht weg. Mia war sehr besorgt, suchte draußen, rief *Miez-Miez-Miez!*

Randy und Kevin halfen Mia dabei, nach Miao Dao zu suchen. Mias Mutter bot ihr an, sie mit dem Auto durch die Nachbarschaft zu fahren. Nur der Stiefvater schien teilnahmslos und meinte nur ironisch: »Katzen laufen schon mal weg, liebe Mia. Und dies war ja eine verwilderte Katze. Katzen haben keine Treue-Gene in sich, anders als Hunde.«

Mit Tränen in den Augen sagte Mia ihrer Mutter, sie fürchte, Pharis habe Miao Dao verletzt. Vielleicht hatte er sie irgendwo anders hingebracht, sie am Straßenrand zurückgelassen. Sie traue ihm das zu, weil er sich vielleicht an Miao Dao dafür rächen wollte, dass sie ihn nicht mochte.

»Das stimmt nicht, Mia. Pharis würde so etwas nie tun. Er hat mir gesagt, er halte die Katze für eine große Schönheit. Er wünschte sich nur, sie wäre etwas netter zu ihm – das sagt er übrigens von dir auch.«

Noch ein Tag und noch eine Nacht. Miao Dao blieb verschwunden.

Mia klingelte überall in der Nachbarschaft. Niemand hatte eine junge weiße Katze gesehen – »Wenn es eine von den verwilderten Katzen war, dann ist sie sicher einfach weggelaufen. Man kann aus denen keine Hauskatzen machen. Die sind so wild wie Schimpansen, und früher oder später erklären sie dich zu ihrem Feind.«

Höflich hörte Mia allen Erklärungen zu. Biss sich auf die Unterlippe, um nicht zu weinen. Bedankte sich bei jedem, ließ ihren Namen und ihre Telefonnummer zurück, zusammen mit einem Foto von Miao Dao, auf dem die Katze mit weit aufgerissenen Augen in die Kamera blickte.

Eine wunderschöne Katze, wirklich, sagten die Leute. Einige allerdings schauten erstaunt auf das Foto, runzelten die Stirn.

War das normal, eine schneeweiße Katze mit schwarzen Augen? Hatten Katzen nicht normalerweise blaue oder grüne Augen?

Natürlich kehrte Mia immer wieder zum unbebauten Grundstück zurück. Auch wenn sie wusste, dass es wahrscheinlich sinnlos war, stapfte sie durch das Unterholz bis zum anderen Ende und wieder zurück. Flehend, »Miez-Miez-*Miez!* Miao Dao! Bitte, bitte – komm doch zurück …«

Mia konnte nichts tun, das wusste sie. Wenn Miao Dao lieber wild leben wollte und nicht bei ihr.

Noch immer waren die hässlichen Radspuren der Planierraupe im Boden zu erkennen. Ein Chaos von entwurzelten Bäumen und Büschen. Verwüstung nach einem Sturm, Abfälle. Auch die Gerüche waren noch scharf, unangenehm. Ein saurer Geruch von Verwesung unter den Füßen. Die wunderschönen wilden Katzen waren verschwunden.

Mia hätte gerne wieder unter den verwilderten Katzen geschlafen, zu einer Kugel zusammengerollt, so wie sie es getan hatte, als sie noch jünger war. Als die verwilderten Katzen es zugelassen hatten. Oder hatte Mia es nur geträumt, dass sie bei den wilden Katzen geschlafen hatte und hatte es gar nicht getan? (Hatte sie?)

Mia blieb eine Stunde oder länger auf dem unbebauten Grundstück. Wollte nicht nach Hause zurück. Durch die Bäume konnte sie in der Ferne erleuchtete Fenster sehen. Ihr eigenes Haus, die Häuser der Nachbarn. Wie belanglos und winzig ihr das menschliche Leben nun erschien, wie banal. Ihre Mutter und der neue Stiefvater waren rundherum banal. Es machte Mia Angst, dass sie die beiden so sehr verachtete. Denn dies war nun ihre einzige Familie, jetzt, wo Miao Dao sie verlassen hatte.

Wenn sie doch nur weglaufen könnte, so wie Miao Dao weggelaufen war … Aber wohin war Miao Dao gelaufen? Mia fühlte einen kurzen Moment der Panik bei dem Gedanken, dass Miao Dao möglicherweise von einer anderen Familie aufgenommen worden war, von einem anderen Mädchen in Mias Alter, und jetzt bei diesem Mädchen auf dem Bett schlief und nicht bei Mia, die sie doch so sehr liebte.

Wollte es sich nicht ausmalen – *Er hat sie getötet. Hat sie auf der Straße überfahren. Hat sie vergiftet. Weil Miao Dao ihn nicht geliebt hat, so wie wir ihn lieben sollen.*

8.

Schon kurz nach den Flitterwochen, kurz nachdem Pharis Locke in das Haus von Mias Mutter eingezogen war, wurde klar, dass Pharis Locke der *Herr* war.

Natürlich sagte niemand Herr zu ihm. Nicht einmal Mia.

Doch ihr fiel auf, dass er jetzt nach der Heirat nicht mehr so – sollte man sagen liebenswürdig? – geduldig? – fürsorglich? war –, nicht mehr so zuhörte wie früher.

Ein Gentleman – so hatte Mias Mutter ihn beschrieben.

In jedem Gespräch so schien es, musste er seinen Kopf durchsetzen. Ganz egal, ob das Thema X, Y, oder Z war. »Er tut doch nur so, als ob er dir zuhört, Mom. Er lässt dich einfach nur *reden.*«

Es stimmte schon, dass Mias Mutters neuer Mann nicht so grob und ungeduldig war wie Mias Vater damals; auf der anderen Seite war er aber auch erst seit ein paar Wochen ihr Ehemann.

Auch an Randy und Kevin zeigt er nicht mehr so großes Interesse wie früher. Hatte keine Zeit für ihr munteres Erzählen, wurde ungeduldig, wenn sie um seine Aufmerksamkeit buhlten – »He, ihr zwei, habt ihr denn keine Hausaufgaben zu machen? Ich bin mir sicher, ihr habt welche.« Er schimpfte mit Mias Mutter, sie verderbe ihre Söhne, er schimpfte mit den Jungen, sie hätten keinen Respekt vor ihrer Mutter.

Bei Mia war er vorsichtiger. Zurückhaltender. Sah in Mias Gesicht Skepsis und Verachtung für ihn, den Eindringling.

»Jetzt, wo du einen Stiefvater hast, Mia, weißt du, dass du *in Sicherheit* bist. Egal, was jemand zu dir sagt oder dir antut – lass es mich wissen, *Liebling.*«

Mia bebte. *Liebling!* Ihr Vater hatte das manchmal zu ihr gesagt; und sie hatte sich in der Zuwendung ihres Vaters gesonnt wie eine Katze. Aber in Pharis Lockes? Nein.

Und hatte Pharis wirklich so viel Geld, wie er vor der Hochzeit behauptet hatte? Das war jetzt nicht mehr so klar.

Welche Art von Unternehmen er führte, war mysteriös, schwer einschätzbar. Er schien gar keine echten »Produkte« zu verkaufen – keine Computer oder andere elektronische Geräte, die man tatsächlich sehen konnte. Ihm schien kein Gebäude zu gehören, keine Fabrik, nicht einmal ein paar Büroräume; er hatte in seiner Eigentumswohnung in einem Hochhaus gearbeitet, diese dann aber verkauft. Ganz unverbindlich sprach er über Gewinne, Verluste. Marktschwankungen. Doch immerhin besaß er oder war eine Gesellschaft, Mia hatte nämlich Post gesehen, die an Pharis Locke Consultants, Inc. adressiert war, auch wenn sie gar keine Ahnung hatte, was darunter zu verstehen war. Was hieß denn überhaupt *Consultants, Berater*? Konnte nicht jedermann ein Berater sein, Berater für irgendein Thema?

Als Mia ihre Mutter über die Pharis Locke Consultants, Inc. befragte, bekam sie die gereizte Antwort, dass sie das gar nichts angehe. Und Mia hatte den Eindruck, dass ihre Mutter nicht viel mehr wusste als Mia selbst.

Es stimmte schon, Pharis Locke schien Geld zu haben. Er prahlte damit, dass er seine Eigentumswohnung zu einem höheren Preis verkauft hatte, als das ganze Haus (vier Zimmer) von Mias Mutter wert wäre. Er zahlte die Kredite zurück, die Mias Mutter, während die Scheidung lief, aufgenommen hatte, und übernahm auch die Gerichtskosten.

Wie dankbar Mias Mutter Pharis für seine Großzügigkeit war! Mia überlegte, ob ihre Mutter vielleicht Großzügigkeit mit Liebe verwechselt haben könnte.

9.

Hasse hasse hasse sie.

Lauerten dem Mädchen auf, nach der Schule. Der Dempster-Junge und zwei, drei andere. Das Mädchen war gar nicht Mia, aber die andere musste gewusst haben, dass die Jungen dort warteten und ging deswegen einen anderen Weg, aber Mia ging vorbei, unwissentlich und nichts ahnend, und nicht einmal ihre lockere, jungenhafte Kleidung ersparte ihr den Spott und die obszönen Gemeinheiten.

Voller Panik rannte Mia los. Die Jungen johlten vor Lachen, taten so, als verfolgten sie Mia, verloren aber schon bald ihr Interesse an ihr.

Auf dem Weg nach Hause, bloß die Ohren zuhalten ... Oh, wie Mia dieses Schreien und Lachen hasste ... War aber auch dankbar, dass sie sie nicht mehr herumschubsten, sie berührten, so wie sie es in der Vergangenheit getan hatten. Dankbar, dass andere Mädchen, die »sexyer« waren, normalerweise die Aufmerksamkeit der Jungen auf sich zogen.

Hätte sie ihrer Mutter von dem Vorfall erzählt, dann hätte diese sie sicher mit dem Auto von der Schule abgeholt. Es wäre allerdings sehr wahrscheinlich gewesen, dass ihre Mutter auch darauf bestanden hätte, mit dem Direktor der Schule zu reden, und dann wäre Mia ausgefragt worden, gezwungen worden, zu sagen, sie wisse nicht, wie die Jungen hießen, denn wenn sie sie verpetzte, wenn sie den Namen *Ernie Dempster* nannte – katastrophal für sie. Das war ihr klar.

Mia war fast versucht, Pharis davon zu erzählen. *Stiefvater. Beschütze dich.*

Doch nein, keine gute Idee. Alles, was Mia in diesem Zusammenhang tat, würde etwas anderes nach sich ziehen, was sie eher vermeiden wollte. Der *Stiefvater* würde vielleicht anbieten, sie von der Schule abzuholen, und genau das wollte sie nicht.

Mia war unglücklich, weil sie Miao Dao so sehr vermisste. Es waren schon viele Wochen vergangen, seit die wunderschöne weiße Katze verschwunden war.

Mias Mutter bot ihr an, sie zum Tierheim zu fahren, damit sie sich eine andere heimatlose Katze aussuchen könnte, doch Mia lehnte ab, schien entrüstet: »Ich will nur Miao Dao. Das weißt du doch – ich liebe sie.«

»Ja, Mia, aber sie ist weg. Wir haben überall gesucht …«

»Vielleicht kommt sie aber noch zurück. Sie weiß doch, wo wir wohnen.«

Wenn der Stiefvater solch ein Gespräch mitanhörte, kam immer dieselbe unerträgliche Bemerkung: »Katzen laufen weg, Mia. So sind Katzen eben. Und vor allem diese verwilderten Katzen sind so.«

Auch wenn er sie damit trösten wollte, es brachte Mia noch mehr auf die Palme.

So sind sie, die Arschlöcher. Wusstest du doch.

In jener Nacht wachte Mia viele Male auf, unruhige Träume und schmerzende Einsamkeit. Wurde von johlenden Jungen verfolgt. Verzweifelter Wunsch, sich zu verstecken, sich hineinzuzwängen in – ja, in was? Ins Unterholz, die verwüstete Katzenkolonie.

Um Atem ringend, griff Mia nach Miao Dao neben sich im Bett und wachte niedergeschlagen auf. Miao Dao war nicht da.

Manchmal hatte Mia aber auch einen anderen Traum, einen wunderschönen Traum, in dem Miao Dao leise zu ihr kam und in ihrer Armbeuge, nahe ihrem Herzen, einschlief.

Dann aber auch noch einen schrecklich bedrückenden Traum, in dem Miao Dao auf ihre Brust kletterte und sie fast erstickte. Nicht mehr diese junge, schmale weiße Katze, sondern eine muskulöse, ausgewachsene Katze mit großen Klauen und spitzen Ohren, ähnlich denen eines Fuchses. Glitzernd schwarze Augen. Und was für ein Schnurren! Tief unten in der Kehle, wie bei einem Panther.

Hast du geglaubt, ich würde dich verlassen? Ich würde dich nie verlassen. Hab Vertrauen.

Im selben Moment erwachte Mia. Setzte sich auf, verwirrt und erregt, aber nein, Miao Dao blieb verschwunden.

In ihrem Bett allerdings, in der Luft um ihr Bett herum, ein Geruch von nasser Erde, modrigen Blättern und Gras, etwas Dunkles, Zähflüssiges, wie Blut.

10.

»Okay, Süße: Sag Dad zu mir.«
Ein Lächeln. Muffige Zähne. Kein *bitte*.

Seine Augen ruhten auf ihr. Wenn sie traurig war zum Beispiel, als ob sie Trost spenden wollten.
Mia lächelte nicht zurück, blieb nicht länger in seinem Blickfeld. Nein.
Aber: Die Art und Weise, wie er ihr zulächelte, während ihre Brüder mit ihm plauderten. Ihr signalisierte, es geht um *mich und dich* und nicht um die Jungs – sie merkten nichts davon.
Die Art und Weise, wie er ihr zuzwinkerte, ein verspieltes Zuzwinkern, ein halb verdecktes Zuzwinkern, wenn Mias Mutter mit ihrer hohen Stimme prasselnd auf sie einredete und weder der Stiefvater noch Mia zuhörten.
»Wo ist denn eigentlich dein Medaillon, Süße? Das ich dir geschenkt habe? Wie kommt es, dass du es nie trägst? Hast du es verloren?« Der Stiefvater tat so, als sei er zutiefst beleidigt.
Mia protestierte, sie habe das Medaillon nicht verloren. Trug einfach nicht so häufig Ketten. Heißes Gesicht, Gefühlswirrwarr, warum nannte er sie jetzt *Süße*?
So hatte ihr Vater sie auch mal genannt, aber nicht sehr lange.
Liebling. Süße. Wie dumm, wie armselig, dass Mia sich von diesen Namen getröstet fühlte. Sie konnte langsam verstehen, warum ihre Mutter Pharis Locke verfallen war, hereingefallen auf seine liebenswürdige Art.
Nach diesem Vorfall versuchte Mia, das Medaillon immer dann und immer dort zu tragen, wo Pharis es bemerken könnte. Sie hatte sich tatsächlich verletzt gefühlt, dass der Stiefvater gedacht hatte, sie habe es verloren.
»Hübsch« – hatte er gemurmelt, sodass nur Mia es hören konnte. Auch wenn Mia so tat, als hörte sie es nicht.
Hübsche Kette, oder – hübsche Mia?

In der Schule musste sie wachsam sein. Denn wenn sie sich selbst widersprach – *Du bildest dir das ein, mach dich nicht lächerlich. Sie schauen gar nicht nach dir* –, lag sie häufig falsch, und begriff, dass die johlenden Jungen wirklich nach ihr schauten.

Genauso auf der Straße. Im Einkaufszentrum. Vor allem dann, wenn sie allein unterwegs war. Nicht, wenn sie mit den anderen zusammen war, deren Gekicher, Kleidung und Make-up die Aufmerksamkeit der Beobachter anzog – denn den anderen Mädchen machte es nichts aus, sie schienen die Blicke von (männlichen) Fremden sogar zu genießen, sich darin zu sonnen. (Allerdings waren Mias Freundinnen auch häufig geschockt und gekränkt, wenn ein Typ oder eine ganze Gruppe dieser Typen ihnen wirklich geschmacklose, widerliche, obszöne Bemerkungen zuriefen. Dann war die Aufmerksamkeit nicht mehr so willkommen.)

Wenn Mia allein unterwegs war, gab es keinerlei Schutz. Dieses Gefühl, wenn die Blicke auf ihr verharrten. An ihr klebten wie Kletten. Selbst als sie weiterhin locker herabhängende T-Shirts, Pullover trug. Keine hautengen Jeans wie andere Mädchen. Nein.

Als ob die Jungen ihre Verkleidung durchschauten. Ihre Verzweiflung. So wie Raubtiere ein verwundetes Tier ausfindig machen können, selbst wenn es nur leicht hinkt.

Versuchte, sich selbst zu beruhigen – *Sie meinen das nicht ernst. Es ist nichts Persönliches.*

Ihr Körper, an dem waren sie interessiert. Nicht an Mia selbst. Und deswegen war es *nichts Persönliches.*

Nur heute, da rufen sie hinter ihr her *Mi-a! Miii-ahhh!*

Sie wissen ganz genau, wer sie ist. Sie warten jetzt auf *sie.*

Verlegen, beschämt. Schneller Gang, hängende Schultern, Kopf runter. Ihr Herz schlägt wie wild, sie hat das Gefühl, gleich ohnmächtig zu werden. Bahnt sich den Weg durch eine schmale Gasse. Rennt blindlings, taumelt.

Dann, an einer Straßenkreuzung, merkt zu spät, dass sie hinübergeht, ohne links oder rechts zu schauen – versucht verzweifelt, den Jungen zu entkommen. Hört die Hupe, sehr laut, ganz nah – Mia gerät in Panik, friert ein. *Pass auf, wo du hinläufst!* – eine ungeduldige (männliche) Stimme. Mia schafft es gerade noch auf den Bordstein, bevor ein Schwindelanfall sie überkommt.

Sie greift nach dem Geländer. Achtung, jetzt nicht ohnmächtig werden, nicht fallen. Ihr Atem ist rasch und flach, und sie weiß überhaupt nicht, wo sie ist, wie viel Uhr es ist, wer sie verfolgt hat und warum sie solche Angst hat – doch dann lässt der Angstdruck nach, so als ob man langsam einen Druckverband aufwickelt.

Macht sich auf den Weg nach Hause, wo in jener Nacht, in ihrem Bett, Miao Dao auf sie wartet.

11.

Am folgenden Morgen wurde bekannt, dass ein Junge aus der neunten Klasse ihrer Schule in einem grausamen Überfall getötet worden war.

Die Leiche wurde in den frühen Morgenstunden zwischen Mülltonnen in einer Seitengasse in der Nähe der Schule gefunden. Kopfwunden, tiefe Risse im Schädel, der Hals mit einer Art krallenartigem Werkzeug oder einem gezackten Messer brutal aufgeschlitzt.

Es hieß, das fünfzehnjährige Opfer sei wohl verblutet, während es verzweifelt versucht hatte, aus der Seitengasse hinaus auf dem Bauch bis zur fünfzig Meter entfernten Straße zu kriechen.

Wie ein Lauffeuer verbreitete sich die Nachricht in der Schule. Mia war genauso überrascht davon wie alle anderen. Musste mehrmals nachfragen – *wer* war das?

Niemand aus ihrer Klasse. Familienname Dempster.

»Oh, mein Gott! Wer hat das getan?«

»Wie ist das passiert? Wann?«

»Was hat Ernie denn dort gemacht – in der Gasse?«

Während andere herumrätselten, erschüttert, erregt, Kopfschütteln in tiefster Ehrfurcht, hängte Mia still und leise ihre Jacke ins Schließfach. Keine Fragen, an niemanden.

In der ersten Schulstunde dann die Erinnerung an die willkommene Überraschung, als die weiße Katze sich in der Nacht an sie schmiegte. Wie wahnsinnig sich Mia gefreut hatte, dass Miao Dao zurückgekommen war, nasse Schnauze, Geruch von feuchtkalter, dampfiger Erde.

Sie hätte nicht sagen können, warum, aber Mia lächelte.

»Ist das einer, den du kennst, Mia?« – Mias Stiefvater runzelte die Stirn beim Blick auf die reißerische Schlagzeile auf der Titelseite der Zeitung.

Mia schüttelte den Kopf, *nein.*

»Hört sich so an, als sei er praktisch enthauptet worden. Mein Gott!«

Mias Mutter kam dazu und beugte sich über Mias Stiefvater, in einer Art und Weise, die Mia kränkte – stützte ihre Arme auf den Schultern des Mannes ab, stupste seinen Kopf seitlich mit ihrem Kinn an. Mia sah, dass der Stiefvater keine große Notiz davon nahm, einfach weiterlas.

»Ernest Dempster – fünfzehn. Neunte Klasse. Nicht in deiner Klasse, oder?«

Mia schüttelte den Kopf, *nein.*

»Gehörte er zu einer Gang? Vielleicht war's das.«

»In unseren Schulen gibt es keine Gangs!«

»In deiner Schule gibt es keine Gang, oder? Aber in der Highschool?«

Mia schüttelte den Kopf, *nein.*

»Vielleicht war es so ein Perverser. Holte ihn von der Schule ab und schlitzte ihm die Gurgel auf. Muss doch so ein Kranker gewesen sein.«

Die beiden schauen sich nach Mia um. Aber Mia war schon aus der Küche verschwunden, still und heimlich wie ein Geist.

12.

An ihrem vierzehnten Geburtstag, ein silbernes Armkettchen mit ihrem Namen, *Mia*, eingraviert, als Geschenk.

Geburtstagskuchen. Vierzehn Kerzen. Musste sie alle ausblasen, ihre Augen schließen, um es zu schaffen.

Mom hatte es gut gemeint. (Mom meinte es immer gut.) Schokoladentorte mit Schokocremeglasur, das war – früher einmal – Mias Lieblingsglasur.

Wein für Mias Mutter und Mias Stiefvater beim Abendessen. Gläser immer wieder aufgefüllt. Sie sangen »Happy Birthday« für Mia, die Erwachsenen und Mias Brüder, und Mias Gesicht glühte rot vor Verlegenheit, beschämte Freude.

Das Armkettchen war ein gemeinsames Geschenk, sagte Mias Mutter. Sie und Pharis hätten es zusammen ausgesucht.

Mia dachte – *Daddy wäre das egal gewesen. Daddy hätte keine Zeit dafür gehabt.*

Sie hatte diesen Geburtstag gefürchtet, seit Wochen. Gewünscht, sie könnte den Geburtstag ausfallen lassen.

Der letzte Geburtstag, an dem sie glücklich war, war ihr zwölfter gewesen. Wünschte, die Zeit würde stillstehen. Wenn ihr Vater jetzt zurückkehrte und Mia so sähe, größer und älter, und, wie Mom es ausdrückte, *oben alles ausgefüllt,* es hätte ihn angewidert.

Der Stiefvater drängte Mia, ein halbes Glas Wein zu trinken, schlückchenweise. Sie wollte eigentlich nicht, gab aber wie immer nach. Pharis hörte nicht auf zu drängen, es war einfacher, nachzugeben, als beim Nein zu bleiben, denn Pharis akzeptierte kein *Nein*. Mia zuckte beim ersten scharf-herben Schluck Wein zusammen, doch der zweite Schluck war schon etwas leichter, ihre Zunge schien wärmer zu werden, bebte leicht.

Ein Gefühl von Wärme im Hals, in der Brust.

Streifte das silberne Armkettchen übers Handgelenk. Pharis drängte sie, Danke zu sagen, Danke zu sagen mit einem

Kuss, lachte darüber, dass Mia zurückwich. Ließ seinen Arm um ihre Hüfte gleiten, sodass sie keine Wahl hatte.

Mia kicherte, unbehaglich. Heißer Wein-Kuss, ein schmieriger Kuss auf ihre Wange, ein Vortasten Richtung Mund. *Ihren Mund.*

Sie war vollkommen überrascht, hatte ihn nicht weggestoßen. Stand einfach still da. Wenn seine dicke Zunge versucht hätte, in ihren Mund einzudringen – (hatte sie nicht) – dann wäre sie nicht in der Lage gewesen, sie abzuwehren und irgendwie (wusste sie) musste er das gewusst haben.

Mias Mutter war gerade mit Kevin beschäftigt. Augen abgewendet.

Die Hand an ihrer Hüfte entlangstreichend. Sanft wie eine Liebkosung – nicht fest. Hatte ihr Stiefvater sie wirklich *angefasst*? – es war wie der Kuss. Sie war sich nicht sicher.

Strom in der Berührung. Die Haare auf ihren Armen richteten sich auf, genauso wie in ihrem Nacken.

Traurigkeit. Resignation. Plötzlicher ein Kicheranfall.

Dann Wut: Daddy hatte sie verlassen, dem *Stiefvater* überlassen.

»Mia? Wo rennst du denn hin?«

Nirgendwo. Hoch. Hausaufgaben.

Miao Dao.

* * *

Mia ist überrascht. Zu erschrocken, um betroffen zu sein.

Sie hat gerade das Badezimmer betreten, will die Tür schließen – verwirrt, dass die Tür aufgestoßen wird, nicht heftig, aber doch fest gegen ihren Arm gedrückt.

Im Türspalt, das errötete, erhitzte Gesicht – »Hey. Sorry.«

Er ist betrunken. Er lacht. Kann kein Versehen sein, denkt Mia. Der Stiefvater muss darauf gewartet haben, dass sie das Bad im Flur oben neben ihrem Zimmer betritt. Muss rasch hinzugekommen sein, hatte ihr gar nicht die Zeit gegeben, die Tür zu schließen, geschweige denn, sie abzuschließen.

»Was – willst du? Geh weg ...«

Mias Mund ist trocken. Mias Herz hämmert in ihrer Brust. Außerhalb des Hauses trägt sie immer locker hängende Kleidung, aber im Haus hat der Stiefvater sie schon mal im einfachen T-Shirt mit Jeans, Shorts gesehen. Blinzeln aus den Augenwinkeln, seine Augen krabbeln über sie rüber wie Ameisen.

Es gibt gar keinen plausiblen Grund für Pharis Locke, dieses Bad zu benutzen, wo es doch ein Badezimmer direkt neben dem Elternschlafzimmer gibt, das keines der Kinder benutzt.

Mia hat Pharis Locke wirklich noch nie zuvor in diesem Bad hier oben gesehen.

Mia fühlt sich unbehaglich. Sie spürt eine Veränderung in ihrer Beziehung seit dem schmierigen Kuss auf Mias Mund damals am Abend ihres vierzehnten Geburtstages.

Und dann erinnert sich Mia noch an die dicke Zunge. Zu jener Zeit war sie zu verwirrt und benommen, um zu merken, was da vor sich ging.

Voller Panik hatte Mia ihre Kiefer fest zusammengebissen. Zähne zusammen. Angst im Widerstreit mit Unglaube, Entrüstung – *Aber meine Mutter war nur einen Meter entfernt. Meine Mutter stand direkt daneben. Er hätte das doch nicht getan, wo Mom direkt danebenstand ...*

Und doch: eine Veränderung liegt in der Luft. *Er* hat sich verändert.

Später Winter, tropfende Dachtraufen. Böige Winde, schmelzender Schnee. Einzelne Sonnenflecke. Ein Hauch von Wildheit, Ruhelosigkeit. Der Ruf der Frühlingsvögel.

Mia zurück zu Hause vom Hockeytraining. Schält sich aus dem Trikot heraus, das sie über dem T-Shirt trägt. Mia in kurzen Hosen.

Er hat das alles gesehen, der Stiefvater. Aus den Augenwinkeln.

Abends am Essenstisch. Irgendetwas ist anders. Der Stiefvater trinkt mehr als früher – Bier vor allem. Häufig *schaut er Mia nicht an* beim Essen, schaut extra weg. Während er früher mit ihr geredet hatte, geredet und gelacht, so wie mit den Jungen. Jetzt schaut er *sie* gar nicht mehr an.

Und wenn er es tut, dann fragt er nach dem silbernen Armband. (»Warum trägst du es nicht, Mia? Du hast es nicht verloren, oder?«) Der Ton in seiner Stimme ist beides, rechthaberisch und wehmütig. Der Tyrann, der *verletzt* wurde.

Mias Mutter ermahnt sie, das Armkettchen *und* das Medaillon zu tragen. Wenigstens dann, wenn der Stiefvater es sehen kann.

Mia widerspricht; sie trägt nicht so häufig Schmuck. Und vor allem kein Silberkettchen, das klimpert, wenn sie tippt.

»Bitte«, fleht Mias Mutter. »Bitte, versuch es wenigstens.«

Er ist dein Ehemann. Nicht meiner.

Mia weiß nicht, ob sie erleichtert oder verärgert oder besorgt sein sollte, oder – verletzt. Diese plötzliche Veränderung beim Stiefvater. So unerwartet heftig wie eine herunterrasselnde Jalousie. Selbst wenn Mia daran denkt, das Armkettchen zu tragen – oder das Medaillon –, wendet Pharis die Augen von ihr ab und richtet seine ganze Aufmerksamkeit auf Kevin und Randy, die darum wetteifern, ihn zu beeindrucken. Wenn er es nicht vermeiden kann, Mia anzusprechen, dann tut er es mit alberner Höflichkeit. (»Würdest du so freundlich sein, Mia, und mir das Salz geben. Vielen Dank!«)

Mia fragt sich, ob ihre Mutter diese übertriebene Höflichkeit bemerkt, aber beschließt dann, nein, ihre Mutter bemerkt es nicht.

Wenn man Mutter ist und noch dazu einen neuen Ehemann bekommt, denkt Mia, dann muss man lernen, vieles *nicht zu bemerken.*

Grauenvoll für Mia, wenn ihre Mutter das Zimmer verlässt und der Stiefvater sich mit seinem hungrigen Blick Mia zuwendet, ein Blick, der sich auf sie stürzt wie ein Hund, der von der Kette gelassen wird.

Die Jungen zählen nicht. Die Jungen merken nicht, dass der Stiefvater auf einmal nur noch Mia anlächelt. Sich den Bart streicht, sich selbst liebkost. Mia hasst das. Wenn die Spitze seiner dicken rosa Zunge zwischen seinen Lippen glänzt.

Ein sauberes Mädchen. Das bist du. Denkst, ich kenn dich nicht!

Mia ist verwundert. Sie schaut weg, ihr Gesicht brennt.

Und dann in jener Nacht, oben auf dem Flur. Vor Mias Badezimmertür.

Seine Haut scheint jetzt rauer. Geröteter. Geschwollene Nase mit verletzten Kapillaren, die Mia zuvor gar nicht bemerkt hat.

Der Stiefvater murmelt eine Entschuldigung, die aber nicht sehr entschuldigend klingt. »Hey. Hab gesagt, es tut mir leid. Sei nicht so empfindlich, Mi-a.« Zieht sich zurück ins Elternschlafzimmer am anderen Ende des Flurs. Mia drückt gegen die Tür, hält sie fest zu. Sie zittert, ungläubig.

Nachdem sie im Badezimmer war, läuft Mia schnell zurück in ihr Zimmer, schließt die Tür. Kann sie aber nicht abschließen.

Denkt – *Vielleicht war es ja ein Versehen. Er würde nicht hier reinkommen ...* Nicht, wenn Mias Mutter im Haus ist.

Mia zieht einen Stuhl zur Tür, verbarrikadiert sie, damit sie nicht geöffnet werden kann.

Jede Nacht lässt sie das Fenster einen Spaltbreit auf. Auch wenn es richtig kalt ist. Denn wenn sie im Bett liegt, ganz still, dann könnte nach einer Weile Miao Dao zu ihr hereinkommen.

Ganz leise. Durchs Fenster. Nicht jede Nacht, nicht sehr häufig, aber Miao Dao wird nur nachts kommen und nur dann, wenn Mia ganz still unter der Decke liegt, ruhig und gleichmäßig atmet.

Ihr Geheimnis. Kostbar.

Wie die wunderschöne weiße Wildkatze ihre scharfen Klauen nutzt, um den Baum neben dem Haus hinaufzuklettern und dann vom Ast auf Mias Fensterbank springt. Senkt ihren Kopf, drückt sich durch den schmalen Spalt in Mias Zimmer hinein.

Mit einem gedämpften kleinen Schrei – *miao* – springt die weiße Katze aufs Bett. Vergräbt sich unter der Bettdecke, schmiegt sich an eine Seite von Mias Körper. Ihr Schnurren ist ein leises Grollen. Im Spalt unter Mias Arm, Miao Daos heißer Atem, tröstendes weiches, dickes Fell, schnell pochendes Herz.

Mia riecht den süß-sauren Duft von dumpfigem Blut im Atem der Katze, denn Miao Dao ist (natürlich) eine Jägerin.

Schläft ein mit einem Schnurren tief in der Kehle, das bald eins ist mit dem Rhythmus von Mias Herzschlag.

Manchmal fragt Mia sich: Ist *dies* die Miao Dao, die sie als winziges Kätzchen gerettet hat?

Es ist kaum erst ein Jahr vergangen, und Miao Dao ist eine große Katze, noch immer geschmeidig, aber auch robust und muskulös, wiegt sicher zwanzig Pfund. Nichts Kätzchenhaftes in den glänzend schwarzen Augen, scharfen, funkelnden Zähnen, stählernen Krallen. Fast überkommt Mia das Gefühl, dass dieses wunderschöne weiße Geschöpf gar nicht die echte Miao Dao ist, sondern eine andere, die Miao Daos Platz eingenommen hat.

Dein Stiefvater hat das Kätzchen ermordet. Hat sie mit seinen Füßen zu Tode getrampelt. Du weißt das, oder solltest es wissen. Ich wurde auserwählt, ihren Platz einzunehmen. Mich wird er nicht ermorden.

13.

Auf der Treppe. Im Flur oben, wo er anscheinend immer mal wieder lauert.

Wenn er an Mia vorbeigeht, so nah an Mia vorbeigeht, dass sie seinen schnellen Atem hört, dann gleitet seine Hand über ihren Rücken – eine kurze Berührung! Unteres Kreuz – eine Phantomberührung. Sie weicht vor ihm zurück, dieser Ausdruck in seinem (heißen) Gesicht. Talgfarbene Augen, wie Fliegen, die auf etwas Verrottendes, Köstliches hinabsinken.

Er lässt sie beschämt zurück. Beschämt dafür – sie selbst zu sein.

Mia ist merkwürdigerweise schwach geworden, zaghaft. Sagt sich selbst, dass sie keine Angst vor ihm hat – dem *Stiefvater*. Sie hat Angst vor ihrer Mutter.

Hat Angst um ihre Mutter. Angst davor, dass ihre Mutter am Boden zerstört ist, wenn Mia ihr erzählt, was hier geschieht.

Mia hat mitangehört, dass es scharfe Worte zwischen ihrer Mutter und dem neuen Ehemann gegeben hat. Denn der neue Ehemann, das merkt Mias Mutter langsam, unterscheidet sich gar nicht so sehr von dem vorherigen Ehemann.

Mia möchte das nicht sehen. Mia möchte sich nicht sorgen. Sie hat sich zu viel gesorgt in der Vergangenheit und möchte sich jetzt nicht sorgen.

In den letzten Monaten, seitdem sie von ihren Flitterwochen in Sarasota zurück sind, bemüht sich Pharis nicht mehr so stark, Mias Mutter zu erfreuen. Er ist jetzt häufig nicht zu Hause. Sein Lachen ist oft schrill, freudlos.

Mia fragt sich, ob irgendetwas schiefgelaufen ist mit der Firma Pharis Locke Consultants.

Sie erinnert sich daran, wie besorgt ihre Mutter war, als ihr Vater sich von der Familie entfremdete. Geldsorgen, die

Frage, ob sie *das Haus behalten konnten*. Mia fragt sich, ob ihre Mutter sich langsam wieder solche Sorgen macht.

Möchte ihr Vorwürfe machen – *Warum hast du ihn geheiratet? Warum hast du einen Fremden ins Haus gebracht? Was nun – gehört dem Fremden die Hälfte des Hauses?*

Nach der Schule findet sie in ihrem Zimmer auf dem Bett eine Zeitschrift, die anscheinend achtlos dort hingeworfen wurde. Ein Schundheft mit einer nackten, lächerlich vollbusigen Frau auf dem Titelbild – *Hot Eye Kandy*.

Mia lacht laut auf, wie – geschmacklos.

Dumm, albern. *Widerlich.*

Die Augen abgewandt nimmt sie die Zeitschrift in die Hand. Blättert sie *nicht* durch, wie es ihr Stiefvater gerne möchte. Stattdessen steckt sie das Heft schnell in ihren Rucksack. Geht die Treppe hinunter, passt auf, dass ihre Mutter nicht sieht, wo sie hinsteuert, schmeißt die Zeitschrift in die große grüne Tonne in der Garage.

Nicht in die Papiertonne, wo die anderen Zeitschriften liegen. Da könnte sie möglicherweise entdeckt werden.

An einem anderen Tag entdeckt Mia in ihrem Mathebuch kleine Zeichnungen, mit rotem Farbstift hineingekritzelt. Geschmacklose Cartoons. (Frauenkörper? Brüste?) Sie wundert sich, dass ein erwachsener Mann so weit geht, sich so viel Zeit dafür nimmt.

Rubbelt an den kleinen roten Zeichnungen herum, versucht, sie auszuradieren. Reißt Seiten heraus. Schließlich kritzelt Mia mit ihrem eigenen roten Stift darüber. Wenn irgendjemand jetzt dieses verunstaltete Mathebuch sähe, wäre er fassungslos.

Ansonsten hält Pharis Distanz zu ihr. Weicht Mia aus. Verpasst häufig das Abendessen mit der Entschuldigung, dass er »geschäftliche Termine« hat.

»Wo ist Dad?«, fragen die Jungen ihre Mutter. Seit wann nennen ihre Brüder *ihn Dad*, fragt Mia sich.

Sie hat Angst vor ihm, hat keine Angst vor ihm. Sie muss einfach nur schreien. Sie muss einfach nur weglaufen. Sie muss einfach nur ihrer Mutter beichten, dass er sie belästigt.

Dieser Blick krankhaften Verlangens. Groll, Verbitterung dahinter.

Schlaffe Lippen. Feuchtes Lächeln. Obszönes Lächeln.

Im Flur oben taucht er dann plötzlich auf – mal wieder. Sein Hemd ist geöffnet, entblößt den rundlichen Fettbauch, von grauen Haaren bedeckt. Verfilzte Haare auf seiner Brust, Brustwarzen wie kleine Knöpfe.

Männliche Brustwarzen! Mia hat das Bedürfnis laut aufzulachen.

Ein anderes Mal stößt Pharis die Badezimmertür auf. Als Mia hätte schwören können, dass er gar nicht zu Hause war.

»Geh weg! Lass mich in Ruhe! Ich hasse dich.«

Ganz rot im Gesicht grummelt der Stiefvater seine dürftige Entschuldigung – *Sorry*. Schwerfällig zieht er sich zurück, glaubt, dass er dieses Mal zu weit gegangen ist.

So wie Mia zu weit gegangen ist, den Punkt erreicht hat, von dem aus es kein Zurück mehr gibt. Statt zurückzuschrecken, wie sie es in der Vergangenheit getan hat, sagt sie ihm jetzt direkt ins Gesicht *Ich hasse dich.*

Eine Befreiung, Mias Flucht aus dem Haus. Durch den Garten in die Schatten am Ende des Grundstücks hinein.

In das angrenzende Wäldchen, wo einstmals die verwilderten Katzen lebten.

»Miao Dao? Bist du hier? Miez-Miez …« Eine Stimme voller Hoffnung, flehend.

Eine geschundene Landschaft. Zugewachsen auch dort, wo die Planierraupe die Bäume und Sträucher abrasiert hatte; mittlerweile wurde Müll auf dem Grundstück abgeladen – verrottende Zeitungen, Plastikflaschen, Dosen.

Verbittert denkt Mia – was für ein Verlust, das Heim der verwilderten Katzen, für *das hier* ausgelöscht.

Ruhig ist es. Niemand weiß, dass Mia hier ist. Wenn sie ganz still stehen bleibt und vorsichtig herumschaut, kann sie Geisterkatzen in den Schatten sehen, die sie wachsam beobachten.

»… Ich bin eure Freundin. Ich liebe euch.«

Aus dem Schatten kommt die wunderschöne Katze mit dem weißen Fell hervor, sie hat die Größe eines Luchses. Große Pfoten, buschiger Schwanz. Glänzende Augen aus dunklem Marmor, die Mia fixieren. *Hier bin ich. Hast du gedacht, ich hätte dich im Stich gelassen?*

Unter Mias angespanntem Blick bahnt sich Miao Dao ihren Weg durchs Unterholz. Zielsicher, fast ohne Zaudern, geschmeidig wie ein Geist. Mia wagt nicht zu atmen, beugt sich leicht nach vorn, um die Katze zu streicheln, doch in dem Moment als sie Miao Daos Kopf berührt, hört sie ein schwerfälliges Poltern hinter sich, dann eine laute Stimme – »Mi-a? Hey – wo bist du?«

Pharis Locke ist ihr gefolgt, an ihren geheimen Ort.

Sie ist wie gelähmt vor Schreck. Fassungslos. Im selben Augenblick springt Miao Dao fort und ist verschwunden.

Pharis Locke hat getrunken. Augen wie krabbelnde Ameisen. Oh, wie sehr Mia ihn hasst und fürchtet! Er ist ein grober Tyrann, doch Mia erkennt auch etwas Schwaches in ihm, etwas Sehnsuchtsvolles. Er streicht über sein bärtiges Kinn, zieht an den spärlichen Härchen. Mia kann ihn keuchen hören, wie außer Atem.

»Das hier ist also unser Geheimnis, was? Deine Mutter weiß nicht, wohin du jede Nacht verschwindest. Dass du dich jede Nacht hier herumtreibst. Was zum Teufel tust du hier, Mia? Triffst du einen Jungen hier? Mehrere Jungen?«

Der Stiefvater grinst anzüglich. Er ist näher gekommen, dann stoppt er, überlegt. (Sollte er nach ihr greifen? Sie packen? Festhalten? Und wenn er das täte, was wird Mia dann tun? Er weiß, wie flink das Mädchen ist, welch schnelle Reflexe ein vierzehnjähriges Mädchen hat. Er weiß, dass sie sich wehren kann, ihn anschreien – *Ich hasse dich*. Er muss das Risiko einschätzen, ob er sie erst einschüchtern oder sofort überwältigen soll. Wenn ihm das gelingt, so glaubt er, dann wird sie keinen Widerstand mehr leisten.)

Es ist aber auch möglich, dass der (besorgte) Stiefvater sich für die Stieftochter verantwortlich fühlt. Es ist möglich, dass er wirklich bestürzt ist. Denn warum sollte ein vierzehnjähriges Mädchen hier ins dichte Unterholz hineinschlüpfen? Was könnte sie dorthin ziehen, an diesen trostlosen, durch tiefe Furchen verwüsteten Ort, einen Ort voller Müll?

»Also gut, Mia. Lass uns zurückgeh'n nach Hause …«

Der Stiefvater spricht mit vertrauter Stimme. So als ob er das Recht dazu hätte.

Aber Mia weicht zurück. Murmelt, dass sie den Weg nach Hause alleine findet. Danke!

Zur großen Überraschung des Stiefvaters rennt Mia unvermittelt los, wie ein trotziges Kind. Ignoriert die Rufe des Mannes, als sie durch das Wäldchen rennt, den engen Pfad entlang durch die Brombeerbüsche. Mia fühlt sich angestachelt, so als ob sie, den Hockeyschläger fest in beiden Händen, auf dem Spielfeld in diesem Moment ihre Gegnerinnen hinter sich ließe.

Der Stiefvater bleibt keuchend zurück, sein Plan ist vereitelt. Der Stiefvater hat sich den Weg zum unbebauten Grundstück von der Straße her gesucht, den Pfad durch die Brombeeren kennt er nicht. Als er zu Hause ankommt, ist Mia schon oben in ihrem Zimmer.

Diese Frage – *Ist es meine Schuld?*

Dass Pharis Locke sich so sehr verändert hat. In dem Jahr seit er Mias Mutter geheiratet hat und hier ins Haus eingezogen ist. Jetzt, wo Mia vierzehn ist, und »älter« – kein Kind mehr.

Er ist mit der Zeit derber geworden, auch geschmacklos. Kratzt sich in seiner Leistengegend, zuerst unbewusst, aber dann immer deutlicher und unmissverständlicher, wenn Mia sich nah an ihm vorbeidrängen muss. Dazu alberne Laute aus seinem Mund, die nur Mia hören kann – »*Sauberes Mädchen! Mi-a.*«

Spielt mit Randy und Kevin. Tut so, als ob er dem Geplapper der Jungen zuhört. Dann, plötzlich oben vor Mias Tür, Gürtel lose, Hose offen. Obszöne Bewegungen mit der Hand. Mia ist fassungslos, wurde vollkommen überrascht – ihre Augen schweifen an ihm herunter, keine Chance wegzuschauen.

Zunächst ist sie vollkommen beschämt. Hört sich dann aber selbst lachen. Prustet los.

»Was soll das?«, sagt sie. »Das ist doch wohl nicht dein Ernst.«

Sofort stoppt der Stiefvater die obszönen Bewegungen. Entzieht sich Mias spottendem Blick, gedemütigt.

Was war das? Mia hätte so etwas nie erwartet: ein Rausch von Stärke und Macht. Den Mann anzugreifen in der ihm eigenen Männlichkeit.

Ihr wird bewusst: Der Mann hat die Macht, dich einzuschüchtern, dich zu beschämen. Aber deine Macht über ihn ist die Macht des Lachens.

Denn (so scheint es Mia) das ist sehr amüsant. Der Penis des Mannes, die schlaffen Oberschenkel des Mannes mittleren Alters, das stummelige Stück Fleisch zwischen den Schenkeln, gezückt wie eine Waffe, doch schlapp jetzt, matt und besiegt. Zum Lachen.

Mia knallt ihre Zimmertür zu. Nicht verängstigt, sondern laut lachend.

14.

Böse Mia! Wie Pharis schon mürrisch vorhergesagt hatte, hat sie das silberne Armkettchen mit ihrem eingravierten Namen jetzt doch verloren.

Beichtet es ihrer Mutter, sehr zögerlich. Schuldbewusst. Und auch erst, nachdem sie Kevin und Randy dazu gebracht hatte, ihr bei der Suche zu helfen. Obere Etage, untere Etage, doch ohne Erfolg.

Mias Mutter ist tief betroffen: »Aber Mia – wie um Himmels willen konntest du ein Armband mit solch einem Verschluss verlieren?«

Mia zuckt mit den Schultern. »Keine Ahnung.«

»Hast du es in der Schule getragen?«

Mia überlegt. »Weiß nicht genau.«

»Wenn ja, dann könnte es ja bei den Fundsachen auftauchen. Hast du da schon nachgeschaut?«

Mia blickt grimmig. »Noch nicht.«

»Dein Stiefvater wird so – enttäuscht sein. So verärgert. Wenn er davon erfährt …«

Mia stimmt ihr zu. »Wir sagen ihm besser nichts davon.«

Ein anderer Tag. Die beiden zusammen in der Küche. So, als ob ihr gerade eben erst der Gedanke gekommen sei, fragt Mias Mutter mit gedämpfter Stimme, ob – Pharis Mia schon mal »angefasst« habe – irgendwann einmal?

Mia ist bestürzt über diese Frage. Sie hat keine Ahnung, wie sie reagieren soll.

Ihr ist klar, welchen Mut ihre Mutter aufbringen musste, um diese demütigende Frage zu stellen. Mia sieht die Furcht in ihren Augen.

Sie schüttelt stumm den Kopf. *Nein.*

Nein? Er hat Mia nicht angefasst? Auch nicht – damit gedroht, sie mal anzufassen?

»N-nein.«

Augen abgewendet, Stimme gedämpft. Mia versichert ihrer Mutter, dass es da nichts zu erzählen gibt.

Mias Mutter bohrt weiter, voller Angst. »Mia, bist du sicher?«

Errötend vor Wut lacht Mia: »Hab ich dir doch schon gesagt, Mom – *ganz sicher.*«

Purer Zufall, dass Mias Vater sie am folgenden Tag anruft, zum ersten Mal nach vielen Wochen, und sie danach fragt, wie es so ist, mit einem »neuen Dad« zu leben – Mias Mutter und Mias Vater stehen doch gar nicht miteinander in Kontakt. Mia hat keine Idee, was sie antworten könnte, ohne ihre Mutter zu belasten und ohne zu zeigen, dass sie selbst unglücklich ist, denn sie hat Angst, durch eine falsche Antwort ihr Zusammenleben nur noch weiter zu verschlechtern. Mia ist klar: ihr Vater möchte nicht (wirklich), dass sie und ihre Brüder ohne ihn glücklich sind. Obwohl Mias Vater natürlich auch nicht (wirklich) möchte, dass die Kinder aus seiner ersten Ehe weiter zu seinem Leben gehören sollen, weil er ja jetzt eine »neue Familie« hat – neue Frau, neues Baby (Mädchen). Mia beißt sich auf die Unterlippe, fühlt einen Stich von Eifersucht, weil die neue Tochter ihres Vaters jetzt ihren Platz eingenommen hat.

Vor allem möchte Mias Vater nicht, dass seine Ex-Frau ohne ihn glücklich ist. All dies weiß Mia. Es macht sie traurig, das alles zu wissen, aber sie weiß es eben.

Deswegen versichert sie ihrem Vater, dass der neue Dad »toll« ist und Mom jetzt »viel glücklicher«, als je zuvor in Mias Erinnerung.

Am anderen Ende der Leitung Stille. Mias Worte sind eine Ohrfeige, eine Kränkung. Steif murmelt Mias Vater: »Schöne Neuigkeiten! Wie schön. Danke.«

Kurz danach endet das Gespräch. Mia ahnt – *Es wird lange dauern, bis er das nächste Mal anruft.*

15.

Spannungsgeladen, diese Anfeindung zwischen Mia und dem erwachsenen Mann, der legal ihr *Stiefvater* ist.

Der Nervenkitzel. Der umso größer ist, weil das alles in nächster Nähe geschieht, viel intimer als die Anfeindungen, die Mia in der Schule erleben musste.

Niemand in der Schule belästigt sie jetzt mehr, seitdem der Dempster-Junge getötet worden ist, ein Verbrechen, das nie zufriedenstellend aufgeklärt wurde.

Die Gurgel durchgeschnitten. Mit einer Art langem, gezähntem Messer oder einem krallenähnlichen Werkzeug. Weder die Tatwaffe noch ein Verdächtiger wurden je gefunden.

In Mias Schule sprechen die Leute immer noch im Flüsterton über den Tod, den Mord. Mias Freundin Janey hat durch einen Freund der Familie, dessen Schwager in der lokalen Polizeibehörde arbeitet, gehört, dass Ernie Dempster wohl mit Drogenhandel zu tun gehabt habe, Drogen in der Schule verkaufte, und dass sein Tod die Strafe dafür war oder auch eine Warnung.

»Nichts Neues? – über den Jungen mit der durchgeschnittenen Kehle?« Manchmal fragt Pharis während der Mahlzeiten Mia danach, mit ironischem Unterton in seiner Stimme. Dieser rätselhafte Tod scheint ihn sehr zu beschäftigen. Mias Mutter, Randy und Kevin sitzen dabei und hören zu, als Mia berichtet, dass es keine Neuigkeiten gibt, nichts, von dem sie wüsste.

Aus Pharis' Richtung hört sie ein zischendes Geräusch, so, als ob er sagen will, dass der Tod von Mias älterem Mitschüler ein Zeichen dafür ist, dass bei den Jugendlichen heute einiges schiefläuft, einer Jugend, zu der auch seine unbelehrbare Stieftochter gehört. (Ja, Pharis hat mittlerweile entdeckt, dass das Silberkettchen verschwunden ist. Und ja, Pharis hat ihr barsch und unverblümt mitgeteilt, dass er deswegen *angepisst* ist.) Streicht seinen albernen dünnen Bart, schneidet mit dem Mund eine Grimasse, und lässt seine feuchte, an eine Schlange erinnernde Zungenspitze flüchtig hervorblitzen, sodass niemand am Tisch es bemerkt, nur Mia.

Meine Schuld, denkt Mia. *Sauberes Mädchen.*

Der von Anspannung gezeichnete Blick im Gesicht ihrer Mutter erinnert Mia an den von Anspannung gezeichneten Blick im Gesicht ihrer Mutter zur Zeit der Scheidung. Doch jetzt versucht Mias Mutter ihn mit Make-up zu übertünchen, nicht sehr erfolgreich allerdings.

(Trinkt Mias Mutter wieder? Mia hat Grund für diese Annahme.)

(Trinken im Geheimen. Mias Vermutung.)

Wenn Pharis regelmäßig wegfuhr, bedeutete das, dass auch er irgendwo trank. Unter dem Vorwand, er habe geschäftliche Treffen – »Konferenzen«. Pharis Locke Consultants, Inc. ist (hauptsächlich) ein Online-Unternehmen, das hat Mia herausgefunden. Ist sich nicht sicher, ob es überhaupt irgendwo ein richtiges Büro gibt, außer in Pharis Lockes Computerkonsole, die jetzt unten im Gästezimmer aufgebaut ist, wo Mias Vater früher geschlafen hat.

Seine Schritte auf der Treppe, wenn das Haus dunkel geworden ist. Sein Warten draußen vor Mias Schlafzimmertür. Als ob der Mann über etwas brütet, nachsinnt. Was er gerne mit ihr machen würde. Was er mit ihr machen wird. Wenn er kann. Wenn sie ihn nicht stoppen kann. Bald.

Mia ist hellwach, zittert. Sie hat einen Stuhl vor die Tür gezogen, sodass sie nicht geöffnet werden kann.

Angstschweiß, wenn sie daran denkt, dass Pharis betrunken sein könnte und ihr das Lachen heimzahlen will. Diese unverzeihliche Kränkung – ihr Gelächter. Eine Abfuhr für seine Männlichkeit, unerträglich für sein Ego.

Wenn er wirklich will, dann kann Pharis die Tür aufstoßen. Der Stuhl wird in hohem Bogen davonfliegen. Wenn er wütend genug ist. Die Kränkung zu groß.

Mia kann um Hilfe rufen. Natürlich.

Doch ihre Hilferufe werden Pharis nur noch wahnsinniger machen. Und falls Mias Mutter zur Hilfe käme, wird Pharis seine Wut an *ihr* auslassen.

Er hat bisher keine der beiden angefasst, weder aus Wut noch aus Ungeduld. Er hat die kleinen Jungen (noch) nicht gemaßregelt, obwohl Mia schon bemerkt hat, dass er es manchmal gerne tun würde, und möglicherweise auch tun wird, bald.

Er ist viel schwerer als Mia. Viel stärker.

Er hat getrunken, was ihm zusätzliche Kraft verleiht. Wenn er möchte, kann er in das Zimmer eindringen und Mia dazu bringen, zu schreien, wie sie noch nie in ihrem Leben geschrien hat.

Sauberes Mädchen. Das magst du doch.

Die Jungen in der Schule genossen es, wenn Mia große Angst vor ihnen hatte. Ernie Dempsters Gesichtsausdruck, außer sich. Sie hatte seinen starren Blick gesehen, Blutspritzer, Augen, die trüber wurden, verblassten …

Mia steht stocksteif in ihrem Nachthemd, barfuß. Das Fenster ist einen Spaltbreit geöffnet, um Miao Dao hereinzulassen. Vielleicht ist heute aber auch eine jener Nächte, in denen Miao Dao sich nicht ihren Weg in Mias Zimmer bahnt, um neben ihr zu schlafen, sondern draußen im Wald bleibt. Wenn sie Miao Dao bei sich haben will, dann muss sie die Katze im Wäldchen suchen.

Geräusche vor ihrer Tür, Pharis geht weiter. Sie ist sich ziemlich sicher, dass er weitergegangen ist. Gott sei Dank! Sie schwankt, erleichtert. Lacht jetzt laut. Wieder eine Nacht, in der ihr Stiefvater sie verschont hat.

16.

Ein Regenmantel über dem Nachthemd, die Füße in Turnschuhe gesteckt. Mia ist zu erregt, um ins Bett zu gehen. Die Luft in ihrem Zimmer bedrückt sie.

Schlüpft aus dem dunklen Haus heraus. Läuft durch die Wiese über feuchtklamme Grasbüschel in das schattige Wäldchen auf dem Nachbargrundstück hinein, wo Miao Dao und die anderen verwilderten Katzen sie erwarten.

Eine dunstige Nacht. Eine Nacht wie ein Schleier. Nebelschwaden. Gegenstände verschmelzen miteinander, Grenzen verschwimmen.

Hier ist Mia ganz bei sich. Hier kann sie atmen. Sie ist sehr glücklich. Mia möchte sich hinlegen und zusammenrollen. Sie möchte gerne zusammenschrumpfen, nicht viel größer sein als Miao Dao. Sie wird sich ins Unterholz hineingraben, im Schutze der verwilderten Katzen, die sie lieben und die sie niemals verletzen würden.

»Hey! Mi-a!«

Ein derbes Rufen, frohlockend. Schwerfälliges Stolpern im Gehölz. Der Strahl einer Taschenlampe zuckt über Mia hinweg, blendet sie. Sie versucht, die Augen mit ihren Händen zu schützen, ruft dadurch spöttisches Gelächter bei ihrem Verfolger hervor. Sie ist fassungslos. Pharis ist ihr noch einmal zu diesem geheimen Ort gefolgt und hat ihn geschändet.

Sie ist bestürzt, verzweifelt, ihr wird übel. Die wilden Katzen werden jetzt fliehen. Miao Dao wird niemals mehr wiederkommen, aus lauter Abscheu vor Pharis Locke.

Pharis lacht über ihren Blick, der Entsetzen, Angst und Demütigung zeigt. Pharis ist aber auch erregt und gereizt, wirkt bedrohlich. Seine Worte sind undeutlich, böse: »Wo verdammt willst du hin, Mi-a? Herrgott! Ist das ein Dschungel hier …«

Dieser wunderschöne friedliche Ort, erschüttert von der Stimme des Mannes. Seinen schweren Schritten, dem keuchenden Atem. Er ist ihr wieder gefolgt? Sie war sich gewiss, dass er ins Bett gegangen war, gewiss, dass sie sicher war vor ihm in dieser Nacht.

Gelächter, grausame Freude. Denn Pharis ist wieder betrunken. Und freut sich darauf, sie zu bestrafen.

»Kleines Luder. Was zum Teufel denkst du dir dabei …«

Grausam bohrt sich das grelle Licht in Mias Gesicht. In ihre Brust, ihren Bauch. Runter bis zur Leistengegend. Pharis ist jetzt ganz nah bei ihr. Sie scheint unfähig, ihm zu entkommen, sie ist erfüllt von Schreck und Sorge, Reue. Sie hat Miao Dao verraten, genauso wie alle anderen verwilderten Katzen – oder? Sie hat diese furchtbare Person an ihren geheimen Ort geführt.

Pharis greift nach Mia. Sie stößt seine Hand zurück, ein Fehler. Denn Pharis wird sehr schnell böse. Er ist sehr empfindlich, wenn es um Respekt oder Respektlosigkeit geht. Mia wimmert vor Schmerz; er hat mit seinem Handrücken ihr Gesicht gestreift, nicht absichtlich – es sei denn – ja, er hat sie absichtlich geschlagen. Sein Ziel ist es, sie so einzuschüchtern, dass er sie leicht überwältigen kann, dass sie starr vor Schreck ist. Damit er seine Hände über sie gleiten lassen kann, sie auf den schlammigen Boden werfen und sich zwischen ihre Beine schieben, sie niederringen.

»Du – gottverdammtes – *sauberes Mädchen* –«

Aus dem Schatten heraus, ein weißes Aufblitzen. Eine Kreatur mit weißem Fell, die spitzen Zähne gebleckt.

Ein erstickter Schrei. Mit beiden Händen versucht der Mann, die wildgewordene Bestie wegzustoßen, die sich an seinem Hals festgebissen hat.

Es ist eine große Katze, oder auch ein Luchs, Fauchen, böses Knurren. Mia sieht voller Entsetzen, wie Miao Dao von der Schulter des Mannes herabspringt, wie er blind lostorkelt, wie er die Finger gegen seinen Hals presst in dem vergeblichen Versuch, das heraussprudelnde Blut zu stillen.

Doch der Mann ist machtlos. Der Mann fällt schwer zu Boden. All seine Kraft verlässt ihn. Mia noch immer gelähmt. Sie sieht es, aber kann nicht verhindern, was da passiert: die aufgeschlitzte Hauptschlagader, eine Fontäne von dunklem Blut.

Licht vom Mond? Vom verdeckten Mond? Die Taschenlampe ist ins Gebüsch gefallen und verloren.

Mia wimmert vor Angst. Sie lacht, ein unkontrollierter Lachkrampf. Mia rappelt sich auf, um zum (dunklen) Haus zurückzurennen. Sie war clever, hat sich nicht ausgeschlossen, sondern das Schloss so präpariert, dass man die Tür zuziehen konnte, ohne sie zu verschließen.

Wie ruhig das Haus ist! Wie ein Haus im Traum oder auf dem Meeresgrund.

Nur Mias heftiger Atem, ihr Herzschlag.

Muss die 911 rufen. Notruf. Krankenwagen …

In der Küche, dieses Herumtasten nach dem Telefon an der Wand. Unschlüssig, ob sie die Deckenlampe anschalten soll. Mia zittert und wimmert wie ein kleines Kind, das sich in einem Zustand jenseits von Angst und Schrecken befindet, nur noch Gefühle und Sinne, kaum zu ertragen …

»Oh, Mia.«

Mia war sehr leise, da ist sie sich sicher. Doch Mias Mutter ist aufgewacht und hinunter in die Küche gekommen, in ihrem Nachthemd, wie ein Geist, doch unerschrocken und entschlossen. Als ob Mias Mutter in der Nacht einen seismischen Ruck gespürt hätte. Als ob das Fundament des Hauses erbebt wäre.

Mias Mutter schaltet nur das kleine helle Licht über der Spüle an. Mehr als dieses eine Licht braucht sie nicht, denn genau dort am Spülbecken steht Mia, mit weit aufgerissenen Augen wie in Trance, einen Regenmantel über dem Nachthemd, heißes Wasser läuft aus dem Hahn, brühend heißes Wasser, mit dem sie verzweifelt versucht, das rasierklingenscharfe japanische Messer abzuspülen, alle Flecken zu entfernen.

»Gib her, Mia.«

Nimmt ihr das Messer aus der Hand. Mia hat es nicht geschafft, alles abzuwaschen. Noch immer Blutspuren an der Klinge und an dem gebogenen Griff aus Ebenholz. Flink spült Mias Mutter das Messer noch ein-, zweimal unter laufendem Wasser ab, legt es dann in die Spülmaschine, die schon zu zwei Dritteln mit Geschirr und Besteck gefüllt ist. Rasch die Taste Intensivprogramm drücken, die die Spülmaschine surrend in Bewegung setzt.

Sie gehen zusammen die Treppe des dunklen Hauses hinauf, zurück in ihre Betten. Machen sich bereit für den nächsten Tag, und dann noch einen. Die Küche strahlt von oben bis unten. Wenn sie befragt werden – denn sie müssen natürlich befragt werden – können sie keine sachdienlichen Informationen geben: eine große Überraschung, ein Schock, keinerlei Erklärung, ja, er hatte getrunken, ja, er war häufig weg bis in die frühen Morgenstunden, nein, seine Frau wusste nichts von seinen finanziellen Schwierigkeiten, ja, er schien einige »Feinde« zu haben – die Ehefrau glaubte, dass das möglicherweise Geschäftspartner waren, aber sie war sich nicht sicher, denn er hatte solche Dinge immer für sich behalten.

Nein, die Stieftochter hatte ihn kaum gekannt.

Keine Notwendigkeit und auch kein Wunsch der Familie, woandershin zu ziehen. Warum denn?

Was immer auch mit dem Stiefvater passiert war, war doch nicht im Haus passiert.

Was immer auch mit dem Stiefvater passiert war, war doch nicht *ihr* passiert.

Und darum ist Mias Schlaf ein tiefer, traumloser Schlaf. Und darum schläft Miao Dao die ganze Nacht hindurch ganz nah bei Mia, und darum sind Mia und Miao Dao all diese Jahre hindurch unzertrennlich.

Wie ein Geist: 1972

Die steile, verschneite Schlucht hinauf. Klammert sich an die Felsvorsprünge, blutige Hände. Und unaufhörlich fällt Schnee, die Temperatur sinkt auf 20 Grad unter null.

Wie still und leise, der sanft fallende Schnee zwischen den Felsen! Dieses Verlangen, die Versuchung, sich hinzulegen, zu schlafen.

Er wollte, dass sie stirbt. Er wollte sie mit seinen Händen töten. Aber sie ist ihm entwischt, er wird sie nicht verfolgen. (Sie gelobt) er wird sie niemals finden.

1.

Zu der Zeit, als sie den Gedanken zulässt *Es ist passiert – mir passiert,* da war es schon zu spät.

So unerwartet hatte es begonnen. Fast so, dachte Alyce später, als ob jemand anderes an ihrer Stelle gehandelt hätte. Sie hatte aus der Distanz nur erstaunt zugesehen.

Sie war nicht betrunken gewesen. Nur erregt, nur beschwingt – *in einem Hochgefühl.*

Dass er sie überhaupt bemerkt hatte. Sie eingeladen hatte, nach dem Empfang noch mit ihm wegzugehen. Nach dem Vortrag. Er hatte den Dozenten gekannt, einen Gastprofessor von der Universität Edinburgh. Vor dem Vortrag hatte sie ihn mit dem angesehenen weißhaarigen Professor sprechen sehen, sie hatte ihn lächeln sehen, Hände schütteln.

Eine Theorie der Sprache. Theorien der Sprache. Wie entsteht Sprache? – Ist das Bewusstsein ein unbeschriebenes Blatt Papier (so wie es einmal von dem Philosophen John Locke postuliert worden war) oder ist das Bewusstsein eine Art unbestelltes Feld voller Möglichkeiten, angelegt durch die besonderen Eigenschaften des menschlichen Gehirns?

Wenn das Bewusstsein vom Körper losgelöst werden kann, besteht dann die Möglichkeit, dass das Bewusstsein nach dem physischen Tod noch weiter besteht? Gibt es so etwas wie *Heimsuchung?*

Er hatte sie gefragt, was sie von dem Vortrag hielte, und Alyce antwortete, sie könnte nichts dazu sagen, weil sie nicht genug über das Thema wisse. Und er hatte so etwas gesagt, wie – *Na ja, wirst du aber bald. Du hast ja gerade erst angefangen.*

Wie schmeichelhaft für Alyce Urquhart mit ihren neunzehn Jahren.

Sie gingen zusammen über den dunklen Campus. Später fiel ihr ein, wie dezent er sie geleitet hatte – eine leichte

Berührung am Arm, eine Andeutung. *Ja, hier entlang. Hierher.*

Später erinnerte sie sich daran, wie die alten gotischen Gebäude auf dem Campus in der Dämmerstunde eine düstere Grabesstimmung annahmen. Und wie ein leichter Dunstschleier von den Straßenlaternen ausging, so als ob die Luft verschwömme.

Lange, gerade Tannen stiegen weiter hinten empor. Diese Waldgegend am westlichen Rand des Campus zu betreten, war, wie einen Zauberwald zu betreten.

Ihr Herz schwoll, sie fühlte große Glückseligkeit. Wenn sie jetzt sterben würde – wenn sie schon gestorben wäre –, dann wäre es genau dieser Moment, den sie am intensivsten vor Augen hätte: die Tannen, diese wunderschönen Tannen und den jungen Philosophieprofessor an ihrer Seite, der sie erwählt hatte, um diesen Abend mit ihr zu verbringen.

Aber sie kannte ihn, ihren Lehrer, noch nicht gut genug, um auszurufen: *Oh, wie wunderschön! Schauen Sie.*

Was immer Simon Meech an jenem Abend zu Alyce Urquhart auch gesagt haben mag, Alyce hätte es nicht genau wiedergeben können. Selbst unter Menschen, die sie kannte, war sie sehr scheu, und Simon Meech kannte sie überhaupt noch nicht persönlich. Doch mit einem Male bedeutete er ihr etwas; und sie hatte vorher nicht erahnen können, wie viel. Nur sehr vage erinnerte sie sich daran, wie er sie, ohne dass er es wohl absichtlich tat, von ihrem Studentenwohnheim weggeführt hatte. Weg von der hell erleuchteten, überheizten und geschäftig brummenden Mensa, wo sie zu dieser Abendstunde sonst ihr Essenstablett inmitten einer Gruppe von jungen Frauen weitergeschoben hätte, wo sie sonst dem Geplapper rundherum zugehört oder auch nur halb zugehört hätte, in einem unreflektierten Gemütszustand – unbekümmert – und nicht überlegt hätte, *Wer bin ich eigentlich, dass ich dies hier tue? Und was wird daraus werden?*

Was wird daraus werden: die steile, schneebedeckte Schlucht,
blutige Hände, die sich an die Felsen krallen, ihre Entschlos-
senheit, sich hochzuziehen, nicht aufzugeben und nicht zu
sterben.

Ein nebliger und regengepeitschter Herbst. Ihr zweites Jahr im
College, das sie sich als eine Art schwebende Insel ausgemalt
hatte, eine Inseloase, inmitten der Trümmer ihrer Familie.
Und was wird daraus werden. Was aus mir.
Die von Alyce hochgeschätzte Veranstaltung war ein Semi-
nar über das kreative Schreiben von Lyrik, geleitet von einem
älteren Dichter, Gastdozent aus Boston. Vor langer Zeit hatte
Roland B. Edna St. Vincent Millay und Robert Frost gekannt,
Ezra Pound und T. S. Eliot, Wallace Stevens, William Carlos
Williams und Marianne Moore. Zu seinen guten Bekannten
zählte er Robert Lowell, Elizabeth Bishop, Anne Sexton. Er
war Sylvia Plath begegnet – »eine betörend kurze Zeit«.
Eine glatte, kuppelförmige Glatze, der Kopf schien zu groß
für die schmalen Schultern. Talgfarbene Augen, tief in den
Höhlen wie bei einer Schildkröte, doch hell leuchtend. Roland
B. schien immer zu frieren, obwohl er doch passend für den
Winter im New Yorker Hinterland angezogen war: Eine Har-
ris Tweedjacke mit Lederbesatz an den Ellbogen, Pullunder,
den Wollschal elegant um den Hals geschlagen. Seine Hände
waren zart, die Handrücken ungewöhnlich blass, die Haut
schien sehr weich, kraftlos. Alyce konnte sich vorzustellen,
dass, wenn sie sich nach vorne über den Seminartisch beugte
und ihren Zeigefinger in diese Haut drückte, sich die Delle
nur äußerst langsam zurückbilden würde.
Mit kehliger, ehrfürchtiger Stimme las der betagte Dichter
lyrische Werke vor, manchmal rezitierte er sie auch, als wäre
er ganz für sich allein und die eifrig ums Zuhören bemühten
Studenten lediglich privilegierte Mitlauscher. Alyce klagte,
dass ihr Nacken nach drei Stunden Seminar wehtat, weil sie

sich so weit wie möglich vornüberbeugte, um nicht auch nur eine einzige Silbe zu verpassen.

Dies war natürlich keine wirkliche Klage. Ihr Herz schlug in großer Ehrfurcht für den angesehenen Dichter, der in begnadeter Selbstbezogenheit wie ein Buddha in seiner eigenen Göttlichkeit ruhte.

In seiner ersten Seminarstunde bat Roland B. jeden der jungen Lyrikstudenten, sein Lieblingsgedicht vorzutragen – »ein Gedicht von unerreichter Größe«.

Alyce trug ein wenig bekanntes Gedicht von William Butler Yeats vor – »To a Friend Whose Work Has Come to Nothing«.

Formell war das Gedicht für sie absolut faszinierend: hart, rhythmisch, anklagend, mit einem strikten Reimschema, die Wut durch künstlerische Mittel im Zaum gehalten. Schon in ihrem ersten Semester hatte sich dieses Gedicht aus der Anthologie der Englischen Literatur in ihr Gedächtnis eingegraben; eines Tages merkte sie, dass sie es auswendig konnte.

Sie liebte die stille Wut der letzten Zeilen. *Amid a place of stone / Be secret and exult / Because of all things known / That is most difficult (Inmitten der Steine / Bleib verschwiegen und frohlocke, / Denn von allen Dingen, die wir kennen / ist dies das Schwierigste).*

Was immer auch Roland B. von seinen Studierenden im Grundstudium erwartet haben mochte, dieses leidenschaftliche Gedicht von Yeats auf jeden Fall nicht. »Aha, gut! Eine exzellente Wahl, Miss –«, sein Blick huschte über die Kursliste, während Alyce ihren Nachnamen verlegen vor sich hin murmelte: »Urquhart.«

»Ah, Urquhart« – Roland B. tat so, als ob der Name ihm irgendetwas sagte und blickte Alyce mit verwundertem Gesichtsausdruck an.

Ganz offensichtlich wusste Roland B. noch nicht, was er von ihr halten sollte.

2.

Diese unberechenbare Jahreszeit. Einem milden Oktober folgte Anfang November urplötzlich ein Schneesturm. Blätter heruntergefegt von den Bäumen, ein blasser, wolkengesprenkelter Himmel, feuchte Kälte in den »historischen« Gebäuden aus dem 18. Jahrhundert, die (wie es heißt) der Universität von Cambridge nachempfunden worden waren.

Keine passende Jahreszeit für eine Romanze. Keine passende Jahreszeit für tiefe Gefühle. Die Mitbewohner im Studentenheim wären absolut erstaunt gewesen, ja sprachlos, hätten sie geahnt, dass Alyce Urquhart ganz plötzlich schwanger war. Um Himmels willen – *wie das denn?*

Niemand hatte Alyce Urquhart mit einem Mann oder Jungen öffentlich gesehen. Ihr Geliebter war der Leiter des Philosophiekurses 101, doch beide waren äußerst zurückhaltend in Anwesenheit des anderen, und Alyce gab sich große Mühe, Simon Meechs Distanziertheit entsprechend zu erwidern.

Nur manchmal hob sie im Seminar ihre Hand, um eine Frage zu beantworten, die Simon in die Runde gestellt hatte. Aber nur dann, wenn niemand hinreichend antworten konnte.

»Ja? Miss –« Gerade so wahrnehmbar ein Lächeln.

Alyce fasste diese Geste allerdings nicht als Einladung auf, zurückzulächeln.

Auf diese Art und Weise hatte sie Simon Meechs Aufmerksamkeit auf sich gezogen. *Stets* war sie die kluge, junge Studentin, fest entschlossen, einen nachhaltigen Eindruck bei ihren Lehrern zu hinterlassen.

Typisch für einen jungen Dozenten neigte auch Simon zu eigener Überheblichkeit und der damit einhergehenden Geringschätzung anderer. Eine Art Kinch – James Joyce' Wahrnehmung seiner selbst als Stephen Dedalus, ein extrem unglücklicher junger Mann von Mitte zwanzig, eitel und unsicher, ohne inneren Halt und von Hochmut zerfressen. Der aber trotz allem in der ihm eigenen Art *gut* sein möchte.

Bevor er zur Universität kam, um seinen Doktor in Philosophie abzulegen, hatte Simon drei Jahre im Priesterseminar verbracht. Er wollte katholischer Priester werden, ein Jesuit, erzählte Alyce aber, dass sein Plan nicht aufgegangen war.

Jede andere junge Frau hätte gefragt, *Aber warum denn nicht?* – doch Alyce erkannte, dass Simon nicht mit dieser Frage konfrontiert werden wollte.

Nichts Persönliches, Privates! Nichts, was in die Seele dieses jungen Mannes vordrang. Alyce verstand das sehr gut, denn sie persönlich wollte solche Fragen auch nicht gestellt bekommen.

Mit gesenkten Augen beobachtete sie ihn, der am anderen Ende des Seminarraums stand – ihren Geliebten. Auch wenn sie nicht bewusst dieses Wort wählte, *Geliebter.*

War Liebe denn überhaupt im Spiel? Sie hatte *Liebe* – das Wort – niemals wirklich ausgesprochen gehört zwischen ihnen.

In den Unterrichtsstunden machte Alyce sich sorgsam Notizen. Oder es schien wenigstens so, als ob sie sich sorgsam Notizen machte. Über ihr Heft gebeugt, in höchster Konzentration, ihr Haar über die eine Gesichtshälfte fallend, während sie ihren Stift rasch über das Papier bewegte.

Im Moment hatte ihr fieberhaftes Schreiben nur ein einziges Thema. Was nicht laut gesagt werden konnte, nahm durch ihren Stift Gestalt an. *Ich habe Angst, Simon …*

Doch nein. Warum sollte sie verkünden, dass sie Angst hatte.

Stattdessen würde sie sagen, *Simon, ich glaube …*

Aber nein, das war zu schwach, feige. Warum denn nur, *ich glaube!*

Tapfer und selbstbewusst würde sie sagen, *Simon, ich bin …*

Doch dann schwand ihre Entschlussfreudigkeit schon wieder. Ihr Mut schmolz dahin, hinterließ eine Pfütze zu ihren Füßen. Wie gelang es ihr nur, ihrem sarkastischen Kinch-Liebhaber zu sagen, *Ich bin schwanger.*

Die Worte kamen nicht heraus. Sie konnte diese Worte nicht herauswürgen, Worte, die so banal und zur gleichen Zeit auch fürchterlich schienen. Ihre Zunge war gefühllos, ein Frostschauer rann über ihren Körper.

Hastete fort beim ersten Glockenschlag, nur weg aus dem Seminarraum. Ob Simon hinter ihr herschaute, perplex – dass sie so eilig den Raum verließ, obwohl andere Studenten noch gerne zurückblieben, um mit ihm zu reden –, sie wollte es gar nicht wissen. *Weg, nur weg. Muss dringend weg.*

Möchte unbedingt in der Damentoilette verschwinden, unter der Treppe. Um noch einmal nachzusehen. Zu sehen, *ob.*

Obwohl sie doch weiß – *Nein. Sei nicht albern.*

In weniger als einer Woche hat sie einen zwanghaften Trieb entwickelt, ihren Slip dahingehend zu überprüfen, ob die Blutung begonnen hat. Obwohl sie doch weiß, dass das nicht passiert sein wird.

Am Morgen, nach einer aufgewühlten Nacht, das Nachthemd checken, das Bettzeug. *Und – hat sie? Nein.*

Quälend für sie, der Gedanke an das dunkle Menstruationsblut, das einfach nicht rauskommen will. Wie ein Schatten, der, wenn man erschrocken aufschaut, einfach verschwunden ist – wie nie dagewesen.

Er hatte versucht, sich aus ihr herauszuziehen in dem entscheidenden Moment, Simon.

Versuchte, aber es gelang nicht, oder zumindest nicht richtig. Nicht *ganz.*

Ein Stöhnen, wie vor Qual, Kummer. Das Falkengesicht des Kinch, einen langen Moment verzerrt, die Zähne entblößt.

Sie hatte ihn kaum angeschaut. Seinen Unterkörper. Seinen Penis, den sie (sie versuchte später sich daran zu erinnern, so wie man sich an einen schrecklichen Traum erinnern möchte, um diesen Traum zu besiegen) klar und deutlich vor sich gesehen hatte, hart und heiß vor Blut und allem Anschein nach aggressiv.

Aber auch mit weicher Haut. Erstaunlich weich, schlaff. Als sie dort zusammen lagen, keuchend und schwitzend, war, was auch immer durch sie hindurchgefahren war wie ein elektrischer Schlag, verschwunden, so als ob es nie dagewesen wäre, da hatte sie es gespürt – hatte *ihn* gespürt –, gegen ihren Bauch gepresst, mit klebrigem Schleim.

Das war doch Liebe, oder? Ganz arglos wollte sie glauben, *Das ist ein Versprechen. Die Liebe wird kommen.*

Die Wahrheit war, dass sie kaum wusste, was ihr geschah. Was Simon mit ihr machte, oder (linkisch) versuchte zu machen, etwas, das ihr keinerlei Vergnügen bereitete, sondern sie lediglich durch einen scharfen, bohrenden Schmerz zwischen den Beinen furchtbar erschreckte, ein Gefühl, als ob sie ausgeweidet würde. Ungelenk lagen sie zusammen auf dem Sofa in Simons Wohnung, auf diesem viel zu engen Sofa. Es war nicht sehr sauber und jetzt war es noch weniger sauber, mit der Schmierschicht auf dem genoppten beigefarbenen Stoff. Ungewollt fiel Alyce' Blick auf den zerfransten Teppich und die Flecken im Holzfußboden und in der verblichenen Tapete. Essensgerüche zogen von der unteren Wohnung herauf. Die Wohnung sei möbliert gewesen, hatte Simon mit einem Schulterzucken lächelnd erwähnt, so als ob ihn dies von der Verantwortung befreite.

Dies sei sein Übergangsleben, hatte Simon gesagt. Ein Leben dazwischen. Weder hier noch dort. Noch nicht.

Sie hatte nicht gewusst, was er damit meinte. Vieles, was er sagte, war einfach lässig, witzig oder auch verlegen und Alyce konnte sich keinen Reim darauf machen, sie begriff aber, dass er von ihr ein Lächeln, ein Lachen, vielleicht sogar Bewunderung als Reaktion erwartete.

Als sie miteinander schliefen, hatte Simon gekeucht wie ein Tier, das gejagt wurde, nicht wie ein Jäger. Und doch erinnerte Alyce sich daran, dass er *sie* gejagt hatte, verfolgt und gestellt, dass er in vielerlei Hinsicht Druck auf *sie* ausgeübt hatte.

Keine Vergewaltigung. Kein körperlicher Zwang. Stattdessen hatte er ihr das Gefühl von Scham gegeben, Scham darüber, dass ihr Verhalten zu solch einem Missverständnis geführt hatte.

»Warum bist du denn dann mit mir hierhergekommen? Warum jetzt so unredlich?« Er hatte große Überraschung gezeigt, vorwurfsvoll, als Alyce sich allem Anschein nach gegen ihn wehrte.

Unredlich. Sie wusste, was dieses Wort bedeutete, nahm aber an, dass er dachte, sie kenne es nicht.

»Ich – ich weiß nicht ... Ich hatte gedacht – du wolltest ...«
Zeit mit mir verbringen. Mit mir reden. Über Linguistik, die Philosophie des Geistes ...

Sie war verwirrt. Ihr Gehirn funktionierte nicht mit der gewohnten Präzision. Wie wenn die Feinmechanik eines Gerätes durch ein Rauschen gestört ist und Verwirrung stiftet.

Sie war bestürzt durch die Art und Weise, in der Simon mit ihr sprach, die Geringschätzung und der Spott in seiner Stimme, so ganz anders, als er sonst mit ihr umgegangen war, bei dem Empfang damals oder im Seminar. Mochte er sie vielleicht doch nicht? – sie hatte gedacht, er möge sie richtig.

Sie war beschämt, verletzt wie ein Kind. Wollte schlicht und einfach sagen, *Aber ich hatte gedacht, du magst mich ...*

Doch Simon selbst hatte den kränkenden Ton in seiner Stimme bemerkt, lächelte jetzt, war wieder freundlich und charmant; hielt ihre Hand, streichelte ihren Arm, ihre Schultern. Sagte ihr, dass sie wunderschön sei, dass er schon am ersten Unterrichtstag bemerkt hatte, wie wunderschön sie sei, und wie schnell sie Dinge begreife, die manche im Seminar nur schwer oder auch gar nicht begriffen. Er hatte sofort erkannt, dass sie etwas ganz Besonderes sei. Es war sehr selten, dass Studierende schon von Beginn an solch ein philosophisches Verständnis hatten, besonders Studentinnen. (Hatte Simon um ein Haar *Mädchen* gesagt? Nein, hatte er nicht.) Es war ihm sehr schwergefallen, seinen Blick von ihr abzuwenden, sagte er, den anderen Studierenden die ihnen gebührende Aufmerksamkeit zukommen zu lassen. Er hatte ihre erste kurze Hausarbeit mit dem faszinierenden Titel »Zenons Paradoxien und unsere eigenen« dem Professor gezeigt, der in diesem Kurs die Vorlesungen abhielt, und auch dieser sei sehr beeindruckt gewesen. Zusammen hatten sie die Arbeit mit »sehr gut« bewertet.

Er hatte sich fest an sie gedrückt, sie konnte seinen Atem hören, der hitzig war, wie bei jemandem, der solche Intimitäten nicht gewöhnt ist, sie jedoch als sein Recht in Anspruch nimmt.

Noch immer hielt sich Alyce stocksteif und unnachgiebig. Ihr Herz schlug rasend schnell, wie das Herz eines Tieres, das in die Falle geraten ist, aber noch nicht realisiert hat, dass es in der Falle sitzt.

»Wir – wir können auch gehen. Wir müssen nicht bleiben, wenn du dich hier nicht wohl fühlst, Alyce.« Simons Stimme war matt, abweisend. Die Artikulation von *Alyce* klang nicht mehr so schmeichelnd.

»Ich – ich glaube – ja, ich möchte gerne ge-geh'n ...«

Ihre Stimme wurde leiser und verstummte. Sie war diejenige, die alles missverstanden hatte, das stand fest. Doch sie hatte keine Ahnung, was sie sagen sollte. Sich entschuldigen? Simon sah, wie unsicher sie war, zögerte, wie sie versuchte zu lächeln, und er legte seinen Arm um sie und seinen Mund auf ihren Mund, bis ein heftiger Schauer die beiden überkam.

Keine Vergewaltigung. Nein – nicht wirklich.

Obwohl ihr Körper sich seinem widersetzte, unmissverständlich. Wie ihr Körper jäh erstarrte vor Grauen. Ein anderer Mann, ein richtiger Liebhaber, hätte eingelenkt, sich zurückgezogen. Hätte die verängstigte junge Frau beruhigt, sanft mit ihr gesprochen. Doch nicht dieser Mann, der Alyce in jenem Augenblick lediglich als körperliches Wesen, als nichts sonst wahrnahm, ein Wesen, das sich ihm entgegenstellte, aber schwächer war als er und seiner Kraft nicht standhalten konnte.

»*Oh mein Gott!*« – ein Schrei brach aus ihm heraus.

Genuss, nein, dieses intensive Gefühl fehlte. Eher Verkrampfung, Beklommenheit.

Sie ahnte nicht, in jenem Moment, dass er *ihr* die Schuld geben würde.

Hatte sich in seinem Bad schnell wieder angezogen, in einem Raum, der so vollgepackt war, dass sie sich kaum bewegen konnte, ohne ans Waschbecken, die Toilette, die Wand zu stoßen. Ungelenk wusch sie sich, rasch, vermied dabei, ihre verstörten und blutunterlaufenen Augen im Spiegel anzuschauen, strich mit nassen Fingern durch ihr wirres Haar.

Er brachte sie zu Fuß zurück zum Studentenwohnheim, die meiste Zeit sprachen sie kein Wort. Lange Kinch-Beine, darauf bedacht, voranzuschreiten. Die Luft war jetzt noch kälter, der Nebel noch dicker. Die langen, geraden Tannen nahezu unsichtbar. Später erinnerte sie sich daran – wichtig für ihr Ehrgefühl –, dass Simon ihre Hand genommen hatte, wenigstens einen Teil des Weges, tatsächlich jedoch hatte er von Zeit zu Zeit lediglich ihren Arm am Ellbogen gefasst, weniger um sie zu liebkosen als sie anzutreiben.

»Von hier aus lass ich dich allein gehen. Nicht so gut, wenn man uns beide zusammen sieht.« Er hatte am Fußweg, der zum Wohnheim führte, angehalten und war schon halb auf dem Rückzug.

Kein Kuss. Kein Händedruck zum Abschied. Sie sagte sich selbst, er war um sie besorgt natürlich, aber genauso auch um sich selbst.

Sie würde ihn nicht wiedersehen. Sie würde seine am späten Donnerstagnachmittag stattfindenden Seminare nicht mehr besuchen. Er hatte sie kaum wahrgenommen in jenem Moment; er hatte sie, in dem Moment, als er in ihren Körper eindrang, einfach total vergessen

Sie hasste ihn. War beschämt, dass sie nicht in der Lage gewesen war, diesem Mann zu widerstehen.

Sie *würde seine Seminare weiterhin besuchen.* Ganz sicher!

Warum sollte sie auf die Philosophie verzichten? Sie liebte und verehrte die Texte, die sie jetzt hier las, zum ersten Mal – Platon, Aristoteles, Mark Aurel, Spinoza, Locke, Hume. John Stuart Mill. War doch dumm, die Kurse wegen dieses Mannes zu verpassen und dann möglicherweise in der Prüfung zu versagen.

Und sie würde auch Simon Meech wiedersehen. Wenn er sie zu sich rief, würde sie hingehen.

Insgesamt fünfmal. In der möblierten Wohnung, unbemerkt, nach Anbruch der Dunkelheit. Auf jenem Sofa. In den tiefen Winter hinein. Als die Tage früher dunkel wurden und der Schnee die Wege verhüllte, und die ungeduldigen Hände des Mannes immer mehr Kleider von Alyce' Körper herunterreißen mussten. Dann das ungelenke Waschen ihres erhitzten, nackten Körpers, ohne in den Spiegel zu schauen – *Bin ich das? Alyce? Die solche Dinge tut?* Das Erstaunen darüber, eine Mischung aus Furcht und Stolz.

Berührte ihren Mund, sanft. Geschwollene Lippen von seinen Küssen, seinem Saugen.

Ja. Du bist es. Niemand anderes.

3.

Und dann trat Roland B. in ihr Leben.

Das konnte niemand vorhersehen. (Alyce hatte es nicht vorhersehen können.) Dass sie beim Überqueren des schneebedeckten Vorhofes der Universitätsbibliothek, ein paar Tage nachdem sie sich hatte eingestehen müssen, dass sie schwanger war, diese bekannte Stimme ihren Namen rufen hörte – »Alyce?«

Blindlings war sie weitergelaufen. Den Kopf gesenkt, erfüllt von Sorge, Angst – *Nein. Kann nicht sein. Unmöglich.*

So überrascht, ihren Namen zu hören in der Öffentlichkeit, wie Musik in ihren Ohren.

Sie drehte sich um und sah – wer war das? Ein feiner älterer Herr – in einem braunen Wintermantel mit einem Kragen aus Robbenfell, die orangegelbe Strickmütze tief ins Gesicht gezogen –, Augen, die ihr voller Entzücken zublinzelten. »Miss Urquhart? Ja, Sie *sind* es.«

Die nächste Überraschung für Alyce, der Herr griff nach ihren Händen. Zu verwundert, um zurückzuweichen, scheu.

»Alyce – hab ich recht? Hallo.«

»Ha-hallo …«

Wie verwundert sie war, auf diese Art und Weise von einem Gastlyriker begrüßt zu werden, der in seinen Seminaren stets so förmlich war. Sehr selten – eigentlich konnte sie sich an keine einzige Gelegenheit erinnern – hatte Professor B. irgendeinen der Studierenden beim Vornamen genannt. Sie hätte nicht im Traum erwartet, dass der Dichter ihren Vornamen kannte – oder dass er sie, außerhalb des Seminarraumes, wiedererkennen würde.

»Haben Sie schon mal das Poet's House gesehen, Alyce? Nein? Dann kommen Sie. Sie sind mein erster Gast.«

»Ich wünschte, ich könnte Professor – aber …«

»Es ist ganz nah. Diese Richtung. Meine Liebe, kommen Sie!« – nahm Alyce am Arm, mit gespielter Galanterie.

Wie fröhlich Roland B. war, hier draußen in der hellen frischen Luft! Nicht mehr der kleine unschlüssige Mann aus dem Seminarraum. Er war so groß wie sie und recht energisch.

Das Poet's House war ein stattlicher, alter, rot-verblichener Ziegelbau aus der Zeit Edwards VII., der aussah, als würden seine Mauern gerade noch durch das dichtwuchernde Efeu zusammengehalten. Zurückgelegen, hinter einem schmiedeeisernen Zaun und Eingangstor, versetzte es den Betrachter in die Zeit eines wundersamen Historiendramas zurück; in seinem kleinen Vorgarten stand eine Statue aus schwarzem Marmor, die den presbyterianischen Geistlichen zeigte, der das College 1847 gegründet hatte.

Im Foyer kündete eine Messingtafel von den illustren Bewohnern dieses Hauses: Robert Frost, Amy Lowell, Theodore Roethke und Galway Kinnell. Im Innern eine Atmosphäre verblichenen Wohlstands, mit antiken Möbeln, modrigem, gemauertem Kamin, französischen Seidentapeten, einem Steinway-Flügel mit vielen verstummten Tasten, dem Roland B., als er seine Besucherin in den Salon führte, vergnügt gleich ein paar Töne entlockte.

»Geben Sie mir Ihren Mantel, meine Liebe. Sie bleiben ja wohl eine Weile, wie ich hoffe.«

»Ich – ich kann nicht lange bleiben. Ich war auf dem Weg in die Bibliothek ...«

»Und, möchten Sie einen Tee, meine Liebe? Ich wollte gerade einen für mich zubereiten.«

Nein, nein! Ich muss gehen.

»Oh, ja. Vielen Dank.«

Roland B. stand recht nah bei ihr, lächelte.

Sie konnte schon seine unteren Zähne sehen, kleine, unregelmäßige, fleckige Zähne.

Roland B. beobachtete sie mit einem Lächeln. Die geröteten Wangen und glänzenden Augen könnten andeuten, dass er am Nachmittag etwas getrunken hatte, dachte Alyce.

Zweifellos war es einsam für ihn hier, weit weg von den Freunden und Kollegen in Boston. In den Seminarstunden hatte er immer mal wieder von Boston erzählt, mit wehmütigem Blick.

»Sie dürfen den Tee wählen, meine Liebe: Grüner, Darjeeling, Earl Grey, Lapsang?«

Den, den Roland B. auch nehme, antwortete Alyce.

»Sie sind ja sehr unkompliziert, meine liebe Alyce! Im Seminar kann man Sie nicht so leicht überzeugen.«

Diese Bemerkung war für Alyce so herausfordernd wie ein Stoß in die Rippen. Der Dichter hatte sie über all die langen Semesterwochen hinweg zu überzeugen versucht – überzeugen wovon?

Wie wenig er doch über sie wusste, oder ahnen konnte! Alyce selbst konnte es kaum ertragen, über ihre Notlage nachzudenken, diesen winzigen Spross, der in ihrem Bauch wuchs, unaufhaltsam.

Alyce wurde einen Flur entlanggeführt, bis zu einem Schlafzimmer mit aufwändig verzierten weißen Stuckdecken. Ein Himmelbett mit Kopfende aus Messing, ein abgewetzter indischer Teppich, Tische voller Bücher- und Zeitschriftenstapel. Ein kleiner Kronleuchter hing von der Decke, ebenfalls Messing, der darauf wartete, geputzt zu werden.

»Hier, meine Liebe, bekommen Sie einen Eindruck von meinem beschaulichen Junggesellenleben. Als ich noch jung war, habe ich mich danach gesehnt, allein zu leben, und mein Wunsch wurde erfüllt. Und jetzt bin ich älter und brauche das nicht mehr.«

Sein Blick streifte die unordentliche Bettdecke, und er zog mit geschickten Fingern die Falten glatt.

Das Himmelbett war nicht sehr groß, ein altertümliches Doppelbett, doch man konnte erkennen, dass der Benutzer lediglich die eine Hälfte in Anspruch nahm. Das große quadratische Kissen war am Kopfende hochgestellt; auf dem

Nachttisch ein Notizbuch und ein Bücherstapel. Alyce' Nase nahm einen leicht muffigen Geruch von nicht ganz frischem Bettzeug wahr.

»Lesen Sie im Bett, Alyce?«

Alyce nickte, *Ja.*

»Schreiben Sie im Bett? In ein Notizbuch?«

Alyce nickte, *Ja.*

»Lesen Gedichte, notieren Gedichte, träumen Gedichte. Ja, ich bin mir sicher, dass Sie das alles tun.«

Roland B. stand jetzt ganz nah bei Alyce, unangenehm nah. Sie lachte nervös und rückte ein Stück weg.

In allen Räumen, die Alyce im Poet's House gesehen hatte, gab es Bücherstapel, Papierberge, Arbeitsblätter. Man konnte sehen, dass Roland B., wo immer er sich auch aufhielt, ein Buch greifbar und seine Arbeit in Reichweite haben musste. Er hatte einen antiken Schreibtisch vor eines der Erkerfenster gerückt, sodass er beim Arbeiten auf den von Ziegelmauern umgebenen Hof schauen konnte, der sich nun langsam mit Schnee füllte.

»Meine liebe Alyce, setzen Sie sich doch! Setzen Sie sich hierher.«

Roland B. schob Alyce an den Tisch vor dem Fenster, seine Hände lagen dabei auf ihren Schultern. Er beugte sich weiter nach vorn, sodass sein Kinn ihren Kopf streifte.

Sehr seltsam, dachte Alyce. Als ob Roland B. sich vorstellte, er könne dann alles mit ihren Augen sehen.

Alyce hätte am liebsten die Hände des Dichters abgeschüttelt, wäre gerne aufgesprungen und weggelaufen. Aber eine Art von Lethargie hatte sie überfallen, so als ob ihre Gliedmaßen alle Kraft verloren hätten. Sie konnte sich kaum rühren.

Er sieht, dass ich unglücklich bin. Eine offene Wunde.

»Sie sind hier immer herzlich willkommen, meine Liebe. Jederzeit.«

Der Schnee im Hof fiel stärker, dicht und gleichmäßig. Ein weißer Wirbel, verzaubernd. Sehr bald würden die alten verblichenen Ziegelmauern von weißem Puder überzogen sein. Gedämpfte Schritte. Gedämpfte Stimmen. Nur das Flockengestöber, sonst Stille rundherum. Alyce Urquhart und Roland B. schienen vollkommen allein, zusammen an einem weit entfernten Ort, in einer weit entfernten Zeit. Hinter Alyce der alte Dichter, seine Hände auf ihren Schultern, schweigend, mit Blick aus dem Fenster, wo sich der Hof langsam mit Schnee füllte.

So begann es.

Alles beginnt in Ahnungslosigkeit.

Oder sagen wir – Unwissenheit.

4.

Gott, steh mir bei. Selbst wenn Du mich nicht liebst.

5.

Ihr Kopf arbeitete fieberhaft. Sie fühlte sich wie eine in die Ecke getriebene Ratte. Kritzelte Gedichtzeilen, bis ihre Finger schmerzten.

Doch sie tat nichts. Wie jemand, der wartet – auf was?

Jeden Morgen nach einer fiebrigen Nacht. Die Wellen der Übelkeit unterdrücken, welch unerträglicher Gedanke, dass dies Schwangerschaftsübelkeit war.

So banal! Beschämend.

Was hatte da tief in ihr Wurzeln geschlagen, ohne dass sie es bewusst wahrnahm? Was wuchs dort im Dunkeln, erblühte? Diese hartnäckige, schmiegsame kleine Nacktschnecke, der sie keinen Namen geben und der sie nie begegnen wollte.

Dieses glitschige Etwas, das sie nicht akzeptieren, niemandem zeigen konnte. Niemals ihrem Geliebten.

Denn er war ja Kinch, er würde sich von ihr abgestoßen fühlen.

Sinnlos boxten die Fäuste auf ihren Bauch, wie ein Kind es täte, sie schluckte Tränen des Zorns und des Spotts hinunter. Kontrollierte jeden Morgen ihr Nachthemd, das Bettlaken. Dieser verzweifelte Wunsch, einen münzgroßen Blutfleck zu sehen, Blutspuren, glaubte sie gesehen zu haben in den zerwühlten Laken, mit nass-verschwommenem Blick.

Gott, steh mir bei, nur dieses eine Mal. Ich werde nie mehr an Dir zweifeln.

Es ist auch dein Baby, Simon. Wir sind beide dafür verantwortlich. Darum musst du mir helfen.

Konnte sich nicht überwinden, den Mann anzusprechen. Vor allem nicht im Seminarraum oder im Universitätsbüro, das er sich mit einem anderen jungen Professor teilte.

Ebenso wenig konnte sie sich vorstellen, über den Campus zu spazieren (langsam? forsch?), zu dem verwitterten viktorianischen Haus, in dem der Mann, den sie liebte (ja, sie liebte

Simon Meech tatsächlich, das war die beschämende Wahrheit), eine möblierte Wohnung gemietet hatte. Eine einsame Gestalt in einem Film, dunkles Gewand vor schneeweißer Kulisse. Die Treppe hinaufsteigen, die Faust zum Klopfen erheben. Lieber Gott, *nein*.

Verfolgt von diesem unheimlichen Ding in ihr, im Innersten ihres Bauches, in ihrem Uterus, dieses winzige Ding! Sicher wird ihm etwas zustoßen. Gab es nicht häufig Fehlgeburten? Wenn Alyce einfach nicht mehr äße, nicht mehr schliefe, benommen und unsicher die Treppe hinunterliefe, stark befahrene Straßen überquerte …

Tatsache war, dass Alyce keine Ahnung hatte, wie man einen Schwangerschaftsabbruch herbeiführen konnte, sie hatte kein Geld, um eine Abtreibung bezahlen zu können, sie hatte nicht einmal eine Idee, wie viel Geld man für eine Abtreibung überhaupt bräuchte. Einhundert Dollar? Fünfhundert? Tausend? In der Highschool hatte sie dies und jenes gehört …

Sie hatte von Mädchen gehört, die auf unerklärliche Weise verschwunden waren, es hatte Todesfälle gegeben.

Aber sie wusste: eine Abtreibung war illegal. In keinem einzigen US-Staat gab es legale Abtreibungen. Schon die Informationsbeschaffung für eine Abtreibung könnte illegal sein – könnte ausreichen, um sie von der Universität zu verweisen. Gefährlich, wenn eine andere junge Studentin Mitleid mit ihr hätte und ihr helfen würde. Und sie dann bei der Verwaltung meldete!

Da war nur Simon, den sie bitten konnte. Und doch war da kein Simon.

Er würde sie ungläubig anstarren, entgeistert. Voller Abscheu.

Er hatte immer mal das Leben »im Zölibat« hochgepriesen. Ein Leben, das über das rein persönliche, alltägliche Ich, über das dem geistlichen Ich entgegenstehende biologische

Ich, »hinausgeht«. Hatte vermittelt, dass das priesterliche Leben dem ehelichen Leben weit überlegen sei. Viele Male war er Alyce gegenüber sehr ungeduldig geworden, wenn sie versucht hatte, solche Themen mit ihm zu diskutieren, wenn sie ihm klarzumachen versucht hatte, dass man dies von zwei Seiten beleuchten müsse und nicht nur so einseitig wie er.

Wie eine Kerzenflamme, die man durch ein einziges heftiges Ausatmen zum Erlöschen bringen kann, so war sein Gefühl ihr gegenüber. Erotisches, sehnsüchtiges Verlangen konnte der reinen Begierde nicht standhalten. Alyce wollte das nicht aufs Spiel setzen.

Wie lässt sich selbständig ein Fötus »abtreiben«? Nicht so leicht.

Es gab Medikamente, das wusste Alyce. Wirkungsvolle Abtreibungsmittel, zugänglich aber nur für Ärzte, die damit Fehlgeburten hervorriefen, wenn bei einer Schwangerschaft irgendetwas falsch gelaufen war. Doch diese Mittel konnten tödlich sein, wenn sie nicht von einem Arzt verabreicht wurden. Außerdem waren sie sowieso nicht frei erhältlich.

Drahtkleiderbügel: das gebräuchlichste Werkzeug. Möglicherweise ein Bar-Eispickel, ein Messer mit langer Klinge, Essstäbchen ... Alyce fühlte sich benommen, ihr schwindelte beim bloßen Gedanken daran.

6.

So einsam, sie konnte nicht einfach sagen *Nein*.

Überraschend für Alyce zu erfahren, dass Roland B. gar nicht alt war – nicht richtig *alt*. Erst einundsechzig.

Alt genug, um Alyce' Vater zu sein (natürlich), aber nicht alt genug, um (möglicherweise) ihr Großvater zu sein ...

Sie kramte in ihren Erinnerungen: Sylvia Plath, die Schutzpatronin der verlorenen Seelen, war bei ihrem Selbstmord erst dreißig gewesen.

Trotz der kahlen Kuppel auf seinem Kopf und seinem förmlichen Auftreten in der Öffentlichkeit erschien ihr Roland B. erstaunlich jugendlich. Sein Gesicht wirkte faltenlos, obwohl (wie Alyce aus der Nähe sah) seine Haut aus einem Netz von feinen Linien bestand, die an ein Spinnennetz erinnerten. Seine kieselgrauen Augen waren häufig wie bei einer Schildkröte halb von schweren Lidern bedeckt, dann aber plötzlich wieder hellwach und neugierig. Die Altersflecken auf seinen Handrücken entpuppten sich bei näherer Betrachtung als Sommersprossen. So verhalten und ruhig er sich im Seminar gab, konnte er doch auch jederzeit in spontanes Gelächter ausbrechen, wenn er sich in privater Atmosphäre im Poet's House befand, und insbesondere, wenn er ein Glas oder zwei getrunken hatte.

Rotwein, gelegentlich auch Whiskey. Alyce ließ sich ebenfalls einschenken, ihr Glas blieb jedoch (gewöhnlich) unangetastet.

Wenn Alyce sich im Seminar zu Wort meldete, betrachtete Roland B. sie mit halb geschlossenen Augen, so als ob nicht ihre Worte, sondern ihre Stimme ihn faszinierte. Sie erinnerte ihn an jemanden – an wen nur?

Sie hatte sich anfangs gefragt, ob er überhaupt eine Ahnung hatte, wer sie war – welcher Name auf der Studentenliste zu ihr gehörte.

Während ihrer Zeit im Poet's House, fragte Alyce sich, ob er wusste, wer sie war im Reigen der vielen Frauen und Mädchen, mit denen er in seinem Leben ein sehr persönliches Verhältnis gehabt hatte.

Aus seinen Gedichten hatte Alyce herauslesen können, dass Roland B. einige Geliebte hatte. Er sprach immer mit einer Art Bedauern von seinem stoischen Junggesellenleben, doch er hatte solch ein Junggesellenleben ja eigentlich gar nicht geführt, und ein stoisches auf gar keinen Fall. Nur Vornamen hafteten den geisterhaften Erscheinungen an, die in das Leben des jungen Dichters hineingeweht und wieder hinausgeweht worden waren.

Den Namen ›Alyce‹ vergaß er nicht mehr, nachdem er ihn gelernt hatte. Sehr sorgsam sprach er den Namen aus – »Alyce«.

Er erzählte ihr, dass er einmal die ursprüngliche Alice getroffen hatte: »Alice Liddell«.

Alice Liddell? Einen Moment lang konnte Alyce den Namen nicht zuordnen. Dann aber erinnerte sie sich: natürlich, das Kind Alice, Vorlage für die kleine Alice in *Alice's Adventures in Wonderland* und *Alice's Adventures Through the Looking-Glass.* Die verträumte kleine Siebenjährige mit den dunklen Augen und dunklen Haaren, die der Mathematiker aus Oxford, Charles Dodgson (Lewis Carroll), in solch außergewöhnlich zarten und vertrauten Posen fotografiert hatte, dass sie in der heutigen Zeit sicherlich verboten worden wären. »Alice Liddells Familie verbannte ›Lewis Carroll‹ schließlich – niemand weiß genau, warum, aber man kann es sich denken. Sein Herz war gebrochen.«

Die arme Alice Liddell, auf ewig verfolgt von »Alice« – dem Kind, das sie nie wirklich gewesen war, dem sie aber auch nie entfliehen konnte; als ältere Frau wurde sie von ihrem ehrgeizigen Sohn, dessen Anliegen es war, ein Buch, das er über sie geschrieben hatte, zu bewerben, in die USA gebracht. Sie wurde genötigt, Pressetermine wahrzunehmen, für Fotos zu posen, Bücher ihres Sohnes zu signieren. Roland B. war zu jener Zeit ein junger Mann, gerade in New York City angekommen, und bei einer Zusammenkunft im National Arts Club hatte er tatsächlich – einen flüchtigen Moment lang – die Hand der »originalen« Alice geschüttelt.

Noch immer eine attraktive Frau, hatte er gedacht, auch wenn sie von ihrem Sohn und dessen Verlegern ausgebeutet worden war. Im folgenden Jahr, 1934, war sie im Alter von zweiundachtzig Jahren gestorben.

Neunzehnhundertvierunddreißig! Alyce staunte, das war so lange her.

Roland B. sagte gedankenvoll: »Ihr ganzes Leben lang musste sie es ertragen, Fotos von sich als alternder Frau zu sehen, neben den bekannten Fotos, die Lewis Carroll von ihr als Kind gemacht hatte – die kleine Schönheit mit den dunklen Augen und dunklen Haaren, eine frühreife Verführerin mit nackter Schulter. Zeitungsreporter rissen sich um sie, besonders um ihr Gesicht und schrieben dann ironische Kurzbiografien über die alternde Frau.«

Frühreife Verführerin. Wie alt war das Kind Alice auf jenen Fotos? Sieben, acht? Alyce erinnerte sich daran, dass Alice in diesen Darstellungen überhaupt nicht aussah wie ein kleines englisches Mädchen aus einer biederen Akademikerfamilie der Mittelschicht, sondern eher wie ein Gipsy-Mädchen, sehr reif für sein Alter.

Wie leidvoll das wäre, dachte Alyce. Verfolgt werden vom eigenen Kindsein. Ewig jung, während man älter wird.

Alyce erklärte Roland B., dass die Alice-Bücher sie als Kind geängstigt hatten. Selbst die Illustrationen von John Tenniel ängstigten sie. Waren so grotesk! – und Alice sah häufig so gequält aus, wurde zu groß, schrumpfte dann wieder zu viel, musste ausgeflippte Kreaturen im Arm halten, musste vor einer irren, kreischenden Königin fliehen – *Ihren Kopf ab! Ihren Kopf ab!*

Die Alice aus den Büchern war in ihrer Erinnerung ganz anders als sie selbst. Das britische Mädchen schien Alyce irgendwie erwachsen zu sein. Und sie war Waise.

Waise? Roland B. wurde neugierig.

Stimmte schon, in den *Alice*-Büchern war nie von ihren Eltern die Rede. Das Kaninchenloch hinunter ins Wunderland und durch den Spiegel hindurch ins Spiegelreich – immer ist Alice ganz allein unterwegs, verloren, sie hat noch nicht einmal einen Nachnamen.

»Ich glaube, du hast recht, meine Liebe. Es ist so lange her, dass ich die Bücher gelesen habe, und ich kann mich an die Einzelheiten kaum noch erinnern. War mir noch nie aufgefallen, dass Alice, wie du gesagt hast, ganz *allein* war.«

Roland B. begann zu rezitieren:

»A boat beneath a sunny sky,
Lingering onward dreamily
In an evening of July —

Children three that nestle near,
Eager eye and willing ear,
Pleased a simple tale to hear —

Long has paled that sunny sky:
Echoes fade and memories die:
Autumn frosts have slain July.

Still she haunts me, phantomwise,
Alice moving under skies
Never seen by waking eyes . . .«

Die Stimme des Dichters klang aus, mit einem Hauch von Melancholie, Bedauern.

Alyce fühlte sich unbehaglich. Durchs überheizte Wohnzimmer des Dichters strich plötzlich ein kalter Luftzug.

Fragmente aus den Alice-Büchern schossen ihr durch den Kopf, so wie einem Fetzen aus verstörenden Träumen durch den Kopf schießen. Wie Fledermäuse flattern sie in deinen Gedanken herum. *»Curiouser and curiouser«* – *»Twas brillig, and the slithy toves«* – *»beat him when he sneezes«* – *»six impossible things [to believe] before breakfast*[1]*.«* Die verrückten Zwillinge Tweedledee und Tweedledum schreien sich an. Der alte Weiße König schläft unter einem Baum, träumt von Alice, und wenn er erwacht, wird sie verschwunden sein. Oh, wie erschreckend! Das Walross und der Zimmermann schlendern den Strand entlang und verschlingen Baby-Austern, *eine nach der anderen.* Auch Alice wird verschlungen werden – es ist nur noch eine Frage der Zeit. Alice kann sich nur davor retten, wenn sie verzaubert im Wunderland und im Spiegelreich bleibt, im Schachspiel, wo das (unwahrscheinliche) Versprechen gilt, dass sie Königin werden wird. Erinnerung an die alte Weiße Königin, die in einer Suppenschüssel steckt, fast von einer Hammelkeule verspeist wird, und an Kerzen, die irre hoch bis zur Decke wachsen – *Es wird etwas geschehen!*

Alyce lief es kalt den Rücken hinunter. Sie hatte die *Alice*-Bücher gehasst und gefürchtet und hatte häufig Albträume gehabt, in denen sie zwischen den Seiten gefangen war. Erst jetzt wurde ihr das richtig bewusst.

---

1   Christian Enzensberger übersetzt hier: »Ülkiger und ülkiger; Verdaustig wars, und glasse Wieben; Und schlag' ihn, wenn er niest; Zuzeiten habe ich vor dem Frühstück bereits bis zu sechs unmögliche Dinge geglaubt.«
Lewis Carroll: Alice im Wunderland. Alice hinter den Spiegeln. Mit Illustrationen von John Tenniel. Übersetzt von Christian Enzensberger. Frankfurt am Main: Insel Verlag, 1963.

Roland B. rechnete an den Fingern, wie alt er gewesen war, als Alyce sieben war. »Mindestens fünfzig! Ein größerer Altersunterschied als zwischen Charles Dodgson und Alice Liddell.«

Doch warum erzählte ihr Roland B. dies alles? Und warum mit solch einem seltsamen Lächeln?

Der Dichter wagte es, ihre Hände in seine zu nehmen, um sie zu beruhigen.

»Sie verfolgt mich noch immer wie ein Geist.«

Alyce versuchte zu lächeln, verlegen. Der Dichter hielt ihre Hände mit erstaunlicher Kraft fest.

»Sie sind eine ungewöhnlich schöne junge Frau, Alyce – also, Ihre Schönheit ist ungewöhnlich. Sie ist sehr unkonventionell, sodass einige Leute – diejenigen, die kein so feines Auge haben – denken mögen, dass Sie im konventionellen Sinne überhaupt nicht attraktiv seien. Sie erinnern mich an das Kind Alice Liddell, wirklich wahr – diese dunklen, melancholischen Augen.«

Alyce holte tief Luft. »Nein. Ich bin nicht Alice Liddell, Herr Professor. Ich glaube, ich gehe jetzt.«

Daraufhin ließen die beruhigenden Hände sie frei, verwundert. Die Augenlider, die den Blick verschleierten wie bei einer Schildkröte, zuckten beunruhigt. Alyce stand auf und lächelte, *Genug mit diesen gottverdammten dunklen, melancholischen Augen. Aber jetzt habe dich zumindest ein wenig erschreckt.*

7.

Jeden Morgen dasselbe, die kleine Nacktschnecke ließ nicht los. Tief drinnen, in dem dunkelhaarigen, dunkeläugigen Mädchen, das einmal Alice Liddell gewesen – nein, nie gewesen – war.

Kein Menstruationsblut, keine frischen dunklen Flecken im Bettzeug. Nein.

Gott, steh mir bei. Selbst wenn Du mich nicht liebst.
Und dann sah sie sich der schonungslosen Antwort plötzlich gegenüber:
Dann stirb doch. Es liegt in deiner Hand.

Die Möglichkeit, sich selbst umzubringen.

In den frühen Morgenstunden schien Selbstmord praktikabler als Abtreibung, auf jeden Fall aber vorteilhafter, denn dadurch war niemand anderes betroffen und es entstanden keine Kosten.

Absurd, allein der Gedanke daran. Eine Schwangerschaft dauerte nur neun Monate, und neun Monate sind keine lange Zeit in einem ganzen Leben. *Ja, aber nach der Schwangerschaft wäre kein normales Leben mehr möglich.*

Wenn sie all ihren Mut zusammennähme, und eines der älteren Mädchen im Studentenwohnheim fragte, ob sie privat mit ihr über etwas sehr Ernstes sprechen könnte, etwas sehr Privates, sie übte die Worte, stockende Worte, die sie sagen würde, doch dann fehlte der Mut, sie konnte sich nicht derart bloßstellen, denn sie konnte doch niemandem vertrauen. Konnte einfach nicht.

Sich aus großer Höhe hinabstürzen, von einer Brücke zum Beispiel, das würde zum Erfolg führen. Vor ein schnell fahrendes Fahrzeug treten, am besten vor einen Lastwagen oder einen Bus. Alyce überlegte, wie sie wohl den Mut dafür aufbringen könnte, wenn sie doch noch nicht einmal den Mut hatte, jemanden im Studentenwohnheim anzusprechen, um ihre Notlage zu schildern.

Später im Laufe ihrer Schwangerschaft, wenn sie noch verzweifelter sein würde. Dann vielleicht. Wenn man verzweifelt, wahnsinnig und besessen ist, dann geht's ja vielleicht auch ohne Mut.

Sie wäre ganz sicher verzweifelt, wenn die anderen es bemerkten oder ahnten. Wenn ihr Bauch anschwoll und ihre Kleider nicht mehr passten.

Wie viel Zeit hatte sie noch? Ein paar Wochen? Das Todesurteil – Schwangerschaft, ein Tumor, der wächst und nicht zu stoppen ist.

Die Handgelenke aufschlitzen. Alles, was sie dazu bräuchte, wäre eine Rasierklinge oder ein scharfes Messer, und sie könnte es in der Nacht hinter sich bringen, ohne entdeckt zu werden, wenn sie es klug anstellte. In der Badewanne mit laufendem Wasser, um den Blutstrom zu verwässern, dem Vergessen zu überlassen. In einem der Bäder im Studentenwohnheim, eines, das zu einem Einzelzimmer gehörte, mit Badewanne statt Duschkabine; ein Zimmer, das man abschließen konnte, wo man ungestört war, und wo Alyce sich vorher mit Schmerztabletten ruhigstellen konnte und in die heiße, dampfende Badewanne herabsinken, ihre Augen schließen, nicht hinsehen müssen, denn sie war ein Feigling und könnte sicher den Anblick nicht ertragen, wenn das Blut in Strömen den Abfluss hinunterrann. Wenn ihr Herz dann wegen des Blutverlustes langsam schwächer schlüge, käme schließlich ein Gefühl süßen Trostes über sie … Aber – sollte sie ohne Kleider in die Wanne gehen, so als ob sie baden wollte? Oder – sollte sie angezogen bleiben, oder auch halb angezogen, in ihrem Flanellnachthemd vielleicht? Denn sie würde nicht gern *(auf gar keinen Fall)* nackt sein, wenn man sie entdeckte, nackt und tot.

Wie würde sie es denn schaffen, wirklich *tot* zu sein? Man kann ja nur ein Handgelenk ritzen, weil die rechte Hand brutal zittert, beides geht nicht. Das linke Handgelenk, oder genauer gesagt, die Innenseite des linken Unterarms, das zarte Fleisch an dieser Stelle einschneiden (tief, rasch, präzise), bevor der Schmerz sie überwältigte und die Rasierklinge oder das Messer ihr aus den Fingern ins aufspritzende Wasser fiele ...

Eine Überdosis Tabletten? Welche Tabletten? Alyce besaß keine verschreibungspflichtigen Tabletten, müsste sich Tabletten in der Apotheke kaufen, und welche Tabletten sollte sie sich am besten kaufen? – Schlaftabletten? Sie hatte keine Ahnung. Wenn sie zu Hause wäre, dann hätte sie Zugang zum Medikamentenschrank ihrer Eltern – Tabletten gegen Bluthochdruck, Angina, Nierenprobleme, Arthritis. Wenn sie allerdings so viele Tabletten schluckte, die sie auf jeden Fall töteten, dann würde sie möglicherweise sofort erbrechen, weil sie ja nicht daran gewöhnt ist, Tabletten zu schlucken. Hatte keine Ahnung, wie ihr Magen reagieren würde. Und wenn sie nicht alles ausbräche, dann versänke sie in eine tiefe Benommenheit, schweißnass, aber würde nicht sterben, ihr Herz schlüge weiter wie ein unnachgiebiges Metronom, sie wachte dann Stunden oder Tage später auf in ihrem eigenen Erbrochenen und Exkrementen, würde im Krankenwagen in die Notaufnahme gebracht, wo man ihren Magen auspumpte – was immer »auspumpen« auch bedeutete. Auf jeden Fall hatte das nichts zu tun mit Todesromantik oder Würde. Einlieferung ins Krankenhaus zur psychiatrischen Untersuchung, Kontaktaufnahme mit den Eltern, Entdeckung der Schwangerschaft, Ausschluss aus der Universität, eventuell Gehirnschäden, möglicherweise ein »Wachkoma« ...

Alyce lachte auf. Es war drei Uhr zwanzig und sie stand einfach da, auf dem kalten Holzfußboden, hatte sich aus dem Bett herausgewunden, in dem sie keinen Schlaf fand, obwohl sie schon Stunden zuvor das Licht ausgeknipst hatte.

Ihre Entscheidung, *verdammt, nein, sie würde es nicht tun.*
Würde sich nicht selbst umbringen, nicht einmal versuchen
würde sie es.

* * *

Zurück von der Uni, fand sie einen zusammengefalteten Zettel in ihrem Briefkasten. Ein Glassplitter drückte in ihr Herz bei dem Gedanken, dass die Nachricht von Simon war, der sich mit ihr treffen wollte. Ihre tränenverschleierten, blinzelnden Augen konnten kaum die Buchstaben entziffern, es war eine Telefonnummer mit den Worten: *Liebste Alyce, bitte ruf diese Nummer an. R. B.*

8.

Somit war ihr Leben vorherbestimmt.

Das Geschenk ihres Lebens. So dachte Alyce in jenem Augenblick.

Zurück im Poet's House. Ihr Herz schlug heftig, als Roland B. mit einer scherzhaften Verbeugung die Tür öffnete.

»Liebe Alyce! Ich habe Sie vermisst. Kommen Sie herein.«

Die beiden fassten den Entschluss, dass Alyce als Assistentin und Archivarin für Roland B. arbeiten sollte. Dies war der offizielle Titel für die Rolle, die sie in seinem Leben und (so wie sie es sich vorstellte zu jener Zeit) in seinem posthumen Leben spielte – Assistentin, Archivarin.

»Ich werde Sie natürlich dafür bezahlen, Alyce. Ich erwarte nicht, dass Sie Ihre kostbare Zeit unentgeltlich opfern.«

Und: »Bitte sagen Sie doch Roland zu mir, meine Liebe. Könnten Sie es zumindest versuchen?«

Alyce rührte es, dass der Dichter ihr ohne Weiteres ihr unhöfliches Verhalten zuvor verzieh. Er ging mit einer abweisenden Geste über ihre verlegene Entschuldigung hinweg – »Seien Sie nicht albern, meine Liebe. Ein alter Mann ist gut beraten, sich in seine Schranken weisen zu lassen, wenn er eine Grenze überschreitet. Es ist gut, ihn daran zu erinnern.«

»Aber Herr Professor – Sie sind doch nicht *alt*.«

Die Worte sprangen Alyce einfach aus dem Mund. Sie hatte gar nicht vor, auf die reumütige Bemerkung des Dichters zu antworten.

Sie hatte dabei gelacht, ein nervöses Lachen. Wie Alice im Spiegelreich, als sie alle Dinge verkehrt herum sah, skurril.

Doch sie sah die Tatsachen, wie sie waren. Roland B., zurückgezogen, einsam und allein. An der Universität wurde er bewundert, häufig zu Empfängen geladen, zu Mittagessen und Abendessen, aber überall ging er allein hin und allein auch wieder zurück in sein rot-verblichenes Poet's House. Allein in sein Schlafzimmer mit den antiken Möbeln und in das Himmelbett, allein.

Auch *sie*, Alyce, lebte zurückgezogen, einsam und allein. Inmitten anderer Gleichaltriger, inmitten der Menschenschwärme auf dem Campusgelände, doch immer allein.

Simon Meech hatte sie nicht mehr angesprochen, und im Seminar schien er kaum noch in ihre Richtung zu blicken. Er bemerkte wohl auch nicht, dass sie sofort nach Ende der Stunde verschwand.

Alle Farben im Wohnzimmer des Poet's House leuchteten auf einmal prächtiger als in ihrer Erinnerung. Purpurrote Samtkissen auf einem taubengrauen Samtsofa, eine rostbraune chinesische Vase auf dem Kaminsims, Porträts von ernst dreinblickenden Herren aus dem achtzehnten Jahrhundert an den Wänden.

Wie lustig, diese Porträts! Als ob sie, obwohl lange tot und lange vergessen, nun die Rollen der Vorfahren übernommen hätten.

»Kommen Sie herein, liebe Alyce! Oh, sind Ihre Hände kalt. Möchten Sie einen Tee?« – damit zog er sie in den überheizten Raum, wo auf dem wunderschönen alten Flügel eine Kristallvase mit leuchtend roten Rosen stand – *Für mich? Diese Rosen sind für mich.*

Hier gab es jemanden, der sie verehrte. Der sie nicht verstieß, nicht verletzte.

Seltsam, wie seit Alyce' letztem Besuch zwischen ihr und Roland B. eine neue Stimmung entstanden war, leichter, spielerischer und (kaum wahrnehmbar) erotisch.

Sie hatte es gewagt, scharfe Worte an den Professor zu richten. Sie hatte seine Hände weggestoßen und war gegangen. Hatte ihn verblüfft, so wie sie sich selbst auch verblüfft hatte, und nun begannen sie beide von vorn.

Er hatte von einer Bäckerei im Ort köstliche, butterzarte Scones gekauft. Servierte sie seiner Besucherin zusammen mit Lapsang-Tee in Wedgwood-Teetässchen. Obwohl Alyce einige Stunden zuvor noch unter starker Übelkeit gelitten hatte, fühlte sie nun ein Hungergefühl, das ihren Körper erbeben ließ.

»Sie sehen blass aus, meine Liebe. Ich habe es schon im Seminar neulich bemerkt. Sie waren ganz still, während alle anderen wichtigtuerisch herumdiskutierten. Bedrückt Sie irgendetwas? Oder ist es so etwas wie – *Doch hinter mir hör' ich einstweilen, die Zeit im Flügelwagen eilen –?*«

Ein seltsamer Hinweis, sicherlich zitierte er ein Gedicht. Aber kein Gedicht, das Alyce kannte.

»Nun ich glaube, Sie sind zu jung, um von der rasch voranschreitenden Zeit so bedrückt zu sein wie wir anderen ...«

Bei dieser Bemerkung lachte Alyce wieder, verschüttete dabei etwas Tee aus der zarten Wedgwood-Tasse. Als ob *die voranschreitende Zeit* für sie nicht auch so schmerzhaft wäre wie eine Eiterbeule. Als ob ein Ritual wie das Teetrinken von Bedeutung wäre, wenn man einige Stunden zuvor noch würgend über einer Toilette gehangen hatte.

»Wenn es irgendetwas in Ihrem Leben gibt, das Sie bedrückt, meine Liebe, dann hoffe ich, dass Sie sich mir anvertrauen können. Ich weiß, dass in Ihrem Alter so vieles in der Schwebe ist. Erinnern Sie sich an die Worte von Paul Bowles – ›Die Dinge passieren nicht einfach so, alles hängt davon ab, wem man begegnet.‹«

Alyce hatte keine Ahnung, wer Paul Bowles war, doch der Klang in Roland B.s Stimme sagte ihr, dass Bowles eine Art Visionär gewesen sein musste.

Wie zittrig Alyce sich fühlte, doch zugleich auch freudig erregt in der Anwesenheit dieses liebenswerten Mannes. Die glänzende Kuppel seines Kopfes, auf dem federleicht graue Haarsträhnen ruhten. Diese halb verhangenen Augen, mit den kleinen Fältchen rundherum, das hoffnungsvolle Lächeln, mit gelblichen Zähnen. Alyce merkte, wie zerbrechlich ihre Verfassung war, wie alles durch ein zärtliches Wort dieses Mannes zusammenbrechen konnte, durch eine einzige Liebkosung.

Was hatte er sie noch mal gefragt? Hungrig wie sie war, hatte sie einen ganzen Scone verschlungen und eine Tasse Lapsang-Tee geleert. Ihre Hände zitterten noch immer.

»Also, meine Liebe, mag sein, Sie werden mir mit der Zeit vertrauen, als Freund. Ich glaube, dass ich Sie aufgrund der Gedichte, die Sie schreiben, gut kenne – Ihr Innerstes kenne. Bitte, betrachten Sie mich als Ihren Seelenfreund.«

Auf dem Mahagonitisch im Wohnzimmer lagen Stapel von Manuskripten, Entwürfe von Gedichten und Briefe, teils handgeschrieben, teils getippt. Auf dem Fußboden Kisten voller Schriftstücke. Viele neue Kisten seit Alyce' letztem Besuch.

»Die habe ich mir alle schicken lassen, damit ich jetzt mit der Arbeit an meinem Archiv beginnen kann. Wissen Sie, was ein Archiv ist, meine Liebe?«

Alyce sagte, ja, sie denke schon. Kannte aber nur die beachtenswerten, verdienstvollen Archive.

»Eigentlich alles, was das Leben eines Schriftstellers ausmacht. Aber ich habe nur Aufzeichnungen, Veröffentlichungen, Briefe – Hunderte von Briefen – aufbewahrt. Vergriffene Bücher, Sonderausgaben. Was ich immer hinausgeschoben habe – Anfragen von Harvard, Yale, Columbia –, genauso hinausgeschoben wie mein Testament. Ist verdammt schwierig, wissen Sie, für uns, die wir herumfantasieren, dass wir ewig leben, uns selbst als sterbliche Wesen anzuerkennen, geschweige denn posthum … Aber wenn Sie mir helfen könnten, meine Liebe, ich glaube, dann könnte ich es jetzt in Angriff nehmen.«

»Natürlich, Herr Professor. Ich kann es versuchen.«

Wieder kamen die Worte spontan, ohne nachzudenken. Sie hatte großes Verlangen danach, den betagten Dichter zu erfreuen, war so einsam, so verzweifelt, dass sie ihre Gefühle kaum zügeln konnte, wenn sie mit jemand so Liebenswertem zusammen war.

»Bitte, ich habe Sie doch gebeten – Roland. *Professor,* das ist für *les autres.*«

»Roland.« Der Name hörte sich mit Alyce' Stimme unwirklich an, nicht sehr überzeugend.

»Rol-*land*. Mit einem französischen Tonfall, *s'il vous plaît.*«

»Rol-*land*.« Wie ein zu groß geratenes Kind errötete Alyce vor Verlegenheit.

»Na also. Das hört sich schon besser an. *Merci!*«

Draußen vor dem Wohnzimmerfenster schwand plötzlich der Tag. Der Lapsang-Tee in der angeschlagenen Wedgwood-Kanne war kalt, vergessen. Gut gelaunt goss Roland B. Whiskey in zwei Schnapsgläser, eines für seinen Gast und eines für sich, und bestand darauf, dass Alyce mit ihm anstieß: »Wir haben einiges zu feiern, meine Liebe.«

Schon bald glühte das Gesicht des Dichters fiebrig; er lachte glücklich. Als der Abend zu Ende ging und Alyce sich bereit machte, den Heimweg anzutreten, waren Roland B.s Worte verschwommen und seine feingezeichnete Haut tiefrot. Es berührte Alyce sehr, zu sehen, wie der Dichter in ihrer Gegenwart warm geworden war und nun förmlich glühte.

Er bestand weiter darauf, sie für ihre Arbeit zu bezahlen. Er würde sehr gut zahlen. Doch sie dürfe niemandem von dieser Abmachung erzählen, keiner Kommilitonin, niemandem, damit nicht *les autres* irgendetwas missverständen.

Wollte nicht, dass Alyce ihn verließ. Bitte nicht! Jetzt noch nicht.

Es gab eine Sperrstunde, erklärte Alyce ihm mit einem Lachen. Alle Studentinnen im Grundstudium, die im Studentenwohnheim lebten, hatten sich an die mitternächtliche Sperrstunde zu halten.

Wie lächerlich! Alyce sollte solch eine restriktive Unterkunft sofort verlassen und sich etwas Eigenes suchen. *Er* würde ihr bei der Finanzierung helfen.

9.

Wie glücklich Alyce dort war, im Poet's House! Hier hatte *es* keine Macht über sie, konnte sie nicht lähmen. Die letzten Tage vor der Wintersonnenwende näherten sich, als Alyce atemlos und hoffnungsvoll regelmäßig zwischen halb fünf und fünf am Nachmittag in dem roten Ziegelhaus eintraf. Mit Hausaufgaben im Gepäck, mit Anthologien und Texten, die sie für die Uni lesen musste, Hausarbeiten, die sie zu schreiben hatte, ein Notizbuch mit Gedichtentwürfen. Und zwischendurch, in ihren Pausen, half sie Roland B. beim Erstellen seines Archivs.

»Meine liebe Alyce, wir machen Fortschritte! Ich bin stolz auf uns.«

Wenn Alyce bei ihm eintraf, hatte Roland B. immer schon einen Whiskey bereit oder zwei, ein Glas Wein oder zwei oder drei. Dankbar, dass sie kam. Versuchte stets, Respekt zu wahren. Küsste ihre Hand, ihre Hände.

Immer zwischen acht oder neun aßen sie zusammen Abendbrot, das Roland B. bestellte und bezahlte, und das von einem der zahlreichen Restaurants der Stadt ins Poet's House geliefert wurde. Bis das Essen eintraf, hatte Roland noch einen Whiskey getrunken oder einen Wein probiert, Alyce hatte ihren Arbeitsplatz verlassen, um den Wohnzimmertisch zu decken. Mit wunderschönem, wenn auch teils angeschlagenem oder gesprungenem Porzellan, das sie in einer Anrichte entdeckt hatte, leicht angelaufenem Silberbesteck, Stoffservietten aus weißem Leinen, Kelchen aus Kristallglas. Kerzenleuchter, Kerzen. Das Essen wurde in Styroporbehältern geliefert, Alyce erhitzte es im Ofen bei zweihundert Grad und servierte es auf großen Tellern. Der Geruch beim Essenheißmachen ließ ihr das Wasser im Mund zusammenlaufen; niemals hatte sie früher solch einen Heißhunger verspürt.

Die Übelkeitsanfälle waren überwunden, zum größten Teil wenigstens. Ihr Körperschwerpunkt pendelte sich jetzt Richtung Hüfte ein, also etwas näher Richtung Boden.

Fünf Tage in der Woche führte sie ihr Weg jetzt ins Poet's House. Sehr bald dann sechsmal in der Woche. Sieben. Denn dort gab es stets viel Spannendes für sie zu tun, und außerdem bezahlte Roland B. sie überaus großzügig, so wie er es versprochen hatte, häufig in Zwanzig-Dollar-Scheinen. Hastig teilte er die Scheine aus und zählte kaum nach, so als ob es ihm peinlich wäre, sie zu bezahlen, so wie es ihr peinlich war, *bezahlt* zu werden. »Du brauchst dieses Einkommen nicht anzugeben, meine Liebe«, sagte Roland B. ruhig, »ich tue das auch nicht. Was hier zwischen uns geschieht, braucht das Finanzamt *nicht zu wissen.*«

Auf der alten, robusten Remington-Schreibmaschine tippte Alyce seine Gedichte sowie zahlreiche Gedichtentwürfe, dazu persönliche Briefe, die Roland B. ihr zur kritischen Durchsicht gab und für die er sie sogar um Korrekturen bat.

Sie sagte sich selbst, *Ich tue das für ihn, er ist mein Freund. Je mehr ich für ihn tue, desto mehr ist er mein Freund.*

Nur wenn sie das überheizte Poet's House verließ und sich über den schneebedeckten Campus auf den Weg zum fünfhundert Meter entfernt gelegenen Wohnheim machte, holte die Realität sie ein, hatte sie ein schrilles Klingeln in den Ohren.

Was geschah mit ihr? Was war zu *tun*?

Zwanghaft kontrollierte sie immer wieder ihre Unterwäsche, ihr Nachthemd. Die Bettwäsche. Wusste bald gar nicht mehr, wonach sie eigentlich suchte – Blutspuren, erinnerte sich kaum an dieses Menstruationsblut, das jetzt weit weg war, nur bruchstückhaft wie im Traum ins Gedächtnis zurückkam.

Und dann: dieser anschwellende Bauch. Deutlich. Sie konnte es fühlen.

Kein Gewichtsverlust mehr aufgrund ihrer Ängste und Übelkeit, sondern Gewichtszunahme. Fünf Pfund, sechs ... Acht Pfund.

Roland B. bemerkte, wie schön Alyce jetzt war. Diese zarte Haut, diese glänzenden Augen ... Sie war nicht mehr so dünn, wie sie einmal gewesen war. Sie sah auf jeden Fall jetzt gesünder aus.

»Siehst du, du bist *meine* Alice. Kamst in mein Leben, als ich eine Alice brauchte, wie durch einen Zauber.«

Alyce lachte, verlegen. Meinte Roland B. solche Dinge wirklich ernst oder war er einfach nur ein versponnener Poet in seinem Wunderland?

Sie überlegte, ob der bejahrte Dichter in seiner Eitelkeit glaubte, dass seine studentische Hilfskraft sich in ihn verliebte.

Es wurde für Alyce immer schwieriger, Roland B.s Getränkeangebote höflich abzulehnen. Sie nahm mal ein paar Schlückchen Wein, ja. Aber Whiskey – *nein*.

Hob hervor, in ihrer gewissenhaften Art: »Sie wissen doch Herr Professor – ich bin noch minderjährig.«

Roland B. protestierte: »Meine Liebe, dies hier ist ein privates Wohnhaus. Hier wird niemand kontrolliert. Der Staat hat hier nichts zu sagen. Mein Domizil.« Und nach einer kurzen Pause, verschmitzt hinzufügend: »*Unser* Domizil. *Unser* Wunderland. Ohne richterliche Anordnung darf kein Beamter diese Türschwelle übertreten, und ganz sicher kann keine staatliche Behörde *mich* festnehmen.«

Sehr bald auch der Wunsch, dass Alyce über Nacht blieb.

Und was dachtest du, Alyce? Dass es einfach – verschwinden würde?

So wie man elektrisiert ist von einem Knoten in der Brust, einem wachsenden Tumor. Eine Art Lähmung. Schwerer Schlaf. So waren ihre Gliedmaßen versunken in etwas Weichem, so wie Schlamm. Warmer Schlamm.

Erinnerung an ein Gespräch zwischen ihrer Mutter und einer Tante, die ganz leise über die Tochter einer Freundin redeten, über deren Fehlgeburt nach sechs Monaten, während niemand – nicht einmal (so hieß es) das Mädchen selbst – überhaupt geahnt hatte, dass sie schwanger war. Ein stämmiges Mädchen, mit locker sitzenden Blusen, Overalls, kein sehr attraktives Mädchen (sagten die Leute, ein wichtiges Detail), die Familie fiel aus allen Wolken, ungläubig, aufgebracht. Es schien so unwahrscheinlich, dass das Mädchen nach sechs Monaten nicht gewusst haben sollte, dass sie schwanger war, doch Alyce verstand sie gut. Es war sehr leicht, nicht *darüber* nachzudenken. Sobald man über die Zukunft nachdachte und Ängste hervorbrachen, überkam einen das plötzliche Bedürfnis nach einem kurzen Schläfchen.

Im Rausch der Unwissenheit die Augen verschließen, der wohltuendste Tiefschlaf, den es gab.

Hoffte, dass es irgendwie verschwinden würde. Einfach ausgelöscht wäre.

Und man wachte auf, und sähe, dass das alles nur ein schlechter Traum war – so wie Alice aus ihrem Albtraum erwachte.

»Meine liebe Alyce, leider muss ich für den Rest des Nachmittags weg. Aber ich beeile mich, versprochen!«

Es schmeichelte Alyce, dass Roland ab und zu das Poet's House verließ und sie dort allein zurückließ. Der Dichter hatte mittlerweile großes Vertrauen zu seiner Assistentin, ließ sie selbständig walten, entweder weil er ihren gesunden Menschenverstand hochschätzte oder aus der eigenen Eitelkeit heraus, von unwichtigen Einzelheiten verschont zu werden. Ja, ja! – da waren zum Beispiel die Briefe von T. S. Eliot, der für jeden, der ihn kannte, schlicht und einfach »Tom Eliot« hieß, genauso wie Robert Lowell nur als »Cal« bekannt war. Roland B. gab Alyce recht, solch kostbares Archivmaterial musste unbedingt in Plastikordnern bewahrt werden,

nur – wo konnte man solche Ordner kaufen? Im Universitäts-
buchladen? Ein riesiger, grausiger Ort, Regale voll mit geist-
losen Bestsellern, schwer verdaulicher Fachliteratur, T-Shirts
und Sweatshirts, niemals würde der Dichter seinen Fuß ein
zweites Mal dort hineinsetzen …

Selbstverständlich würde Alyce diese Ordner besorgen.
Für solch profane Tätigkeiten war sie viel besser geeignet als
Roland B.

Wie in Hypnose verlor sie sich stundenlang in genauem,
exaktem Lesen, im Entziffern von handgeschriebenen Briefen,
die Roland B. empfangen hatte, verblassten Durchschlägen von
Roland B.s Briefen, handgeschriebenen Manuskripten vom
Dichter höchstpersönlich, Druckfahnen mit Anmerkungen.
In hunderten Briefen von Personen, deren Namen bekannt
waren und von Personen, deren Namen unbekannt waren.
In den 1930er-Jahren hatte Roland B. angefangen, Gedichte
zu veröffentlichen; im Jahre 1954 war Roland B. Lektor des
Lyrikressorts von *The Nation* und korrespondierte mit Dut-
zenden Dichterfreunden. Man konnte sehen – Alyce konnte
sehen –, wie der junge, ehrgeizige Dichter sich behauptet
hatte, nicht immer zielsicher, eher launenhaft, planlos, hatte
seine Gedichte willkürlich herumgeschickt und bat um Kom-
mentare oder Veröffentlichung, dankbar für jede Art von
Aufmerksamkeit, Ermutigung, Akzeptanz von Lektoren, so
wie jemand, der eine steile Felswand hinaufklettert und sich
an rutschigen Steinvorsprüngen festhält.

Immer wieder ging Alyce mit den Briefen zum Fenster,
um alles richtig lesen zu können. Kleine, schlecht lesbare
Buchstaben, verblasste Druckfarbe. Ein Brief von John Crowe
Ransom, dem Herausgeber vom *Kenyon Review,* der viele
der Gedichte rühmte und veröffentlichte. Ein kurzer, hin-
gekritzelter Brief von dem Lyriker Delmore Schwartz, der
sich bei Roland B. für irgendeinen Gefallen bedankte. Ein
Brief von Elizabeth Bishop auf Hotelbriefpapier, eine Reihe

von nachlässig formulierten Sätzen, reumütige Klagen über
»Cal«. In diesen Briefen schwang für Alyce eine faszinierende
Intimität mit, Intrige und Klatsch, etwas, das ihrem Leben
vollkommen fremd war.

Ganz problemlos konnte sie solche Briefe rasch zusammen-
falten – manche von ihnen waren aus hauchdünnem blauen
Luftpostpapier – und sie in ihre Büchertasche hineingleiten
lassen. Roland B. würde dies nie erfahren, denn Roland B.
hatte keinen Überblick über seine eigenen Sachen.

Vor allem die frühen Publikationen mit limitierter Auf-
lage, die Roland B. seine Lesehefte nannte, waren achtlos in
unterschiedliche Kisten hineingestopft.

Eines dieser Büchlein trug den Titel *Phantomwise and Other
Poems,* veröffentlicht 1936, wunderschön gedruckt auf steifem
weißem Papier mit perlmuttfarbenem Einband und Roland B.s
jugendlicher, großspuriger Handschrift auf der Titelseite.

Auf der Copyright-Seite war zu lesen, dass es nur fünfzig
gedruckte Ausgaben gab. In der Kiste lagen drei davon, alle
mit Wasserflecken und zerrissenen Seiten.

Das vorangestellte Motto kam ihr sehr bekannt vor:
Verfolgt mich noch immer wie ein Geist.

Was war das: eine Zeile aus Alice im Wunderland? Charles
Dodgsons Erinnerung an die siebenjährige Alice, erfüllt von
Sehnsucht.

Sie blätterte das kleine Buch mit den Wasserflecken durch,
gerade mal zwanzig Seiten. Ein halbes Dutzend Gedichte von
Roland B., die Alyce nie zuvor gesehen hatte und auch gar
nicht richtig verstand. Wahrscheinlich nun auch vom Dichter
selbst vergessen.

Rasch legte sie die Ausgabe von *Phantomwise* zurück in die
Kiste. Selbst wenn ihr exzentrischer Brotgeber niemals merken würde, dass das Buch verschwunden wäre, und niemand
es je vermisste, so würde Alyce sich doch nicht unehrenhaft
benehmen. Sie konnte ja nicht stehlen.

Das wäre ja Betrug an Roland B.s liebevoller Beziehung zu ihr. Ihrer Beziehung zu ihm. Ihrer gegenseitigen Achtung, die mit nichts in Alyce' Leben zu vergleichen war.

»Welches gefällt dir besser, Alyce?« Der Dichter schaute noch einmal die Gedichte durch, die er vor vielen Jahren, genau genommen 1935, veröffentlicht hatte, weil er einen Band von *Selected Poems* herausgeben wollte. Mit jugendlicher Unbekümmertheit antwortete Alyce: »Die ältere Fassung. Die hat viel mehr Kraft.«

»Wirklich? Die *ältere Fassung?*«

»Ja.«

Das Gedicht war eine kluge Nachbildung eines Sonetts von John Donne. Alyce kannte nur einige wenige Gedichte von Donne, aber dieses kannte sie. Den harten Rhythmus, die männlichen Kadenzen. Dadurch, dass er ab und zu eigene Zeilen einfließen ließ, hatte Roland B. das Gedicht weicher gemacht.

Alyce' Bemerkung hatte ihn überrascht. So wie sie ihn überrascht hatte, ja, ungeheuer erfreut hatte, als sie beim Betreten des Poet's House den kleinen, gesprungenen Opalring am kleinen Finger ihrer rechten Hand trug.

Roland B.s Gesicht! Wie eine Kerze, strahlend.

Meine Liebe. Du hast mich so glücklich gemacht.

Aber nun war er weggegangen, nicht so glücklich.

In der Küche hörte sie ihn herumklappern. Ein Glas suchen.

Häufig spülte Alyce das Geschirr sofort nach dem Essen. Mochte das Gefühl von heißem Seifenwasser. Wenn sie es nicht tat, ließ der betagte Dichter die schmutzigen Teller im Spülbecken liegen, im schaumigen Spülwasser, wo sie die Putzfrau mittwochmorgens regelmäßig vorfand. Er schien unfähig, selbst Teetassen oder Kaffeebecher abzuwaschen. Whiskeygläser, Weingläser aus einer beeindruckenden Glassammlung häuften sich so lange an, bis Alyce sie abwusch und blitzend in die Regale zurückstellte.

Selbstverständlich brauchte Roland B. jetzt einen Drink. Um seine angespannten Nerven zu beruhigen. Kam zurück mit einem Whiskey in der Hand und zu Alyce' Erleichterung keinem für sie.

Aber er hatte ein Geschenk für sie – »In Dankbarkeit für deinen Scharfsinn, dein Verständnis und deine Ehrlichkeit, liebe Alyce. Ein Liebhaberstück – so heißt es.«

Es war ein Exemplar von *Phantomwise*, das schmale Bändchen mit dem Perlmutteinband. Alyce spürte ihr Gesicht glühen, so als ob sie als Diebin enttarnt worden wäre.

Doch Roland B.s Gesicht kräuselte sich zu einem breiten Lächeln, ohne jede Ironie.

Hielt ihr das befleckte Büchlein mit der geöffneten Titelseite entgegen, sodass sie lesen konnte: »*Für meine liebe Alyce, die mein Leben mit ihrem Glanz erhellt. In Liebe, Roland.*«

Alyce nahm Roland das Buch aus der Hand. Tränen flossen ihre Wangen hinab. Unmöglich für sie, nicht zu weinen, er war so liebenswert.

»Oh, Alyce, was ist passiert? Warum weinst du?«

Sie hörte, wie sie es ihm sagte, endlich: sie sei schwanger.

Dieses Wort, unmissverständlich und beschämend: *schwanger*.

Wie lange, wie viele Wochen genau, wisse sie nicht.

Wollte sie auch gar nicht wissen. Hatte sich selbst verboten, es auszurechnen.

Stammelte, schluchzte. Wie ein Kind. Ein gebrochenes Mädchen. Ihr Seelenzustand gebrochen, als wäre das Rückgrat gebrochen. Roland B. versuchte, sie zu trösten.

Später wurde Alyce klar, dass der betagte Dichter eigentlich gar nicht so sehr überrascht schien. Musste etwas gewusst haben, geahnt – irgendetwas …

Selbstverständlich war er ausgesprochen mitfühlend. Saß neben ihr auf dem Sofa, ihre Hände in seinen, um sie zu beruhigen. Ließ sie die Worte heraussprudeln und ließ sie in Schweigen verfallen, überwältigt von Gefühlen. Seine Liebenswürdigkeit war für sie kaum zu ertragen, zerstörend. Sie konnte sich nicht erinnern, wann irgendjemand so liebenswürdig zu ihr gewesen war. Ihr so mitfühlend zugehört hatte.

»Meine Liebe. Mein armes liebes Mädchen. Das ist keine gute Nachricht für dich, nicht wahr?«

Nein. Keine gute Nachricht. Alyce wischte sich die Augen trocken, lachte dabei.

Er hielt sie fest. So wie ein älterer Verwandter sie halten würde.

Versicherte ihr, er würde ihr helfen. Wenn sie es zuließe.

Alyce weinte in seinen Armen. Schluchzte haltlos, schamlos. Ihr Stolz, ihr Ehrgefühl, einfach verschwunden. Sie war entblößt, hilflos. Ihr Selbstbewusstsein, auf das sie so gebaut hatte, in den Seminaren, unter den kritischen Augen der anderen, ohne Bestand. Jetzt nur noch eine schwangere Kreatur, wehrlos.

»Heirate mich, meine Liebe. Lass mich dein Ehemann sein. Ich werde mich um dich und dein Baby kümmern. Es wird unser Baby sein.«

Roland B. sprach mit drängender Stimme, seine Worte verschwommen vom Whiskey.

Alyce lachte nervös. Nein, nein! Das konnte sie nicht.

»Ich weiß, du liebst mich nicht – noch nicht. Ich habe genügend Liebe für uns beide. Du bist doch *meine Alice*.«

Alyce wollte sich ihm gerne entziehen. Wollte all ihre Würde zusammenraffen, oder das, was ihr an Würde noch geblieben war, und dem Poet's House entfliehen. Doch nun lag sie zusammengekauert und machtlos in den Armen des Dichters. Wie schutzsuchend vor starkem Wind. Sie wusste kaum mehr den Namen des Mannes. Doch ihr Geist arbeitete auf Hochtouren – *Er wird mir helfen. Er hat mich gerettet.*

Im großen Himmelbett, im halbdunklen Schlafzimmer. Ein antikes Bett mit harter Matratze, die unter ihrem Gewicht knarrte. So absurd, dachte Alyce. Das konnte nicht wahr sein! Der betagte Mann atmete laut, keuchte, als ob er gerade eine Treppe hochgelaufen sei. Hielt sie zärtlich im Arm, küsste ihren Mund, ihren Hals. Federleichte Küsse, die plötzlich schnell fester wurden, saugende Küsse, die ihr den Atem nahmen.

»Nein. Bitte. Nicht.« Alyce drückte ihn weg, verängstigt.

»Entschuldige!«

Der betagte Liebhaber hätte einen Scherz daraus machen können, wenn er gekonnt hätte.

Noch immer atmete er schwer. Heftig. Entschuldigte sich, er müsse ins Bad, schwankte auf seinen Füßen.

Dann das Geräusch des Wasserhahns, der Toilette. Alyce setzte sich auf, schwang ihre Beine aus dem Bett. Was tat sie hier, warum war sie überhaupt hier? Sie würde verschwinden, bevor er zurückkam. Oder – sie würde im Wohnzimmer auf ihn warten, im Mantel. Denn es wäre unhöflich, gewissenlos, jetzt wegzulaufen, ohne mit ihm zu reden.

Sie würde ihn um finanzielle Hilfe bitten. Bitte, kannst du mir helfen!

Alles, was sie wollte, war, ihren alten, verlorengegangenen Körper zurückhaben. Den *nicht-schwangeren* Körper.

Den schlanken Körper eines Mädchens, mit schmalen Hüften, kleinen festen Brüsten, einem flachen Bauch und nichts drin in diesem Bauch, nichts, das ihn so aufblähte wie einen Ballon.

Wie glücklich sie gewesen war in diesem nicht-schwangeren Körper. Vollkommen unwissend, nichts ahnend. Und jetzt.

Sie hatte keinen Zweifel daran, dass es für Roland B. kein Problem wäre, ihr einen Kontakt zu besorgen zu jemandem, der ihr helfen könnte. Roland B. könnte mit Geld aushelfen.

Eine Abtreibung. Ein Arzt, der eine Abtreibung vornehmen könnte.

So klar und deutlich musste man es Roland B. sagen. Sie, Alyce, müsste es sagen.

Einige Minuten später kehrte Alyce zögerlich ins Schlafzimmer zurück. Doch Roland B. war immer noch im Bad. Irgendetwas fiel zu Boden, es polterte. Alyce ging nah an die Tür heran, wusste nicht, was sie tun sollte. Sie hatte vorhin nicht darüber nachdenken wollen, ob mit dem betagten Dichter irgendetwas nicht stimmte, warum sein Atmen so heftig und keuchend war, sobald er sie ins Schlafzimmer und aufs Bett gedrängt hatte.

Alyce hatte sich geziert wie ein zu groß gewachsenes kleines Mädchen. Sie hatte dann nachgegeben, stocksteif. Sie hatte seine Küsse nicht erwidert, nur ganz schwach aus purer Freundlichkeit. Für einen Mann seines Alters war er unerwartet stark gewesen. Er war erstaunlich schwer gewesen. Andererseits, er war nicht *alt*. Das wusste sie ja.

Ihr Gesicht war tränennass. Haare im Gesicht. Schließlich traute sie sich zu rufen: »Ro-Roland? Alles in Ordnung?«

Wie ihr der Name *Roland* im Mund steckenblieb! Sie brachte es kaum über sich, ihn auszusprechen. Fühlte sich an wie schauspielern, wie einen Namen in einem Textbuch nachzusprechen.

Dann kam der panische Gedanke – *Ist er krank? Stirbt er? Und ich bin Zeugin?*

Alyce stand direkt vor der Badezimmertür. Drückte ihr Ohr fest an die Tür.

»Hallo? Entschuldige. Ist – alles in Ordnung?«

In Gedichten kann man mit der Sprache die wunderschönsten Worte formen. Im realen Leben stammelt man die Wörter vor sich hin. Nie ist es möglich, so wunderschön zu reden, wie man reden möchte.

Drinnen, eine Antwort, die sie kaum hören konnte. Vielleicht war es eine Antwort wie: *Ja, nein, mir geht's gut, geh weg.* Vielleicht war es auch ein Stöhnen. Ein Schrei. Eine leise Bitte. *Hilf mir, mir geht's nicht gut. Geh nicht weg.*

Ein schrecklicher Gedanke, dass der betagte Dichter krank wäre. Genau in dem Moment, als er ihr seine Liebe gestand, seinen Wunsch formulierte, ihr zu helfen, sie zu heiraten … Alyce hatte lange schon vermutet, dass Roland B. nicht ganz gesund war: wenn sie ihn schwer atmen hörte, manchmal sah, wie er sich unnatürlich langsam bewegte. Hatte sich dann eingeredet, *Ah ja, er hat was getrunken. Deswegen.*

Als ob man einen Funken aus dem Kamin hinausfliegen sieht, der dann auf einem Teppich landet.

Im nächsten Moment kann der Funke zu einer Flamme werden. Die Flamme kann zu einem Feuer werden.

Stirbt er? Er möchte nicht allein sterben …

Dann plötzlich: die Tür öffnete sich. Roland B. kam heraus, versuchte zu lächeln.

Ein verzerrtes Lächeln. Seine Haut bleich, als ob alles Blut heraus wäre. Zuckende Augenlider. Eine Hand gegen seine Brust gepresst.

Sie wählt jetzt den Notruf, die 911, sagte Alyce sofort. Sie könnten nicht länger warten.

Roland protestierte *nein*. Noch nicht. Sein Herz »spiele ihm einen Streich« – ab und zu …

Nein. Nicht länger. Alyce wählte 911 und rettete dem Dichter das Leben.

10.

»Er erwartet mich. Er braucht mich.«

In der Notaufnahme wiederholte sie beharrlich, ja, sie sei Roland B.s Assistentin, ja, Studentin an dieser Universität und im Seminar des Professors eingeschrieben. Denn sie konnte sich nicht dazu durchringen, zu sagen, dass sie die *Freundin* des betagten Dichters war.

Und noch weniger, zu sagen, dass sie *die Alice* des Dichters war. Das Mädchen, dem er einen Heiratsantrag gemacht hatte.

»Er braucht mich, er erwartet mich. Ich wäre ja mit dem Krankenwagen mitgefahren, aber es war kein Platz ...«

Eine Krankenschwester führte Alyce in die Notaufnahme hinein. Sie konnte nicht anders, musste durch die einen Spaltbreit geöffneten Türen in die kleinen Räume hineinsehen – mit der Angst im Nacken, was und wen sie dort drinnen sehen würde. Gerüche stiegen ihr in die Nase; ihre Augen füllten sich mit Tränen. Sie dachte nur, *Oh mein Gott, wenn er stirbt. Wenn er schon gestorben ist.*

Kaum ein Gedanke noch an ihren eigenen Zustand. An das, was in ihrem Bauch wuchs, gedieh. Ihre schmerzenden und ungewöhnlich vollen Brüste. Wie sie dem Dichter alles gestanden hatte und wie er ihre Hände gehalten hatte, seine Liebenswürdigkeit. Sein Wunsch, ihr zu helfen.

... Genügend Liebe für uns beide.

Die Krankenschwester gab Alyce – was? Eine Halbmaske aus weißer Gaze. Setzte sich ebenfalls solch eine Maske auf. Erklärte Alyce, dass ohne die Bestimmung der Blutwerte, die zeigten, dass der Patient keine ansteckende Krankheit habe, sie so tun müssten, als hätte er eine, und dass eine Infektion durch Bakterien oder Viren aus der Luft übertragen werden könnte.

Ansteckung? Krankheit? War das möglich? Aber Alyce war vollkommen damit beschäftigt, die Maske vor ihrem Gesicht zu befestigen, die Schwester passte sie ihr an.

Vor der Tür von Zimmer acht. Vorbereitet sein für das, was sie dort drinnen erwartete, als die Krankenschwester die Tür öffnete.

Und dann sah sie ihn, den betagten Dichter im Krankenbett, aufrecht sitzen, mit nackter Brust, halbwegs bei Bewusstsein, mit starrem Blick und blinzelnden Augen, so als ob er Alyce nicht ganz genau sehen könnte oder sie mit der Maske nicht erkannte. Ohne Brille wirkte er viel älter als sonst – und verwirrt, beunruhigt. Die bleiche kahle Kuppel oben, erschreckend nackt.

»Oh, meine Liebe … Was haben sie denn mit *dir* gemacht?«, sagte er.

Tapfer lächelte Roland B. seine Besucherin an. Rasch ging sie zu ihm, nahm seine Hand. Seine Finger, kalt wie der Tod.

Ihr erster Eindruck war Bestürzung, doch auch Erleichterung – Roland lebte, das allein zählte.

Er dankte Alyce für ihr Kommen. Bat sie, nicht wegzugehen.

Wie missgestalt Roland B.s Körper in dem hochgekurbelten Krankenhausbett aussah! Er hätte ein Gnom sein können, mit verkürzten Beinen. Alyce hatte den betagten Dichter niemals zuvor unbekleidet gesehen, er war immer korrekt angezogen; wenn er im Poet's House seinen Tweedmantel ausgezogen hatte, kamen langärmlige Hemden zum Vorschein, dazu häufig Pullover, Westen. Kaum einmal hatte Alyce ihn sich bis jetzt als körperliches Wesen vorgestellt.

Bis er sie ins Schlafzimmer und auf sein Bett drängte, hatte sie nicht einmal daran gedacht, dass er ein sexuelles Wesen sei – allein der Gedanke … widerlich.

Jetzt sahen ihre entsetzten Augen Fleischfalten an Brust und Bauch des Dichters, schmalzfarben. Hängende, knotigknochige Schultern. Die weichlich-schlaffe Brust bedeckt mit krausen grauen Haaren und dazwischen ein Dutzend Elektroden, Drähte, die mit einem Apparat verbunden waren. War das ein EKG? Kontrolle seines Herzschlags? Ein Tropf an seinem rechten Arm: Antibiotika? Medikamente, um den schnellen Herzschlag zu verlangsamen und zu stabilisieren? Sauerstoff wurde dem Patienten durch Plastikschläuche in die Nasenlöcher geleitet. Regelmäßig wie ein Uhrwerk zog sich die Blutdruckmanschette am linken Oberarm alle paar Minuten mit einem scharfen Surren zusammen, entspannte dann wieder, wie ein tiefes Ausatmen. Alyce starrte wie hypnotisiert auf den Monitor. Die Zahlen sagten ihr nichts – 84, 91, 18. Grün, blau, weiß. Während sie dort am Krankenbett saß, kam Alyce zu dem Schluss, dass die Zahlen in den hohen Achtzigern die Sauerstoffaufnahme angaben.

Man erklärte ihr, dass Roland B. am folgenden Morgen ein CT und ein Echokardiogramm bekäme. Nach acht Stunden Antibiotikazufuhr dann eine erneute Blutuntersuchung. Der schnelle Herzschlag sei kein Herzrasen gewesen, sondern ein Vorhofflimmern, eine ernsthafte Sache also. Möglicherweise hatte der ältere Herr eine Virusinfektion, die den Anfall ausgelöst hatte. Möglicherweise war es eine Lungenentzündung. Alyce zupfte an der Maske, die nicht so recht über ihren Mund und ihre Nase passte.

Es machte sie unruhig, dass Roland B. immer wieder hustete. (Hatte er im Poet's House auch schon gehustet? Sie glaubte nicht.)

»Sie wissen nicht, was mit mir los ist, fürchte ich«, sagte Roland B. und versuchte dabei so vergnügt zu klingen wie sonst immer, »aber ich bin mir sicher, dass man sich keine Sorgen zu machen braucht, meine Liebe. Ich hoffe, du machst dir keine Sorgen deswegen.«

Alyce versicherte ihm, dass sie sich keine Sorgen machte. Selbst als sie sich richtig schlecht fühlte und ganz durcheinander war vor lauter Sorge.

Fragte sich, ob sich der betagte Dichter in seiner gegenwärtigen schlechten Verfassung daran erinnerte, was sie ihm gesagt hatte. Ob er sich daran erinnerte, was er ihr gesagt hatte.

… Genügend Liebe für uns beide.

Stundenlang in dieser Nacht saß sie bei Roland B. in dem kleinen Zimmer, hielt die meiste Zeit seine Hand.

Selbst als er in den Schlaf hinüberglitt, seine Augenlider flatterten und seine Lippen zuckten, hielt sie seine Hand.

Gegen 23.30 Uhr, als die Besuchszeit auf der Notfallstation zu Ende ging, sagte man Alyce, sie könne ihre Maske abnehmen. Die Bluttests hatten ergeben, dass der Patient keine ansteckende Krankheit habe.

Weg mit der verdammten Maske, die Krankenschwester zeigte ihr einen Mülleimer mit der Aufschrift MEDIZINISCHE ABFÄLLE.

Weg mit der Maske, damit Roland B. sie besser sehen und eindeutig identifizieren konnte: »Meine liebe – Alyce.«

»Ja – Alyce …«

»Du bist so – blass, meine Liebe. Bitte mach dir keine Sorgen! Ich fühle mich schon so viel besser, einfach nur, weil ich weiß, dass du da bist und dass wir – wir können – wir werden alles zwischen uns regeln, sobald ich wieder zu Hause bin. Stimmt doch, meine Liebe? So wie wir es besprochen haben?«

»J-ja.«

»Gib mir einen Gutenachtkuss, meine Liebe. Ich bin ja nicht ansteckend. Und versprichst du mir, morgen früh wiederzukommen?«

Alyce versprach es. Wie erschöpft sie jetzt war, und wie sehr sie sich danach sehnte, diesem geplagten Mann zu entkommen, sich in ihrem eigenen Bett zu vergraben.

Doch Roland blinzelte noch, seine Augen schienen ohne die Brille ganz verloren. Die Blutdruckmanschette sprang an, drückte surrend seinen Oberarm zusammen, wie eine Ermahnung.

Mit leiser Stimme sagte Roland B. vorsichtig: »Du bist – äh, ich meine, du *bist nicht* – noch nicht meine Frau? Ich glaube – noch nicht, oder? Nein.«

Machte er Witze? Alyce wollte es glauben.

* * *

Der Patient von Zimmer acht hat die Nacht nicht überlebt. Wir hatten keine Telefonnummer, und wir bedauern, Ihnen mitteilen zu müssen ...

Als Alyce am nächsten Morgen zitternd vor Angst in die Notfallstation zurückkehrte, sagte man ihr, Roland B. sei in ein Zimmer im fünften Stock verlegt worden. Sein Herzschlag habe sich stabilisiert: sein Zustand sei »bedeutend besser«. Doch er müsse wohl noch für verschiedene Untersuchungen einige Tage im Krankenhaus bleiben.

Erleichtert hatte Alyce ihm einen Strauß frische Blumen im Krankenhauskiosk besorgt. Es war rührend zu sehen, wie sein Gesicht sich aufhellte, als er sie mit den leuchtend gelben Blumen in der Hand sah.

»Meine Liebe! Du bist zurückgekommen. Danke.«

Sie beugt sich über das Krankenhausbett, um ihm einen Kuss auf die Wange zu geben. Hätte fast in einem Taumel der Erleichterung ihre Augen geschlossen. *Er lebt. Lebt! Nur darauf kommt es an.*

Sie hatte kaum geschlafen in der Nacht. Hatte viele Male im Geiste den Zusammenbruch des Dichters noch einmal erlebt, obwohl er doch gelobt hatte, sie zu beschützen.

Sie zu heiraten und ein Kind mit ihr zusammen zu haben ...

Ihr war jetzt alles klar. Es gab nichts Wichtigeres als Roland B. Sie musste bei ihm sein, an seinem Bett. Denn er hatte niemanden außer Alyce, die er liebte und der er versprochen hatte, sie zu beschützen.

Den anderen hatte sie aus ihren Gedanken gestrichen. Den Mann, der sie geschwängert hatte, und der ihr jetzt aus dem Weg ging. Sie hasste ihn noch nicht einmal dafür, ihn, der ihr so wehgetan hatte.

Roland hatte Alyce nicht nach dem Vater des ungeborenen Babys gefragt. Und Alyce wurde klar, dass er es auch nicht tun würde.

Sagte ihr mit verhaltener, leiser Stimme, damit niemand sonst außer ihr es hören konnte, »Und du, Liebes? Geht es *dir* auch gut?«

»Ja! Oh, ja.«

Große Erleichterung für Alyce. Roland B. schien es wirklich besser zu gehen als in der vergangenen Nacht. Er atmete immer noch Sauerstoff über die Schläuche in der Nase ein, doch die Zahlen auf dem Monitor waren nun höher, über neunzig. Immer noch tropfte die Infusionslösung in seine Venen, aber seine Hautfarbe war jetzt wärmer, seine Augen wacher. Mit dem ihm eigenen skurrilen Humor zeigte er der Besucherin seine Arme mit den vielen blauen Flecken, aus denen »literweise« Blut gezapft worden war.

Als Roland B.s Assistentin hatte Alyce eine Menge zu tun. Sie musste seinen engsten Verwandten, Bescheid geben, die er ihr nannte; sie musste der Fakultät Bescheid geben, dass er sein Seminar eine Woche verschieben müsste. Alyce fragte nicht, *Bist du sicher, Roland? Nur eine Woche?*

Er hatte auf jeden Fall eine ernsthafte Herzerkrankung. Und noch immer konnte es sein, dass er einen Infekt in sich trug, denn er hatte leichtes Fieber. Obwohl er das Krankenhaus unbedingt so schnell wie möglich verlassen wollte, wurde er doch schnell müde, nickte immer wieder ein, während er mit Alyce redete; einmal sogar, als er gerade dabei war, ihr zu erklären, was sie seinen Verwandten sagen sollte, damit sie informiert wären, ihn aber nicht besuchten.

Wie sich herausstellte, waren Roland B.s Verwandte, die rund um Boston lebten, gar nicht erpicht darauf, ihn zu besuchen. Als Alyce sie telefonisch erreichte, waren sie überrascht, bestürzt, besorgt – sprachen aber nicht davon, dass sie ihn im Krankenhaus besuchen wollten. (»Hat Roland die

Notfallstation verlassen? Nicht auf der Intensivstation? Was für eine gute Nachricht!«) Alyce lag die sarkastische Frage auf der Zunge, warum sie ihn nicht jetzt besuchten, bevor er vielleicht erneut auf die Intensivstation verlegt würde. Wäre das nicht viel vernünftiger?

Roland meinte, er wolle jetzt noch nicht mit seinen Verwandten reden. Und die Verwandtschaft zeigte genauso wenig Interesse daran, mit ihm zu reden.

Im Schlaf wachte Roland häufig verwirrt auf, voller Ängste. Eine Krankenschwester machte den Vorschlag, dass Alyce nah bei ihm bleiben sollte, um ihm Sicherheit zu geben – »Ältere Patienten brauchen die Sicherheit, dass sie nicht alleingelassen werden.«

Alleingelassen! Alyce war fest entschlossen, dass das nie geschehen würde.

Wenn sie allerdings zu viele Seminare verpasste, so warnte man sie, würde sie ihre Scheine nicht bekommen. Sie müsste dann beim Dekan vorsprechen und um eine Verlängerung bitten, doch solche Verlängerungen könnten auch abgelehnt werden.

Fest stand aber, dass Roland davon abhängig war, dass sie die Aufgaben, die er nicht vom Krankenhausbett aus erledigen konnte, für ihn übernahm. Briefe, die er schreiben musste oder glaubte, schreiben zu müssen, diktierte er Alyce, sie schrieb sie sorgfältig auf der Remington im Poet's House ab, brachte sie zurück ins Krankenhaus zum Korrekturlesen, adressierte und versandte sie. Auch Telefongespräche, zu denen er sich nicht aufraffen konnte, musste sie übernehmen; das Telefon war ihm mittlerweile verhasst, weil niemand am anderen Ende laut oder deutlich genug sprach. Seit seinem Zusammenbruch und seiner Einlieferung ins Krankenhaus, schien Roland fest entschlossen, allen zu zeigen, wie lebendig, energiegeladen und selbstbestimmt er war, wie *gut* es ihm ging – obwohl er immer noch Patient und an Monitore neben seinem Bett angeschlossen war und obwohl er von Alyce oder einer Krankenschwester abhängig war, die seinen unsicheren Gang ins Bad begleiteten.

Er hatte darauf bestanden, dass der verdammte Katheter von seinem Penis entfernt wurde. Weg damit! Der Stolz des Mannes ertrug solch eine Kränkung nicht.

Vor allem wollte er Alyce von seiner zurückkehrenden Lebenskraft überzeugen, ihr seine gute Gemütsverfassung zeigen. Er wollte, dass das Krankenhauspersonal und die Ärzte sahen, wie gut es ihm mittlerweile ginge, damit sie ihn bald entließen.

Alyce nahm sich vor, ihm zu sagen, dass sie nun seltener ins Krankenhaus käme, um ihre Arbeit an der Uni nachzuholen. Endlich wieder Gedichte schreiben und ihm vorlesen.

Doch sie konnte sich nicht dazu durchringen, dies auch laut zu sagen – *Ich brauche mehr Zeit für mich, Roland. Ich mache mir Sorgen, dass ich meine Prüfungen nicht bestehe …*

Er würde verletzt sein, das wusste sie. Seit seinem Zusammenbruch war er äußerst sensibel, dünnhäutig und argwöhnisch. Wenn Alyce nur ein paar Minuten später ins Krankenhaus kam als gewöhnlich, fragte er, wo sie so lange gewesen sei; wenn er einschlief und plötzlich wieder hochschreckte, wusste er oftmals gar nicht, wo er war, und starrte sie fast feindselig an, so als ob er sie nicht erkannte.

Doch wenn sie dann seinen Namen aussprach, war es eine Freude zu sehen, wie Wahrnehmung und Wiedererkennen sich in seinem Gesicht spiegelten – »Meine Liebe! Liebe Alyce. Du bist es, ja?«

»Ja. Natürlich.«

»Ich liebe dich, Alyce. Du weißt das, hoffe ich.«

Alyce war äußerst verlegen. Konnte es nicht übers Herz bringen zu sagen *Ja. Ich weiß.*

»Wenn ich entlassen werde – das wird wohl am kommenden Montag sein, hat man mir gerade gesagt –, dann machen wir Pläne, Liebes. Wir – müssen – viele – Pläne – machen …«

Er spielte wohl auf die Schwangerschaft an, vermutete Alyce. Doch er konnte sie noch nicht richtig benennen.

Schon kurz nach dem Abendessen schlief Roland ein, mit dem Buch in der Hand. Alyce löste es vorsichtig aus seinen Fingern und legte es weg, markierte mit einem Lesezeichen die Seite. Sie beugte sich über ihn und küsste die hohe Stirn des Dichters, die dünnen Falten fühlten sich an ihren Lippen kühl an; sie hörte seinem flachen, aber rhythmischem Atmen zu, das so beruhigend auf sie wirkte wie das Atmen eines Babys. Die Liebe für diesen Mann erfüllte ihr Herz, doch ärgerlicherweise kam in dem Moment, als sie gerade das grelle Deckenlicht ausknipste, um das Krankenhaus für die Nacht zu verlassen, eine junge Krankenschwester ins Zimmer, schaltete es wieder an und weckte Roland in barschem Ton. Der erwachte mit flatternden Augenlidern, vollkommen verwirrt.

Alyce beobachtete, wie die Schwester auf der Suche nach einer Vene in seinem rechten Arm herumstocherte, der sich schon ganz verfärbt hatte. »Seien Sie doch vorsichtig!« – Alyce' Ton war scharf.

Das war neu für sie, diese Schärfe. Als ob sie schon die neue junge Frau des Dichters wäre, dazu bestimmt, ihn zu überleben und ihr Kind alleine aufzuziehen, sie, die literarische Vollstreckerin dieses bewunderten Dichters, deren Leben nun eng mit seinem verstrickt war.

Anschließend sagte sie dem Dichter zum zweiten Male mit einem Kuss gute Nacht, knipste die Deckenlampe ein zweites Mal aus. Im Flur draußen wartete die Schwester auf sie, mit einem fragenden Lächeln: »Ist er Ihr Großvater? Es heißt, er wäre ein bekannter Professor.«

Dies war Rolands dritter Tag im Krankenhaus, wenn nicht der vierte.

11.

Im Briefkasten fand Alyce bei ihrer Rückkehr aus dem Krankenhaus spätabends einen zusammengefalteten Zettel mit der knappen Nachricht: »*Bitte ruf mich an. S.*«

Ihre Hand umklammerte den Zettel, ihr Herz pochte. Ein Schauer überkam sie, Furcht, Sorge doch auch Erregung, sie hatte das Gefühl, ohnmächtig zu werden. Musste sich gegen die Wand lehnen, Kopf gesenkt, wie ein getroffenes Wildtier, das nicht wusste, was mit ihm geschehen war.

Nein. Zur Hölle mit dir. Zu spät, ich hasse dich.

Und doch konnte sie nicht Nein sagen.

Er bat Alyce, ihn am folgenden Abend in einem griechischen Restaurant zu treffen, das in einiger Entfernung von der Universität gelegen war, ein Ort, an den er sie noch nie mitgenommen hatte, Dämmerlicht, fast menschenleer, wo niemand aus der Universität sie beide zusammen sehen konnte.

Simon sprach freiheraus und ohne Vorrede, er habe zwei Dinge über den Gastprofessor Roland B. gehört: der Mann läge im Krankenhaus, und Alyce, eine seiner Studentinnen, besuche in täglich.

Kurz und knapp kam Alyce' Antwort, ja.

»Und warum solltest du so etwas tun?«

»Warum? – Ich bin seine Assistentin.«

»Assistentin? Seit wann?«

»Und Archivarin.«

»*Archivarin?*« Simon starrte Alyce an, ungläubig. »Du hast gerade erst dein Studium begonnen, du hast doch noch gar keine Ahnung von Archivarbeit in Bibliotheken. Warum sollte irgendjemand *dich* dafür anstellen?«

Alyce' Gesicht brannte vor Groll und Unbehagen. Genau dies hatte sie sich auch gefragt, mehr als einmal.

»Hast du diesen Roland B. schon gekannt – vorher?«

»Vorher –?«

»Ja, bevor du – bevor wir – bevor wir uns zum ersten Mal getroffen haben –«

»Ich hab dir doch gesagt, er ist mein Professor.«

»Ja, aber ich meine, warst du da schon seine Assistentin? Seine Archivarin? Ich hatte nicht den Eindruck …«

Alyce hatte Simon Meech nie zuvor in solch einer Missstimmung erlebt. Ihm fehlte die Redegewandtheit, seiner Haltung mangelte es an Selbstsicherheit und Distanz, all das, was ihn vor den Studenten sonst auszeichnete. Als Alyce das Restaurant betrat, sah sie Simon schon mit einem Glas vor sich, sein Blick glitt von oben ihren Körper hinab, und er schien irgendwie überrascht, so als ob er vergessen hätte oder gewünscht hätte, zu vergessen, wie sie aussah. Er selbst hatte sich, wie es aussah, an diesem Tag noch nicht einmal rasiert, oder wenn, dann sehr nachlässig.

Fünf Wochen waren vergangen, seit Simon Alyce zum letzten Mal in sein Apartment mitgenommen hatte. Fünf Wochen, seit er zum letzten Mal mit ihr gesprochen hatte. In dieser Zeit hatte Alyce einige Philosophiestunden verpasst, hatte eine fällige Hausarbeit nicht abgegeben. Konnte ja sein, dass er sich Sorgen um sie machte, um ihre Gesundheit, ihr Wohlergehen, was in ihrem Leben passierte, doch sein Stirnrunzeln und sein kritischer Blick zeigten ihr, dass seine Sorge weniger ihr galt als ihm selbst.

Der Kellner kam. Simon gab ihm per Kopfbewegung und ohne ihn direkt anzuschauen zu verstehen: *Verschwinden Sie, dies ist ein sehr privates Gespräch.*

»Wann haben diese Treffen zwischen dir und diesem Roland B. denn angefangen, also außerhalb der Seminare? Kannst du mir das bitte sagen?«

»Warum fragst du mich so aus, Simon? Warum interessiert dich das überhaupt?«

Allein die Tatsache, dass sie seinen Namen nannte – *Simon* –, schreckte ihn auf, denn sie hatte früher kaum gewagt, ihn mit Namen anzusprechen, weder mit Vor- noch Nachnamen.

»Lass uns hier weggehen. Wir sollten an einem ungestörten Ort weiterreden.«

»In deiner Wohnung? Nein.«

»Nein – da nicht. Ich habe ein Auto hier …«

Simon flehte sie förmlich an. Sie fragte sich, was er wohl schon wusste oder was er ahnen konnte.

Wie schwer es für ihn war, zu reden. Und was Alyce überraschte, war, dass der Mann nun Worte aussprach, die sie sich vor vielen Wochen erträumt hätte, zu einer Zeit, als er für sie eine große Bedeutung hatte.

Fasste nach ihrer Hand. Drückte ihre Hand. So selten hatte er das getan, als sie zusammen waren, allein. Erklärte mit stockender Stimme, dass er sie vermisst habe. Er hatte gedacht, es wäre das Klügste – für sie, für sie beide –, wenn sie sich nicht mehr träfen, aber – »ich wollte dich anrufen. Ich wusste wirklich nicht mehr, was ich tun sollte, Alyce.«

Doch – liebte Simon sie wirklich? Es schien ihr, auch wenn sie benommen war, dass sie das Wort *Liebe* gehört hatte oder hatte sie es sich eingebildet?

Sie starrte auf ihre Hände. Wollte unbedingt ihre Hand von seiner lösen. Doch er hielt sie fest. So wie Roland B. sie manchmal festgehalten hatte, vor lauter Verzweiflung.

Was für eine Farce dies alles! Er gestand ihr, dass er sie so sehr vermisst habe, jetzt, wo sie ihn nicht mehr vermisste.

»Ich hatte geglaubt, dass ich dir egal war, Simon. Ich hatte geglaubt, du mochtest mich noch nicht einmal.« Ihre Worte klangen fast gehässig, kindisch. Dachte an die vielen Stunden, in denen sie sich so verletzt gefühlt hatte, beschämt, verzweifelt, als sie gewünscht hatte, sterben zu können, einfach ausgelöscht zu werden, ohne die Anstrengung und den

Schmerz eines Selbstmordes – für all das sollte der Mann bezahlen.

»Das ist doch lächerlich, Alyce. Du musst doch gemerkt haben – was ich für dich empfunden habe. Ich bin nicht daran gewöhnt, mein Herz so auszuschütten, wie Dichter es tun.«

Dichter. Das Wort klang wie Hohn aus Simons Mund. Alyce war überrascht, dass er sich daran erinnerte, dass sie eine Dichterin war oder zumindest hoffte, eine zu werden. Glücklicherweise hatte sie es nie gewagt, ihm irgendeines ihrer (Liebes-) Gedichte zu zeigen, und Simon hatte auch nie danach gefragt.

Sie müsse jetzt gehen, sagte Alyce. Zurück ins Krankenhaus. Sie war die meiste Zeit des Tages dort gewesen und nur kurz zum Campus zurückgekehrt, um Roland B.s Post und einige andere Kleinigkeiten abzuholen …

»Mein Gott Alyce! Was bist du denn für diesen Mann? Er ist – wie alt? Siebzig? Du wirst von ihm nur benutzt – ausgenutzt.«

»Er ist nicht siebzig. Er ist sechzig – gerade eben.«

»Oh, das ist lächerlich! Du machst das aus reiner Gehässigkeit, um *mir* wehzutun.«

Simons Stimme war ärgerlich, aufgebracht. Sein Gesicht wurde rot, als ob er Fieber hätte. Es war eine neue, wenn auch noch ruppige und ungewohnte Vertrautheit zwischen ihnen, die Alyce verwundert zu denken gegeben hätte, wäre Zeit dafür gewesen.

Trotzige Antwort: »Er ist ganz allein. Er hat niemanden sonst.«

»Oh, nein, er hat sicher noch jemanden! Wahrscheinlich sogar eine Frau irgendwo und erwachsene Kinder. Er nutzt dich nur aus.«

Alyce traute sich nicht zu sagen, *Ja, aber er liebt mich auch. Und ich mache mir seine Liebe zunutze.*

Es sah so aus, als würden sie jetzt nicht mehr zusammen essen in diesem griechischen Restaurant. Ein Kellner hielt sich absichtlich in ihrer Nähe auf, wurde aber von Simon, der zunehmend unruhiger wurde, links liegen gelassen.

Kein Essen, nicht einmal Getränke. Es sei denn, Simon hatte schon etwas getrunken, bevor Alyce gekommen war.

Er flehte. Er entschuldigte sich. Seine falsche Einschätzung tat ihm leid. Könnte Alyce ihm verzeihen? Versuchen, ihm zu verzeihen? Sich wieder mit ihm treffen?

Nein. Niemals.

Auf Wiederseh'n!

Bereit zu gehen, löste sie ihre Hand aus seiner (schwitzigen), hatte fast Mitleid mit ihm beim Blick in sein schmales, verkniffen-trauriges Gesicht, sah seinen gebrochenen Kinch-Stolz, und spürte dann fast hämische Freude – *Jetzt siehst du mal, wie es ist, zurückgewiesen zu werden, gedemütigt zu werden.*

Simon bat sie, sie wenigstens zurückfahren zu dürfen, zum Krankenhaus. Sie konnten auf der Rückfahrt doch noch miteinander reden. Das wenigstens schuldete sie ihm, oder?

Ihm etwas schulden! Nein.

Beim Blick in Alyce' Gesicht fügte er schnell hinzu: »Ich meine – da wir – da wir uns ja etwas bedeutet haben … Das habe ich wenigstens geglaubt.«

Alyce empfand noch einmal einen Anflug von Mitleid, Mitgefühl für den angeschlagenen Mann. Vielleicht hatte er sie ja wirklich nicht verletzen wollen. Aber er hatte nicht an sie gedacht, nur an sich – nicht an ihre Schwachheit, nur an seine eigene.

Simon war ein junger Mann: noch nicht einmal dreißig. Durch die vielen Jahre, die er ausschließlich im Seminar verbracht hatte, fehlte es ihm an Reife: er wusste nur wenig vom echten, prallgefüllten Leben. Vor Alyce hatte er noch keine Geliebte gehabt. Ihm war noch etwas unbehaglich dabei, jemanden zu berühren und berührt zu werden. Doch Simon war älter als Alyce Urquhart, mindestens zehn Jahre. Ein (männliches) Fakultätsmitglied der Universität hatte ein

Verhältnis mit einem (weiblichen) Mitglied der Studentenschaft, ungebührlich.

Alyce hatte es in der Hand, so wurde ihr plötzlich klar, seine Karriere zu gefährden. Wenn sie ihn beim Dekan anschwärzte, wenn sie die sexuelle Nötigung an ihr – denn so empfand sie seine Handlung mittlerweile – öffentlich machte, dazu die Einschüchterungsversuche und Bedrohungen ihr gegenüber. *Und dann noch die Schwangerschaft. Wenn sie das jemandem erzählte!*

Aber okay, ja, er kann sie zum Krankenhaus fahren, wenn er unbedingt will. Und sie könnten reden – »Obwohl ich nicht glaube, dass es etwas gibt, was wir zu bereden haben, Simon.«

Das war ein heldenhafter, ein tapferer Satz. In keinem Moment ihrer Wut und Verzweiflung, die sie in den vergangenen Wochen durchleiden musste, hatte Alyce sich vorstellen können, dem Mann, der sie geschwängert und dann verlassen hatte, mit solch einem Satz entgegenzutreten.

Sie standen beide auf. Das Restaurant war immer noch nahezu menschenleer. Simon schien sie umarmen zu wollen, zögerte aber.

Als sie in Wind und Schneegestöber zusammen Richtung Auto gingen, hörte sie, wie Simon ihr Danke sagte. Seine Stimme war freudig erregt. Sie hatte ganz vergessen, wie groß er war – um einiges größer als sie. Sie hatte ganz vergessen, wie gefühlsbetont er sein konnte, kaum zu vergleichen mit seiner ruhigen, gestochen scharfen Sprache und souveränen Haltung im Seminar.

Er überlege, sagte Simon, ob er ins Priesterseminar zurückkehre. Sein Vertrag in der Uni werde im kommenden Jahr neu verhandelt. Er könne wohl einen neuen Dreijahresvertrag und eine Festanstellung erhalten, aber er sei sich nicht sicher, ob er eine Festanstellung, also eine Berufskarriere an der Uni, überhaupt anstrebe.

»Die laizistische Welt, die zivile Welt, ist so – banal. Alles scheint nur oberflächlich. Verblichen, farblos.«

Simons Worte enthielten eine Bitterkeit, die Alyce erstaunte. Seine Augen schauten umher, als ob er jetzt, an genau diesem Ort, der in Alyce' Augen so beständig schien, diese banale und zweidimensionale Welt vor sich sähe, inhaltsleer. Sie versuchte die Welt mit seinen Augen zu sehen, doch es gelang ihr nicht.

»Gott ist dahingeschwunden. Der Sinn meines Lebens.«

Im Auto zusammen. Alyce war tief bewegt, dass Simon Meech so offen mit ihr sprach. Dass er in ihrem Beisein laut dachte. Ihr seine Seele öffnete.

Die Straßen waren erst vor Kurzem vom Schnee befreit worden. Draußen – stille, bewegungslose Kälte, durchs Fenster konnte Alyce den wunderschönen, vom Halbmond erleuchteten Nachthimmel sehen. Doch Simon hinter dem Lenkrad seines ratternden und klappernden Fahrzeugs schien nichts davon zu bemerken. Zu spät hatte sie sich klargemacht, dass er (wahrscheinlich) etwas getrunken hatte, bevor sie ihn im Restaurant getroffen hatte; auf dem Weg nach draußen hatte er hastig seine Rechnung bezahlt.

»Ich glaube, dass ich das zurückgewinnen kann. Ihn. Wenn ich dahin zurückkehre, wo ich war, bevor ich das Priesterseminar verlassen habe. Zu der Person, die ich war.«

Ihn. Was für eine merkwürdige Art und Weise, von Gott zu sprechen. Als ob *ihn* sich auf ein Mitgeschöpf bezöge, zu dem der Priesteranwärter einen besonders guten Draht hätte.

»Nicht jeder von uns möchte in der säkularen Welt leben. Manche brauchen eine andere Luft.«

Alyce hörte sich selbst murmeln: »Ja.« Enttäuscht. Simon liebte sie also doch nicht. Es gab gar keinen Raum für weltliche Liebe in seinem priesterlichen Herzen.

»Ich glaube, wir müssen einiges bereden, Alyce. Ich glaube, du hast mir viel zu erzählen.«

Ruhige Worte. Doch Alyce konnte den bebenden Zorn dahinter spüren. Anstatt Alyce auf dem kürzesten Weg zum Krankenhaus zu fahren, entschied Simon sich für eine längere Route, die zunächst über einen breiten dunklen Fluss führte, an dessen Ufer dicke gezackte Eisklumpen ihre Mäuler aufsperrten.

Alyce protestierte leicht, doch Simon versprach ihr, er würde sie sehr bald am Ziel absetzen.

Der Weg führte über die Brücke hinaus aus der Stadt. In die weite Landschaft hinein. Simons Fuß auf dem Gaspedal war sprunghaft, fast aggressiv.

Alyce saß ganz still, starrte auf die vorbeirauschende Straße.

So nach und nach begriff sie, dass sie (womöglich) einen Fehler gemacht hatte.

Das Restaurant mit Simon zusammen verlassen zu haben, anstatt schnell alleine zu verschwinden. Ihn zum Auto in der Seitenstraße begleitet zu haben. In sein Auto eingestiegen zu sein, in das sie niemals zuvor eingestiegen war, und dies alles lediglich aus dem (unbestimmten, entschuldigenden) Gefühl heraus, den Mann besänftigen zu wollen, den sie (wie er ihr suggerierte) so sehr verletzt hatte.

»Du bist schwanger, stimmt's? Darum bist du mir so lange ausgewichen.« In der Dunkelheit der vorbeifliegenden Landschaft diese Frage, die ihm ganz unvermittelt mit einem flüchtigen Blick und leichten Schmunzeln über die Lippen ging.

Alyce war erschrocken, sprachlos. Dass Simon diese Frage gestellt hatte. Sie hätte niemals geglaubt, dass Simon Meech überhaupt in der Lage wäre, jenes Wort laut auszusprechen – *schwanger.*

»N-nein …«

»Was soll das heißten, nein? Du bist *nicht schwanger* oder du bist mir *nicht ausgewichen?*«

Noch immer starrt Alyce geradeaus auf die vorbeirauschende Straße. Ihre Gedanken hämmerten wild in ihrem Kopf. Sie wusste nicht, was sie antworten sollte.

»Und? Bist du? Schau mich an. Antworte.«

»Ich – ich bin n-nicht …«

Merkte plötzlich, dass sie nicht wollte, dass der Mann es wusste. Nicht dieser Mann.

Nicht, weil er aufhören würde, sie zu lieben, nein. Er liebte sie ja gar nicht. Aber weil er ihr übelwollte, weil sie seine Feindin war.

»Wie lange schon? Wie schwanger bist du?«

Fehlte nur noch, dass er in Hohngelächter ausbrach. Zornentbrannt. Im Restaurant hatte er sie nur verstohlen gemustert. Jetzt war sein Blick anklagend und ungläubig.

Alyce' Gehirn arbeitete fieberhaft. Sie musste einen Weg finden, ihn mit ihrer Antwort zu besänftigen. Dieser wütende Mann neben ihr, ein Auto, das mit ihr in die schneeverwehte Landschaft raste.

Simons Fuß spielte verrückt: Gaspedal runter, hoch und wieder runter. Unaufhörlich fragte er sie, wie lange, wie lange war sie schon *schwanger*, und Alyce schaffte es irgendwie, vor sich hinzustammeln, dass sie nicht schwanger wäre, nicht *schwanger*. Doch er fragte immer weiter, *wie lange schon.*

Sie hatte nicht nachgerechnet. Solange die Schwangerschaft kein präzises Datum hatte, solange sie noch nicht im Kalender eingetragen war, solange war sie auch noch keine Tatsache für sie, obwohl ihr Bauch anschwoll, dicker wurde. Obwohl ihre Brüste die volleren, weicheren Brüste einer Fremden wurden.

Wie viele Kilometer Simon hinausfuhr in die weite Landschaft, weg von der erleuchteten Stadt, konnte Alyce nicht sagen. Sah seine Hände am Steuer, angespannt, geballt wie Fäuste.

Sie hatte nicht einmal gewusst, dass er ein Auto besaß. Vielleicht war es auch gar nicht Simons Auto, sondern eines, das er sich für diesen Abend ausgeliehen hatte.

Schließlich bogen sie in einen kleinen Parkplatz am Highway ein, oberhalb des Flusses. Der Parkplatz war zum

Teil von Schnee geräumt, lange Schneisen und vom Schnee-pflug aufgeschüttete Hügel an beiden Seiten, eine scheinbar verlassene Autobahnraststätte mit verschlossenen Toiletten.

Hatte er diesen Haltepunkt absichtlich gewählt, überlegte Alyce. Es schien ihr nicht so ganz zufällig, dass Simon diesen entlegenen Ort angesteuert hatte.

Er hat schon andere Mädchen hierhergebracht. Es war von Anfang an so geplant.

Er sagte Alyce, dass er genau wisse, was Sache sei, aber er wolle es von ihr selbst hören. In ihren eigenen Worten.

»War kein Unfall, oder? Du wusstest es. Du wolltest es.«

Sie hatte keine Ahnung, was er genau meinte. Aber sein Zorn war nicht zu überhören.

»Stimmt doch, oder? Es war Absicht? Du wolltest mich benut-zen? Mich in die Falle locken? Oder – hattest du einen anderen Grund, den du Schlampe noch nicht einmal selbst weißt?«

Alyce leckte ihre Lippen. Ihm jetzt zu widersprechen, jetzt zu schreien *nein*, das würde seinen Argwohn nur befeuern, das wäre sicher ein Fehler.

Sie würde ihn nicht anflehen, sie zurück in die Stadt zu fah-ren. Nein, würde ihn nicht anflehen. Überlegte fieberhaft, wie schnell sie das Auto verlassen musste, bevor es zu spät war.

»Ich werde es nicht zulassen, dass du mein Leben ruinierst, Alyce. Niemand wird das tun. Wenn –«

Alyce' Hand war schon am Türgriff, die Tür ging auf, bevor Simon sie stoppen konnte. Überrascht, dass sie so schnell war und so stark, und seine herumfuchtelnde Hand wegstoßen konnte.

Weil sie zuvor so still gewesen war, so passiv. Keinen Widerstand geleistet hatte. Darum hatte er sie unterschätzt, hatte ihr solch eine Gerissenheit nicht zugetraut.

Endlich draußen, Kälte, nasser Wind peitscht gegen ihr Gesicht. Rennt, rutscht auf dem eisigen Boden aus, der Mann folgt ihr, dröhnende Schritte, erstaunlich schnell, schneller als Alyce geglaubt hatte, dass der priesterliche Kinch rennen könne. Holt sie ein, wütend fluchend, und auf einmal nah genug, um ihr einen Faustschlag zu versetzen, der Schlag streift sie nur, hätte sie niedergestreckt, wenn sie nicht gerade in Bewegung gewesen wäre, sie duckt sich instinktiv weg, besonnen, Zähne zusammengebissen, weiß, dass sie ihn nicht noch mehr in Rage bringen darf dadurch, dass sie jetzt schreit, und sie darf auch nicht ihre Atemluft vergeuden.

Aber dann fällt sie doch, fällt schwer auf den eisigen Boden. Und der Mann über ihr, sein bleiches und verzerrtes Gesicht. Tritt sie. Stöhnt, flucht. Sie versucht, ihr Gesicht zu schützen, ihren Kopf. Tritte in ihren Rücken, ihre Seiten, ihre Oberschenkel. Er versucht sie umzudrehen, sie in den Bauch zu treten. *»Schlampe. Hure. Das hast du absichtlich getan. Ich bringe dich um.«*

Wie schnell das alles geschehen war, der Zornausbruch dieses Mannes. Wie vor einigen Wochen, als er sie zum ersten Male berührt hatte. Sie hatte das plötzliche Auflodern seines Verlangens gespürt, wie die Flammen über sie beide hinwegstrichen und sie beide nichts dagegen tun konnten. Sie denkt, *Aber das kann nicht sein. Das wird er nicht – nein …*

In seiner unbändigen Wut schluchzt der Mann. Oh, er wollte sie nicht *treten.*

Ist ihre Schuld, die Schuld der Frau. Hat seine Füße provoziert, zuzutreten. Nicht seine Schuld, sondern ihre. Macht eine Bestie aus ihm, obwohl sie es ist, die Frau ist die Bestie, das bestialische Ding. Wie könnte er ihr vergeben!

Sieht Alyce ganz ruhig am Boden liegen, gelähmt vor Angst, und hört auf, sie zu treten. Erschöpft, keuchend – er lenkt ein. Aber er gibt ihr weiterhin die Schuld – »Du! Du warst es. Zur gottverdammten Hölle mit deiner Schlampenseele.«

Simon denkt, dass sie tot ist, möglicherweise. Aber nein – Simon wischt seine Augen trocken und sieht, dass sie noch atmet, kaum wahrnehmbar.

Lässt ab von dem gebrochenen Mädchen, voller Abscheu. Alyce hört, wie er zu sich selbst spricht – »Jesus, Maria und Josef!« Eine Fürbitte, die konzentrierteste Form eines katholischen Gebets, mit der Bitte um Hilfe, Vergebung.

Alyce stöhnt, überwältigt vom Schmerz. Der Mann ist zurück an seinem Auto. Er wird jetzt wegfahren, er wird sie an diesem eisigen Ort zurücklassen.

In ihrem Kopf hämmert es, ihr Blick ist unklar, fleckig. Später wird sie merken, dass ihre Nase gebrochen ist; das Blut fließt ungehindert. An ihrem Gesicht laufen eisige Rinnsale hinunter, wie Adern. Das warme Blut – nicht heiß: lauwarm – wird an den eisigen Adern festfrieren, wenn sie nachgibt, wenn sie ihn zulässt, sie will ihm so gerne nachgeben, dem Schlaf.

Sie liegt am Boden. Versucht zu atmen. Liegt dort, wo er sie niedergeschlagen hat. Über ihr stand und sie getreten hat, in den Bauch, in den Brustkorb. Sie kann kaum Luft holen, der Schmerz ist zu groß. Geborstene Rippen, gebrochene Rippen. Riesige blaue Flecken an ihrer Brust, an ihrem Bauch. Blutendes Gesicht, gebrochene Nase. Ein abgebrochener Zahn ins Zahnfleisch gerammt. Wollte sie umbringen, hat sie aber nicht umgebracht. Was auch immer da drinnen in ihr wächst, das lebendige Ding, das *Baby*, das wollte er umbringen, hat er aber nicht.

Es wird sein Leben ruinieren. Dieses *Baby* wird sein Leben ruinieren.

All das geht Alyce durch den Kopf. Ganz ruhig und merkwürdig abgeklärt, so als ob sie (schon) in einiger Entfernung über allem schwebend diese elendige, gefallene Gestalt (ihre eigene) und die sich über sie beugende und sich dann zurückziehende Gestalt (Simon Meech) beobachtet.

Ganz still liegt sie da, stemmt sich gegen die Hoffnungslosigkeit. Wünscht, dass der Mann wegfährt und sie allein lässt. Wünscht, dass der Motor ins Laufen kommt, dass der Fuß das Gaspedal durchtritt.

Doch dann hört sie seine Schritte – torkelnd, suchen den Weg auf dem hartverkrusteten Schnee, wie die Schritte eines Betrunkenen. Kommt er zurück, um sie zu töten?

In der Zwischenzeit hat Alyce es geschafft, sich etwas aufzurichten. Sie ist benommen. Sie kommt auf die Knie. Ihr betäubtes Gesicht ist blutverschmiert; sie weiß nicht, dass sie überall Schnittwunden hat. Sie weiß nicht, dass ihr Zahn ins Zahnfleisch gerammt ist, denn sie hat kein Gefühl im Unterkiefer. Eine Faust im Gesicht, den Absatz des Männerstiefels im Gesicht. *Ihr Gesicht,* das so kostbar ist für sie.

Der Mann, voller Zorn, vollkommen hemmungslos, er kommt zu ihr zurück. Er ist der priesterliche Kinch, er kann nichts dagegen tun. Wie jemand, der einen Käfer mit dem Fuß zertreten muss, der dem schwer verwundeten Käfer nicht zutraut, aus eigenem Antrieb sein Leben zu beenden, ein dreckiges Ding, das er zermahlen ins Vergessen befördern muss. Alyce tastet umher, findet einen Stein, der zu groß ist für ihre Hand, Faustgröße, ganz vereist, und der Mann beugt sich über sie, keucht heftig, will sie schlagen, sie packen, ihr die Finger um den Hals legen.

Weiß nicht, was er tut. Finger um den Hals des Mädchens, um zuzudrücken, jetzt. Nicht geplant. Nicht vorsätzlich. Eine Art Unschuld darin, irgendwie. Aber Alyce wuchtet den Stein mit größter Verzweiflung in sein Gesicht. Es geht, irgendwie. Sie ist kaum in der Lage, den Stein mit ihrer Hand zu umklammern, doch sie bringt die Kraft auf, ihn in das höhnische Gesicht zu schleudern. In seine Augen und auf seine Nase, und sie spürt, wie Knochen brechen und spürt – oder bildet sich ein, sie spüre –, wie das nasse, warme Blut des Mannes ihre Finger hinunterläuft. Ihr Gesicht hinunterläuft. Hört ihn aufschreien, voller Entsetzen und Wut, Fassungslosigkeit.

Sie rennt weg von ihm, schleppt sich weg, humpelnd. Triumphierend.

Triumphierend trägt sie ihr Leben vor sich her, wie man eine Fackel tragen würde und sie schützt vor dem Wind. Ihr Leben und das kostbare Leben in ihr, eine Fackel, eine zitternde Flamme, geschützt vor dem Wind durch ihren zusammengekrümmten, vorwärtsstrebenden Körper.

Und hinter ihr der Mann, der sie ruft. Flehentlich: »A-lyce! A-lyce! Wo bist du, komm zurück, das war doch nicht ernst gemeint. A-lyce!«

Voller Kraft. Wo sie doch nur ein paar Augenblicke zuvor alle Kraft verloren hatte, schwach und gelähmt. So schwach, als ob jemand die Sehnen in ihren Beinen durchschnitten hätte. Als ob das obere Stück ihrer Wirbelsäule gebrochen wäre. Als ob ein Mörder mit seinem unsichtbaren Messer ihre Hauptschlagader aufgeschlitzt hätte. Doch jetzt fließt neue Kraft durch ihren ganzen Körper. Sie rennt los, in ein schneebedecktes Feld hinter dem Parkplatz hinein. Dick verharschte Schneewehen. Schneepfade, festgetrampelt von unzähligen Füßen. Doch die Oberfläche der Schneedecke ist eisig hart, tückisch. Geschmolzenes Eis sofort wieder gefroren. Schmelzen und Gefrieren. Alyce gleitet, rutscht einen Abhang hinunter, in eine Schlucht hinein, gefüllt mit Felsbrocken, Geröll. Es scheint ihr, als höre sie zwischen den Eissäulen tropfendes Wasser.

Schwächer nun, die erhobene Stimme des Mannes. Der Versuch zu lachen – »A-lyce! Ich hab doch nur Spaß gemacht!«

In der Schlucht versteckt sie sich. Eine tiefe Schlucht, hoch mit Schnee gefüllt. Unter dem Schnee, weggeworfene Haushaltsgegenstände – zerbrochene Stühle, ein Sofa, ein fleckiger Teppich. Die übriggebliebenen Knochen eines kleinen Lebewesens – Waschbär, Hund. Der Mann wird die kurvige Straße entlang direkt hier in den Park hineinfahren und nach ihr rufen – »A-lyce! Liebling! Ich liebe dich, ich hab doch nur Spaß gemacht! Komm zurück!« *Sie sieht, oder denkt, sie sähe, die Scheinwerfer des Autos auf der Straße herankommen, bis plötzlich die Lichter wieder verschwinden und der Wind verstummt.*

Die steile, verschneite Schlucht hinauf. Greift die Felsvor-
sprünge, blutige Hände. Und unaufhörlich fällt Schnee, die
Temperatur sinkt auf 20 Grad unter null.
Wie still und leise, der sanft fallende Schnee zwischen den
Felsen! Dieses Verlangen, die Versuchung, sich hinzulegen, zu
schlafen.

Acht Kilometer zurück in die Stadt. Sie wird bis zum Highway
taumeln, sie wird den Highway entlanghumpeln, dem Gegen-
verkehr ins Auge sehen. Geblendet von den Scheinwerfern,
mit schmerzenden Augen, da, wo seine Tritte und Faust-
schläge und Hiebe sie getroffen haben, bis schließlich ein
Fahrzeug stoppt, um sie aufzulesen.

Den Krankenwagen rufen? – nein, nicht nötig, Alyce
besteht darauf, nein.

Sie geht sowieso ins Krankenhaus, kein Krankenwagen nötig.

Die Polizei rufen? – nein, nicht nötig, Alyce besteht darauf,
nein.

Tröpfelndes Blut zwischen ihren Beinen. Sie spürt aber
keine Hitze, sondern Kälte. Beginnend oben im Bauch, oder
noch höher, in der Herzgegend. Zwischen ihren fest zusammengepressten Oberschenkeln klebrige Klumpen, die hoffentlich nicht durchsickern durch ihre Kleidung und die Sitze
des fremden Autos beschmutzen.

Denkt – *Ich lebe. Nur darauf kommt es an.*

Euphorisch dieser Gedanke. Euphorisch dankt sie dem
Fahrer des Autos. Sagt ihm – »Vielen Dank. Wir haben Ihnen
viel zu verdanken!«

Im Krankenhaus angekommen, ist es fast Mitternacht. Zu
dieser Stunde ist die Eingangstür des Gebäudes verschlossen,
die Eingangshalle ist dunkel, und man muss durch die Seiten-
tür zur Notaufnahme hinein.

Zu Fuß, sanft fallender Schnee. Glücklicherweise trägt Alyce
Stiefel. Viele Stunden ist sie durch den Schnee gelaufen, gestapft,

getorkelt, unaufhörlich fällt der Schnee, bald zehn bis fünfzehn Zentimeter tief. Auf ihrer heißen Haut schmelzen die Schneeflocken im Nu. Sie lacht wie ein Kind, als sie sieht, dass hinter ihr im frisch fallenden Schnee keine Spuren zurückbleiben, keine Spuren vom Bordstein bis zum Eingang der Notaufnahme.

»Hallo? Hallo? Hallo? Hallo? Lassen Sie mich rein, bitte!«

Verwundert, die automatischen Türen öffnen sich nicht. Sind sie von innen verschlossen? Sie späht durch die Glasscheibe, ratlos.

Aber dies ist ganz sicher die Pforte der Notaufnahme. Das Foyer der Notaufnahme. Hier haben sie damals Roland B. hineingeschoben. Alyce war nicht bewusst, dass dieser Raum sich in ihr Gedächtnis eingeprägt hat, so wie sich ein Gedicht einprägt, ins Unterbewusstsein.

Endlich kommt jemand, um die Tür zu öffnen. Ein Pfleger in weißem Nylonhemd, Nylonhose. Alyce hat ihren Ausweis nicht dabei – hat ihre Büchertasche, ihr Portemonnaie viele Kilometer entfernt zurückgelassen. Im Auto des Mannes oder draußen auf dem gefrorenen Boden verloren, nachdem sie in Todesangst weggelaufen war. Das Schneeräumkommando wird am nächsten Morgen alles finden.

Anfangs will man sie nicht in die Notaufnahme hineinlassen. Sie diskutieren, und dann darf sie doch hinein.

Man erklärt ihr ganz genau den Weg, die Hintertreppe zum fünften Stock hinauf, wo Roland B. sie schon erwartet.

»Sie sind seine – Enkelin?«

»Ja! Ich bin seine Enkelin«, Alyce lacht. »Er wartet auf mich. Er wird sicher nicht ohne mich eingeschlafen sein.«

Als sie noch am Leben war, wäre ihr dies alles sehr peinlich gewesen. Auch das kalte Getröpfel zwischen ihren Beinen, sehr peinlich, wenn das jemand gesehen hätte.

Jetzt aber ist sie dankbar, hier zu sein. Denn nur das zählt, das weiß Alyce genau. Der betagte Dichter erwartet sie. Sie werden zusammen sein, er wird sie ehren und beschützen.

Im fünften Stock. Sie ist außer Atem vom schnellen Treppenlaufen. Der Gang ist menschenleer. Wo ist das Pflegepersonal? Die Türen zu vielen Zimmern sind einen Spaltbreit geöffnet. Doch die Tür zu Zimmer fünfhundertsechsundzwanzig steht weit offen, ein blendender Sonnenstrahl fällt durch den Spalt.

»Alyce, mein Liebes! – mein Schatz. Wo bist du gewesen? Mein wunderschönes Geistermädchen, ich habe dich so vermisst.«

Am Morgen des 11. Dezember 1972 fanden Wanderer in einer tief verschneiten Schlucht innerhalb eines Waldgebiets vom Tecumseh Nationalpark, acht Kilometer nördlich von Bridgewater, den Leichnam einer jungen Frau. Ersten Anzeichen zufolge sei die junge Frau erwürgt worden, so hieß es, weil an ihrem Hals sowie an anderen Stellen ihres Körpers eine Vielzahl von Hämatomen gefunden wurden. Der zuständige Gerichtsmediziner des Bezirks Tecumseh diagnostizierte jedoch Unterkühlung als Todesursache. Die später als die neunzehnjährige Alyce Urquhart aus Strykersville, New York, identifizierte Tote war Studentin an der hiesigen Universität und wurde anscheinend nach einem Überfall bewusstlos von ihrem Angreifer oder ihren Angreifern in der Schlucht zurückgelassen, wo sie durch den Temperatursturz auf minus 20 Grad Celsius in der Nacht erfroren sein muss.

Falls es auf der Straße und auf dem Parkplatz in der Nähe der Schlucht Reifenspuren gegeben haben sollte, so wurden diese durch zehn Zentimeter Neuschnee in der Nacht verdeckt.

Die verstorbene junge Frau war Studentin im Fachbereich Arts and Sciences der Universität. Mitbewohner in ihrem Studentenwohnheim zeigten sich Angaben zufolge schockiert von ihrem Tod und sprachen voller Hochachtung und Bewunderung von ihr. Es hieß: Jedermann wusste, dass Alyce eine sehr gewissenhafte Studentin war. Wir anderen hingen immer mal hier, mal dort rum, aber nicht so Alyce. Sie war stets in der Bibliothek zu finden. (Oder wenigstens dachten wir, dass sie in der Bibliothek war. Wir sahen sie nach der Veranstaltung immer schnell verschwinden und sie sagte, sie wolle in der Bibliothek lernen, weil sie dort ihre Ruhe habe, und dann kam sie erst gegen Mitternacht zurück nach Hause.)

Nein, Alyce hatte keinen festen Freund, keinen Mann. Nie war sie auf Verbindungspartys zu sehen und auch sonst nie in Begleitung eines Mannes.

Schon während ihres ersten Semesters an der Uni hatte Alyce Urquhart sehr gute Beurteilungen bekommen und stand auf der Bestenliste des Studiengangs. Ihre derzeitigen Dozenten betonten, dass die junge Frau anfangs eine außergewöhnlich gute Studentin gewesen war, bis sie dann Mitte November ohne jede Erklärung ihre Kurse nicht mehr regelmäßig besuchte und auch ihre Hausarbeiten nicht mehr einreichte.

Ihr Philosophiedozent Dr. Simon Meech sagte bei der Polizei aus, dass Alyce Urquhart in seinem Kurs ›Einführung in die Philosophie‹ »normalerweise sehr gute« Arbeit geleistet habe.

Nein, er habe keinen persönlichen Kontakt zu der Studentin gehabt. Er habe erst realisiert, dass sie eine seiner Studentinnen gewesen sei, als er den »erschütternden und tragischen« Artikel auf der Titelseite der Lokalzeitung gesehen, den Namen mit seiner Kursliste verglichen und Alyce Urquhart darauf gefunden habe.

Dr. Meech war Miss Urquharts Fehlen erst aufgefallen, als sie es Anfang Dezember verpasst hatte, eine schriftliche Arbeit einzureichen. Sie hatte ihrem Dozenten keinerlei Erklärung dafür abgegeben, er selbst habe sie deswegen aber auch nicht kontaktiert. »Unsere Studenten sind erwachsene Menschen, die wir auch so behandeln«, sagte Dr. Meech. »Sie müssen eigenverantwortlich handeln, ihre Kurse besuchen und Studienarbeiten fristgerecht fertigstellen.«

Ja. Die Arbeiten, die die Verstorbene im Fach Philosophie abgeliefert habe, seien von ungewöhnlich hoher Qualität für eine Studentin im Grundstudium gewesen, bemerkenswert für eine junge Frau.

Die Polizeidienststelle in Bridgewater untersucht den Todesfall, bei dem es sich nach letzten Angaben um Mord handelt. Zum gegenwärtigen Zeitpunkt gibt es noch keine Verdächtigen. Hinweise, die zur Aufklärung des Falles beitragen könnten, bitte an das Polizeirevier in Bridgewater unter 518-330-2293.

Das Kind,
das überlebte

1.

Das überlebende Kind, so nennt man ihn. Sagt es ihm aber nicht ins Gesicht – natürlich nicht.

Das andere, das jüngere Kind starb zusammen mit der Mutter drei Jahre zuvor. *Mord, Selbstmord* hatte es geheißen. Und präziser *Kindesmord, Selbstmord.*

Der erste flüchtige Blick auf das überlebende Kind erschreckt sie: ein wunderschönes Gesicht, blass mit zarten Sommersprossen, dunkel leuchtenden Augen, ein frühreifes Verhalten – ernst, sorgenvoll, achtsam und wachsam.

Scharf wie eine Glasscherbe schneidet ein Gedanke in ihr Herz – *Ich werde ihn lieben. Ich werde ihn retten. Ich bin es.*

»Stefan! Sag meiner Freundin Hallo –«

Nicht gerade leicht für den Vater, dem Kind, das überlebte, seine Verlobte vorzustellen. Vermutlich hat Alexander Stefan schon von ihr erzählt, ihn vorbereitet. *Ich denke daran, wieder zu heiraten. Ich habe eine junge Frau getroffen, die ich dir gerne vorstellen möchte. Ich glaube, du wirst sie mögen, und sie wird – sie wird dich mögen ...* Unmöglich, solche Gedanken ohne Schmerz zu äußern.

Sieht das besorgte Gesicht des Kindes. Sie fragt sich, ob der Vater seit dem Tod der Mutter schon andere Frauen ins Haus gebracht und Stefan vorgestellt hat, oder ob Stefan seinen Vater zufällig einmal mit einer Frau zusammen gesehen hat, eine, die möglicherweise den Platz seiner Mutter einnimmt.

Doch Elisabeth ist nicht eifersüchtig auf andere Frauen. Elisabeth ist nicht neidisch auf andere Frauen. Elisabeth ist dankbar dafür, aus dem Dunkel herausgepickt worden zu sein, von einem liebenswerten, höflichen Mann, der jetzt ihr Verlobter ist, der Witwer der (verstorbenen) (berühmten) Dichterin N. K.

Beugt sich hinunter, um die zierliche Hand des Kindes zu schütteln. Hört sich selbst heiter und beruhigend sagen, »Hallo Stefan! Schön, dich zu sehen ...« Ihre Stimme wird leiser und verstummt. Sie lächelt so angestrengt, dass ihr Gesicht schmerzt. Hofft, das Kind wird nicht zurückschrecken, vor lauter Scheu, Abneigung oder Verbitterung.

Stefan ist zehn Jahre alt, klein für sein Alter. Schrecklich, sich vorzustellen (denkt die Verlobte), wie klein dieses zarte Kind drei Jahre zuvor gewesen sein musste, als seine Mutter versucht hatte, es zu töten, zusammen mit seiner kleinen Schwester und sich selbst dazu.

Alexander hatte ihr erzählt, dass der Junge nach dem Trauma monatelang nicht gewachsen war. Kaum Appetit, der Schlaf durch Albträume gestört, er wandelte nachts durchs Haus. Verschwand sogar am helllichten Tage irgendwo im Haus, sodass der Vater und die Haushälterin ihn suchten und riefen – *Stefan! Stefan!* –, bis Stefan urplötzlich um die Ecke kam, oder oben an der Treppe stand, oder im Flur erschien, blinzelnd und atemlos und nicht in der Lage, zu erklären, wo er gewesen war.

Fast erstickt hatte ihn seine Mutter. Obendrein mit Barbituraten stark betäubt. Doch: Er wurde verschont.

Stefan hatte nicht geweint nach dem traumatischen Ereignis, oder wenigstens nicht viel – »Anders als man es erwarten würde unter diesen Umständen.«

Unter diesen Umständen! Elisabeth zuckte bei Alexanders schrecklich gefühlloser Bemerkung zusammen.

Die Verlobte wurde dem Kind als Elisabeth vorgestellt, aber das Kind kann sie nicht so nennen, natürlich nicht. Es kann aber auch nicht Miss Lundquist zu ihr sagen. Später, wenn Elisabeth und der Vater des Kindes verheiratet sind, dann wird das Kind zu ihr – was sagen? Nicht Mutter. Nicht Mom. *Mommy?* Wird das je möglich sein?

(Elisabeth hat keine Ahnung, wie das Kind seine Mutter genannt hat. Kaum vorstellbar, diese schwer zu fassende

Dichterin N. K. als Mutter irgendeines Kindes zu sehen, geschweige denn als *Mom* oder *Mommy.)*

Diese achtsamen, wachsamen Augen. Wie ein flügger Jungvogel in seinem Nest, so ist Stefan darauf gefasst, sich bei einem herangleitenden Schatten wegzuducken – kommt ein Elternteil herangeflogen oder ein Räuber, der ihn in Stücke reißen wird? Der Jungvogel wird nicht wissen, wer, bis es zu spät ist.

Leise murmelnd, doch höflich, beantwortet Stefan die Fragen, die ihm die Erwachsenen stellen. Alltägliche Fragen nach der Schule, Fragen, die er schon viele Male beantwortet hat. Sie fragen ihn nichts, was schmerzhaft für ihn wäre. Jetzt nicht. Als man ihm solche Fragen kurz nach dem Tod seiner Mutter stellte, hatte das Kind nur in eine Zimmerecke gestarrt, mit zusammengekniffenen Augen, ohne ein Wort zu sagen. Presste seine Kiefer fest aufeinander, eine dünne Ader zuckte an der Schläfe, aber sein Blick blieb fest und unerschütterlich.

Später sagte der Vater, er habe in jener Zeit Angst gehabt, den Jungen an der Brust zu berühren oder am Hals, – *Ich war mir sicher, Stefan hätte dann aufgehört zu atmen. Er war ganz tief in sich versunken, war dort, wo diese schreckliche Frau ihn rief.*

Monate sind vergangen. Jahre sind vergangen. *Diese schreckliche Frau* ist aus ihrem Leben verschwunden und auch aus dem wunderschönen alten Holzschindelhaus in Wainscott, Massachusetts, in dem Alexander und N. K. während ihrer zwölfjährigen Ehe zusammengelebt hatten.

»Nur zeitweilig« zusammengelebt hatten – wie Alexander betonte. Denn häufig hatten sie getrennt gelebt, da N. K. ihr eigenes »vollkommen egoistisches« Leben verfolgte.

Nicht im Haus selbst, sondern in der angrenzenden, aus einem Stall umgebauten Garage, die drei Autos Platz bot und die der Verlobten (noch) nicht gezeigt worden war, hatte die Dichterin N. K. sich selbst und ihre vier Jahre alte Tochter Clea durch eine Kohlenmonoxidvergiftung umgebracht.

Kein Abschiedsbrief. Weder im Auto noch sonst irgendwo.

Alexander hatte allerdings eingeräumt, dass er in ihrem Nachttisch ein Tagebuch gefunden hatte, das N. K. in den letzten fiebrigen Wochen ihres Lebens bei sich hatte.

Er hatte vor, das Tagebuch zu vernichten – ohne darin gelesen zu haben –, weil er glaubte, dass es furchtbare Anschuldigungen enthielte, Lügen. Irre Fantastereien einer gemeingefährlichen Verrückten, mit denen er seinen Sohn verschonen musste.

Denn er konnte es nicht riskieren, dass Stefan in einer Welt aufwuchs, in der die irren Gedanken eines kranken und verdorbenen Hirns in ihm widerhallten, das darauf aus gewesen war, ihn zu vernichten …

Trotz dieses Traumas hatte Stefan sich in der Schule, der Wainscott Academy, gut geschlagen.

Nach dem tragischen Vorfall wollte der Vater ihn einige Monate lang zu Hause behalten, ein Kindermädchen hatte sich um ihn gekümmert – er hatte die dritte Klasse wiederholen müssen –, doch seither kann er mit seinen Klassenkameraden in der fünften gut Schritt halten, so verkündete Alexander stolz. Alle Folgeerscheinungen, die man hatte erwarten können – Schreikrämpfe, Depressionen, »Aus-der-Rolle-Fallen«, rätselhafte Krankheiten –, all dies schien von ihm ferngeblieben zu sein oder war nur flüchtig zu beobachten. »Mein Sohn hat einen stoischen Geist«, sagte der Vater. »Wie ich.«

Die Verlobte schaut das Kind an und denkt, *Nein. Er ist nur abgetaucht.*

Elisabeth hat ausgerechnet, dass zwischen Stefan und ihr fast exakt derselbe Altersunterschied besteht wie zwischen ihr und Alexander: achtzehn Jahre. (Stefan ist zehn, Elisabeth ist achtundzwanzig. Alexander ist Ende vierzig.)

Elisabeth gibt diese Erkenntnis zu denken. Scheint eine eher unbedeutende Tatsache, ist aber auch (so denkt sie) ein

Bindeglied zwischen ihr und dem Kind, selbst wenn das Kind dies (wahrscheinlich) nie realisieren wird.

Wenn sie noch lebte, die kranke und verdorbene N. K., dann wäre sie jetzt sechsunddreißig. Noch jung.

Aber wenn N. K. noch lebte, dann wäre Elisabeth Lundquist ja gar nicht hier in Wainscott, diesem vornehmen alten Familienstammsitz ihres Verlobten, und sie würde nicht so angestrengt lächeln, dass ihr das ganze Gesicht wehtut.

Was sie beeindruckt: Stefan steht ganz ruhig und still da, wenn Erwachsene mit ihm sprechen, oder zu ihm sprechen, oder auch über seinen Kopf hinweg. Er zuckt nicht und er zappelt nicht, wie ein anderes (normales?) Kind es täte. Er zeigt keine Unruhe, keine Gereiztheit. *Er zeigt kein Leid.* Sein Lächeln ist lebhaft, seine Augen ruhen unter schweren Lidern. Wunderschöne dunkelbraune Augen. Elisabeth fragt sich, ob diese Augen, die so viel dunkler sind als die seines Vaters – wie auch die Hautfarbe des Kindes so viel heller ist als die rötliche seines Vaters –, wohl eher den Augen seiner verstorbenen Mutter ähnlich sind.

Elisabeth hat natürlich schon Fotos von der irre schönen N. K. gesehen. Sie hat auch schon eine Reihe von Videos von ihr gesehen, einschließlich derer, die nach N. K.s Tod, »viral« gingen. Wäre ja auch unnatürlich gewesen, wenn sie dies in ihrer Position nicht getan hätte.

Ana, das Hausmädchen aus Guatemala, beaufsichtigt Stefan beim Baden, bürstet und kämmt das krause hellbraune Haar des Jungen, legt ihm frische Kleidung bereit. Natürlich zieht Stefan sich mit zehn schon allein an. An seinen kleinen, schmalen Füßen, Denim-Turnschuhe mit ordentlich gebundenen Schnürbändern. Elisabeth überkommt plötzlich ein Gefühl von Verlust. Das Kind ist schon zu alt, als dass sie ihm noch mit seinen Schnürsenkeln helfen müsste – nie mehr.

Was für eine Herausforderung, denkt sie. Dieses wunderschöne, verwundete Kind für sich zu gewinnen.

»Mr. Hendrick?« – Ana erscheint, lächelnd und anmutig, respektvoll. Es ist Zeit fürs Abendessen.

Essen gibt es auf der verglasten Veranda hinter dem Haus, wo ein kleiner runder Tisch für drei Personen gedeckt ist, in der Mitte eine Vase mit frischen weißen Rosen aus dem Garten. Als sie den Raum betreten, fühlt Elisabeth den Drang, die Hand des Kindes in ihre zu nehmen, ganz zart – um Stefan merken zu lassen, dass sie sich schon jetzt um ihn sorgt, auch wenn sie sich gerade erst kennengelernt haben. Sie wird seine Freundin sein.

Doch als Elisabeth nach Stefans Hand greifen will, fassen ihre Finger in etwas Kaltes, Verklebtes, klebrig wie Schleim – »Oh! Oh, mein Gott.« Sie lässt einen leisen Schrei hören und tritt zur Seite, schüttelt sich.

»Was ist denn, Elisabeth?« Alexander scheint besorgt.

Das weiß Elisabeth nicht. Denn als sie Stefan anschaut, Stefans Hand anschaut, diese zierliche und unschuldige kleine Hand, deren vollkommen saubere Handfläche er in einer bittenden Geste nach außen gedreht vor sich hält, sieht sie nichts Ungewöhnliches – auf jeden Fall nichts, was sich kalt, verklebt, so klebrig wie Schleim hätte anfühlen können.

»Da war so etwas – Kaltes …«

»Ach so! Hast du kalte Hände, Stefan?«

Verschüchtert schüttelt Stefan den Kopf. Murmelt: »Weiß nicht.«

Elisabeth entschuldigt sich, äußerst verlegen. Sie muss sich das eingebildet haben – irgendetwas …

Alexander hat keine Ahnung, worum es geht – (es sei denn, Alexander weiß sehr genau, um was es geht) –, und er entscheidet sich, seine junge, achtzehn Jahre jüngere Verlobte verständnislos anzuschauen: welche Angst die junge Frau vor harmlosen Insekten hat, Angst, im Stadtgebiet Auto zu fahren, Angst, in den kleinen, von Berufspendlern benutzten Propellermaschinen von Boston nach Cape Cod zu fliegen.

Elisabeth lacht, auch wenn ihr unbehaglich zumute ist. Sie denkt aber, dass es besser ist, wenn Alexander *ihr* gegenüber Verwirrung, Ungeduld oder Verärgerung zeigt, als gegenüber dem hochsensiblen Stefan.

Ein wunderschöner Raum, denkt sie, diese verglaste Veranda. Weiße Korbmöbel, ein hellbeiger Webteppich aus Peru. An der Wand eine Meerlandschaft des Impressionisten Childe Hassam aus dem späten neunzehnten Jahrhundert.

In dem Moment, in dem alle am Tisch Platz genommen haben, erstarrt Stefan urplötzlich. Murmelt, dass er zur Toilette muss.

Über Alexanders Gesicht huscht ein Schimmer von Unverständnis und Groll. Warum gerade jetzt, in dem Moment, wo Ana das Essen aufträgt! Elisabeth ist betrübt, beschwichtigt aber:

»Natürlich. Geh nur.«

Alexander gießt (weißen, herben) Wein in die Gläser der Erwachsenen. Er ist fest entschlossen, den Missmut gegenüber seinem Sohn zu unterdrücken, aber Elisabeth sieht, wie seine Hände zittern.

Elisabeth merkt an, dass sie noch viel Zeit haben, bis sie sich zum Konzert nach Provincetown auf den Weg machen müssen, denn die Eintrittskarten haben sie ja schon. »Es ist erst sechs. Wir haben noch eineinhalb Stunden fürs Abendessen ...«

»Ich weiß, wie spät es ist, Elisabeth. Danke.«

Das war deutlich. Alexander mag es nicht, wenn seine arglose junge Verlobte ihn auch nur ansatzweise korrigiert.

Mutig versucht Elisabeth es noch einmal: »Dein Sohn ist so – wunderbar. Er ist ...«

Einzigartig. In seiner eigenen Welt. Schwer zu erreichen.

Alexander grummelt so etwas wie vage Zustimmung. Schafft es, ein *Ja* zu signalisieren und ihr gleichzeitig zu vermitteln: *Genug von diesem Thema.*

Elisabeth gehört zu jenen verlegenen Individuen, die in solchen Situationen nervös losplaudern, weil unvermittelte Gesprächspausen ihnen Angst einjagen.

Es fällt Elisabeth schwer, zu schweigen. Sie spürt dann (sie denkt), dass man über sie urteilt. Sie hat allerdings zu ihrer eigenen Überraschung entdeckt, dass man Alexander Hendrick sehr schnell zu nahe treten kann. Ein Mann von seiner Statur – so dünnhäutig? Ein quälender Gedanke, dass selbst solch harmlose, gut gemeinte und anerkennende Worte über Stefan in ihm Erinnerungen an das andere Kind, Clea, wachrufen, an das Kind, das in einen Mohairschal gewickelt in den Armen seiner Mutter an einer Kohlenmonoxidvergiftung sterben musste ...

Furchtbar! Elisabeth schaudert.

»Wie ist der Wein? Ein Portugiese – magst du ihn?«

Wein? Elisabeth kennt sich nicht gut aus mit Weinen. »Ja«, sagt sie, während Alexander stirnrunzelnd über sein Glas hinwegblickt, so als ob es nichts Wichtigeres gäbe als den Wein, den er jetzt gleich trinkt.

»Ich frage mich, ob ich wirklich eine ganze Kiste hätte kaufen sollen. Könnte ein Fehler gewesen sein.«

Ist Wein wichtig? Elisabeth vermutet, ja, muss er sein, wenn er für Alexander so wichtig ist. Ihr Verlobter, dieser in ihren Augen bedeutende Mann, Direktor einer von seinem Großvater ins Leben gerufenen, vermögenden Kunststiftung, hat die Angewohnheit, vergleichsweise unbedeutende Handlungen und harmlose Entscheidungen in einem Licht erscheinen zu lassen, als ob sie von größter Bedeutung wären und sich als *Fehler* herausstellen könnten. In der Anfangszeit ihrer Beziehung dachte Elisabeth, er mache nur Spaß, da die Themen, um die es ging, eher belanglos waren, doch jetzt sieht sie, dass nichts belanglos ist für ihren Verlobten. Schon die mögliche Gefahr, in irgendeiner Entscheidung einen Fehler machen zu können, bringt ihn aus der Fassung.

Als sie zum ersten Male zusammen auf dem Weg nach Wainscott waren und Elisabeth das erste Wochenende im Haus an der Oceanview Avenue verbringen sollte, meinte Alexander ganz unvermittelt: »Ich hoffe, das ist jetzt kein Fehler.«

Elisabeth hatte nervös gelacht. Zögerte, Alexander zu fragen, was er damit genau meine, denn es schien so, als habe er gar nicht direkt mit ihr gesprochen, sondern nur laut gedacht.

Sie warten darauf, dass Stefan an den Tisch zurückkommt. Ana hat Kerzen angezündet, die im Atem der beiden flackern. Warum braucht der Junge so lange? Versteckt er sich vor ihnen? – vor seinem Vater? Alexander besteht darauf, dass Ana den ersten Gang serviert – geschmorte Paprika mit Pilzfüllung. Auf jedem Wedgwood-Teller eine rote Paprika und eine grüne Paprika, perfekt zusammenpassend.

Nicht gerade ein Essen, das ein zehnjähriger Junge mag, denkt Elisabeth.

»Also, lass uns anfangen. Vielleicht haben wir ja auf dem Highway nachher viel Verkehr.«

Schwere Silbergabeln, Silbermesser. Mit dem eingravierten Buchstaben *H*. So gut wie alles im Haus und auch das Haus selbst hat Alexander geerbt; N. K.s Sachen, nicht sehr viele in diesem Haus, wurden nach dem schrecklichen Ereignis sofort weggeräumt, verschenkt. Sogar die Bücher. Und vor allem die Bücher mit N. K. auf dem Rücken.

Keine einzige Spur von ihr blieb zurück. Mach dir keine Sorgen, Liebes!

Wieder der Gedanke, ob Alexander wohl noch andere Frauen mit nach Wainscott gebracht hat, damit sie Stefan kennenlernten. Um zu sehen, wie sie auf das überlebende Kind und das Haus reagierten. Junge Frauen wahrscheinlich. (Als Mann mittleren Alters wird er gleichaltrige Frauen nicht mehr so anziehend finden.) Sie überlegt, warum Frauen, die ihn zunächst so attraktiv fanden, irgendwann geflüchtet sind.

Wenn du das Haus siehst, wirst du verstehen – warum es mir so viel bedeutet. Und warum ich nicht ausziehen werde.

Alexander hatte nur sehr selten von N. K. gesprochen. Und wenn er es tat, dann indirekt und in einer Art, die Elisabeth nicht dazu ermutigte, Fragen zu stellen.

Schon als Tat an sich ist ein Selbstmord grauenhaft. Der Selbstmord des Ehepartners. Doch ein Selbstmord mit gleichzeitigem Mord, dem Mord an einem Kind – unsäglich.

Die tote Person muss eine Begründung liefern, denkt Elisabeth. Und diese Begründung muss von den Weiterlebenden widerlegt werden. Die Toten, die anderen das Leben nahmen und dann sich selbst, müssen widerlegt werden, wenn die Lebenden weiterleben wollen.

Einige Minuten vergehen, bis Alexander dem Hausmädchen im Hintergrund eine scharfe Anweisung gibt: »Ana, schauen Sie nach ihm! Bitte.«

Elisabeth zuckt zusammen. Die Art und Weise, in der Alexander mit der Haushälterin redet, tut ihr weh.

Ana huscht hinaus und ruft. *»Stefan! Stefan!«*

Elisabeth legt ihre Serviette zur Seite. Sie wird ebenfalls nach dem Kind schauen …

»Nein. Bleib hier. Das ist doch lächerlich.«

Alexanders Gesicht wird rot, er ist ungehalten. Mit Messer und Gabel schiebt er etwas auf Elisabeths Teller. Zuerst denkt sie, es wäre lebendig, etwas Glitschiges, so wie eine Qualle; dann sieht sie, dass es nur pürierte Pilze sind, die wunderbar duftend aus der geschmorten Paprika herausrinnen.

Ana steht am Treppenabsatz zum zweiten Stock. Eine kleine, stämmige Frau mit kräftigen Oberschenkeln. Außer Atem. »Stefan? Hallo?«

Die beiden hören ihr Rufen, ihre schmeichelnde Stimme. Wenn Stefan doch nur antwortete!

Doch Ana kommt allein zurück, keuchend entschuldigt sie sich. Kann ihn nicht finden, es tut ihr sehr leid – nicht in seinem

Zimmer, nicht im Bad. Nicht in der Küche und auch nicht im Flur hinten und – sie weiß nicht mehr, wo sie suchen soll.

»Verflucht noch mal. Ich habe ihn gewarnt, wenn er mir noch einmal diesen Streich spielen sollte ...«

Alexander springt abrupt auf. Auch Elisabeth erhebt sich, traut sich, ihn am Arm festzuhalten.

»Vielleicht geht's ihm schlecht, Alexander. Er sah so traurig aus – vielleicht möchte er jetzt gerade niemanden sehen. Kannst du ihn nicht einfach – in Ruhe lassen?«

Alexander schüttelt ihre Hand ab. »Halt den Mund. Du hast doch *keine Ahnung*.«

Er stolziert aus dem Glaszimmer hinaus. Elisabeth bleibt nichts anderes übrig, als ihm zu folgen, unschlüssig. Hofft, dass Ana Alexanders Bemerkung ihr gegenüber nicht mitangehört hat. Nicht das erste Mal, dass ihr Verlobter ihr gesagt hat, sie solle *den Mund halten*.

Stampft die Treppe hinauf, rufend. »Stefan? Wo zum Teufel bist du?«

Elisabeth folgt ihm in den Flur. Nicht die Treppe hoch. Unsicher, was sie tun soll. Ruft leise. »Stefan? Ich bin's – Elisabeth. Hast du dich versteckt? Wo bist du denn?«

Wo bist du denn? Eine dumme Frage, die ein verängstigtes Kind einem anderen stellen könnte ...

Minuten der Verzweiflung vergehen bei der Suche nach dem Kind. Oben, unten. Im Flur vorne, im Flur hinten. Küche, Esszimmer. Salon, Wohnzimmer. Und dann wieder oben, hineinspähen in die Toiletten der Gästezimmer. Ins Elternschlafzimmer, da würde sich der Junge aber (wie Alexander grimmig erläutert) »nicht hineintrauen«.

Schließlich bleibt ihm keine andere Wahl. Der aufgebrachte Vater muss an dem verbotenen Ort nachsehen: in der Garage. Sagt Elisabeth und Ana, sie sollen bleiben, wo sie sind. Mittlerweile ist Alexander ziemlich außer sich. Sein Gesicht rot und heiß, sein sonst so sorgsam gekämmtes Haar fällt ihm in die Stirn. Sogar die schicke blaue Seidenkrawatte ist gelockert, als hätte er vor Wut daran gezogen.

Elisabeth hört die ungeduldige laute Stimme hinter dem Haus – »Stefan? Bist du da drinnen? Wäre besser, wenn du nicht da drinnen wärst ...«

Dieser Ort. Wo sie starb. Und wo deine kleine Schwester starb.

Beunruhigt warten Elisabeth und Ana im Flur auf Alexanders Rückkehr. Nicht sehr wahrscheinlich (denkt Elisabeth), dass der Vater den Sohn schnell findet und ihn triumphierend herbeischleppt.

»Stefan hat das früher auch schon gemacht, stimmt's?« Elisabeths Frage kommt stockend. Doch Ana, die das Kind schützen und keine Familiengeheimnisse ausplaudern will, blickt finster und schaut weg, so als ob sie die Frage gar nicht gehört hätte.

Schließlich sagt sie mit sorgsam gewählten Worten: »Er ist ein guter Junge, der Stefan. Sehr süß, traurig. Es kommt vor, dass ihn etwas überkommt – manchmal. Nicht seine Schuld. Das ist alles.«

Darauf weiß Elisabeth keine Antwort. Sie ist darauf gefasst, dass Alexander jetzt wieder zurückkommt. Diese laute, zornige Stimme, die sich wie ein Stachel in ihre Stirn bohrt – sie möchte aber nicht wahrhaben, dass seine Stimme ihr Schmerzen bereitet.

Und dann geht Elisabeths Blick ganz zufällig zurück zu der gläsernen Veranda, die ja jetzt leer ist, die *leer sein muss,* und sieht am Tisch eine Kindergestalt sitzen, ganz ruhig – kann das Stefan sein? Auf seinem Stuhl, an seinem Platz?

Elisabeth eilt zu ihm. So überrascht, dass sie gar nicht daran denkt, Alexander zu rufen.

»Oh, Stefan! Da bist du ja.«

Das Kind ist außer Atem, so als ob es gerannt wäre. Fast beängstigend, wie atemlos er ist.

Ein bleiches Gesicht, klamm und bleich, schweißbedeckt. Die Augen weit aufgerissen vor Erregung, die Lippen scheinen bläulich verfärbt. Dazu bläuliche Schatten unter den Augen.

Sauerstoffentzug? Kann das sein?

Obwohl zutiefst erleichtert, ist Elisabeth verwundert.

Sie möchte das Kind gerne berühren – am liebsten umarmen –, wagt es aber nicht. Ein schwacher, leicht ranziger Geruch schlägt ihr entgegen, wie von säuerlichem Atem.

Ana läuft rasch zu Mr. Hendrick, um ihm mitzuteilen, dass sein Sohn wohlbehalten zurück ist.

Elisabeth geht ruhig auf das Kind zu, möchte es nicht mit zu starken Gefühlen überfordern, traut sich, seine Hand zu nehmen, und dieses Mal gibt die zierliche Hand nach, wehrt sich nicht, eine Kinderhand, etwas kalt, die aber nichts Abstoßendes hat, nichts, was einen erschreckt.

So erleichtert, ihn zu sehen, Elisabeth hört sich selbst nervös lachen. Sie wird sich nicht fragen, warum er so außer Atem und so bleich ist.

Und sie wirft dem Kind auch nichts vor, muss nur fragen, wo es gewesen ist – hatte er ihr Rufen die letzten zehn Minuten oder länger denn nicht gehört? – hatte er seinen Vater nicht gehört?

Ausweichend murmelt Stefan so etwas wie: »Hier. Ich war hier.«

Nichts Hinterhältiges oder Bösartiges, keine Falschheit in dem Kind, da ist Elisabeth sich sicher. Aber wie seltsam! – wo war er gewesen? Und wie war er hinter ihr und Ana hereingeschlüpft, zurück zum Tisch auf der Veranda?

In dem bleichen, sommersprossigen Gesicht sieht sie einen Ausdruck von Kummer, aber auch Raffinesse, wie man sie nur von Erwachsenen kennt. Und die Haut ist noch immer feuchtkalt, klamm, dazu Angstschweiß.

Der ärgerliche Vater kommt mit lauten Schritten durchs Haus gestampft, als schlüge jemand mit einem Holzhammer.

Stefan zuckt zusammen. Elisabeth hält seine kleine, schwache Hand, um ihn zu beschützen.

»Du! Gottverdammter Kerl! Habe ich dich nicht gewarnt?« – einen schrecklichen Moment lang sieht es so aus, als wolle Alexander seinen Sohn schlagen; seine Hand erhebt sich; doch dann scheint urplötzlich all seine Wut zu entweichen, wie Luft aus einem Luftballon. Tränen glitzern in seinen Augen, Tränen des Frustes, des Zorns, der Angst. Er zieht seinen Stuhl zurück und setzt sich schwer an den Tisch.

»Sag mir nur eins, Stefan: Wo warst du?«

Und Stefan antwortet mit seiner kleinen, leisen Stimme etwas wie: »Hier. Ich war hier …«

Alexander nimmt seine Serviette hoch, um sich die Augen zu trocknen. »Gut dann. Tu so etwas *nicht* noch einmal, hast du mich verstanden?«

2.

*Mit dem Literatur-Preis der Universität Yale
ausgezeichnete Lyrikerin N. K. und Kind tot
in Wainscott, Massachusetts, aufgefunden,
Erstickungstod »möglicherweise ein Unglücksfall«*

*Erfolgreiche Lyrikerin N. K. nimmt sich das Leben
Vierjährige Tochter mit ihr umgekommen
»Schockierender Vorfall« – Wainscott, Massachusetts*

Niemals mehr wird Elisabeth das vergessen: die entsetzte Stimme einer Kollegin, die in die Bibliothek des Radcliffe Institutes gestürmt kam.

»... furchtbar. Es heißt, sie hat sich selbst umgebracht und ...«

Gedämpfte (weibliche) Stimmen. Ernst, entsetzt. Ungläubig.

Schaut vom Laptop hoch, Stimmengewirr um sie herum.

Wer ist gestorben? Ein Dichter? Eine Dichterin? *Und* ihre Tochter?

Möchte alles wissen, möchte nichts wissen.

An jenem Abend dreht sich bei dem Empfang eines Gastredners alles um den Selbstmord. Und um den Tod des Kindes.

Erstickung durch Kohlenmonoxidvergiftung.

»... hätte das nicht getan. Glaube ich nicht.«

»... sich selbst, vielleicht. Aber nicht ihre Tochter.«

»... kann nicht sein. Nein.«

Welch schockierende Nachrichten! Die Stimmen klangen verbittert, ungläubig. Wie demoralisierend für die Schriftstellerinnen, die Wissenschaftlerinnen, Frauen, die sich als Feministinnen bezeichneten. Nicola Kavanaugh – N. K. – war ihre Heldin gewesen, kämpferisch und couragiert und authentisch.

»... ermordet, vielleicht. Ein Neider ...«

»... dieser Ehemann. Waren sie nicht getrennt ...«

»… aber nicht die Tochter! Ich kenne sie – kannte sie. N. K. würde *so etwas* nie tun.«

Auf der anderen Seite mussten sie aber auch einräumen, dass N. K. erschütternd freimütig über Tabuthemen wie Selbstmord geschrieben hatte – diese *unsägliche Glückseligkeit, sich selbst auszulöschen.*

Elisabeth hörte zu. Ergriff die Hände der Klagenden, die sich in ihrem Kummer an ihre klammerten. Sie war noch nicht am Institut gewesen, als vor einigen Jahren N. K. einen »brillanten« – »leidenschaftlichen« – »inspirierenden« Vortrag über die »unverwechselbare Sprache« von Frauenlyrik gehalten hatte, doch immer wieder hatten Kollegen voller Bewunderung davon erzählt.

Elisabeths Forschungsarbeit am Institut konzentrierte sich darauf, die Archive zu den Dichtern des Imagismus im frühen zwanzigsten Jahrhundert zu durchforsten. Von N. K. hatte sie lediglich vereinzelte extravagante, quasi-bekenntnishafte Gedichte gelesen, die sich in großem Maße von der sparsamen, dezenten Lyrik der Imagisten unterschied; sie machte ihre Meinung, dass sie N. K.s Gedichte zu schroff, zu misstönend, zu ungehalten, zu *verstörend* fand, allerdings nicht öffentlich. Und sie hatte sich auch nicht in diesen Kult um N. K. hineinziehen lassen, der schon lange vor deren frühem Tod eingesetzt hatte.

Was ist denn Kult anderes als ein Zusammenschluss der Schwachen? Denn als das erschien er ihr. Übersteigerungen der Feministinnen, von denen sie sich distanzieren wollte. Dieses bestimmte körperliche, erotische Gehabe, unnötige Provokationen. Nicht ihre Sache.

Ein Nachruf von N. K. in der *New York Times* stellte fest, dass die Verstorbene sich angeblich als Hommage an die Dichterin der Imagisten H. D.[1] »N. K.« genannt oder besser

---

1 Hilda Doolittle (1886–1961) [Anm. d. Übers.]

gesagt, umbenannt, hatte; sie hatte für sich ein Pseudonym »ohne erkennbares Geschlecht und ohne Vorgeschichte« gewählt.

Namen verschleiern, führen in die Irre. So rechtfertigte N. K. ihre Entscheidung. Nachnamen – Familiennamen – spielen in der Kunst keine Rolle. Künstler sind Individuen und sollten sich selbst einen Namen geben. Der »eigene Name« – das ist der entscheidende Bezug zu unserem Leben, wir haben den Namen im Gepäck und tragen ihn vor uns her, so offenkundig wie unser Gesicht – sollte nicht im Zuständigkeitsbereich anderer liegen, nicht von anderen ausgewählt werden.

Wenn man es genau überlegt, sind die Eltern doch Fremde für dich. Nicht vertretbar, dass Fremde *dir* deinen Namen geben.

So kam es also dazu, dass Nicola Kavanaugh sich selbst den Namen N. K. gab. Die Eitelkeit der Dichterin würde dazu beitragen, die Initialen zu einem Markenzeichen zu machen, ihren Ruhm zu sichern.

Kurz danach stand Elisabeth bei Barnes & Noble und starrte auf ein Plakat, das ein Foto der hageren, wilden Schönheit N. K. von Annie Leibovitz zeigte. Die Dichterin trug ein zartes Baumwollhemdchen – man konnte fast die Schatten ihrer Brustwarzen hindurchsehen – und um ihre mageren Schultern einen grobgestrickten, mit Fransen besetzten Schal. Ihr dickes Haar schien vom Wind zerzaust, ihr Blick war scharf und anklagend. Darunter die Zeile: *»Lebe, als sei es dein Leben.«*

3.

»Und wie war noch mal Ihr Name, meine Liebe? – ›Elizabeth?‹
Ich habe es nicht ganz verstanden.«

»Elisabeth.«

Ein förmliches Lachen. Beugte sich über sie.

»Mit *z* oder mit *s*? – Eli-*sa*-beth?«

»J-ja, *s*.«

Durch reinen Zufall wurde Elisabeth Monate später, als
N. K. überhaupt nicht mehr in ihrem Kopf war, Alexander
Hendrick vorgestellt. Ein großer, wie ein Gentleman wirken-
der Herr, über den jedermann flüsterte – *Weißt du, wer das
ist? Alexander Hendrick – N. K.s Ehemann.* Er war fast zwanzig Jahre älter als Elisabeth. Doch noch immer jugendlich in
seinem Auftreten, ja teilweise sogar ausgelassen vergnügt, um
sein gesetztes Alter zu überspielen. Aus demselben Grund
rasierte er sich auch (wie Elisabeth erfuhr) zweimal am Tag,
um seine Kieferpartie von ergrauten Stoppeln zu befreien,
spitze kleine Stacheln, die nicht nur in seinem Gesicht her-
vorsprossen, sondern auch unter seinem Kinn und sogar ein
Stück den Hals hinunter.

Sie hatte einiges mehr von der Persönlichkeit des Mannes
erfahren, das über seine verhängnisvolle Ehe hinausging: Er
war der Direktor der Hendrick-Stiftung, die sein Großvater,
ein Multimillionär, in den 1950er-Jahren gegründet hatte, um
kreativen Künstlern den Start ihrer Karriere mit einem Stipendium zu erleichtern.

Eine dieser Künstlerinnen und Künstler war 1993 eben
auch die junge, experimentierfreudige, und wie sie sich selbst
nannte, Dicht-Künstlerin Nicola Kavanaugh.

Waren Alexander Hendrick und Nicola Kavanaugh schon
miteinander bekannt, bevor Nicola das Stipendium erhalten
hatte oder erst danach? – dies sollte Elisabeth nie mit hun-
dertprozentiger Sicherheit herausbekommen.

»Sag mir bitte, dass du keine Dichterin bist, meine liebe Elisabeth.«

»Nein! Ich meine – ich bin keine Dichterin.«

»Bist du sicher?« – Ein bitterer Scherz, den Alexander Hendrick da machte, es sei denn, seine Verbitterung konnte sich nur in einem Scherz äußern.

Elisabeth lachte, fühlte Schwindel. Seit ihrer Zeit als Jugendliche hatte sie auf solch einen Menschen gewartet, jemanden, der ihr leichte Angst einjagen, doch sie genauso gut zum Lachen bringen konnte.

4.

Du weißt doch selbst: das neue Leben ist plötzlich da.

Das neue Leben ist ein Fenster, das aufgestoßen wird. Oder sogar ein Fenster, das eingeworfen wird.

Manchmal heißt das, das *neue Leben* wird dir voll ins Gesicht geschleudert; und du hast keine Chance, dich vor dem herumfliegenden Glas wegzuducken.

Was war das für ein Gefühl, dieses Haus zu betreten? Wirst du dort leben müssen, als seine Frau – für immer?

Kannst du das – für immer?

Hat sie dort Spuren hinterlassen? Eine – Aura?

Oh, Elisabeth. Sieh dich vor.

Die (standesamtliche) Trauung im März findet in sehr kleinem Rahmen statt, ganz privat. Nur wenige Verwandte auf beiden Seiten.

Schon kurz danach fahren sie für eine Woche auf die Bahamas. Und ihr Rückweg führt sie direkt in ihr Haus an der Oceanview Avenue nach Wainscott, wo das überlebende Kind, vom Hausmädchen Ana betreut, sie erwartet.

Bist du dafür bereit? Ein zehnjähriges Stiefkind, dessen Mutter versucht hat, es zu töten?

Seit ihrem Tod ist N. K.s Popularität weiter gewachsen. Regelmäßig erscheinen Artikel über sie in der Presse und online. Ein inoffizielles Video mit dem Titel *Die letzten Tage der Lyrikerin N. K.* verbreitete sich wie ein Lauffeuer. Ein inoffizielles »Interview mit der amerikanischen Medea, N. K.« – tatsächlich aber nur ein Zusammenschnitt vorheriger Interviews – erscheint in der *Vanity Fair,* mit Fotos dieser unglaublich schönen Frau aus den vergangenen Jahren. Es gibt Barnes & Noble-Poster, T-Shirts, sogar Kaffeebecher – eine fast karikaturistische Abbildung N. K.s mit einem Heiligenschein aus stark gekräuseltem dunklem Haar und einem wunderschönen, wild entschlossenen, ernsten Mund. Über ihre Skandale verliert Alexander kein Wort – mag sein, er ist sich derer gar nicht bewusst (Elisabeth möchte es so gern glauben). Der posthume Kult um N. K. ist wie ein Krebsgeschwür, das sich ausbreitet – nicht zu stoppen.

Sylvia Plath, Anne Sexton und jetzt Nicola Kavanaugh – N. K. Jede Generation verletzter und zorniger Frauengestalten hat auch immer eine weibliche Todes-Ikone.

Zunächst wollten die Mainstream-Medien uns glauben machen, dass N. K. psychisch krank war – als Grund dafür, warum sie ihre Tochter und sich selbst umbrachte. Es war allgemein bekannt, dass sie seit Jugendzeiten »mit Depressionen zu kämpfen« hatte; sie hatte schon in der Vergangenheit einige Male versucht, sich umzubringen. Doch dann auf einmal suggerierten neue Lesarten ihrer lyrischen Werke, dass diese schreckliche Tat wohlüberlegt und vorsätzlich geschah, als »Reinigung« ihrer selbst in einer verkommenen Welt.

Jedem war zunächst klar, dass sie auch Stefan mit in den Tod hatte nehmen wollen. Der Siebenjährige hatte ein Beruhigungsmittel bekommen, genau wie seine vierjährige Schwester, und N. K. war mit beiden Kindern zusammen in den Saab in der Garage eingestiegen; dann hatte sie es sich aus irgendeinem Grund anders überlegt und Stefan zurück ins Haus getragen, ihn dort allein zurückgelassen und war in die Garage zurückgekehrt, die der laufende Motor permanent mit bläulichem Rauch füllte, bis der fassungslose Alexander Stunden später die Katastrophe entdeckte.

Die tote Frau lag auf dem Vordersitz des Autos, das kleine Mädchen, Clea, in ihren Armen, und beide zusammen in einen Mohairschal gewickelt.

Gab es einen Abschiedsbrief? – Alexander hatte keinen gefunden.

Dies war seine Behauptung: Er hatte nichts gefunden. Notärzte, Polizeibeamte, Ermittler – niemand hatte einen Abschiedsbrief im Auto gefunden.

Dann aber gab es Verlautbarungen, dass es wohl »Gedichtpäckchen« gegeben habe, die auf dem Rücksitz des Wagens verstreut gelegen hatten. (Zudem noch einen linken Turnschuh – von einem Paar Turnschuhe, das Stefan gehörte.) Keine neuen Gedichte der Künstlerin, sondern alte; einige von ihren bekannteren Gedichten, die sehr schnell eine neue unheilvolle Deutung ihrer Tat verbreiteten. Der posthume Kult um N. K., der Alexander und seine Familie so wahnsinnig machte, hielt sich seit diesem Fund an jenen Gedichten fest – *den kleinen bitteren Äpfeln des Sterbens.*

Ana hatte von Nicola an jenem Tag frei bekommen. Das Hausmädchen war nicht vor acht Uhr abends zurückerwartet worden, zu einer Zeit, als Nicola und Clea schon seit Stunden tot waren.

Stefan, das verschwundene Kind, wurde schließlich drinnen im Haus gefunden, nur halb angezogen und ohne Schuhe, hinten in einem Wandschrank im ersten Stock. (Das Gegenstück zu dem im Saab gefundenen Kinderturnschuh fand man in einer Garagenecke zwischen Wertstofftonnen, so als ob ihn jemand dorthin geworfen oder gekickt hätte.) Der Junge lag in Embryohaltung zusammengerollt und schlief so tief und fest, dass man meinen konnte, er sei ins Koma gefallen. Sein Blutdruck war erschreckend niedrig. Seine Haut totenbleich, die Lippen hatten eine bläuliche Färbung. Die Notärzte versuchten, ihn durch Sauerstoffzufuhr wiederzubeleben.

Das überlebende Kind kam nur langsam wieder zu Bewusstsein. Nicht nur Kohlenmonoxid wurde in seinem Blut nachgewiesen, sondern auch Barbiturate. Er konnte sich nur an sehr wenig von dem erinnern, was geschehen war.

Nur daran – *Mommy hat mir warme Milch zu trinken gegeben, die mich ganz müde gemacht hat. Mommy hat mich geküsst und mir gesagt, sie würde mich niemals verlassen.*

Doch anscheinend hat seine Mutter ihre Meinung später geändert und ihn nicht zusammen mit der Schwester getötet. Kurze Zeit nachdem sie den Motor des Saabs gestartet hatte, als der Siebenjährige schon bewusstlos war, doch noch bevor sie selbst das Bewusstsein verlor, hatte sie ihn vom Rücksitz des Autos hochgezogen, ihn den ganzen Weg die Treppe hinauf bis zum Schrank im oberen Stockwerk gezerrt oder getragen ...

Elisabeth denkt viel darüber nach. Warum hatte N. K. es sich anders überlegt und ließ eines ihrer Kinder weiterleben? Den Jungen, und nicht das Mädchen? Und *ist* es überhaupt so passiert, wie alle denken?

Elisabeth fragt sich, ob der Siebenjährige vielleicht selbständig aus dem Auto gekrabbelt war und sich selbst rettete? Aber warum hatte er sich dann oben im Schrank versteckt? Zudem war er ja auch in tiefer Bewusstlosigkeit, als sein Vater ihn entdeckte.

Mehr als drei Jahre nach dem tödlichen Vorfall hatte die Polizei von Wainscott ihre Nachforschungen eingestellt. Der Gerichtsmediziner veröffentlichte seinen Bericht: Mord, Selbstmord. Kohlenmonoxidvergiftung. Starke Barbiturate zur Ruhigstellung. Und doch kennt niemand die genaue Chronologie der Ereignisse an jenem Tag. Das überlebende Kind kann keine weiteren Fragen dazu beantworten. Der hinterbliebene Ehemann hat erklärt, er wird zu diesem Thema niemals mehr öffentlich etwas sagen.

Und privat? Elisabeth weiß nur das, was Alexander ihr gerne erzählen wollte, und was sie deswegen auch nicht anzweifeln würde. N. K. hatte seit Anfang ihrer Pubertät mit einer manisch-depressiven Erkrankung zu kämpfen; sie war eine »brillante Dichterin« gewesen (so musste Alexander einräumen), aber von dem Wunsch getrieben, sich selbst zu verletzen, und einige ihrer Mitmenschen hatten sich unselig in ihrem Gefühlsleben verfangen. Sie war extrem ehrgeizig gewesen, kaltschnäuzig, so hatte Alexander erzählt. Immer besorgt um ihren guten Ruf, neidisch, wenn andere Dichter einen Preis bekamen oder größere Aufmerksamkeit als sie. Und schließlich hatte sie sich nur sehr wenig um ihr Alltags- und Familienleben gekümmert – obwohl sie es einige Zeit lang versucht hatte. Eigentlich abwegig, aber die Kinder hatten sie sehr verehrt, sagte Alexander mit Verbitterung in der Stimme.

Bleibt die Frage, was genau wissen wir nicht? Auch wenn es uns das Herz bricht, wenn das große Meer über uns zusammenschlägt, uns zerschlägt. Wir müssen alles wissen.

Seitdem sie Alexanders Frau ist, hat Elisabeth sich standhaft geweigert, N. K.s Gedichte zu lesen. Doch jetzt ist es schwierig, ihnen auszuweichen, denn häufig werden einige Zeilen daraus oder manchmal auch ganze Gedichte in den Medien zitiert. Rasch schaut Elisabeth dann weg, doch manchmal ist es schon zu spät.

… über uns zusammenschlägt, uns zerschlägt. Wir müssen alles wissen.

Ganz still hat Elisabeth dagesessen, die Finger bereit über den Tasten des Laptops. Wie viele Minuten vergangen sind, kann sie nicht sagen, aber der Laptop-Bildschirm ist schwarz geworden, so wie ein Gehirn, das sich abschaltet. Ganz zufällig hört sie schnelles Atmen hinter sich – dreht sich um, sieht im Türrahmen das wunderschöne Kind, ihren Stiefsohn Stefan.

»Oh – Stefan! Hallo …«

Elisabeth ist vollkommen überrascht, ihn dort zu sehen, etwas fällt vom Schreibtisch herunter – ein Kugelschreiber. Fällt klappernd zu Boden und rollt weg.

»Bi-bist du schon länger hier, Liebes? Ich hab dich gar nicht gehört …«

Steht auf, um die flüchtige Gestalt hereinzubitten, doch Stefan hat sich schon zurückgezogen und ist auf dem Weg die Treppe hinunter.

Wie ein wildes Tier, denkt sie.

Wenn man seine Hand nach einem wilden Tier ausstreckt, dann zieht es sich zurück. Oh, sie ist so unbeholfen! – so voller Sehnsucht, das Kind sieht das in ihrem Gesicht und ergreift die Flucht.

5.

»Nein, sicher nicht! Hier leben wir. Hier sind wir glücklich.
Hier leben wir unser *ganz normales Leben*.«

Alexander deklamiert seine Sätze theatralisch vor den
Besuchern, sein glückliches Lachen hat eine ungewöhnliche
Schärfe.

Besucher und Gäste gibt es ständig im Hendrick House.
Besonders in den Sommermonaten, auf der idyllischen Halbinsel von Cape Cod.

*Keine Aura. Nicht ihre. Die ist ja tot, gegangen. Verschwun-
den.*

Auf der großen Veranda mit Blick aufs Meer, in den langen
Sommerabenddämmerungen. Eine junge Frau aus Guatemala serviert die Getränke, sie hilft Ana heute Abend, kris-
tallenes Funkeln und Blinzeln. Elisabeth ist die neue Ehefrau,
noch scheu zwischen den Freunden ihres Mannes. Er hat so
viele! – hoffnungslos, ihre Namen richtig zuzuordnen.

Vielleicht sind das nicht wirklich alles Freunde. Eher Be-
kanntschaften und Geschäftskollegen. Besucher aus Provincetown, Woods Hole. Hausgäste aus Boston, Cambridge, New
York City, die Verbindungen zur Hendrick-Stiftung haben.

Im Sommer ist das Haus an der Oceanview Avenue
umwerfend schön. Verwitterte dunkelbraune Holzschindeln,
sehr romantisch, mit dunklen Läden, Steinfundament, Stein-
kamin. Steile Dächer und Kuppeln, eine Veranda ringsum,
an klaren, windigen Tagen der Blick aufs Meer. Fünfzehn
Zimmer, drei Etagen, ein umgebauter Stall hinten. Nicht das
größte, aber eines der markantesten Häuser in der Oceanview Avenue in Wainscott. Errichtet 1809 und im Nationalen Verzeichnis historischer Stätten als denkmalgeschütztes
Gebäude geführt. Neben der schweren Eichentür vorne ist ein
kleines Messingschild angebracht, auf dem dieser Ehrentitel
gewürdigt wird.

Natürlich hat Alexander noch eine andere Wohnung, in der Beacon Street in Boston, nahe des Büros der Hendrick-Stiftung. Während seiner Ehe mit N. K. musste er zusätzlich noch eine Wohnung in New York City am Waverly Place mieten, wo seine Frau zeitweilig wohnte.

»... also, ja. Wir wagten es mit N. K. bei der Stiftung, da doch nach Allen Ginsberg diese wilde, nutzlose, quasi-bekenntnishafte Dichtkunst schick geworden war – und schwammen ganz oben auf der Welle des ›neuen Feminismus‹ ...«

Elisabeth ist es rätselhaft, mit welcher Nüchternheit Alexander in solchen Unterhaltungen über N. K. sprechen kann. Allerdings nur, solange das Thema eben unpersönlich ist; solange das Thema Lyrik ist und nicht *Ehefrau*.

Diese nüchterne und herablassende Haltung. Die (männliche) Rache am (weiblichen) Künstler. Ja, sie ist, oder war, brillant – »genial«. Aber beeindruckt hat mich das nicht sehr, nein.

Elisabeth folgert, dass die meisten Gäste hier Nicola Kavanaugh persönlich gekannt haben. Sie sieht ihr Stirnrunzeln, ihr Kopfschütteln. Mitfühlend, verurteilend. Lassen den Witwer wissen, dass sie auf seiner Seite sind, natürlich – auf der Seite des allein zurückgelassenen, furchtbar ungerecht behandelten Ehemannes.

Diese grässliche Frau. Diese gestörte, unzurechnungsfähige Dichterin.

»... ja, ich habe davon gehört. Wird nicht genehmigt werden – natürlich nicht. Das Letzte, was wir brauchen, ist eine Biografie – ihre Biografie. Glücklicherweise besitze ich das Copyright ihrer Werke, und ich habe nicht die Absicht, irgendeiner Nutzung zuzustimmen – auch nicht *das – und – aber* ...«

Lachen rundherum. So wie Alexander für seine stoische Ruhe bekannt ist, so auch für seinen geistreichen Humor.

Eine *Biografie*? Davon hört Elisabeth zum ersten Mal.

Nicht von Alexander persönlich, sondern aus anderen Quellen hat sie erfahren, dass die Lyrikerin Nicola Kavanaugh eigentlich gar nicht heiraten wollte – niemanden. Dass sie seit ihrer frühen Jugendzeit an Manie, Depressionen, Selbstmord»gedanken« litt – und auch Selbstmordversuche hinter sich hatte. Liebesbeziehungen mit Nicola waren ausnahmslos ebenso leidenschaftlich wie destruktiv. Nach einer absolut destruktiven Beziehung mit einer angesehenen Künstlerin aus New York City entschloss sie sich zu aller Überraschung und entgegen allen gut gemeinten Ratschlägen ganz unerwartet, den wohlhabenden Alexander Hendrick zu heiraten, einen ihrer langjährigen glühenden Verehrer.

Sie hatte geheiratet, so hieß es, um Trost und Zuspruch zu bekommen – finanzielle Sicherheit, um ihre Therapeuten, verschreibungspflichtigen Medikamente, Klinikaufenthalte bezahlen zu können; als Stütze gegen die unberechenbaren Gefühlsschwankungen ihrer manisch-depressiven Erkrankung; für ihren Frieden, ihre Geborgenheit, ihre Psyche. *Denn eine sexbesessene junge Frau nutzte einen in sie vernarrten, wohlhabenden älteren Herrn mit literarischen Ambitionen zum eigenen Vorteil.*

In ihren Gedichten verschmähte N. K. alle Konventionen ihres alltäglichen Lebens, Ehepartner, Kinder, Verbindlichkeiten und Verpflichtungen, bürgerlichen Wohlstand und Besitz, obwohl sie dies alles paradoxerweise in ihrem realen Leben dankend angenommen hatte.

Elisabeth hatte gehört, dass Nicola das Haus in Wainscott geliebt hatte – anfangs. Ein romantischer, abgelegener Ort auf der Halbinsel von Cape Cod, an den sie sich zurückziehen konnte. Ein Ort, an dem sie ganz allein sein konnte, wann immer sie ihre Einsamkeit brauchte.

Sie hatte auch ihre Kinder geliebt – anfangs.

Schließlich stellte sich aber heraus, dass die Dichterin einige ihrer grausamsten, heftigsten Gedichte in diesem Haus verfasst hatte, im letzten Jahr ihres Lebens. Abgesondert in einem Raum im ersten Stock, die Tür zugesperrt gegen Eindringlinge – gegen ihre eigenen Kinder.

Elisabeth hat erschreckende Dinge über ihre Vorgängerin gehört. Erschreckende Dinge, die sie gar nicht glauben, die sie unbedingt glauben will.

Während ihrer extremen Gemütsschwankungen behandelte N. K. ihre beiden Kinder häufig schlecht, quälte sie. Schrie sie an, schüttelte sie. Sperrte sie in einen Schrank. *Der Anblick von Babys ist entsetzlich. Mich selbst zu verdoppeln. Sünde der Anmaßung. Gestank der Überheblichkeit. Mich selbst ein zweites Mal in die Welt zu setzen: unverzeihlich.*

Und: *Wie werden sie sich an ihre Mutter erinnern? – kleine Opferlämmer, soll man ihnen die Augen öffnen?*

Alexander hatte der Polizei bei ihren Ermittlungen erklärt, dass seine Frau Kinder wollte, um ihr eigenes Leben zu retten und dann, nachdem sie geboren waren, hatte sie einen Groll gegen sie gehegt. Sie hatte sie übermäßig geliebt (so schien es), hatte aber Angst, sie zu verletzten. Sie konnte es häufig nicht ertragen, die Kinder um sich zu haben, erklärte aber, sie könne sie den Kindermädchen oder der Haushälterin nicht anvertrauen. Sie verbot ihnen, sich nah am Fenster aufzuhalten aus Angst, sie könnten rausfallen oder sich an den Glasscherben verletzen. Mochte es nicht, sie an der Hand die Treppe hinauf oder über die Straße zu geleiten; immer war da diese schreckliche Angst, ihre Hand könnte die kleine Hand verlieren. Konnte die Kinder nicht baden, aus Angst, sie zu verbrühen oder ertrinken zu lassen. So manches Mal hatte sie Alexander mitten in der Nacht aufgeweckt (in Alexanders Bett: denn die beiden hatten getrennte Schlafzimmer) und ihm weinend erzählt, sie habe den Kindern die Gurgel durchgeschnitten, als wären sie Schweine und versucht, sie an den Füßen aufzuhängen, habe es aber nicht geschafft, und die Körper seien dann zu Boden gefallen und ausgeblutet … Alexander hatte die hysterisch schluchzende Frau in die Kinderzimmer mitnehmen müssen, um ihr zu zeigen, dass die beiden unversehrt waren, und dort stand sie dann an ihren Betten, zweifelnd, bis sie irgendwann mit leiser Stimme sagte – *Also gut. Vorerst.*

Ist Wahnsinn ansteckend? Elisabeth schaudert im nicht nachlassenden Wind, der vom Atlantik herüberweht.

»... Stefan? Ganz gut. Danke fürs Nachfragen. Das Hausmädchen ist heute Abend bei ihm, oben.«

»Wie geht's ihm jetzt, in diesem Haus? Es muss für ihn doch ...«

»Nein. Stefan ist sehr glücklich hier. Wie ich schon gesagt habe. Er weint, wenn er das Haus verlassen soll, gerade über Nacht.«

»Na, so was! Wirklich?«

»Ja. Wirklich seltsam. Aber das habe ich euch doch schon erzählt – euch allen.«

»Er muss ja jetzt sehr glücklich sein, mit seiner neuen Stiefmutter ...«

Neue Stiefmutter. Elisabeth hat nur halb zugehört in dem Stimmengewirr um sie herum, aber das hört sie genau, ganz genau.

Wie unhöflich diese Bemerkung, gefühllos und provozierend – oder aber auch eine herzliche, ehrliche Bemerkung von einem alten Freund, der es mit Alexander und seiner Familie nur gut meint?

»Wir sind wirklich alle sehr glücklich hier. Elisabeth hat sich ›eingelebt‹ – wunderbar eingelebt. Stefan und sie freunden sich an. Bis jetzt war der Sommer ...«

Sie fühlt die Augen der Gäste auf sich gerichtet. Spürt, wie enttäuscht sie sind, über ihr schlichtes Gesicht, glanzlos, und so *gewöhnlich* gegenüber dem von Nicola Kavanaugh.

Wie ein dunkler, graubrauner Vogel, der ganz still sitzt, um nicht die Aufmerksamkeit der Räuber auf sich zu ziehen. Ganz still zwischen diesen Fremden, scheint sie den durchdringenden, launigen Stimmen zuzuhören, während sie doch der vom Atlantik herüberwehenden anderen, kehligen Stimme lauscht, die so innig wie ein vertrautes Flüstern ihr Ohr erreicht.

Du weißt ganz genau, dass ich nicht weg bin, Elisabeth. Du weißt, dass ich zurückgekommen bin, um euch zu holen, dich und den Jungen.

6.

»Dieses Haus ist nicht ›vergiftet‹ – nicht durch *sie*.«

Diese Worte hat Alexander nicht zu Elisabeth gesagt, aber sie hat sie am Telefon mitgehört, als er mit Verwandten in Wainscott redete. Seine Stimme klang dabei heftig, herablassend. *Wer hat denn solche Gerüchte in die Welt gesetzt – Spuk ...*

Er wird sich nicht von seinem Grund und Boden vertreiben lassen, sagt er. Hendrick House wird alle Lebenden überdauern. Es wird auch *sie* viele Jahre überdauern.

Elisabeth weiß sehr gut, wer mit *sie* gemeint ist. Manchmal ersetzt durch das ebenso verächtlich klingende Pronomen *ihr*.

Alexanders Wort klingen verbittert: »Nicola kam hierher mit dem Anspruch, ein ›ruhiges‹ Leben führen zu wollen, hat aber nie ein Heim aus dem Haus gemacht. Ihre Kleider blieben in den Koffern. Ihre Bücher in den Kisten. Ana machte sich dann irgendwann ans Auspacken, füllte die Regale mit Büchern. Nicola hatte überhaupt kein Interesse daran. Sie war abgetaucht in ihre Gedichte, in ihre kostbare Karriere. Sie hat stets Liebschaften gehabt, Frauen und Männer gleichermaßen. Sie hatte versprochen, dies alles aufzugeben, wenn wir erst verheiratet waren, aber sie log, natürlich. Ihr ganzes Leben war eine einzige Lüge. Als sie an Depressionen erkrankte, wurde sie von ihren Liebhabern verlassen. Wo waren die geblieben? Diese Mitläufer und Speichellecker. Und ihre ›Fans‹? Die warteten doch nur darauf, dass sie starb, dass sie sich selbst umbrachte. Das, was sie in ihren Gedichten versprochen hatte. Doch niemand von ihnen hatte ahnen können, dass die Heldin ihre eigene Tochter mit ins Grab nehmen würde. *So etwas* hatten sie nicht erwartet.«

Alexanders Stimme klingt herausfordernd. Elisabeth hört das alles mit Grauen. Hält den Atem an, als ob die Luft voller Giftstoffe wäre. Sie möchte nicht den Hass auf die verstorbene Frau einatmen. Sie möchte für niemanden Hass empfinden.

Welch wunderschönes Haus, in dem sie lebt. Elisabeth könnte immer nur staunen.

Aber aufgepasst. Schönheit hat ihren Preis.

Saugt dich vollkommen aus.

Seltsam, wundervoll und seltsam, und auch unheimlich, wenn man in einer Art Museum lebt. Klassische Cape-Cod-Architektur, Stilmöbel. Alles makellos erhalten, vor allem in den Räumen im Erdgeschoss.

Natürlich ist solch eine Instandhaltung kostspielig. Und verlangt großen Einsatz seitens der Bediensteten und seitens der Hausfrau. Blank polierte Flächen, glänzende Holzfußböden. Vorhänge, die in der frischen Meeresbrise wehen. Riesige, träge Ventilatoren. (Keine Klimaanlage in diesen denkmalgeschützten Häusern in Wainscott, so nah am Atlantik!) Lange Flure mit Fenstern, die (so scheint es fast) den Blick in die Ewigkeit freigeben.

Unten Fäulnis, oben Glanz. Lache, liebe. Zeilen aus einem von N. K.s musikalischen Gedichten, »Klagelied« – Elisabeth war gar nicht bewusst gewesen, dass sie es auswendig im Gedächtnis hatte.

Kann man die Tür abschließen? Nein?

Aber man kann die Tür schließen. Obwohl ihr wohl niemand hierhin folgen wird, außer (vielleicht) das Kind, Stefan, der aber an diesem regnerischen, windigen Herbsttag in der Schule ist.

Alexander ist für einige Tage in Boston, aber selbst, wenn er zu Hause wäre, wäre es nicht sehr wahrscheinlich, dass er sie hier suchen würde, in diesem abgelegenen Teil des Hauses, der ihn so gut wie gar nicht interessiert.

In der dritten Etage, eine steile Treppe hinauf, hat Elisabeth einen kleinen, spärlich möblierten Raum entdeckt, der früher wohl zum Dienstbotenflügel gehörte.

Hier findet man keine eleganten französischen Seidentapeten, so wie im Erdgeschoss. Keinen Kronleuchter, sondern eine einfache Glühbirne an der Decke. Nur ein Fenster hinaus auf die Sandhügel, verkümmerte graubraune Vegetation, das silberne Glitzern des Atlantiks.

In dem kleinen Zimmer steht eine schmale Pritsche, kaum Bett zu nennen. Ein kahler Dielenboden. Weder Gardinen noch Fensterläden. Kein richtiger Wandschrank, nur ein schmaler Spind, in die Wand eingelassen, voller Spinnweben, Schimmelgeruch.

Elisabeth setzt sich an den Tisch, einen kleinen provisorischen Schreibtisch, stützt sich auf ihre Ellbogen, die schon rau geworden sind und rot. Ein großer Teil ihrer Haut fühlt sich an wie vom Wind verbrannt. Denn hier, am Rande des Ozeans, hören die Winde niemals auf: Starke Böen rütteln an den Fensterscheiben, versetzen das grüne Gezweig der hohen Fichten neben dem Haus in Aufruhr. Elisabeth hat ihren Laptop hierhergebracht, doch häufig öffnet sie ihn gar nicht. Ihre Arbeit über die Lyrik der Imagisten lockt sie von der anderen Seite der Schlucht, aber – leider – verliert sie die emotionale Bindung dazu. Kramt die Texte heraus, die sie aus Überzeugung und mit Leidenschaft als eifrige junge Wissenschaftlerin am Radcliffe Institut geschrieben hat, doch jetzt kann sie sich kaum noch an die Inhalte erinnern, geschweige denn den Enthusiasmus verspüren, der sie damals getrieben hat … Die sparsame, unpersönliche Lyrik H. D.s erscheint ihr jetzt geradezu stumpf neben einer viel leidenschaftlicheren und leichtsinnigeren weiblichen Lyrik.

Elisabeth starrt auf den Ozean, bis ihre Augen schmerzen. Der Wind peitscht die Wellen hoch, hämmert die weißschäumende Gischt an die Steinküste. Am Himmel über ihr unförmige Sturmwolken, die Kiefern neben dem Haus haben Arme und Beine, Gestalten die miteinander ringen – nackte Körper ...

Kreuz und quer schießt das Leben durch unsere Adern. Unaufhaltsam.

Eine optische Täuschung. Muss eine sein.

Elisabeth kann die zappelnden Gestalten im Augenwinkel sehen, aber wenn sie direkt hineinschaut in das grüne Gezweig, dann kann sie die Menschengestalten nicht erkennen, nur ihre Umrisse. Die zappelnden Äste sind wie (nackte) Körper, Schwimmer, die gegen die stürmische Gischt ankämpfen.

Sie wendet rasch ihren Kopf – möchte die Gestalten in den Bäumen fassen.

»Nein. Die kriegst du nicht.«

Hinter ihr, neben ihr, ein leises, heiseres Lachen. Es ist Stefan, der lautlos in den Raum hereingekrochen ist. Sehr leise, doch ebenso flink wie eine Katze ist er die steile Treppe hinaufgeschlichen, zu ihr. Hatte sie nicht die Tür zu dem kleinen Zimmer geschlossen? Er hatte sie geöffnet, ohne dass sie es merkte.

Elisabeth ist aufgeschreckt, versucht aber ruhig zu antworten. Sie weiß, dass Kinder es überhaupt nicht vertragen, wenn Erwachsene ihr Unbehagen oder ihren Kummer zeigen.

»Wen – kriegen?«

»Die Dinge da in den Bäumen. Die nie still sind.«

Stefan spricht geduldig, so als ob Elisabeth (natürlich) genau weiß, wovon er redet. »Du kannst sie in deinen Augenwinkeln sehen, aber wenn du direkt hinschaust, sind sie weg. Sie sind zu schnell.«

Aber da ist nichts. In den Bäumen, im Grün. Das wissen wir doch.

Elisabeths Herz schlägt schnell. Fast scheu blickt sie auf ihren Stiefsohn, der ihr so häufig entschlüpft, der so häufig durch sie hindurchzuschauen scheint.

Man hat den Eindruck, dass Stefan gar nicht wächst, er ist kaum gewachsen in den vergangenen Monaten, seit Alexander die beiden miteinander bekannt gemacht hat.

Meine neue, liebe Freundin Elisabeth. Sagst du ihr Hallo? Lach doch mal – nur ein kleines Lächeln? Gibst du ihr die Hand?

Oh, Stefans lockiges Haar ist feucht vom Regen! Elisabeth würde ihn gerne umarmen, seinen Kopf gegen ihre Brust pressen.

Kleine Regentropfen, wie Tränen auf seinem erhitzten Gesicht und auf der Nylonjacke mit hochgezogenem Reißverschluss. Sehr anrührend dieses Bild. Ist Stefan von der Schule nach Hause gehetzt, um schnell zu *ihr* zu kommen?

»Stefan! Du bist früh zu Hause ...«

Stefan zuckt mit den Schultern. Vielleicht war er ja gar nicht in der Schule, sondern hatte sich stattdessen irgendwo im Haus versteckt, in einem der vielen ungenutzten Räume. Oder am verbotenen Ort, in der Garage.

Stefan reagiert nicht auf die Worte seiner Stiefmutter, wie so häufig. Weiß, dass die Worte zwischen ihnen beiden kaum Bedeutung haben, wie kleine Markierungen in einem Gedicht, bloße Silben.

Er geht zum Fenster, späht hinaus. Wind, Regen, herumzappelnde Kiefernzweige, ein wildes Durcheinander von Armen und Beinen könnte man meinen ...

Wir werden geschüttelt von einer Art Leidenschaft, und denken, es ist Liebe – Liebe?

Wessen Worte sind dies? Elisabeth fragt sich, ob Stefan sie auch hören kann.

Es ist wahr, denkt sie. Dieses Schütteln in den Bäumen. Unser großes Bedürfnis, jemanden bei uns zu haben, unsere Angst, alleingelassen zu werden. Wir nennen das *Liebe*.

»Sie hat mir gezeigt, wie ich sie sehen kann – Mommy. Aber sie verschwinden immer wieder.«

Elisabeth ist sich unsicher, ob sie richtig verstanden hat. Zum ersten Male hat sie von Stefan das Wort *Mommy* gehört.

»Und jetzt ist Mommy selbst eine von ihnen. Glaube ich.«

Für den Rest des langen Tages spürt sie beides gleichzeitig, Bedrohung und Segen.

Das Kind ist unaufgefordert zu *ihr* gekommen.

Einem Geist kann man nicht nahe kommen, denn ein Geist wird zurückweichen. Aber ein Geist kann dir nahe kommen. Wenn er möchte.

Stefan, Liebling. Versuch, sie zu vergessen. Ich habe jetzt ihren Platz eingenommen, ich werde dich statt ihrer lieben. Vertrau mir!

7.

Es ist sicher wahr, so wie Alexander gesagt hat, dass das Haus der Familie Hendrick weder vergiftet noch heimgesucht ist.

Denn wie könnte etwas mit einem Haus nicht stimmen, das im Nationalen Verzeichnis historischer Stätten als denkmalgeschütztes Gebäude geführt ist und das in der Herbstausgabe 2011 des prachtvollen Hochglanzmagazins *Cape Cod Living* mit einem Artikel bedacht wurde ...

Und doch läuft das eine oder andere *schief* in dem Haus. Keine sehr ernsten Dinge normalerweise, sie können leicht behoben werden.

Beispielsweise schmeckt manchmal, nach starken Regenfällen, das Hahnenwasser seltsam, hat einen leicht metallischen Nachgeschmack; und bei Tageslicht erkennt man eine dezente Verfärbung, wie Rost. Dann gibt es dieses unerklärliche Tropfen von der Decke, das kleine Wasserlachen bildet, Wölbungen in der Tapete, wie Tumoren. Ein beunruhigendes Ächzen und Gemurmel in den Rohrleitungen.

Das Wasser kommt aus einem Brunnen, soll »rein« sein – »süßlich schmecken«.

Der Brunnen ist ein tiefer natürlicher Brunnen, seit Generationen auf dem Grund und Boden des Hendrick-Anwesens in Gebrauch und aus unterirdischen Quellen gespeist.

Ana rät Elisabeth, einen Termin mit dem städtischen Wasserwerk zu vereinbaren, um das Brunnenwasser von einem Kontrolleur prüfen zu lassen. Um festzustellen, wo der Fehler liegt – wenn es einen gibt.

Wasseraustritt an der Decke, Wölbungen in der Tapete, Ächzen in den Rohren – Elisabeth sollte den Dachdecker und den Installateur rufen. Und da sich die schicke Seidentapete im Wohnzimmer teilweise verfärbt hat, sollte sie besser auch noch einen Tapezierer rufen. Dazu gibt es nach einem Orkan mehrere zerbrochene Fensterscheiben, die ersetzt werden müssen – manchmal findet man Glasscherben im Eingangsbereich unten, obwohl (offensichtlich) kein Fenster zerbrochen ist. Ana kann ihr die Telefonnummern der hiesigen Handwerker geben, denn die werden (so vermutet Elisabeth) häufig in dieses Haus gerufen.

»Alle alten großen Häuser in Wainscott haben dieselben Probleme«, behauptet Ana felsenfest. »Alle meine Freunde, die in der Gegend arbeiten, sagen das. Das ist nichts Besonderes in diesem Haus.«

Nicht vergiftet und auch nicht heimgesucht, das Haus. Natürlich nicht.

Es ist Elisabeths Aufgabe, solche Termine zu machen, da Alexander häufig geschäftlich in Boston ist. Und Elisabeth ist selbst sehr darauf bedacht, alle alltäglichen Dinge von ihm fernzuhalten, denn er regt sich sehr schnell auf, wenn es Probleme in seinem geliebten Haus gibt, und es ist sehr schwierig, mit ihm darüber zu sprechen, ohne dass er sich angegriffen fühlt.

Außerdem ist Elisabeth jetzt die Frau des Hauses. Als Mrs. Alexander Hendrick empfindet sie eine große Befriedigung darin, dies alles zu regeln. Sie ist sich sicher, dass ihre emotional so labile Vorgängerin diese Verantwortung nie übernommen hat.

Die neue Frau ist ganz anders – als sie! *Dieses Mal hat Alexander keinen Fehler gemacht. Diese Elizabeth –* »Elisabeth« *– ist ihm zutiefst ergeben, genauso wie dem Kind und dem Haus, sie ist ein Schatz …*

Sie hört genau hin, doch die Stimme entschwindet. Immer wieder hofft sie zu hören *Und Alexander ist ihr ergeben – ihr!*

Ganz systematisch und verantwortungsbewusst telefoniert sie die örtlichen Handwerker ab, findet jedoch (merkwürdigerweise) niemanden, der bereit ist, dem Haus an der Oceanview Avenue einen Besuch abzustatten. Alle haben ihre Entschuldigungen, drücken ihr Bedauern aus.

»Aber wir können sie gut bezahlen – selbstverständlich! Wir können Ihnen das Doppelte zahlen.«

Als sie bei einem örtlichen Installateur anruft, klingt die Stimme am anderen Ende sehr überrascht – »Hendrick? Schon wieder? Waren wir nicht erst vor ein paar Monaten bei Ihnen?« und Elisabeth stammelt: »Ich – ich weiß nicht, waren Sie das? Was gab es denn für ein Problem?« Die Stimme am anderen Ende klingt jetzt zurückhaltend: »Egal, hier ist auf jeden Fall gerade niemand verfügbar. Besser, Sie probieren es woanders. Ich kann Ihnen noch eine andere Nummer geben.«

Doch die andere Nummer hat Elisabeth zuvor schon angerufen.

»Versuchen Sie es in Provincetown. Die stellen Ihnen den Weg in Rechnung, aber …«

Nichts von alledem wird Elisabeth Alexander mitteilen. Ihn interessieren nur die Ergebnisse.

So viel zu tun jeden Tag. Wie ein Karussell, das sich immer schneller dreht.

Der vage Gedanke *ein eigenes Baby zu haben, irgendwann, eine kleine Schwester für Stefan.* Dieser Gedanke erfüllt sie mit Erregung, Hoffnung, Angst, Schuld.

So viele Ablenkungen für sie, dass Elisabeth ihre wissenschaftliche Arbeit für das Radcliffe Institut (vorübergehend) zur Seite gelegt hat. Forschungsarbeit, die sie früher so fasziniert hatte. Flüchtig und flirrend wie eine Fata Morgana in der Wüste, ihre Doktorarbeit über die experimentale Lyrik von H. D., dazu H. D.s Beziehung zu Ezra Pound und T. S. Eliot. Die Konzepte von einigen (sieben) Kapiteln liegen schon vor, die müsste sie nur noch überarbeiten, die Fußnoten hinzufügen und das schon jetzt umfangreiche Literaturverzeichnis aktualisieren.

Kein Ende in Sicht für solch faszinierende Forschungsarbeit! Sie muss vorsichtig sein, dass sie nicht von H. D. zu N. K. abschweift. Sie möchte ja nicht *herumschnüffeln.*

Verblüffend aber, dass einige Verse in den Gedichten von H. D. Gedichtzeilen von N. K. nachklingen lassen. Oder vielmehr lassen Gedichtzeilen von N. K. Verse von H. D. nachklingen.

Ein Plagiatsfall? Oder schlicht und einfach Bewunderung, Identifikation?

Ich habe genug.

Ich ringe nach Luft.

Als sie gerade verheiratet waren und Elisabeth in das Elternhaus ihres Mannes in Wainscott einzog, geschah dies in dem Einvernehmen, dass sie mit ihrer wissenschaftlichen Arbeit fortfahren solle, wenn sie »zur Ruhe gekommen wäre«. Der Direktor der Hendrick-Stiftung ist Frauenrechtler – natürlich. In der Vergangenheit wurden die Hendrick-Stipendien mehrheitlich an männliche Künstler vergeben, das hat sich aber jetzt geändert.

Niemand hat Elisabeth mit mehr Enthusiasmus dazu gedrängt, ihre Doktorarbeit in Harvard fertigzustellen als Alexander. Wenn Stefan älter ist und nicht mehr so viel Fürsorge braucht, könnte Elisabeth vielleicht einen Job als Lehrerin in einer Privatschule finden, hier auf der Halbinsel …

Doch Stefan braucht diese Fürsorge. Stefan, das überlebende Kind. Elisabeth weiß, dass sie indirekt, also aus der Distanz, über das scheue Kind wachen muss, nicht offenkundig und auf gar keinen Fall aufdringlich. Sie darf ihn niemals durch eine Liebesbekundung erschrecken. Und sie darf sich niemals in Konflikte zwischen Vater und Sohn einmischen.

Wenn Alexander zum Beispiel mit Stefan schimpft. Schrecklich für sie, das mitanzuhören, aber sie darf sich nicht einmischen.

So wie Alexander manchmal am Telefon in recht barschem Ton spricht, so barsch hört sie ihn auch mit Stefan sprechen. Er rügt Stefan zum Beispiel, wenn der vor sich hinträumt, unaufmerksam ist – *geistesabwesend*. Denn immer mal wieder ist Stefan erstaunlich ungeschickt – fällt auf der Treppe hin, verstaucht sich einen Knöchel; stürzt vom Fahrrad, erleidet Schnittwunden am Bein. Dinge scheinen ihm einfach aus der Hand zu gleiten – Besteck, Gläser, die auf dem Boden zerschellen. Häufig ist er atemlos, verängstigt. Nichts ärgert den Vater so sehr wie ein *verängstigtes* Kind, das vor ihm zurückweicht, vor lauter Angst (lächerlich!), geschlagen zu werden.

In jenen Momenten beißt sich Elisabeth auf die Unterlippe, versucht alles mitanzuhören. Sie sollte nicht lauschen, das weiß sie. Wenn Alexander sie erwischt ...

Nur selten hört sie Stefan antworten, denn der Junge ist sehr leise. Wenn er überhaupt antwortet.

Es ist trotz allem wahr, was Alexander betont: Stefan scheint in dem Haus an der Oceanview Avenue glücklich zu sein. Oder ist woanders auf jeden Fall weniger glücklich.

Er fährt wirklich nicht gerne weg, möchte nicht einmal den kurzen Weg nach Provincetown machen. Es ist schier unmöglich, ihn dazu zu bringen, woanders zu übernachten. Wenn er dazu gezwungen wird, protestiert er heftig, schmollt, weint, tritt, lutscht an den Fingern. Selbst Ana ist schockiert, wie kindisch Stefan sich in solchen Momenten benimmt.

Das Haus ist ein Epizentrum, so scheint es. Stefan kann sich nur ein bis zwei Kilometer davon entfernen, ohne panisch zu werden.

Von ihrem Horst im dritten Stock aus beobachtet Elisabeth ihn ab und zu, wie er bis zum Ende des Häuserblocks radelt, dann abbiegt und den Block umrundet. Auch wenn er rasch aus ihrem Blickfeld gerät, weiß Elisabeth, dass die Rundtour Stefan sehr bald zu seinem Epizentrum zurückbringt. Gleich wird er um die Ecke biegen und Oceanview von der anderen Richtung aus hinunterradeln. Er tritt dann jedes Mal fest in die Pedale, vollkommen aufgewühlt, so als ob sein Leben auf dem Spiel stünde.

Einmal wartet sie ungeduldig darauf, dass Stefan um die Ecke gebraust kommt, wartet – oh, wie lange wohl? – eine Stunde? – eine *qualvolle Stunde?* –, bis sie es nicht länger aushält. Sie springt die Treppe hinunter, läuft hinaus auf den Gehweg, um nach ihm Ausschau zu halten, stellt sich mitten auf die Straße – *wo ist er nur?* Bis sie schließlich hinter sich schaut und Stefan an der Eingangstür erblickt, wo er sie wartend beobachtet.

Sie ist beschämt, wird rot. Als sie das Haus erreicht hat, ist Stefan verschwunden – sie wäre verflucht, nach ihm zu suchen.

8.

Wir werden geschüttelt von einer Art Leidenschaft, und denken, es ist Liebe – Liebe?

Ein hohes schepperndes Geräusch, so als ob man Glasscherben schüttelt. Erinnert an Gelächter. Elisabeth tritt einen Schritt zurück, und im nächsten Augenblick löst sich der kristallene Kronleuchter in der Eingangshalle und fällt von der Decke herunter und zerschellt auf dem Boden. Verfehlt sie nur knapp.

Mit dem zerberstenden Glas, dieses hohe, wirre Gelächter – so köstlich, dass man einstimmen möchte.

Oberflächen, und das, was darunter liegt. Elisabeth lernt, sich nicht von den auf Hochglanz polierten Oberflächen im Haus täuschen zu lassen.

Ein kranker Ort. Nicht atmen.

Schiefe Wände. Türen stecken fest oder können nicht verschlossen werden. Türknöpfe fühlen sich unangenehm warm an, wenn man sie berührt, wie innere Organe.

Lichtschalter sind nicht mehr dort, wo Elisabeth dachte – dort, wo Elisabeth sie *kannte*. Tastet nach dem Lichtschalter im eigenen Schlafzimmer.

Du wirst das Licht nie finden, so wie das Licht auch dich nicht finden wird, aber eines Tages wird das Licht durch dich hindurchscheinen.

Endlich finden ihre Finger den Schalter. Grelles Licht, blendend.

Im Spiegel, ein verschwommenes Bild. Geisterfrau.

Nein: Sie bildet sich das alles nur ein. Im Spiegel ist nichts.

Einige Tage lang hat sich ihre Haut fiebrig angefühlt. Ein Gefühl von Schwere in ihrem Unterbauch, in ihren Beinen. Kein Appetit und dann wieder Heißhunger, danach Übelkeit,

Würgen. Das Schlimmste ist das Würgen, Schreie aus der Kehle, als ob man erdrosselt würde.

Der friedvolle, bläuliche Schlaf. Beeil dich!

Als Elisabeth in der Dusche steht, kommen brühend heiße Stacheln aus dem Duschkopf heraus, ohne Vorwarnung. Elisabeth schreit auf vor Überraschung – und Schmerz – und krabbelt hinaus, bevor sie das Bewusstsein verliert …

Ein anderes Mal war die Dusche eisig kalt geworden.

Sie gleitet aus, rutscht weg auf dem Fliesenboden, wimmert vor Schmerz, Schreck und Angst.

Todesangst – fast. Hört in den Rohrleitungen in der Wand dumpfes, spöttisches Gelächter.

Es ist sicherer, ein Bad zu nehmen. Morgens und (manchmal) auch vor dem Schlafengehen, wenn sie sich *besudelt, aufgedunsen* fühlt.

Glücklicherweise gibt es in dem angrenzenden Badezimmer eine riesige Badewanne, wo sie in den heißen (nicht brühheißen) Schaum eintauchen kann, sie kann ihre Zehen einrollen in rauschhaftem Genuss, ihre Augenlider sinken lassen.

Wanne ist allerdings ein zu grober und zu alltäglicher Begriff für solch ein Kunstwerk: eine Badewanne aus Marmor. Zarte blaue Adern im Marmor, wie Adern im Fleisch. Altertümlich, herrschaftlich, fast zwei Meter lang und richtig tief. Voller Lust prüft Elisabeth das Wasser, lässt sich hineinsinken, passt auf, dass sie nicht rutscht, nicht fällt. Solch eine Wonne, pure Sinnesfreude. Fast augenblicklich verfällt sie in einen leichten Schlummer. Ihr Haar treibt zerzaust im dampfenden Wasser, ihre bleichen, weichen, erschauernden Brüste heben sich …

Beeil dich! Wir warten schon.

In ihren Gedanken ein ägyptisches Grabmal. Mumifizierte Leichname einer jungen Frau mit Baby, in Windeln gehüllt, würdevoll Seite an Seite gebettet.

Sinkt hinein ins Wasser, in die entkräftende Hitze. Ihr Mund, ihre Nase, unter Wasser ... Eine zu große Anstrengung, das Atmen ...

Ich habe genug.

Ich schnappe nach Luft.

Aufwachen! Mit einem Ruck, unter Schock. Keine Ahnung, wo sie ist oder wie lange sie schon hier ist.

Scheint über dem nackten weiblichen Körper zu schweben. Der Körper ist weiß, runzelig. Finger und Zehen verschrumpelt, weich. Voller Panik, sie muss in diesen Körper zurück ...

Das Badewasser ist kalt geworden und schmierig und riecht widerlich nach Terpentin. Der Marmor ist eisig kalt und glitschig. Beim verzweifelten Versuch, aus der tiefen Wanne herauszuklettern, rutschen Elisabeths Füße; alle Kraft ist aus ihr herausgesaugt. Verliert das Gleichgewicht und fällt zu Boden, um ein Haar schlägt ihr Kopf auf den Marmorrand der Badewanne.

Oh! – der Schmerz ist wieder da, und dieses erniedrigende Gefühl. Denn sie ist wieder gefangen in dem runzligen, weißen nackten weiblichen Körper.

Im Winter ist Alexander viele Nächte nicht zu Hause. Die tapfere Elisabeth, *Frau des Hauses*. Elisabeth, die *Stiefmutter* des überlebenden Kindes.

Zusammen Abendbrot essen, Abende am Kamin. Lebhaft erzählt das Kind von der Schule, von den Büchern, die es liest oder gelesen hat. Sichere Themen für Stiefmutter und Stiefsohn, die ihnen Trittsicherheit geben, wie dicke Steine, mit deren Hilfe man einen reißenden Fluss überquert.

Der Vater verbietet Fernsehen im Haus in der Oceanview Avenue. Kein Internet für Stefan. Keine Videospiele! Er wird nicht zulassen, dass der Verstand seines Sohnes (den er für brillant und frühreif hält, so wie auch sein eigener in Stefans

Alter war) von dieser minderwertigen amerikanischen Kultur verdorben wird.

(Alexander schaut auch Fernsehen in seiner Wohnung in der Beacon Street, aber die Art von Fernsehen, die Alexander schaut, ist nicht verdorben.)

Als ob er in diesem Moment darüber nachdenkt, sagt Stefan: »Das Zimmer – wo du jetzt bist –, das war auch Mommys Zimmer.«

Das überrascht Elisabeth. *Dieses Zimmer?* – sie hat es gewählt, weil es so karg ist, so unattraktiv. Zwei Treppen hoch, die zweite führt in den ehemaligen Bereich der Bediensteten, eine steile und enge Treppe.

Sie hatte immer vermutet, N. K. habe in einem anderen Zimmer gearbeitet. Dieses, *ihr* Zimmer, gibt keinerlei Hinweise darauf, dass es von einem Menschen genutzt wurde.

»Oh. Ich – ich wusste nicht, dass …«

»Mommy hat uns nicht reingelassen, fast nie. Nicht so wie du.«

Ist das schmeichelhaft? Elisabeth wünschte es.

Aber wer ist uns, fragt sie sich. *Also auch die kleine Clea?*

Der Rest des Abendessens vergeht in Schweigen, es ist aber überhaupt kein unbehagliches Schweigen, und als Elisabeth sich an jenem Abend fürs Bett fertig macht, ertappt sie sich dabei, dass ein Lächeln in ihr emporsteigt – ein sprudelndes Glücksgefühl ganz nah an ihrem Herzen.

Nicht wie du wie du wie du. Nein!

Und später, als sie in einen tiefen, köstlichen Schlaf fällt – *Lebe, als sei es dein Leben.*

Ehrwürdig die alte stattliche Standuhr in der Eingangshalle.

Doch plötzlich spürt Elisabeth, wie das Ticken schneller wird und sich verzögert; eine Pause und ein Sprung vorwärts; eine schnelle Serie von Schlägen, so als ob das Herz rast.

(Sie hat solches Herzrasen gehabt, seit sie in dieses Haus gezogen ist, hat es aber geheim gehalten. Niemals wird sie ihre Herzgeräusche freiwillig ihrem Ehemann anvertrauen.) In der Nacht hört sie, wie die alte Standuhr aufhört zu ticken, und sie liegt dort, erstarrt vor Angst, dass das ihr eigenes Herz ist, das aufgehört hat zu schlagen. Ein leises Wispern spricht ihr Trost zu – *Rasch sollte es gehen, das ist das Beste. Größte Gnade. Blauer Rausch, und alles, was du fühlst, ist Frieden.*

Sie ignoriert das Wispern. Geht ganz leise barfuß die Stufen hinunter, um nach der Uhr zu schauen, um herauszufinden, warum sie aufgehört hat zu ticken; warum die Stille so laut ist in den Pausen des Tickens.

Das Zifferblatt der Uhr ist leer! – es gibt keine *Zeit …*

Es ist schon geschehen, Elisabeth. Darum hat die Zeit aufgehört. Es ist alles vorbei, schmerzlos.

Nein: Als sie das Licht anschaltet, sieht sie, dass die Uhr ganz normal weitertickt. (Elisabeth ist sich sicher: Sie steht barfuß im Flur, schaudernd, lauschend.) Die Uhr zeigt ihr altes Angesicht, vornehme römische Ziffern, Stundenzeiger, Minutenzeiger, ein helles, leuchtendes Antlitz mit einem gespenstischen Lächeln, nur für sie.

Die Frau des Hauses.

Das Brunnenwasser wurde von einem Kontrolleur des Wasserwerks untersucht: ein alarmierend hoher Anteil von organischem Material und Fäkalien. Verrottende (Tier-?) Körper. Exkremente. Verseuchtes Wasser sickert in den Brunnen, und so lange der Brunnen nicht ausgebaggert und das Wasser »gereinigt« werden kann, wird empfohlen, dass die Hendricks im Haus nur noch Wasser aus Flaschen trinken und zum Kochen verwenden.

Bei dieser Nachricht wird Alexander rot vor Wut. Elisabeth bereitet sich mental darauf vor, dass er jetzt lautstark erklären wird, *Dieses Haus ist nicht vergiftet.* Aber nein, er wendet sich einfach ab, so als ob Elisabeth ihn persönlich gekränkt hätte.

9.

Das nächste Abendessen mit Stefan. Elisabeth hat Ana den Tag freigegeben, wollte das Essen selbst zubereiten.

Sie achtet darauf, dass sie an dem Essen, das Stefan sonst isst, nur geringfügige Änderungen vornimmt – kein schwer zu kauendes, matschiges Fleisch, in dem man noch die Muskelfasern sieht oder irgendetwas anderes »Glitschiges« (Okra, Tomatensamen) und auch nichts, was klein genug ist (Reis, Erbsen), als dass er es für Insektenlarven oder Insekten halten könnte. Elisabeth hat Anas vegetarischen Eierauflauf aber noch mit eigenen Zutaten gespickt – Karotten, Paprika, Spinat.

Doch Stefan ist nicht so gesprächig wie am Abend zuvor. Als Elisabeth auf ihr Zimmer im dritten Stock zu sprechen kommt und auf die windgeschüttelten Bäume draußen vor dem Fenster, sagt Stefan kein Wort. Elisabeth scheint fast daran zu zweifeln, ob er wirklich über die zappelnden Figuren in den Bäumen mit ihr gesprochen hat oder ob sie sich dieses ungewöhnliche Gespräch nur eingebildet hat ... Fast ein wenig verletzt ist sie, dass Stefan so argwöhnisch in dem Auflauf herumstochert, den sie für ihn zubereitet hat, dass er jede Gabel sorgsam begutachtet, bevor er sie zum Mund führt. Er nimmt auch ungewöhnlich kleine Bissen, so als ob er in ihrer Anwesenheit verlegen sei oder unentschlossen, ob er wirklich essen möchte, was sie zubereitet hat.

Aber er wurde doch gestillt. Sie stellt sich vor, wie das Kind als Säugling an der Brust der Mutter gestillt wurde.

Oder an Elisabeths Brust.

Sie spürt einen Anflug von Verlegenheit, Unsicherheit. Was für seltsame Gedanken sie hat! Heute trinkt sie keinen Wein beim Essen, wozu Alexander sie sonst so häufig drängt, damit er Gesellschaft hat.

Tugging at the breast of life we must devour.
Helpless otherwise, for dignity's not enough.
Surrender dignity and in return royally
Sucked.[2]

Immer wenn N. K. dieses harsche Gedicht persönlich mit ihrer kehligen Stimme vorlas oder auswendig vortrug, brüllte das Publikum. (Elisabeth hatte Videos davon gesehen.) Dieser unbändige Wunsch, in das Lachen der Frau einzustimmen, die solche Wahrheiten rezitierte, wie eine Flutwelle brach er über sie alle herein.

Seitdem Alexander mehr Zeit in Boston verbrachte, war Elisabeth auch mehr im Internet unterwegs und schaute sich Videos von N. K. an. Möchte nicht wahrhaben, dass sie langsam besessen davon ist. Weiß, dass Alexander ihr Tun missbilligen würde, und so hat sie keinerlei Absicht, ihm davon zu erzählen.

Die Angst, ausgesaugt zu werden, und die Angst
Zu saugen.

Stefans Schweigen ist nicht feindselig, nicht einmal trotzig, sondern (denkt Elisabeth) eine Folgeerscheinung seiner Scheu. Stefan mag beim vorherigen Abendessen gespürt haben, dass er zu viel preisgegeben und dadurch seine Mutter verraten hat.

Kein Verrat, wie jemanden zu lieben.
Kein Verrat, wie von dem Anderen geliebt zu werden.

Durch diese Gedanken abgelenkt, hat Elisabeth einen zu großen Bissen in den Mund genommen. Versucht, den dicken, klebrigen Klumpen Brei hinunterzuschlucken. Ihr Auflauf ist lauwarm und zäh, im Gegenteil zu dem, den Ana immer

---

2 Zerren an der Brust des Lebens, die wir verschlingen müssen. / Hilflos andernfalls, denn Würde allein reicht nicht. / Die Würde preisgeben und dafür fürstlich / Ausgesaugt werden.

zubereitet. Irgendetwas ist grobfaserig, wie Seetang – muss der verdammte Spinat sein. Sie kaut, versucht ihn hinunterzuschlucken, kann ihn aber nicht hinunterschlucken. Entsetzlich, Spinatfäden in ihren Zähnen verfangen. Zwischen den Zähnen. Sie kann sie nicht schlucken.

Versucht, ihre Not vor Stefan zu verbergen. Möchte das Kind nicht ängstigen. (Oh, wenn Alexander hier wäre und das Schauspiel sähe! Er wäre entsetzt, angewidert.) Elisabeths Gesicht wird puterrot. Sie kann kaum noch atmen. Dieser komische breiige Klumpen in ihrem Hals – entsetzlich! Je stärker sie versucht, zu schlucken, desto mehr schnürt sich ihr Hals zusammen.

»Entschuldigt –«

Der Mund ist zu voll, sie kann nicht weitersprechen. Verzweifelt taumelt sie hoch vom Tisch, wirft polternd irgendetwas hinunter. Mit weit aufgerissenen Augen starrt Stefan sie an.

Sie muss das Badezimmer erreichen, ihren Finger in den Hals stecken, würgen, heftig, in die Toilette brechen ...

Und dann stirbst du. Und dann
ist es vorbei.
Solch ein Kampf, so lange – warum?

Endlich ist sie im Bad, keine Zeit, die Tür zu schließen hinter sich, als sie den klebrigen Klumpen Brei, faserigen Spinat, in einem quälenden Krampfanfall in die Toilettenschüssel würgt. Obwohl sie wieder atmen kann, ist sie verzweifelt, aufgewühlt. Zu schwach, um auf beiden Beinen zu stehen, sinkt sie auf die Knie. Ihr Gesicht ist glutheiß, das dumpfe Gefühl in ihren Eingeweiden wie eine Faust.

Dieses Geräusch in den alten Rohrleitungen, mattes Gelächter.

Dann steht Stefan neben ihr. Ohne ein Wort taucht er einen Waschlappen ins Waschbecken, kaltes Wasser, und gibt ihn Elisabeth, damit sie ihn an ihr überhitztes Gesicht hält.

Ist sogar zu erschrocken, zu erschöpft, um dem Kind Danke zu sagen. Seine zierliche Hand findet ihre, seine Finger von ihren Fingern umklammert, ganz fest.

Oh, Stefan, danke. Oh, ich liebe dich.

10.

Unmöglich, Schlaf zu finden! Gallenflüssigkeit steigt ihren Hals hoch. Das, was sie abgebissen hat, kann sie nicht hinunterschlucken. Die Muskeln in ihrem Hals ziehen sich noch immer zusammen, unfreiwillig, erinnern sich. Sie kann nicht glauben, wie nah sie dem Erstickungstod gewesen ist.

Was für ein schrecklicher Tod – würgen, ersticken. Unfähig, zu schlucken und (letztendlich) unfähig, zu atmen.

Tage sind vergangen. Nächte. Sie verliert ihr Zeitgefühl.

Ihre Augenlider sind unnatürlich schwer. Trotzdem kann sie nicht schlafen. Oder wenn sie schläft, dann ist es ein hauchdünner, seichter Schlaf, der über sie hinwegtreibt wie Gischt.

Für kurze Zeit ist der Schmerz in ihrem Bewusstsein ausgelöscht, flackert allerdings einen Augenblick später schon wieder auf.

Das Gehirn ist eine dichte Masse. Doch das Gehirn ist auch kompliziert vernetzt durch Milliarden Neuronen und Gliazellen. Die große Frage ist, wie schaltet man das Gehirn *ein*? Wie schaltet man das Gehirn *aus*? Ein Anästhesist kann ein Gehirn zum Einschlafen bringen, kann aber nicht erklären, warum. Und nur das Gehirn kann sich selbst ins Bewusstsein zurückbringen.

Fällt auf der Treppe hin, stolpert. *Aber die Treppenstufen haben sich bewegt. Nicht mein Fuß strauchelte, stolperte. Die Stufen haben sich bewegt.*

Findet sich hinter dem dunklen Haus wieder, wohin die kehlige Stimme sie geleitet hat. Sie schlafwandelt nicht, aber sie ist von einer Benommenheit umhüllt, die dem Schwebezustand des Halbschlafs ähnelt.

Hand am Türknauf. Warum? Sie hat kein Bedürfnis, in die Garage hineinzuschauen – diesen verbotenen Ort. Und noch weniger das Bedürfnis, einen Fuß in die Garage hineinzusetzen, dort wo alles immerzu im Zwielicht liegt und wo es noch immer (so glaubt sie) nach dem bläulichen, süßlich-giftigen Gas riecht, das Mutter und Tochter getötet hat.

Alexander hat gesagt, *Bleib da weg. Kein Grund, hineinzugehen. Verstehst du, Elisabeth?*

Ja, hatte sie gesagt. Natürlich.

Ich werde sehr, sehr traurig über dich sein, wenn du es tust.

Kurz hatte er sogar überlegt (so sagte er), die Garage zuzusperren, sie abzusichern. Andererseits – *warum?* Die Gefahr, die die Garage einmal darstellte, ist Vergangenheit.

Jetzt ist die Tür zu dem verbotenen Ort plötzlich offen. Elisabeth steht in der Türöffnung, scheu wie eine Braut.

Tränenlos durch die die vielen Stunden ohne Schlaf. Schmerzende, überempfindliche Haut.

Schemenhafte Objekte in der Düsternis: eines der Familienfahrzeuge – ein älterer BMW, der Alexander gehört, aber nicht mehr genutzt wird.

Wie jede andere Garage dient diese ebenso als Lagerraum. Unscharf für sie, Gartenmöbel, Gartengeräte, Blumentöpfe, Regale voller Farbdosen, Haufen von Leinwänden. Schemenhaft erscheint alles im Randbereich von Elisabeths Sehfeld.

Der Saab, in dem sich der Mord abgespielt hat, ist natürlich verschwunden. Schon lange vom Grundstück verbannt. Niemand hat Elisabeth davon erzählt, nie hat sie gefragt, aber vermutet, dass der Wagen aus der Garage herausgezogen und auf einen Schrottplatz geschleppt worden war.

Schließlich würde da niemand gerne drin fahren oder es selbst fahren, solch ein *Todesauto*.

(Würde das Innere des Autos noch immer nach Tod riechen, wenn es den Wagen noch gäbe? Oder vergeht der Todesgeruch mit der Zeit?)

In der Türöffnung zur Garage steht sie nun, Elisabeth. Es ist seltsam friedvoll hier auf der Schwelle. Allmählich gewöhnen sich ihre Augen an das gedämpfte Licht und sie muss nicht nach einem Schalter tasten, denn das Garagenlicht an der Decke braucht sie nicht mehr.

Die Garagentür ist natürlich geschlossen. Das Licht von draußen kommt durch einen Spalt unten herein; man muss also Tücher unten an der ganzen Tür entlang feststecken, um die süßlich-giftige Luft drinnen und die frische Luft draußen zu lassen.

Blauer Rausch, und alles, was du fühlst, ist Frieden.

Komm! Beeil dich.

Sie beeilt sich. Sie ist außer Atem. Kniet auf dem blanken Dielenboden vor dem schmalen Schränkchen im ehemaligen Zimmer des Hausmädchens im dritten Stock, sie greift weit hinein in das Dunkle, Ungewisse. Spinnweben im Haar, in den Augenwimpern.

In einen wunderschönen, violettfarbenen Mohairschal gehüllt, von Mottenlöchern gesprenkelt.

Ihre Hände zittern. Dies muss eines von N. K.s Tagebüchern sein, von denen Alexander nichts weiß!

Das Tagebuch, das er nach ihrem Tod fand, hatte er vernichtet. *Um meinen Sohn zu verschonen.*

Einige Frauenrechtlerinnen hatten diese Entscheidung des Ehemannes äußerst heftig kritisiert, aber Alexander blieb stur. Bestand darauf, dass es sein Recht war, so zu handeln – das Tagebuch war widerlich und böse (obwohl er behauptet hatte, es gar nicht gelesen zu haben) und es war sein persönliches Eigentum. Er war sein Recht als Vater, zu verhindern, dass die irren Gedanken des kranken und verdorbenen Hirns der Mutter im Sohn widerhallten.

Aber jetzt ist Alexander nicht hier, denkt Elisabeth. Alexander wird es nicht erfahren.

Das Tagebuch scheint ziemlich mitgenommen, voller Wasserflecke. Nur ein Viertel davon ist beschrieben. Die letzten Tagebucheinträge aus N. K.s Leben.

Elisabeth setzt sich an den provisorischen Schreibtisch und wagt es. Sie sieht N. K.s stark geneigte Handschrift, in schlichter schwarzer Tinte. Die tiefe, kehlige Stimme der Dichterin klingt in ihren Ohren, so vertraut wie eine Liebkosung.

Angst, dass die Kinder leiden werden
Angst, dass die Kinder leiden werden, die ihr anvertraut sind
beginnt mit »die« – nicht »ihre«
sagt sich selbst, dass das nicht DIE Kinder sind, es sind IHRE
   Kinder

sie möchte das neue Baby nicht die Treppe hinuntertragen
hat Angst, es fallenzulassen, wenn sie wegrutscht, fällt
die Angst, zu verletzen zu sehr zu lieben

(nicht das Kind des Ehemannes)
(weiß er das? – muss es wissen)

natürlich weiß der Ehemann ein Mann muss es wissen
Kissen über mein Gesicht, sagt er, damit die Kinder nichts
   hören
bekomme das Sorgerecht du wirst sie nie mehr sehen
deine abscheulichen Gedichte werden mein Beweismaterial
   vor Gericht sein
du bist nicht geeignet als Mutter
du bist nicht geeignet als Mensch

er hat mich mit der Hand geschlagen. mit dem Handrücken.
schlägt mich auf die Brust, den Körper, Oberschenkel, dahin
wo Kleidung die blauen Flecken verdeckt. er sagt, er nimmt
mir die Kinder weg, wenn ich jemandem davon erzähle – egal
wem. wenn ich es meinem Arzt erzähle. Ich soll sagen, ich bin
ungeschickt, ich trinke zu viel, nehme zu viele Medikamente
(selbst wenn ich das nicht tue – noch nicht genug).

Ich soll rechtmäßig erklären, ich habe die Anschuldigungen
gegen ihn erfunden. Ich bin eine Dichterin / ich bin eine Lüg-
nerin / ich bin krank & verdorben / ich habe andere geliebt,
nicht ihn /

Ich bin eine von denjenigen, die sich Dinge grandios aus-
denken.

Tage der Freude, jetzt hat eine dunkle Jahreszeit begonnen
Tage des Glücks ich kann den Nachhall in der Ferne hören
er sagt ich bin nicht die wunderschöne junge Frau, die er
geheiratet hat
ich bin eine andere Person, ich bin nicht diese Frau

Mutter sein heißt das Mädchensein aufzugeben
Mutter sein heißt das Erwachsensein anzunehmen

er sagt ich bin krank, erledigt, bis ich mir die Handgelenke
aufschlitze bin ich für niemanden interessant
weiß, dass ich verwundbar bin, (manchmal) sterben möchte
er hat mich wieder willkommen geheißen, hat mir sogar verge-
ben (sagte er), so wie ich ihm (seine Brutalität) vergeben habe
er lügt, er hätte mich so sehr verehrt
aber dann hat sich gezeigt, er hat mit nicht vergeben er wird
das Baby niemals lieben von dem er annimmt, dass es das
Kind eines anderen ist

wie in der Natur, wird das Männchen die Brut der anderen
Männchen vernichten

(warum überrascht mich das? es überrascht mich nicht)
ein Fehler, ihm vertraut zu haben in einer schwachen
Minute, meine Angst, dass meine Kinder leiden werden
& er Mitgefühl vortäuschte

dann später, lachte mich aus in seinen Augen Hass, funkelnd
   wie Achat

in der vergangenen Nacht gewagt zu sagen tu es & bring es
   hinter dich

Elisabeth ist so entsetzt, dass sie kurz davor ist, das Tagebuch
fallen zu lassen. Lange Zeit sitzt sie unbeweglich da, starrt auf
die Seite vor ihr.

Dann ein Geräusch draußen vor dem Zimmer, zögerliche
Schritte.

Das ist Stefan, oder? – das überlebende Kind.

Stefan kommt herein, obwohl Elisabeth ihn nicht herein-
gebeten, noch nicht einmal richtig zur Kenntnis genommen
hat. Fragt sie, was ist das, was liest sie da, und Elisabeth sagt,
es ist nichts, und Stefan sagt mit höher werdender Stimme:
»Ist das was von Mommy? Das da?« und Elisabeth versucht
zu antworten, doch es geht nicht. Hüllt das Tagebuch in ihren
Schal, um es zu verbergen, beugt sich über den provisorischen
Schreibtisch, und versucht es mit ihrem Körper vor den weit
aufgerissenen Augen des Kindes abzuschirmen.

11.

So leicht ist das. In den Schlaf zu sinken.

Setz dich bequem hin. Hinter das Lenkrad des Autos, ganz ruhig.

Zuerst spülst du die Tabletten mit Wein hinunter. Nicht zu viele Tabletten, genug Tabletten, um Trost zu finden. Und das Kind, du musst dich um das Kind kümmern.

Aufgelöst in Milch. Warmer Milch. Wer würde etwas ahnen? Niemand!

Starte den Motor. Lege deinen Kopf nach hinten an die Kopf-stützen. Schließe deine Augen. Die Augen des Kindes. Umhülle es mit deinem Schal, in deinen Armen.

Bald wirst du treiben. Bald wirst du sinken. Bald bist du in Sicherheit vor allem Leid.

Tagelang, wenn nicht wochenlang hat sich Elisabeth fiebrig gefühlt. Übel im Magen. Ein Völlegefühl in ihrem Bauch, wie vollgesogen mit Blut. Bauch voll mit gestautem Blut.

An einem Tag, als sie die Treppe hinaufgeht, verliert sie das Gleichgewicht, rutscht weg.

Es ist ein unglücklicher Zufall. Er geschah (sicher nicht) absichtlich.

Ein stechender, fast unerträglicher Schmerz in ihrem rech-ten Fußgelenk, verdreht, verstaucht. Unten am Bauch zwi-schen den Beinen tropft Blut, dann ein leichter Blutstrahl, heiß an ihren Oberschenkeln, verklumpt. Zuerst denkt sie, sie habe sich in die Hose gemacht, vor lauter Panik. Sie ruft nach Hilfe. Schwach, ganz zart, möchte ihren Ehemann nicht beunruhi-gen, möchte ihr Kind nicht beunruhigen, so glücklich, dass Ana herbeigelaufen kommt – »Oh, Mrs. Hendrick!« – und in ihren Augen Mitleid, Sorge.

Sie können sich in dem Schal warm halten. Der ist für Sie.

Erst sieben Wochen alt. Das winzige Wesen – »Fötus«. Nicht wirklich eine Schwangerschaft – so hätte man das noch nicht genannt.

Elisabeth ist erstaunt, ungläubig. Sie war *schwanger?*

Wie war das möglich?

Als er von der Fehlgeburt (so nennt Elisabeths Arzt es) erfährt, ist Alexander fassungslos. Sein Gesicht blassgrau vor Schreck, Abscheu. »Das ist lächerlich. Das kann gar nicht sein. Du *warst nicht schwanger.* Das Thema ist abgeschlossen.«

12.

In ihrem Interview mit der *Paris Review* sagte N. K. im Spaß, *Die besten Selbstmorde geschehen spontan und ungeplant – wie der beste Sex.*

Man sollte einen Selbstmord genauso wenig planen, wie man einen Kuss plant oder ein Lachen.

Wahr bei N. K.s früheren Selbstmordversuchen, aber nicht wahr bei diesem, in einer abgeschlossenen und abgesicherten Garage im Haus an der Oceanview Avenue in Wainscott. *Das Leben holt dich ein, klopft dir auf die Schulter.*

Tücher unter die Türen gestopft, ein insgeheim geplanter und ausgeklügelter Tod, Motor läuft, bläuliche giftige Abgase erfüllen die Luft. Stinkende Abgase, müssen eingeatmet werden, um das kostbare giftige Kohlenmonoxid einzuatmen; das Kind neben ihr ist ruhiggestellt, zu schwach, um sich zu wehren; das Kind auf dem Rücksitz des Saabs ist weniger kooperativ, aber auch zu benommen, um Widerstand zu leisten … Die wunderbare Clea, der wunderbare Stefan, Kinder, die die Mutter gar nicht verdient hatte. In ihrer tiefen Unglückseligkeit *ruft sie uns zurück, Kuss des Vergessens.*

In der schwach beleuchteten Garage ertastet Elisabeth sich ihren Weg wie ein Schlafwandler.

Die Macht der Neugier zieht sie an. So wie Wasser einen Verdurstenden anzieht.

Obwohl Elisabeth niemals Selbstmordgedanken hatte und auch jetzt nicht hat.

Dieser BMW, Alexanders alter BMW, scheint in der Garage vergessen worden zu sein. Elisabeth fürchtet, die Batterie könne leer sein.

Sie wird sehen! Sie wird einen Versuch wagen.

Elisabeth hat den BMW-Schlüssel in einer der Schubladen in Alexanders Arbeitszimmer gefunden. Jetzt liegt er lose in ihrer Tasche, zusammen mit einer Handvoll Schlaftabletten.

Beruhigend! – auch wenn sie gar keine Absicht hat, die Tabletten zu nehmen.

Und in der Hand eine Flasche portugiesischen Wein, den sie nur mit Mühe öffnen konnte.

Und den mottenzerfressenen violettfarbenen Mohairschal, der immer noch wunderschön ist, wie aus Spinnfäden gewebt.

Neid ist die Hommage, die wir jenen erweisen, deren Herzen wir nicht kennen.

Neid ist Unwissenheit auf die Ebene von Verehrung emporgehoben.

Einfach nur die (verbotene) Garage betreten. In dem (verbotenen) Auto sitzen. Die Zündung anschalten – der Motor *läuft!*

(Wäre der Motor nicht angesprungen, so wäre dies ein Zeichen gewesen. *Nicht jetzt nicht du nicht für dich.* Aber die Zündung ist angegangen.)

Einfach nur Musik hören im Autoradio. (Doch alles, was Elisabeth hört, ist Rauschen.)

Einfach nur aus der Flasche trinken. Besänftigung durch Wein, der den Schmerz zwischen ihren Beinen zu lindern vermag, wo immer noch Blut rinnt, aber nicht gefährlich, keine starke Blutung, eher wie ein Weinen. *Keine richtige Schwangerschaft, nicht für dich.*

Wie eine Frau ohne jeden Anstand aus der Flasche trinken.

Nicht gerade wie die Frau des Hauses an der Oceanview Avenue.

Heimatlose Frau. Rücksichtsloser Drache. Alexander wäre entsetzt, aber in ihrem verwirrten Zustand hatte sie vergessen, ein – wie, wie heißt es – ein Weinglas ...

Der BMW-Motor läuft ganz ruhig. Ein Wummern wie ein Wasserfall. Oder ein Bienenschwarm in der Ferne. Oh, Elisabeth hat noch etwas vergessen – in ihrer Tasche, eine Handvoll grüner Kapseln.

Schaltet das rauschende Radio aus. Lehnt ihren Kopf zurück gegen die Kopfstütze. *Nur noch Musik.*

Sehr schläfrig, müde. Obwohl der Motor dröhnt, obwohl die stinkenden Abgase ihr in die Nase steigen, müde. Die Luft wiegt schwer. Sie kann sich kaum bewegen.

Eines Tages. Du wirst wissen, wann.

Im Mohairschal ist sie warm, geschützt. Wärme wie in den Armen einer Frau.

Die Luft ist leicht. Wie ein Kuss, oder ein Lachen.

13.

Elisabeth? – *zum ersten Male hat das Kind laut ihren Namen gesagt.*

Und der Klang trifft sie tief ins Herz, so wunderschön.

Kleine Fäuste am Fenster der Autotür, dicht neben ihrem Kopf. Ihre schweren Augenlider schrecken hoch. Mit der Kraft der Verzweiflung hat Stefan es geschafft, die schwere Autotür zu öffnen, er schreit sie an – Nein! Nein! Wach auf!

Stößt ihre Hand weg. Macht sich am Zündschloss zu schaffen. Hustet, würgt.

In diesem Augenblick wird der Motor still. Das dunkle Brummen des Motors wird still.

Elisabeth ist benommen, ihr ist übel. Sie hasst den Gestank der Abgase. Die Garage hat sich mit bläulichen Dämpfen gefüllt. Doch: Elisabeth macht deutlich, dass sie es nicht ernst gemeint hat, dies war kein ernsthafter Versuch.

Wenn sie es ernst gemeint hätte, dann hätte sie nicht in Anwesenheit des Kindes so gehandelt. (Tatsächlich hatte sie angenommen, dass Stefan in der Schule war. Warum ist Stefan nicht in der Schule?)

Nur eine einzige Kapsel mit einem Schluck herbem Weißwein. Nur, um ihr schnell schlagendes Herz zu beruhigen. Nichts weiter.

Eingehüllt in den wunderschönen, mottenzerfressenen Mohairschal. Schaudernd in köstlich-grauenvoller Erwartung. Aber dann ist das verängstigte Kind bei ihr, hockt sich neben sie. Zieht an ihr, krallt sich an ihr fest. Mit aller Kraft, die in diesem kleinen Körper steckt, zerrt er sie aus dem Auto. Sie stolpert heraus, und er versucht, so schnell wie möglich den Knopf zum Öffnen des Garagentors zu finden.

Ein ratterndes, rumpelndes Geräusch, wie Donner ...

Zieht Elisabeth vorwärts. Auf torkelnden Beinen, hustend und würgend.

Fleht sie an – Raus hier! Schnell!

Zusammen stolpern sie aus der Garage hinaus in die nasse, kalte klare Luft, die nach Ozean riecht.

Nicht sterben, Elisabeth – *fleht das Kind.*

Nicht sterben. Ich liebe dich. *Fleht das Kind.*

Niemals zuvor hat ihr Stiefsohn so etwas zu ihr gesagt, denkt Elisabeth. Niemals zuvor hat ihr Stiefsohn sie so angeschaut. Niemals zuvor solche Sorge um Elisabeth, solche Liebe in seinen Augen.

Und jetzt, wo sie wieder draußen sind in der frischen, klaren Luft, erzählt Stefan ihr ein Geheimnis.

Und was für ein Geheimnis.

Es war nicht Mommy, die Stefan vor drei Jahren aus dem Auto gezogen hatte, aus der giftigen Garage heraus und hoch ins Haus getragen hatte, um (gerade noch rechtzeitig) sein Leben zu retten. Denn Mommy war ja ohne Bewusstsein, ihr Kopf zurückgefallen, als ob ihr Genick gebrochen wäre, und auch die kleine Clea ohne Bewusstsein, warm eingehüllt in Mommys Schal und in Mommys Armen, hatte aufgehört zu atmen.

Es war nicht die Mutter. Sie nicht.

Stefan erklärt: Es war der Vater, der nach Hause gekommen war, der Vater, der ihm das Leben rettete.

Alexander hatte die Garage betreten, er hatte den Gestank der Abgase gerochen, die hinten aus dem Auto herausquollen. Beim Anblick dieses höllischen Szenarios wusste er augenblicklich, was die verzweifelte Frau getan hatte. Und in diesem Moment entschied er, sie sterben zu lassen.

Tu es! Tu es – *und fertig.*

Keine Liebe in meinem Herzen für dich. Stirb.

Alexanders Entscheidung, nicht die Mutter zu retten und nicht das kleine Mädchen zu retten, das in den Schal gehüllt in den Armen seiner Mutter lag. Nur den Jungen auf dem Rücksitz des Saab, seinen Sohn.

Blut meines Blutes, Knochen meines Knochens. Mein Sohn.

Würgend, hustend, hatte er das halb bewusstlose Kind aus dem Auto gezogen. Sah, dass der Junge noch atmete, noch fühlte. Wusste nicht, ob es zu spät war und das Gehirn des Kindes unwiderrufliche Schäden erlitten hatte, aber fieberhaft bemüht, ihn zu retten, seinen Sohn. Seinen Sohn. Um Atem ringend trug er den Siebenjährigen aus der Garage heraus und stieß die Tür hinter sich mit dem Fuß zu.

Die Treppe hinauf, voller Panik, legte er den Jungen in einen Wandschrank. Wusste nicht, was er tat, wusste aber, dass er etwas tun musste. Und begriff in jenem Augenblick auch nicht, dass er später behaupten würde, er habe den Jungen, als er nach ihm suchte, dort im Wandschrank entdeckt. Und begriff in jenem Augenblick auch nicht, dass erzählt werden würde, die Mutter hätte den Sohn die Treppe hochgetragen, ihn in den Schrank gelegt und die Tür geschlossen.

Die Hände des Vaters hatten heftig gezittert. Und doch hätte er noch Zeit gehabt, zur Garage zurückzueilen, um die Mutter und das jüngere Kind zu retten, wenn er es gewollt hätte, aber er hatte es nicht gewollt. Hatte noch nicht einmal den Motor ausgeschaltet in der Hast, seinen Sohn zu retten.

Eine bestialische Stimme, die ihn drängte, furchtbar euphorisch – Lass sie sterben, sie bedeuten dir nichts. Sie sind nicht von deinem Blut.

Elisabeth ist fassungslos nach dieser Enthüllung. Elisabeth greift nach den Händen des Kindes, um ihm Sicherheit zu geben.

Du hast das noch niemandem erzählt, Stefan? Nur mir.
Nur dir.

Also war es Mord, und doch wieder kein Mord. Der Vater musste nur warten, dass sich die Garage mit dem giftigen Dunst füllte und der Tod der Frau eintrat.

Seine Entschuldigung konnte sein, dass er außer sich war, vollkommen durcheinander. Er war nicht er selbst. Hatte nicht geplant – niemals –, so etwas zu tun. Niemals hätte er N. K.

mit seinen eigenen Händen getötet. Niemals hätte er dem kleinen Mädchen Clea den Tod gewünscht – auch wenn Clea nicht seine, sondern die Tochter eines anderen Mannes war.

Eines Liebhabers seiner Frau. Auf ewig ihr Geheimnis vor Alexander, denn in ihrem Tagebuch, das er später finden und vernichten sollte, waren alle Namen verschlüsselt festgehalten, vollkommene Tarnung. Er würde die Identität des Vaters des kleinen Mädchens nicht herausfinden, obwohl er rasend vor Eifersucht war und diese unbekannte Person in seiner Rage am liebsten umgebracht hätte.

So war das also. Die Toten, die (wie der Vater sich selbst sagte) durch ein Unglück starben.

Allerdings hatte er sich die Zeit genommen, die Tücher wieder unter der Garagentür festzustecken, so wie die Frau zuvor. Denn der entscheidende Faktor war, dass die Vergiftung der Luft so lange anhielt, bis das Werk getan war.

Er hatte versucht, die Zeit abzuschätzen. Obwohl die Gedanken in seinem Kopf schlingerten und wild durcheinanderwirbelten. Wie viele Minuten noch, bis die Frau, die er jetzt so hasste, so vergiftet wäre, dass sie nicht mehr zu retten war?

Zwanzig, fünfundzwanzig Minuten ... Bis dahin, so glaubte er, mussten die Frau und das Kind tot sein, und ihr Tod konnte nicht seine Schuld sein. Denn die Hand, die die Zündung eingeschaltet hatte, war nicht Alexanders Hand, sondern die Hand der Frau.

Entgeistert hört Elisabeth zu. Und doch ist sie gar nicht so sehr erstaunt, denn mittlerweile kennt sie das Herz des Vaters.

Stefan hat ihr das Leben gerettet. Es ist wundervoll für Elisabeth, zu erfahren, dass er sie die ganze Zeit geliebt hat, all diese Monate eines langen Jahres, des schwierigsten Jahres ihres Lebens.

Das Kind kommt von der Schule nach Hause, um seiner Stiefmutter das Leben zu retten. Traut sich, die Garage zu betreten, deren Zutritt ihm verboten war. Traut sich, die schwere Tür des

BMW aufzureißen, um den Zündschlüssel herumzudrehen. Traut sich, ihr ins erschlaffte Gesicht zu brüllen – Nein! Nein! Wach auf.

Verwirrt und ängstlich hatte sie wild um sich geschlagen. Dachte zunächst, er sei der wütende Ehemann.

Dann hatte er so schnell wie möglich das Garagentor geöffnet. Grollender Donner über ihr. Zerrte sie weiter, drängte sie, nur weg vom Todesauto. Zusammen taumelten sie heraus, in die klare, kalte Märzluft.

In dieser klaren, kalten Luft wird Elisabeth nun rennen, rennen. Kraft wird in ihre Beine zurückfließen, ihre Lungen werden sich weiten. Niemals zuvor ist Elisabeth so unbeschwert und frei gelaufen, weder allein noch mit irgendjemandem. Sie ist voller Glückseligkeit. Licht breitet sich in ihr aus, rund um ihr Herz. In ihrem Hals, in ihrem Gehirn. Hinter ihren Augen, aus denen Tränen quellen. Es ist noch nicht zu spät, das Kind ist nicht zu spät gekommen, um sie zu retten. Sie laufen Hand in Hand, weg von dem Schindelhaus an der Oceanview Avenue. Hand in Hand laufen sie, weg vom Hendrick House, den mit dicken Kieseln bedeckten Strand entlang, über den die schaumgekrönte Brandung hinwegstreicht, Elisabeth und Stefan. Trunken vor Erleichterung, denn der kalte Atlantikwind hat die giftige Luft weggeblasen, als ob sie niemals dagewesen wäre. Rundherum wellen und wogen nun wunderschön die grauen Sanddünen empor, in die sie hineinlaufen können, laufen, laufen und niemand wird ihnen folgen.

Joyce Carol Oates
Verfolgung
Roman
Aus dem Englischen von
Ilka Schlüchtermann
221 Seiten
Gebunden,
mit Schutzumschlag
Erschienen Februar 2020
ISBN 978-3-95510-213-5

Als Kind quält Abby Nacht für Nacht ein immer wie-
derkehrender Traum, in dem sie über ein Feld, übersät
von Schädeln und Knochen, wandelt. Später, als
Erwachsene, ist sich Abby sicher, diesen Traum hinter
sich gelassen zu haben. Bis zum Abend vor ihrer
Hochzeit, an dem der schreckliche Traum zurückkehrt
und sie mit den dunklen Geheimnissen konfrontiert,
die sie bislang vor Willem, ihrem künftigen Ehemann,
verborgen hat.